The Mystery Collection

TOM CLANCY'S POWER PLAYS　CUTTING EDGE

謀殺プログラム

トム・クランシー　マーティン・グリーンバーグ／棚橋志行 訳

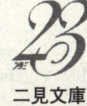

JN265692

二見文庫

TOM CLANCY'S POWER PLAYS : CUTTING EDGE

Created by

Tom Clancy and Martin Harry Greenberg

Written by Jerome Preisler

謝辞

マーク・セラシニ、ラリー・セグリフ、デニス・リトル、ジョン・ヘルファーズ、ブリティアニ・コーレン、ロバート・ヨーデルマン氏、ダニエル・フォート氏、そしてデイヴィッド・シャンクスとトム・コルガンをはじめとするペンギン・パットナム社のすばらしい方々、そしてジョエル・ゴトラー、アラン・ネヴィンズのお力添えに感謝を捧げたい。
しかしなにより大事なことは、わたしたちの努力の結集が実を結んでいるのは読者の皆さんのおかげということである。

トム・クランシー

謀殺プログラム

主要登場人物

ロジャー・ゴーディアン……アップリンク社の経営者
ジュリア・ゴーディアン……ロジャーの娘
メガン・ブリーン……アップリンク社副社長
ピート・ナイメク……同　社保安部長
ヴィンス・スカル……同　社リスク査定部長
ロリー・ティボドー……同　社全世界監督官
トム・リッチ……同　社全世界監督官
デレク・グレン……サンディエゴ支社の保安部隊隊長
ヒュー・ベネット……石油エネルギー会社〈セドコ〉取締役会長
ダン・パーカー……石油エネルギー会社〈セドコ〉重役
アニー・コールフィールド……NASA宇宙センター宇宙飛行士長
ロブ・ハウエル……グレイハウンド犬救済センター所長
ジョン・アナンカゾー……防衛犬の生産者
エティエンヌ・ベゲラ……ガボン共和国上院議員、経済開発大臣
ハーラン・ディヴェイン……謎の犯罪組織のボス。別名エル・ティオ
ジークフリート・カール……ディヴェインの右腕で通称〈山猫〉

1

アフリカ赤道地方、ガボン共和国の沖合

彼らを災難に導いたのはミツクリザメだった。

見なれない訪問者が探査ライトの光のなかへすべりこんできたとき、最初セドリック・ドゥパンは好奇心をおぼえただけだった。しかし、たちまち心を奪われた。彼の仕事の最大の魅力は思いもかけないことに出会える点で、かなりの危険がともなうときでもかならず発見の喜びはあった。この仕事に就いて十年以上になる。フランス海軍の軍務期間を三回連続でつとめた時期を含めればさらに長い。その間に数えきれないくらい海に潜ってきたが、深海で心底恐怖をもたらすものに出会ったことはまだ一度もなかった。

セドリックが推進エンジンを切ってフェースプレート越しにマリウスを一瞥（いちべつ）すると、マリウスもぴたりと水中に静止していた。このあとセドリックは、フェースプレートというのは不適切な言葉だったと思い出した。この透明な半球状パネルの正式名称はドームポートだ。同様に、ハードスーツの外面は気密室（プレッシャー・ハル）、手袋のような手の受け口は操縦ポッド（マニュプレータ）という。

セドリックは正確な言葉遣(づか)いを重んじる男だった。彼とマリウス・ブシャールを潜水夫というのも、いくぶん正確さを欠いた表現だ。それをいえば、彼らのスーツをスーツと呼ぶこと自体、正確な表現ではない。彼らのことは人間の形に似た潜水艇を操る操縦士(パイロット)と呼んだほうが適切だ。この潜水艇は水深六〇〇メートルまで潜ることができる――セドリックが指導を受けたアメリカ人の言い方では二〇〇〇フィートまで。

専門用語はおぼえるのが大変だが、セドリックにとっては注意をうながす標識と同じくらい大事なことだった。海底は一種独特の異世界で、彼のハードスーツにはふつうの潜水装置以上に宇宙服(スペーススーツ)との共通点が多い。実際、海底を歩くのはでこぼこの月面を歩く宇宙飛行士と同様のものがあった。ただし一瞬たりと、深海のすさまじい水圧がもろくて弱い人体にもたらす打撃を忘れてはならない。

セドリックはじっと立っていた。〈アフリカーナ〉号が緊急修繕のために呼び出された問題の箇所はすでに突き止めてあったし、映像でもとらえていた。〈アフリカーナ〉号はプラネテール・システムズ社との契約提携で海底光ファイバーケーブル網の維持管理を請け負っている中型のケーブル敷設船だ。いま目の前に出現しているような光景に出会うと、セドリックの心は喜びのまじった畏敬の念にとらえられる。これだから海底の世界を離れられない。この仕事をするのは実入りがいいからだとひとには話しているが、それはもっともらしい――まことしやかな――説明にすぎない。最後の一フランまで財産をつぎこまなくてはならないとしても、この仕事は続けていただろう。

セドリックの倍もありそうなミツクリザメは、さらに近づいてきて、薄暗い水中にゆっくり円を描いた。彼のところまで七メートルを切ったあたりで、とつぜんその動きに緊張がみなぎり、ぱっと軌道が変わった。ミツクリザメは尾びれをたたきつけるようにすばやく振り動かして急激な方向転換を果たし、セドリックを避けていった。

ハードスーツの海中防護装置（ＰＯＤ）はしっかり仕事をしているようだ。

セドリックは引き続き警戒を怠らなかった。彼を避けるように離れていくミツクリザメの長い胴体の上に、推進エンジン・パックの上部についているキセノンランプの光が躍った。サメのなめらかな白っぽい灰色の皮膚の下に、ピンク色の血管がひとすじ走っていた。突き出た下あごの上に並んだ白く鋭い歯が、ばね仕掛けになったぎざぎざの締金のように、開いた口から反射的に飛び出してくる。ぶあつい扁平な肉のかたまりの両側にまぶたのない小さな目があり、鼻から骨が大きく突き出ている……サメは興味をもったらしく、その視線が彼の上をよぎった。その目をどう表現したものか、セドリックにはわからなかった。サメがなにを考え、なにを感じているかは測りがたかった。目には表情があり、知性すら感じられたが、それはたどるべき足跡のない異質な種類のものだった。

このサメを発見した日本の漁師たちがテングザメという呼びかたを選んだのもうなずける。これまでお目にかかったなかでいちばんおぞましい姿をした生き物かもしれない、とセドリックは思った——海の上にいるあのいつも歌を口ずさんでいる船長を除けばの話かもしれないが。

「あの代物を見てみろよ」と、彼は通信機に呼びかけた。マリウスとの話を秘密にする必要があるわけではなかったが、彼は閉回路のサブチャンネルを使った。ちょっとした気晴らしなのだ。船長のガンヴィーユはかならず船の制御室から盗み聞きをする男なので、セドリックはいつもそれをじゃましてやることにしていた。「出くわすのはオオメジロザメかイタチザメじゃないかと思っていたんだ……こんな化け物が六〇〇リーグあたりまで上がってくるとはな」

「ケーブルに引き寄せられてきたにちがいない」デジタル音声で送られてくるマリウスの声にひずみはなかった。「故障の箇所にあった歯の数からみて、初めてってわけじゃなさそうだ」

「それだけじゃ説明にならない」

「どうして？」

セドリックは一瞬ためらった。マリウスは善良な信頼できる男だが、この仕事に就いてまだ一年たらずと日が浅く、ときおり見せるのみこみの悪さに不満がつのることもあった。サメが特殊な感覚器官で隠れている獲物を探し出すのは事実だ。この器官はロレンチニ膨大部と呼ばれる神経の詰まった孔で、深海の生物が放射する電磁場を探知することができる……それをいえば、ほかのどんな生き物の発する電磁場もだが。海底光ファイバーケーブルの芯にあるファイバー部分から電磁波が漏れることはないと断言してもいい。しかし、こういう古いケーブル網で、ファイバーを取り巻く銅管が低周波の電磁場を生み出すことはたしかにある。それによって感覚の混乱したサメが、ケーブルの一部を獲物と勘違いすることもときおりある。

だがそれは、海底光ファイバーが正常に機能しているのが前提であって、ブロードバンドに依存しているこの地域の何万人ものユーザーがケーブル破損で局地的な通信不能におちいっている今回のようなケースではありえない。

「ケーブルは壊れているんだ。ショートしているんだぞ」セドリックはもどかしさを抑えながらそういった。マリウスのみこみがどんなに悪くても、この仕事の経験が比較的浅いことを斟酌してやる必要があった。「あの化け物の食欲をかきたてる電磁波はどこにもないんだ」

アクリル製ドームポートのなかのマリウスの顔に驚きの表情はなかった。一瞬セドリックは、ひょっとしておれが自明のことをいい、しつこくいいなおすのを聞いて面白がっているだけなのだろうかと思った。考えすぎかもしれないし、まさかとは思うが、絶対ちがうともいえない。心のなかでぺろりと舌を出しているのだろうか？

セドリックは頭からその疑念を追い払った。考えなくてはならないもっと大事なことがあった。たとえば、なぜミツクリザメはケーブルに襲いかかってきているように見えるのかだ。サメはセドリックを無視して、彼の左の砂堆のほうへすーっと進んでいくと、垂直の姿勢をとり、そのあと突き出た鼻を下向きにして、破損したケーブルのほうを向いた。

セドリックが見守っていると、サメは水を縫うように底の沈殿層に向かって突き進んでいった。海底にケーブルが敷設された当初、つまり一九八〇年代の終わりごろには、管の破損部分にサメの歯形が何十とついているのは日常茶飯事だった。この問題は多くの層から成る鎧、つまりぶあついナイロンの繊細にくるまれた強靭で柔軟なプラスチック・ラミネート・スチールの鞘でケーブルをおおうことで解決された。サメが噛みついてくることはいまでもあるが、電気を帯びた銅にまで歯が突き通ることはめったにない。

しかし、めったにないのは決してないのと同じではない。これまでの経験からセドリックもマリウスもそのことは身に染みていた。

それでもセドリックは、サメの攻撃は故障原因の半分にすぎないと確信していたし、最初にケーブルを傷つけたのはトロール船か底引網漁船だろうと思っていた。つまり、マグロやサバやキュベラを獲るために重い網を海底まで投げ下ろすトロール漁船だ。底引網漁船の場合は貝や甲殻類が獲物になる。ガボン国内の船団に加え、船は北はモロッコ、ナイジェリア、リビア、南は南アフリカ共和国まで、さまざまな国からやってくる。アフリカ大陸の境界外からも、特にヨーロッパやアジアからはたくさんやってくる。セドリックの母国フランスに本拠をおく水産会社もここへ船を送りこんでいた。日本や韓国や中国、ドイツ、オランダもだ。その大半はギニア湾の深海操業許可を取得しているが、商業漁業にきびしい利用規制が課せられている海岸近くの産卵場をトロールでさらう不埒な船もたくさんいた。なかでもいちばんたちが悪いのは中国の違反者だ。

この制限が設けられているのは環境に与える影響だけが理由ではないことをセドリックは

知っていた。近年、ガボンで漁獲高の低下が問題になってきているのは確かだ。しかし、もうひとつの重大な関心は海底光ファイバー網を守ることにあった。放送や通信業にたずさわる地元の実業家と彼らが提携する外国企業のために、この施設には一〇億ドル近い資金が共同出資されていた。

残念ながら、ガボンには海の治安を維持する力がない。小さな国で、その海軍を構成するのは五百人の男と巡視船二隻と水陸両用ホバークラフト二隻にすぎなかった。このちっぽけな軍勢では、脱出技術にすぐれ最新鋭の監視装置探知システムをそなえた密漁者をきちんと取り締まれるわけがない。

セドリックとマリウスが調査に送り出されたケーブルはずたずたになっていた。海底をさらう道具、おそらくはハマグリ漁やカキ漁をする底引網ののこぎりのような歯がついた鉄の鋤(すき)で、海底を掘り返した証拠だ。その段階で、ケーブルのまわりのナイロン繊維は切り刻まれていただろう。裂け目が鎧の第三層に達しているのかもしれないとセドリックは思った。鎧の外が傷ついたあと、一匹ないし数匹のサメが攻撃に来て、破壊作業の仕上げをしていくところまでを、セドリックは心に描くことができた。

それでも、まだ大きな疑問があった。あのミツクリザメを……あいつをいま、ここに呼び寄せ、命の通っていないケーブルに引きつけているものは、いったいなんなのか？

このあとすぐ、彼のとまどいはさらに強まった。サメは相変わらず六時を指している時計の針のように、鼻を下に尾びれを上に向けたまま何ヤードか離れた水中に静止していた。と、そのとき、サメが海底めがけてまっすぐ突進した。ぶあつい突き出た鼻の付属物が深々と穴を穿（うが）った。堆積物がたちのぼって濁った雲となった。ミツクリザメはまたすばやく上に戻り、いましがた攻撃した箇所の周囲にぐるりと円を描いて、開いた口からずらりと並んだ鋭い歯をぐっと突き出した。そのあとサメはふたたび海底に突進して、どろどろの沈泥を突き刺し、携帯用削岩機（ジャックハンマー）のように繰り返し突いて、底からさらに泥を沸き返らせた。

「どうしたっていうんだ（ジュ・ヌ・コンプランドル・パ）」マリウスが操縦士間通信でいった。「おれたちの醜い友人はえらく興奮しているぞ」

セドリックは考えこんだ。「あいつを怒らせたものを拝ませてもらう必要があるな」

「本気かい？ あの生き物の気持ちがおだやかなときでも近づこうって気になるかどうか」

「ケーブルの延長ケースが四〇メートルくらい後ろにあった。ケースは五〇メートル間隔でつながっている。おれの見立てが大はずれでなけりゃ、サメのそばに別のがあるはずだ」

「それがあいつを暴れさせてるものかもしれないってわけかい？」

セドリックはひょいと肩をすくめたが、ハードスーツの大きなアルミ合金の殻のなかにいるため、その動きは見えなかった。

「レーザー・ポンプは高価な装置だからな、マリウス。できたらオードブルにならないうちに救い出したい」と、彼はいった。「それに、あそこに残っている電磁波があるのかもしれない。だとしたら、あいつはケーブルに引き寄せられているというおまえの説が正しいことになるかもしれない。少なくとも、それほど見当ちがいじゃなかったってな。そしたら、おれのことをまぬけ呼ばわりできるチャンスがころがりこむってわけだ」

「そのときは、あんたをまぬけと思うだけにするよ」

セドリックは小さく含み笑いをした。「そっちのＰＯＤはきちんとトグルで留まっているか？」

「ああ、しかし――」

「だったらあまり近づかなくてすむ。さっきあいつがおれたちから身をひるがえして離れていったのは見ただろう」

マリウスは黙りこむことで、自分の疑いはまったく消えていないことを示した。しかしセドリックは、海中防護装置（ＰＯＤ）がミツクリザメの接近をきちんと撃退したことで安心していた。ＰＯＤはサメが獲物を自動追尾するときに使う感覚器官を刺激していやがらせる電磁波を三六〇度の方向に放射するよう設計されている。あれはきちんと招かれざる客に苦痛を与え、追い払ってくれた。

「さあ行くぞ」セドリックがいった。「おまえが先に嚙みつかれないですむように、おれが先に行ってやる」

マリウスが皮肉のこもった感謝の言葉を声にしおえる前に、セドリックはハードスーツの大きなフランケンシュタイン・ブーツ――自分の足を包んでいるこの装置の正式名称は教わったことがない――のなかにあるペダルを押し下げ、推進装置を作動させた。

軽く蹴りこむとモーターが動きはじめた。ふたつの推進エンジンが水平方向、もうふたつが垂直方向の推進力をつくり出す。このエンジンを単独もしくは組み合わせて使うことで、あらゆる方向に動きを制御できる。その四つ全部が同時にうなりをあげて動きだした。モーターの振動がかすかに震えるまでに落ち着くと、セドリックは体をまっすぐ立てた姿勢のまま海底から水中を離昇した。マリウスはセドリックの後流を受けないよう注意しながら右斜め後ろをついてきた。

ふたりはたちまちサメとの距離を詰め、サメのほうもすぐに気がついた。サメは砂堆から後ろへ離れ、ぱっと身をひるがえして彼らを注視した。小さな丸い目には冷たい警戒の色が浮かんでおり、不気味な頭部のなかでその目が黒いミラーグラスの断片のようにきらめいていた。

ふたりの男は水平方向のプロペラをゆるめて水中に静止した。

「なんであんたの友だちは逃げないんだ?」マリウスがいった。

「おれたちの友だちだ」と、セドリックは訂正した。「電磁波に反応する時間をやれ」

サメはなおも彼らを見つめていた。彼らのほうに体の向きを変え、じゃまな存在を前にして動きを止めていた。

しばらく緊迫の時間が過ぎたあと、サメがぐんと前に飛び出した。

セドリックはあえぐように息を吐き出した。マリウスが続けざまに吐き出したののしりの言葉が耳にとりつけたイヤーバッドと呼ばれる小型ヘッドフォンに飛びこんできた。サメは錐(きり)状の歯が並んだ口を大きく開けて、一直線にぐんぐん迫ってきた。そして、ふたりの男が静止している砂堆の上方から三メートルと離れていないところで鞭を打つようにびゅんと方向転換した。

サメが目の前から消えると、セドリックは胃から緊張がゆるみ、ハードスーツの再生酸素を深々と吸いこんだ。

「教えてくれ」マリウスがいった。声がかすれて震えているのは通信機のぐあいが悪くなったせいではなかった。「PODの有効距離は?」

「七メートルだ」

「あのサメは威力を思い知ったはずじゃなかったのか?」

セドリックはうめき声を返して水中を前に進んだ。マリウスも続いた。数秒後、彼らはミツクリザメが狂ったように破壊しようとしていた泥の沸き返っている海底の一画に到達し、着地用の足部(フット・パッド)をゆっくりゆるめて、ただよいながら下へ降りていった。

底に足が着かないうちに、セドリックの疑念が的を射ていた証拠が見えてきた。どろどろの沈殿層からケーブルの一部が引き抜かれていた。そこになにかの塊(かたまり)のようなふくらみが見えた。こぶのような形で、ネズミを飲みこんだ蛇のようだとよく表現されるケーブル延長ケースだ。ミツクリザメの注意を引いたのはこれにちがいない。その点にはさほど驚きを感じなかった。しかし船上のケーブル技師をつかまえて、広範囲の機能停止が起こっているにもかかわらずこの箇所に電流が残っている可能性があるかどうかを確かめなければ。セドリックはそう頭のなかにメモをした。

さらにケーブルを見渡していると、見なれない光景が目をとらえた。見なれないどころか、ありえない光景だった。

セドリックはとまどって、しばらくそれを見下ろしていた。延長ケースからさほど離れていない砂とねばねばした植物の薄い層の下に、ケーブルの一部が埋まっていた。彼は手を伸ばしてロボットのような捕捉用の鉤爪でその層を払いのけ、指で操縦ポッドの作動装置を操作した。そして両ひざを突いた不格好な姿勢のまま、自分の発見したものをこまかく調べた。ハードスーツの数の限られた油圧回転継手（ロータリージョイント）では、腰の部分を折り曲げることはできない。

「マリウス、ちょっと来てのぞいてみろ」と、彼はいった。

マリウスは彼のかたわらに来ると、同じようなぎごちない姿勢をとって防水性の長方形の箱を見た。

「接続密閉ケースだ」彼はいった。「このケーブルが修理を受けたことがあったとは知らなかったな」

「修理は受けてない。つまり、そんなはずはない。一度も修理はしていない」

「確かか？」

「一度もしていない」と、セドリックは繰り返した。「船に戻ったら敷設網の図を見るといい。しかしまちがいない。おぼえている。こいつが敷設されたころから、おれはケーブルの保守点検をしているんだ」彼は捕捉手を使って接続密閉ケースを泥のなかから注意深くひっぱり出した。「別のものだ。この密閉ケースはプラネテール社が過去に使用してきたどのタイプともちがう。たしかによく似てはいる。しかし同じものじゃない」

マリウスは眉をひそめて困惑の表情を浮かべた。「これとケーブルの故障になにか関係があるってことか？」

「いや。底引網の枠がケーブルを引き裂いた箇所を見ただろう。あれは底引網のせいにちがいない」

「なら、なにがいいたいんだ？」

「自信はないが」セドリックはすこし思案した。「しかし、こんなことがあっていいはずはない」

マリウスの眉間のしわが深くなった。「いますぐでも、あとでもいいけど、この話をガンヴィーユにするのかい？」

セドリックは黙ってハードスーツの袖から手をひっこめ、内側の胸の部分を照らしている無線制御盤のスイッチをぱちんと入れた。子どものころ耳に当てた糸電話を連想させるうつろな音がして、潜水夫と水上をつなぐ回線が開いた。

「よし」ようやく彼はいった。「すぐにやっこさんに知らせよう」

〈アフリカーナ〉号の監視管制室にいたピエール・ガンヴィーユ船長はすでに知っていた。なめらかな褐色の顔に、丸く明るい緑色の炎をたたえた目。五十二歳のガンヴィーユは、自分の顔には筋もしわも皮膚のたるみもないと豪語するほどうぬぼれの強い男だった。目の前にある信号の列の上で警告ライトが点滅しているのを見て、彼は右手の人差し指を短い口髭の上にすべらせ、はるか昔に習いおぼえた民謡(バラッド)の歌詞をそっと口ずさんだ。欲望にとりつかれた心や、献身的な愛の美しさを表現したものだ……五百年前の歌だが、これをしのぐものはいまだにない。

「わたしの命を握るひと(ベル・キ・トゥヤン・マ・ヴィ)、あなたの瞳のとりこ(キャプテイーヴ・ダン・テ・ユ)、心奪われて(キ・マ・アス・ラ・アーム・ラヴィ)、しとやかなる微笑み(ドゥ・アン・スリ・グラスユ)……」

「トランシーバーでドゥパンが呼びかけています」ガンヴィーユが採用した六人の船員のひとりが、ガンヴィーユに背を向けたまま制御卓(コンソール)の前からいった。そして頭からイヤフォンを引き抜き、海洋無線のステーションからちらっと目を向けた。「なんて返事しましょう？」

赤い警告ライトはたえまなく点滅を続けていた。ガンヴィーユは管制室後方のいつもの場所に立って、鼻の下のまばらな髭の上で指を動かしながら歌詞を口ずさんだ。髭は伸ばしはじめてまだ一週間にもならず、生えそろっていない中途半端な段階にあった――若者の頬髭のように。だがジャクリーヌは、彼のようなタイプの男は口髭を生やすと魅力的だといっていた……それがどんなタイプなのかはくわしく説明しなかったし、特定しないことで混血児(ミュラートル)には魅力的といっていたのかもしれない。ガンヴィーユは言外の意味を読みとることができる人間だった。それでもファンのありがたさはきちんと心得ている。あの海の精(セイレーン)の声に引き寄せられつつあるのも認めざるをえない。いずれ帳尻は合わせてやる。あの女には情熱のたぎりをたっぷり見せつけ、そのあと悪意の針で突いてやろう。

「船長――」

「わかってる。ドゥパンが呼んでいるんだろう」アンドレの臆病さにガンヴィーユは失望した。下でなにか発見があるのはわかっていた。問題はタイミングだけだった。「後方のクレーンが故障して、わたしは忙しいと答えてやれ。機関室の故障でもいい。会議中といってもいいし、船長室で仮眠中でもいい。どういってもかまわん。とにかく、この問題が解決するまで適当にごまかしておけ」

「わかりました」

ガンヴィーユは彼を見た。

「もうひとつ」彼はいった。「つなぎ鎖（テザー）の巻き上げ班に連絡をとれ。割り当てを受けていない者がデッキにいないか確かめろ。目撃者があってはならん。わかったか？（コンプランド・ヴ）」

無線係の男は一瞬ためらってからうなずき、耳にヘッドフォンを当ててコンソールに注意を戻した。

ガンヴィーユは男の頭の後ろをつくづくながめた。アンドレは気のいい男だ。妻がいて、小さな子どもたちもいる。ガンヴィーユの母親と同じくバントゥー族の血が流れている。〈アフリカーナ〉号の船上で何年も働いてきた。しかし、この船の仕事がまたたく間に変化したせいか、いまだに適応できないようだ。ガンヴィーユ自身も大きなストレスを感じていたが、ひたすら我慢して、新しい業務提携者の力を信じるしかないこともわかっていた。

悲しいことだ、と彼は思った。じつに悲しい。

アンドレは任務からはずさなければならない。しかし、別のどこかで仕事を続けさせるわけにもいかない。つまり、変化の犠牲者になってもらうしかない。哀れなセドリックとマリウスと同じく、それが進化に失敗した者の運命だ。

ガンヴィーユは悲しげに息を吸いこんで記憶を探り、ふたたび唇を動かして小さな声で口ずさみはじめた。「情熱を失っても（リブル・ド・パシオン）、愛は成長する（メ・ラムール・セ・フェ・メール）、情愛をまとい（デ・メ・アフェクシオン）、掟として（エ・ア・ミ・ス・サ・ルワ）……」

歌の感傷的な恋心に埋没し、歌詞とメロディに慰めを見いだすうちに、やがて気分は晴れてきた。

さざ波を立てている静かな海をヨットは進んでいた。ポールジャンティ（ガボン共和国西部の港町）の埠頭と、ガボンの沖合を南に延びている海底油田掘削プラットフォームの長い帯とのあいだを進んでいた。この資源、つまり貿易港と沖合の油田が経済的成功の枠組となって、この小国は資源に恵まれたこの地域の国々のなかでも南アフリカ共和国に次ぐ国民平均所得を享受している。

一三〇フィートという長さや、最先端をゆく構造や、船上の洗練された電子機器からもはっきりわかるように、このヨットは——いやスーパーヨットは——最新の高級船だが、ギニア湾に向かって北にゆっくり進路をとっていくその姿に人目につくところはうかがえない。この海域には巨大なクロマグロやターポンをはじめとする鱗の傷つきやすい魚や、ゴムのようなひれをもつスポーツフィッシングの獲物がふんだんにいた。全体に行き渡った繁栄のなかにも個々の豊かさがきらめくことはあるし、満足が共有されている世界でひと握りの者が稀有な贅沢を味わうこともありうる。蜜の満ちあふれた部屋に住んでいる女王蜂はそのことを知っている。

〈キメラ〉号に四つある広大なデッキの内部は、細部にいたるまでひたすら豪華でありながら、それでいて趣味のいい優雅さをたたえていた。スズカケノキ材で仕上げがほどこされている。刺繡をほどこしたダマスク織りの広東シルクが壁を飾っている。イタリアのポルデノーネの採石場から輸入された大理石の薄板で化粧張りがなされている。外の右舷の区画に、派手に人目を引くものがひとつだけあった。船名の由来になった神話の生き物キメラを描いた絵だ。獅子の頭と山羊の体と曲がりくねった蛇の尾をもつこの架空の怪物は、絵のなかで炎の息を吐いていた。

ヨットの持ち主は寓話の真価を認める人間だった。昔から語り継がれてきた物語にそなわっている大きな視野と美しい彩りと言外の意味を楽しむ人間だった。言葉遊びも好きだ。抑制のきいた物腰とめったに感情を表わさない顔をしているが、巧妙な言葉のいたずらや内輪の冗談や微妙な言い回しをひそかに楽しむ男でもあった。

語源学的にいえば、キメラは、ひとを欺くつかみどころのない性質をしたものや人物を表わすキメリカルという形容詞の語根にあたる。

魚類学ではキメラは魚類に属し、世界の海洋に四億年前から存在してきたサメの遠縁にあたる。サメがこれだけの長い時間を生き延びてきたのは、光のない深海を泳げる能力のおかげだ。彼らを狩ったり罠を仕掛けたりする敵の手もそこまでは届かない。

遺伝学では、キメラは遺伝子的に遠いふたつ以上の種から生まれた有機体と定義されている。キメラ植物は園芸学者が広め、収集家に好まれる。いくつかの研究室が試験管内で実験用の混合種齧歯(げっし)類を生み出してきた。DNA組み換え技術は人工的に育てられた移植用の器官や組織の需要を材料に、胎児の幹細胞を操作して人間と動物のキメラをつくり出す手法を生み出してきた。なかにはヨーロッパで特許を認められたものもある。

さまざまな事業に関心をいだくこのヨットの持ち主は、ルクセンブルクに本拠をおいて種接合技術の特許をふたつ申請している生物工学(バイオテクノロジー)会社の最大の出資者であり、影の支援者でもあった。彼にとっては小さな賭けだ。遊びで振ったサイコロのようなものだが、すばらしい利益を生み出す可能性もあった。また、この冒険には微妙な意味合いの違いもあった。ときおり彼は思いめぐらす。自分は豚を父親に、きらびやかな羽毛をもつが飛ぶことのできないレアという鳥を母親にして生まれてきた人間ではないだろうかと。そんなときには、人生という喜劇は雲におおわれた真夜中より暗く、熱した針の先と同じくらい熱く鋭いとしみじみ思った。

いま彼の心にあるのはそういう思いではなかった。〈キメラ〉号の大きな船橋の上で、彼は操舵室の片側の一段高くなった薄いオレンジ色のソファに腰をおろし、右脚を左脚の上に重ね、ひざの上で細い指を組み合わせて、海と岸がゆっくりすべるように動いていくところを丸みのついたパノラマ式の窓からながめていた。襟のついた薄いブルーの半袖シャツにクリーム色のズボン、なめし革色のデッキシューズという熱帯気候用の軽装だ。小さな魔除けのペンダントがついたネックレスを首にかけている。ペンダントもネックレスも、彼に協力的なボリビアのセロ・リコ銀山から掘り出された銀に細工をほどこしたものだ。この装身具は彼の化身でもある。そこには鉱夫たちの神様が描かれている。硫黄の臭いが鼻をつく危険な立坑(シャフト)の入口の奥にはかならず壁のくぼみがあり、そのなかにこの神様の社(やしろ)がある。この神様には角(つの)があり、しゃがんでいて、わずかながら狼を思わせるところがあり、太腿のあいだから男根が突き出している。ぼろを着た貧しい土着の労働者たちの生殺与奪の権を、この神は握っているといわれている。労働者たちは働いてこの神から鉱物の賜物(たまもの)を手に入れようとし、コカの葉とタバコの葉とピュアグレーンの酒を捧げ物にしてこの神の機嫌をとり、悪徳と不品行を賛美して飲み騒ぐことでこの神を称える。

多くの神々や民間伝承の怪物と同じく、この地下世界の領主は複数の名で知られていた。山村に住むインカ族の人びとは彼を死の王と呼ぶ。ボリビアの農民の大半にはエル・ティオ、つまり〝おやじ〟と〝悪霊(スパイ)〟のふたつの意味をもつ呼び名で知られている。徳と罪には淡々とした目を投げ、さしだされた捧げ物しか気にしない悪賢いおやじ。必要に迫られた男たちが気まぐれな好意と引き換えに聖人化した悪霊。

この遊覧ヨットの持ち主は心得ていたし、充分に理解していた。

肩飾りをつけた白い制服に身を包んでいる操舵手と機関士の区画を通り越して、彼は船橋の丸みのついた窓から外を見ていた。陽光がまだら模様をつけている海面、混雑している国際的な港、背の高い防油柵と起重機と坑口装置をそなえた固定式の石油掘削用プラットフォーム。

ここには富がある、と彼は心のなかでつぶやいた。莫大な富だ。それはすべて海面に見えている。だがこのなかに彼の関心を引くものはない。彼のアフリカ移住に追跡者の大きな網を逃れる以外の意味を与えてくれた宝物、つまりこの大陸最大の恵みは、美しいガラスの血管を脈々と流れる光だ。その血管は光の届かない深海を走っている。

そこから彼が富を汲み出すのは、だれにも止められない。

「カシミール」と、おだやかな声で彼は呼びかけた。「用意はいいか？」

操舵手はコンソールに向かっている隣の男とバンガビ族の方言で短い言葉を交わした。それから彼はうなずいた。

「はい（イエス）」彼は英語に切り換えて答えた。「モデムのアップロード／ダウンロード・テストは完了しています……生中継用の遠隔計測器とマルチモード・センサーはすでにつながっています……すべて確認も終わっています」

「だったら、まだ発射準備がととのわないのはなぜだ？」

「ガンヴィーユです。彼の確認を待っていました」

「確認は来たのか？」

「たったいま」と、操舵手は答えた。「あの男の手下たちも〈アフリカーナ〉号の船上で配置につきました」

ヨットの持ち主は組んでいた手をほどき、片方を自分の前で振り立てた。海中にいる公益設備作業員たちを早く始末したくてうずうずしていた。

「次の段階に進め」彼はいった。「じらすな」

次の瞬間、ヨットにドンとやわらかな衝撃が走り、男はモニター・ボードに目を凝らした。

ヨットの小室(チェインバー)から殺人魚が発進した。

〈キメラ〉号の右舷下の船倉にある配備室は魚雷発射管とほとんど変わらない。しかし、なかに収納されている小型潜水艇は在来型の兵器や遠隔操作水中艇とは似ても似つかなかった。それは見たこともないものだった。

それに似たものがあるとすれば、中央付近が大きくふくらんだ金属製の靴箱だろう。なかにものを詰めこみすぎて側面が外に押し広げられたような形をしている。配備室から射ち出されたあと、進路を安定させ方位を定めるひれを横と後ろと頭部に広げると、その姿は卵を抱えて腹のふくれた魚にさらに近づいた。

これらのたとえはどれも適切だった。

この殺人魚には中身がぎっしり詰まっており、まがりなりにも子を孕(はら)んでいたからだ。

「ガンヴィーユはなにをぐずぐずしてるんだ?」マリウスがいった。

「わからん」とセドリックは答えた。ふたりの会話は閉回路の音声リンクに戻っていた。

「アンドレのいうには、やっこさんは機関室に行ったままだそうだ。なにか問題があったらしい」

「ちきしょう。そこにも電話はあるんだし、その気になれば受話器に手が届くはずだろう」マリウスはいった。「きっとあのろくでなしはズボンを足首まで下げて、一杯やりながらいとしい女のセレナーデを歌ってやがるんだ」

セドリックはにやりとした。そのとおりだ、まちがいない——小さな愛(ル・プティ・アムール)なんてな。だが、ここでガンヴィーユの言い分を論じていてもしかたがない。

「底に降りてから、もう四時間近くになる」マリウスがいった。「なんでぎりぎりまで我慢してるんだ？　あの密閉ケースをビデオに撮って、上にあがったほうがいい」

「まだいらいらするのは早い。五時間でも頑張ろうと思えば頑張れるんだし」それに技師たちは浚渫(しゅんせつ)バケットを降ろす前に生の映像をもらって、おれの発見した奇妙なものを自分たちの望む角度で見たがるかもしれない、とセドリックは思った。「歌好きの旦那からすぐに応答があるはずだ。それまで、おまえのいうようにすこし映像を撮って——」

視野の右端でとつぜん何かが動き、セドリックの注意がそれた。しっかり見ようとドーム・ポートのなかで頭を傾けると、視野が狭くなった。体全体を回転させなければならなかった。

セドリックが推進エンジンの補助に左の足部(フットパッド)にすこしだけ圧力をかけると、体は反対側にそっと押し返された。

マリウスもブレードをすばやく回転させて体重を移し、同じ方向に顔を向けた。「PODが働いてても、かまわずサメが戻ってきたんじゃないだろうな」

「たぶんちがう。ちらっと見えたものはあいつほど大きくはなさそうだった」

セドリックはしばらく黙っていた。深海に脅威になる水生動物は多くはないが、彼はめずらしい標本にはつねに目を光らせていた。水中の野鳥観察者（バードウォッチャー）のように。一度の潜水でめずらしい光景に二度出会うなんて都合がよすぎる気がしたが、きょうはツイているのかもしれない。オゴウェ海盆には深海に凄むタコやオウムガイをはじめ、めずらしい居住者がめじろ押しだ。

彼は薄暗い水中を見渡し、ハードスーツのなかのスイッチに触れて肩のランプの明るさを最大設定にした。次の瞬間、六メートルほど離れた三時の方向から猛スピードで接近してくる物体に彼の目は釘づけになった。

セドリックは腕を上げて指し示した。「マリウス――」

「見えてる」と相棒はいった。「いったいなんだ、あれは？」

セドリックが黙っていたのは答えたくなかったからではない。皆目見当がつかなかったからだ。

やはり運よくふたたびめずらしい目撃例に出くわしたのかと一瞬考えた。ふたりに向かってくるのは、映像に収めて彼の個人的な海洋動物情報データと照合する必要のある、広胴型のめずらしい魚なのかと。ところがこれは、近づいてくるにつれて、魚でもイカやタコでもそれ以外のどんな生き物でもないことがわかった。

「どうやら――マリウス、こいつはなにかの無人探査機みたいだ」

「しかし、そんなばかな……この海域でそんなものが活動しているなら、知らせが来ているはずだ」

セドリックはまた黙りこんだ。マリウスのいうとおりだ、合点がゆかない。ケーブルにあるはずのない密閉ケースがあったのと同じように。しかし現実に、あのケースはいま彼の立っている場所からほんの何歩かのところにむきだしで横たわっている。彼のライトがつくり出している明るい扇形の光のなかに、これまでの潜水歴で出会ったどんなものにも似ていない自律型水中車両（AUV）が見えているのも事実だった。

そのときセドリックの頭に、前に見たことのあるなにかに似ているという考えが浮かんだ。このとつぜんのひらめきは、信号分配器（シグナルスプリッター）を通る電子データのように瞬時に別の記憶へと枝分かれした。セドリックが最初に呼び覚ました鮮明な記憶は、カリブ海で一年にわたってプラネテール社の通信計画にたずさわっていたころ海草のあいだをすべるように進んでいくのをよく見かけた魚のことだった。次に思い出したのは、彼が義務的に購読している月刊科学雑誌に書かれていたその生き物、つまりハコフグ科の魚についての記事だった。たぶんあれはフランス版『ナショナルジオグラフィック』誌だったと思うが、それはどうでもいい。大事なのはハコフグの体が硬い甲板（こうはん）におおわれていることだ。おかげで捕食者は食べる気をなくすが、当のハコフグもまったく体を曲げられない……そして、曲がらない鎧をまとっているにもかかわらず、ハコフグにはちゃんと移動手段がある。たぐいまれな安定性と機動力を与えるこの移動手段は、未来のＡＵＶの操縦推進システム・モデルに応用できないかと考えた米軍の調査員たちによって研究が進められていた。

向かってくるロボットのような船体に目を釘づけにしていた一瞬のうちに、セドリックの頭をこれだけのことがよぎり、並行した別々の回想経路を瞬時に流れて、鮮明な驚くべき一点に収斂（しゅうれん）した。考える時間があったら、見えている光景の意味が驚きのなかにゆっくり恐怖のしずくをしみわたらせていたかもしれない。しかしその時間はなかった。

恐怖が押し寄せるとき、それは冷たい荒れ狂う波濤となってどっと押し寄せるだろう。

このＡＵＶはハードスーツを着た操縦士の五メートル内に迫ったところで水平に静止した。下側に小さなレンズ状の窓があり、先端にこぶ状の黒い突起物があることにセドリックは気がついた。どちらの見かけも好ましいものではなかった。

そのあと、平たい船体の右側に開口部が現われた。ハッチかふたかパネルかわからないが、それが船体内にひっこんだ。それとも、跳ね上げ戸のようにばね仕掛けでなかに入ったのか。動きが速すぎて見分けがつかなかった。開口部が現われた。そしてセドリックが反応する間もなく、その奥の隔室から信じがたい中身が水中に放たれた。

二十かそこらのばらばらの球体だ。見かけは金属の玉軸受（ボールベアリング）のようだが、ラケットボールの球よりいくぶん大きかった。一個一個に小さなスクリュープロペラが四枚ついている。一枚は軸の上、一枚は軸の下、あとの二枚は左右についていた。

セドリックは驚愕に大きく目を見開いた。混乱のなかで、いちばん小さな甥の誕生日に買ったモンスターボールというおもちゃを思い出した。卵みたいな形でぱかっと開き、漫画に出てくる小さな怪物が射ち出される。

この球体が集まって、すきのない密集隊形をつくり、相棒といっしょに立っている場所へどっと群がってきたとき、彼はまだそのおもちゃのことを考えていた。

「セドリック……どうなってるんだ？」マリウスの声に緊張がみなぎった。「あれはなんだ？」

考えている時間はない。セドリックは通信モードを潜水夫と海上を結ぶ周波数に切り換えた。

「〈アフリカーナ〉号、緊急事態」と、彼は告げた。

返ってきたのは静寂だった。

「遭難救助信号（メーデー）だ、〈アフリカーナ〉号。繰り返す、メーデー、聞こえるか？」と、彼はいった。

やはり上からは静寂が返ってくるばかりだった。

「ちきしょう、答えろ、どうしたっていうんだ——？」

それでもなにも返ってこなかった。動きの速い球体はすぐそばまで迫っていた。

セドリックは無線をあきらめてマリウスを見た。なんの対策も思い浮かばなかった。この推進エンジンはスピードを出すようにはできていない。対策の浮かびようがない。だがセドリックは海軍で長い年月を過ごしていた。だから不吉でならなかった。この小型潜水艇のレンズ状の開口部と黒い発射体から、目標検知追尾式魚雷の自動誘導パケットを連想したからだ。

このロボットの群れは危険だ。

「逃げないと」と、彼はいった。情けないくらい平凡な台詞のような気がした。「なんとかして——」

球体の群れが襲いかかってくる前に彼が口から吐き出せた言葉はそれだけだった。

推進装置の後ろでバチバチバチッと三度、矢継ぎ早に音がした。右手を包んでいるポッドに一度、そのあと左手に五つめと六つめの音がした。胸と首の横に何度か激しい音がして、次の瞬間、ガンガンガンと体をぐらつかせるほどの衝撃が足を襲った。セドリックはよろけて泥の沈殿物のなかに倒れそうになった。

「ちきしょう!」マリウスがコムリンクに叫んだ。「こいつら、くっついてる。離れない!」

これまた明らかなことだった。球はところかまわず当たった場所にくっついていた。セドリックの目には、自分のハードスーツだけでなくマリウスのスーツの同じ箇所にも球が張りついているのが見えた。推進装置とドームの襟のつなぎ目にくっつき、巨大な金属のブドウのように両腕の捕捉手に集まってきた。同時に彼は、マリウスの腕と脚の上部には球がくっついておらず、自分のスーツもその部分は球の接着を免れていることに気がついた。

これがなにを意味するのか、またしてもセドリックには考えるチャンスがなかった。ハードスーツにひとつでも裂け目ができたら、内部環境が六〇気圧になってしまう。それは充分すぎるほどわかっていた。そのすさまじい圧力はとうてい人体の耐えうるものではない。内臓はパルプのようにどろどろになり、血球の細胞壁そのものが破裂してしまうだろう。

また別の球が背中に当たった。いまおれには、いくつくっついている？　十か？　十二か？

セドリックの横でマリウスがパニックにおちいりかけていた。大きな水の抵抗に逆らって両方の腕を上げ下ろししている。鳥のはばたきをスローモーションで見ているように腕を上げては下ろし、捕捉手の鉤爪から球体を振り落とそうとしていた。

自分のほうがわずかながら平静を保っていることにセドリックは気がついた。

「マリウス、じっとしていろ、そっちから球を引きはがしてみる」彼はいった。「落ち着いて、おたがいに球をはがしあうんだ」

マリウスは丸いドーム・ポート越しにセドリックと目を合わせ、狂ったように腕をばたつかせるのをやめるだけの理性をよび戻した。

セドリックは左の捕捉手をマリウスのほうへ伸ばし、個別に分かれている指の制御リングで動きをテストした。ステンレススチール製の鉤爪の四本のうち二本に重い球がくっついているにもかかわらず、まだ開いたり閉じたりできるのがわかり、軽い驚きに打たれた。

マリウスの首の根っこについている球を握り部分（グリッパー）で締めつけ、力をこめてひっぱった。球はびくともしなかった。さらに力を強めてひっぱった。制御リング内の超小型電子工学システム（ＭＥＭＳ）センサーが彼の努力を出力増大のかたちで伝えた。球はびくともせず、またマリウスが金切り声をあげはじめた。球がくっついてしがみついている、この球の野郎が離れない、といわなくてもわかる事実をわめきたてていた。セドリック自身も不安にあおられ、スーツのなかで汗をかきはじめていた。三度めの試みにはてこの力を加え、グリッパーのサーボモーターに限界まで力を振りしぼらせた。

ついに球が襟のつなぎ目から離れた。だが、ほんのわずかしか離れなかった。球はせいぜい数センチしか離れずに、ＭＥＭＳの助けを借りたグリッパーの鉤爪をすさまじい力で引き、セドリックの腕をマリウスのほうに引き寄せて、またぴたりとくっついた。

安堵の気持ちは一瞬のあいだに芽を吹いて、花を咲かせて、灰白色にしおれた。そして、植物を枯らす霜のような冷たい恐怖が心を吹き荒れた。マリウスから球を引き離すことも、自分を球から引き離すこともできない。この球たちはまるで……

セドリックはここに至って重要なことに気がつき、目をしばたたかせた。これまた紛れもない明白なことだった。なぜもっと早く思い浮かばなかったのかと悔やまれた。

「こいつらは帯磁している」事実を読み上げるような抑揚のない口調で彼はマリウスにそう告げていた。

のぞき窓の奥のマリウスの目には恐怖ととまどいが充満していた。それだけでなく、顔が太字の疑問符と化して宙に浮かんだような気がした。

いったいおれにどんな答えを求めているんだ？　セドリックが胸のなかでそうつぶやきか

けたとき、ハードスーツにくっついた球が爆発した。そしてセドリックの考えは押し寄せる海水にさらわれていった。


「どうなんだ、カシミール？　じらすな」

「大成功です。〝ネオジム狩人群〟は標的を捕捉して無力化しました」

ヨットの持ち主の目は輝きを放つ氷のようだった。「破壊のもようを映像で見たいというのは無理な要求か？」

カシミールはモニターと制御盤から注意をそらさなかった。

「できるかもしれません」彼はいった。「殺人魚は爆発地帯の外まで戻っていますし、後方散乱光センサーが爆発地帯内の高密度の浮遊粒子状物質をとらえています。しかし、無理をさせますと――」

「必要ない、呼び戻してやれ」ヨットの持ち主はいった。「想像を怠る(おこた)のは現代人に共通の欠点だ、カシミール。われわれも気をつけないとな」

「御意のままに」

ヨットの持ち主は薄いオレンジ色のソファにもたれた。骨のように細い体はクッションにほとんど重みを加えなかった。

「神の霊は水の面(おもて)に働きかけていた」彼はつぶやくような小声でいった。「光あれ(フイアート・ルクス)」

カシミールが白い制服の肩飾り越しにさっと振り返った。

「なんですか、それは?」

ヨットの持ち主は指先で宙を払った。

「とても興味深い古い物語があってな。そこに出てくる古い言葉だ」と、彼はいった。

2

さまざまな場所

「ウォールストリート・ジャーナル」オンライン週末版より

アップリンク・インターナショナル社、中断中の海底光ファイバー網完成にのりだす。
通信業界の巨人を荒海に沈める投機事業になりかねないと、専門筋の意見は一致。

カリフォルニア州サンノゼ発——アップリンク・インターナショナル社は、今週、フランスに本社をおくプラネテール・システムズ社とかねてからうわさにのぼっていた契約を結んだと発表、プラネテール社の財政破綻によって放置されている大がかりな設備を引き取ることになった。しかし、世界に冠たる通信業界の超大型空母にとって、この動きは重大かつ危険な転機になると専門家たちは考えている。

かつて欧州でアップリンク社の最大の競争相手だったプラネテール社は、つい最近まで通信業界の雄として君臨してきたが、多くの名だたる科学技術（テクノロジー）会社が悪戦苦闘する世界的な経済不安のなかで、同社も大幅な事業縮小を余儀なくされた。次の四半期でこの産業全体の収益がわずかでも上がることを多くの投資家は期待しているが、アフリカじゅうの海域に海底光ファイバー網を敷設するために借り入れた巨額の債務に携帯電話部門の大幅な収入減が重なって、プラネテール社の損益は一五億米ドルを超えるといわれている。

契約条件の詳細はまだ明らかにされていないが、消息筋によれば、アップリンク社はプラネテール社が赤道アフリカ諸国に現在保有している海中と地上のファイバー網の設備と機器をすべて獲得したという。赤道アフリカ諸国は世界のなかでもかなり敷設の遅れた市場とみられているが、その一因はこの地域に絶えることのない政治と経済の不安にある。

しかし、CNNの『マネーライン』に出演したアップリンク副社長で、たびたび同社のスポークスウーマンをつとめてきたメガン・ブリーン氏は、プラネテールの築き上げてきた土台を高く評価するとともに、アップリンク社にはどんな困難に直面しても切り抜けられる力があると自信を表明した。

「プラネテール社は過去に多くの成功を収めてきておりますし、当社との契約によって資本を強化し、未来の展望に振り向けられたらうれしく思います」と、彼女は語った。「当社は非常に競争心旺盛な企業ではありますが、同時に、世界と手をつなぐのをかねてから目標にしてもまいりました。アップリンク社はプラネテール社がアフリカ大陸に確立した施設を土台としてさらなる発展に邁進(まいしん)する所存です」

資本の投入は長期にわたり、次の十年とそれ以降にまで及ぶ点をブリーン女史は強調した。「これは当社にとってはきわめて理にかなった救済活動です」彼女はいった。「当社を動かしている企業精神、そして当社の創立者であるロジャー・ゴーディアンの核をなす信条を申し上げるなら、信頼度の高い最新のインターネットと通信のサービスを発展途上の国々に導入するのは百年以上前にアメリカで行なわれた鉄道と電信のシステムの敷設に比肩する重要な事業でありますし、当時に匹敵する産業と政治と社会の躍進をもたらすことができると、わたくしどもは信じております」

しかしゴーディアンとアップリンク社は、経済界が著しい変化にめまぐるしく見舞われているこの時期に荒波を乗り切らなければならず、激流にのみこまれて沈まないよう用心するべきだという声も出ている。ブリーン氏の触れた事業拡大は、どんな会社の財源にも──アップリンク社のような世界に君臨する大企業にさえ──相当な重圧をもたらすにちちがいない。プラネテール社がアフリカに敷いたネットワークの多くは、すでに海底光ファイバーケーブルでヨーロッパとつながっており、アップリンク社は環太平洋地域に大洋横断ラインを通す計画を立てているのではないかと推測する向きもある。この野心的な努力のためには、何十年かたっている古い箇所を大容量の次世代設備と海底ケーブルに取り替える必要も出てくるだろう──莫大な資金を要する事業だ。

海中での維持管理費も高くつく可能性がある。アフリカのネットワークの中枢がおかれている赤道地帯の小国ガボンの沖合でケーブルの一部が損傷を起こし、プラネテール社が何百万ドルもの修繕費用を捻出せざるをえなくなってからまだ半年もたっていない。そのさいには深海専門の潜水夫二名が故障原因の調査中に事故死をとげている。あの悲劇とプラネテール社のあの地域からの撤退に関係があるとはみられていないが、ひとを寄せつけない、ときに危険をともなう環境でケーブル計画に着手することのむずかしさを、あの事件が象徴しているのはまちがいなく……


「どうしたんだ?」ピート・ナイメクがいった。

「なあに」アニー・コールフィールドが生返事をした。

「どうしたんだろうと思ってな」

「どうもしてないわ」

ナイメクにはちがうという確信があった。

「おいおい」と、彼は頭を振った。ナイメクは見返した。「絶対なにかあるはずだ」アニーは彼を見た。アニーは手に調理用のお玉を持っていた。ナイメクは薄いへらを持っている。

「なぜそんなふうに思うのかしら?」アニーはちょっぴりよそよそしい口調でいった。

「ここにあるこいつがそう思わせるのさ」ナイメクはへらを持ち上げて、ふたりのあいだで揺らした。これは証拠の品であり、決定的証拠であり、法廷証拠物件AからZまでがひとつになったものだった。

テキサス西部の明るく暖かいヒナギク色の日射しがキッチンの窓にふりそそぐなか、アニーはまだいくぶんうわの空のまま、なにもいわずに彼を見た。ふたりは電子レンジの前で朝食の用意をしていた。アニーはブロンドの髪をバスローブの襟まで無造作に垂らしており、ナイメクはすでにリーヴァイスとTシャツに着替えていた。アニーの子どもたちは家の反対側でパジャマを着て、ベッドカバーの下でもぞもぞ動いていた。日曜の朝の風景だ。

「そろそろ裏返したほうがいいわ」ようやくアニーがいった。彼女はお玉で移したホットケーキの種がナイメクの前にある熱くなったフライパンでジュージュー音をたてているところをあごで示した。

「本当にいいのか？」

「もちろんよ。クリスとリンダに焦げたホットケーキを出したい理由があるんじゃなかったらだけど――」

「なるほど。やっぱり。そうだ」と、ナイメクはいった。

「なにが？」

「きみがおれに腹を立てているもうひとつの証拠だ」ナイメクは手に持った調理器具をまた小さく振った。「おれはここで金属のへらを使っている。そしてその鍋は、高価な汚れのこびりつかないタイプのだ。つまりテフロン加工のへらを使わないと樹脂に傷がついて、だいなしになる。そうだろ？」

アニーはそうだったわと、驚きの表情でへらの刃を見た。

「ええ」彼女はいった。「そうなるわね」

「やっぱりな」とナイメクは繰り返し、自分の言い分は終了という表情を浮かべた。単純明快な証明だった。

彼はアニーの向こうに手を伸ばして、調理器具がぎっしり詰まった壁のホルダーにへらをすべりこませ、そこからテフロン加工のへらをとりだして、きつね色になっていない側を下にホットケーキをすばやくひっくり返した。

「わけがわからないわ」彼女はいった。「金属のを使っちゃいけないってわかってるなら……？」

「試してみたんだ」彼女の質問が終わらないうちに彼はいった。

「試した？」

「そうだ」彼はいった。「きみが気がついて、どのへらを使うべきか注意してくるかどうかを確かめるために、おれはあれを握ってみた」

「ふうん」と、彼女はいった。

「しかしきみはしなかった」彼はいった。「つまり、気がつきも注意もしなかった」

「たしかにそうだけど……」

「いつもだったらきみは気がつく」ナイメクはいった。「おれが初めて泊まったときからそうだった。一度だけ例外があった。おれたちがけんかをして、きみがけさみたいにずっと黙りこんでいたときだ」

アニーが見守るなかで、ナイメクは焼き上がったホットケーキを給仕用のトレーに移し、そのあと次の種をくれという身ぶりをした。彼女はミキシングボウルからお玉ですくって鍋にそそいだ。

「ようし、もういい、そのくらいにしないと、なかが生焼けになるからな」彼はいった。

「さてと、きみが怒っているわけを教えてくれないか」

「怒ってなんか——」

「いる」

アニーの険しい表情を見て彼はにわかに黙りこんだ。

「わたしが、ええと、四十分前だか一時間前だかに目をさましたとき、ベッドにいたのはあなたで、ピート・ナイメクのそっくりさんなんかじゃなかったんでしょう？」と、彼女はいった。

「それとなんの関係が……？」

「そのときわたしのそぶりは怒っているみたいに見えた？」

ナイメクはまごついて頬に紅潮を感じた。「いや、そんなことは……」

「そう見えたとしたら、わたしたちはきわめて深刻なコミュニケーション不足を起こしていたってことですもの」

「いや、そんなことはない。きみの、いや、おれたちのコミュニケーションに問題はなかった。それどころか、きわめて良好で——」

「なら、いつ、どうして、わたしが気分を害したにちがいないって思ったの？」

「怒ったにちがいないとだ」と、彼は意味を明確にした。

「どっちでもいいわ」彼女はいった。

ナイメクは彼女にしばらく目をそそぎ、それからためいきをついた。

「そのあときみが妙に静かになったとき」彼はいった。「ひょっとして、こんどの週末にクリスとジョナサンをマリナーズの試合に連れていってやってくれと頼んだことに関係があるんだろうかと考えた。ふだんなら頼んだりしなかったんだ。あの子たちに連れていってやると約束して、ゴードに例のグラウンドに近いボックスシートのチケットを都合してもらったりしていなかったら」

すこし時間が過ぎた。アニーはフライパンで焼けていくホットケーキをあごで示した。ナイメクはそれをひっくり返した。

「ピート」彼女はいった。「いったいどうして、わたしが自分の息子と野球を観にいくのをいやがらなくちゃならないの？」

「いや、ジョンはおれの息子だし……」

「だったら、わたしたちそれぞれの息子たちとよ」といってから、彼女はふいに口ごもった。「ジョンはわたしのこと、嫌いじゃないんでしょう？」

「アニー、ジョンがきみを大好きなのは知ってるはずだ」

「知ってるつもりだったけど……」

「事実だ。それどころかあいつは舞い上がってるよ。その点はなにも心配しなくていい」

「なら、いったいどんな問題があるっていうの？」

ナイメクはひょいと肩をすくめた。

「わからない」彼はいった。「おれがいないときに西海岸まで飛行機で出かけなくちゃならないのが億劫なのかもしれないと考えてみた。それとも、あんまり野球になじみがなくて、九回まですわっていなくちゃならないのがいやなのだろうかと……」

「男の子たちがずっと楽しそうに、試合の一部始終を詳しく解説してくれるの」彼女はいった。「前回は、外野からの返球の中継に入る選手とそのバックアップをする選手のこと、その両方が投げそこなったときにジマーとジーターがやってのけた臨機応変のスーパープレイについて講義を受けたわ。〝火消し〟とか〝決め球〟みたいな専門用語だって使えるし、イチローが打席に立ったときはきっと熱狂的なファンになって絶叫できるわ」

それを聞いてナイメクの顔はかすかにほころんだ。

「うまくやれそうな気がするよ」と、彼はいった。

「わたしもよ」彼女も小さな微笑を浮かべ、レンジを身ぶりで示した。「次のケーキにかかったほうがよさそうよ」

彼らはとりかかった。アニーがミキシングボウルからお玉ですくったケーキの種をフライパンの中央にそそぎ入れ、お玉で平らに広げる単純な手順をこなしていくのをナイメクは見守った。彼女を見て、彼女の髪の明るいブロンドに脱色した部分が窓からふりそそぐ朝の日射しを受けて金色に輝いているのに気がついた。と同時に、昨夜ベッドわきの石油ランプの揺らめきのなかで彼女を抱き寄せたとき、その髪のきわだたせた部分がいまより深みのあるつややかな色に見えたことを思い出した。

「アニー……」と、彼はおだやかな声で呼びかけた。

「なに?」

「きみがなにを気に病んでいるのか、教えてくれないか」

アニーはナイメクの顔を見上げ、ナイメクはアニーの顔を見下ろし、ふたりの目が合った。ふたりはキッチンのコンロのそばに立っていた。週末のおなじみの、しかし格別の香りが充満している。彼らは数千マイル離れた別々の州の別々の街で平日の仕事をこなしたあと、ここでいっしょに週末を過ごす。平日には、アニーはテキサス州のジョンソン宇宙センター、ナイメクはカリフォルニア州のアップリンク本社にいて、ふたりのあいだには何千マイルという長い距離が横たわっている。

「アフリカよ」と、長い沈黙ののちに彼女はいった。「あなたのアフリカ行きを心配しているの。ガボンに行くのを。コンゴが目と鼻の先だもの。あの国ではこの四半世紀のあいだ、いろんな部族が内戦でおたがいを殺しあうのに血道を上げてきたし、それと同じくらい野蛮な内部抗争をしょっちゅう起こしているわ」

「アニー……」

「あなたがいなくてどんなにさびしい思いをするかっていう自分勝手な心配もあるし、とにかく心配がまとわりついて離れないの」

沈黙が流れた。

ナイメクは彼女を見て、息をついた。

「アニー、ほんの何週間か離れるだけだ。心配することなんて、どこにも……」

「去年、南極に行ったときみたいに? あれもほんの何週間かだったわ。住人が銃さえ持てないはずの大陸で、コールドコーナーズ基地は小さな軍隊の攻撃を受けたのよ。傭兵の特殊部隊の。あなたもメグも殺されていたかもしれないのよ。アップリンクには敵がいるわ、ピート。それが現実よ。アップリンクには世界じゅうに容易ならない敵がいる。その事実は甘んじて受け入れるわ。だけど、わたしが心配しないなんて思わないで」

ナイメクはしばらく無言でいた。そのあといきなりアニーのそばに歩み寄って、へらをレンジの横のカウンターに置き、彼女の手からケーキ種の垂れるお玉を奪ってミキシングボウルに沈め、彼女の腰に両手をまわして引き寄せた。

「南極で会っていなかったら、おれたちはこうしていっしょにはいなかっただろう」彼はいった。「そういう側面もある」

「わかってるわ、ピート、でも――」

彼はアニーの口に指を当てて彼女を黙らせた。

「気をつけるよう努力する」彼はいった。「いつも気をつけてはいる。しかし最近は以前よりはるかに努力している。以前なら、戦場に一週間いようと一カ月いようと半年いようと気にしなかった。サンノゼでも同じようなものだった。仕事がすべてだった。おれの人生のすべてだった。あとはただ時間をつぶしてるだけだった。金曜の夜に帰宅してから向かう場所は、きみがいつも消毒するといって脅かすほど汚れたビリヤード・ルームだけだった。いまは金曜日の午後に会社にいると、空港に行くのが待ち遠しくてたまらない。仕事を片づけてきみのところに帰るのが待ち遠しくてたまらない。アフリカでもそうなるだろう。仕事を片づけて、帰ってくる」

アニーは彼を見た。まだ無言のままだ。明るいブルーの目が彼の茶色の目をとらえた。日射しを受けたブロンドの髪が輝いていた。そのあとナイメクは、彼女が笑顔になったのに気がついた。そして彼女がさらにぎゅっと体を押しつけてくるのを感じた。

「愛してるわ、ピート」と彼女はいい、彼女の唇がナイメクのあごをかすめた。

「愛してる、アニー」と彼はいった。喉が詰まったような気がした。

「ホットケーキの匂いだ！」クリスが廊下で叫んだ。

アニーが微笑んだ。

「おちびさんが起きてきたわ」彼女はくぐもった声でいった。

ナイメクは彼女に片目をつぶってみせた。

「おれのはまだ寝かせておこう」といって、彼はしぶしぶながら腰を引いた。

「〝通信業界の巨人を荒海に沈める〟」メガン・ブリーンが『ウォールストリート・ジャーナル』の上に頭をかがめ、樹木のように分化した髪を頬に垂らしながら声に出して記事を読み上げた。「〝荒波を乗り切らなければ……〟」

「〝その下に沈まないよう用心する〟はわたしの十八番でもある」と、ロジャー・ゴーディアンがいった。

「それにしても」と、メガンは束ねていない髪の房を耳の後ろにかきあげた。秋の真っ盛りの木の葉のような、豊かな赤みをおびた褐色の髪だ。「隠喩の乱用がひどすぎるし、記事からののしり声が聞こえてきそうだわ」

「そして慈悲深い死をいたずらに願っている」と、ゴーディアンがいった。

「そして最後にこじつけの支離滅裂におちいっていく」メガンがいった。

ゴーディアンは彼のオフィスの隅のコーヒーメーカーのそばから振り向いた。

「うまくいってるうちに手を引くのが身のため、か」彼はいった。「まるでわれわれの旧友、レイノルド・アーミテッジの書いた記事みたいじゃないか?」

メガンはゴーディアンの机の前に腰かけたままうなずいた。そして自分のプリントアウトを机の上に置いた。

「それで思い出しましたけど」彼女はいった。「あの男はわたしたちのことをなんて書いたんでした? 成長する怪物でした?」

「成長して衰えゆく怪物だ」ゴーディアンはいった。「いや実際、この記事に目を通したあと、アーミテッジの筆者名を探したくらいだ。しかしあの男は、われわれがモノリス社による乗っ取りの企みを打ち砕いて以来、すっかり勢いを失ったようだ」

「かくあらせたまえ」メガンはいった。「どうか運命の帆があの男をわたしたちの航路からすみやかに吹き払い（アーメン）――」

「メガン――」

「すみません」彼女はいった。「神経過敏になりかけているんでしょうか……氷の上で過ごしてきた時間のせいかもしれません」

ゴーディアンはコーヒーメーカーの横の緑茶の缶のふたを開け、スプーンでカップのセラミック・フィルターに葉をすくい入れ、湯のそそぎ口の下にカップを置いて、葉の上にそそぎ入れた。それからティーカップにふたをかぶせ、体を半分回してメガンを見た。

「コーヒーは？」と、彼は保温板にのっているポットをあごで示した。

「焙煎（ロースト）は？」

「なんだって？」

「焙煎（ロースト）です」彼女はいった。「以前いつも入れてくださってた例のすばらしいイタリアン・コーヒーをいただけるのかしら、それともまた、あなたの優しいけど味覚には無頓着な秘書がこれまで入れてきた味気ないコーヒーかしらって思いまして」

「焙煎のことはわからない。最近はもっぱら日本のお茶（オチャ）ばかりで……アッシュからきびしい命令を受けていてね」彼はぼんやりした声でいった。「ノーマに訊いてみてもいいが――」

メガンはあわてて手を払った。

「けっこうです」彼女はいった。「けさは、あとで〈スターバックス〉に立ち寄ることにしますから」

ゴーディアンはひょいと肩をすくめ、机の彼の側へ戻って腰をおろした。彼の右側には各種のドーナツを詰め合わせた箱があった。彼はなかをのぞきこんで、チョコレートの衣と七色の粒チョコがかかったのを選び、吸い取り紙の上でお茶が濃くなってくるのを待つあいだにひとかじりした。

「アシュリーの食餌(しょくじ)療法でドーナツは許されているんですか？」と、メガンがたずねた。

ゴーディアンはドーナツを噛んで飲みこみ、また軽く肩をすくめてみせた。

「ドーナツのことはいってないんだ」罪のない顔で彼はいった。「ここのところの妻の大きな関心は、わたしがお茶のポリフェノールを摂取することにあるらしい。抗酸化作用と抗ウイルス効果があるそうだ」

「なるほど」とメガンは応じた。ボスは本当に信じられないくらい元気そうだ、と彼女は心のなかでつぶやいていた。二年前に命を奪われかけたあの病気――じつは生物兵器による狡猾な暗殺の試みだったのだが――あの病気に倒れる以前のはつらつとした健康状態までは戻っていないかもしれないが、彼女が九カ月におよぶつましい南極暮らしに出発したころにくらべれば格段によくなっている。髪の毛がすっかり白くなったのは確かだし、頭皮の部分が増えたのも明らかだが、それ以外に回復初期の生気の欠けた弱々しさを思い出させるところはほとんどない。つまり、全快したように見えた。ゴードの健康を維持するために彼の妻が健康食品の店に足繁く通っては買いこんでくるお茶のタンニンや亜麻仁油のカプセルやなにやらの効果をうんぬんする気はメガンにはなかったが、アシュリーこそが——彼女の不断の献身と忍耐こそが——ゴーディアンを復活させた力の源だとメガンは信じていた。アシュリーの存在の大きさは疑いようがない。あとは、戦闘機乗り特有の鋼のような目に宿っている不屈の精神のおかげだ。ハノイ・ヒルトンに囚われの身になった悪夢のような五年間に、ずっと彼を支えてきたのはその不屈の精神だった。

「それで」ティーカップからフィルターを持ち上げ、ひじの横の小さなトレーに置いて、ゴーディアンが切りだした。「きみはどう思う？」

メガンは彼を見て、脱線した話をもとに戻した。

「記事のことですね」彼女はいった。

ゴーディアンはうなずいた。「記事のことだ。それも複数のな。そして、わたしがいっているのは退屈な文章形式のことではなく、新聞雑誌記事としての値打ちの問題だ。うちのアフリカ計画については、投資専門紙に発表して以来、山ほど記事が書かれてきたが、わたしの見たなかにわが社の判断に拍手を送るものはひとつもなかった」

メガンはひょいと肩をすくめた。

「わたしの顔にはなんのショックも浮かんでいないでしょう？」彼女はいった。「記事の背後にいる才能にあふれた立派な言葉の紡ぎ手たちが簡単な下調べをいとわなければ、もっと楽観的な見かたになっているはずなんです……腹立たしいのは、その下調べをするために、この国のばか高い料金を取る投資コンサルタントたちに五〇ドルも六〇ドルも払わなきゃいけないってこともないからなんです。まともな記者ならオンラインの情報サービスを、つまり無料の情報を活用できますもの。ガボン経済の概略を、あるいは西アフリカ一般でもかまいませんが、それを知るのにどれだけの努力が必要だというの？　五分も検索すれば、沖合で進められている石油とガスの油田開発については……特に、セドコ・ケミカル社が認可を受けている海域については、どっさり情報が得られるじゃありませんか」

ゴーディアンが破顔一笑した。

「燃えてるな」と、彼はいった。

「え？」

「たしかにショックを受けているようには見えない」彼はいった。「きみの吐き出している炎がスプリンクラーを作動させないよう祈るのみだ」

メガンは自分の口元に微笑が浮かんだような気がした。

「非建設的な攻撃に心を砕いている輩にはあまり寛容な気持ちになれないのかもしれません。コールドコーナーズ基地のことがあって、あそこで全員が一丸となって最悪の状況をはね返したのを見てきてからは、なおさらです」彼女はいった。「でも、アレックス・ノードストラムがいいことをいってますわ。十年前にアップリンクが軍事関連の契約を手に入れたあと、あなたはすぐ引退することもできたはずなんです。熱気球の世界一周記録に挑戦したり、ヒマラヤの山々に登ったり、ヴァイキングの船のレプリカで大西洋を横断したり……アレックスのいう〝湯水のようにお金を使った道楽〟をしながら残りの人生を過ごすこともできたはずなんです。懐疑的な見かたをする連中は、そういうたぐいの選択をする人間のことはうるさくとがめだてしないんですよ――ぜひともそうしてほしいわけじゃありませんけど。でも、あなたは現実の世界にとどまりました。陳腐な言い方かもしれませんけど、世の中をいい方向へ変えるためにすべてを危険にさらしてきたんです。なのに、あの連中ときたら、いつもあなたがぶざまに失敗するのを期待しているんですから」

ゴーディアンはティーカップを持ち上げて、そこからたちのぼる花の香りのする湯気を吸いこみ、すこし中身を口にした。カップを置いてドーナツを大きくひとかじりし、静かに噛んで飲みこんだ。そして明るいピンク色の砂糖粒を口の端からはたき落とし、またひと口お茶を飲んだ。

「メガン、お褒めにあずかってうれしいが、以下がわたしの質問だ」と、しばらくして彼はいった。「ひとつめ。この光ファイバー計画はわれわれの能力を超えた暴挙だときみは思うか？　そしてふたつめ。マスコミの連中がすべきだったのにしなかったときみのいう良心的な下調べとは、セドコの取締役会に席を置いているダン・パーカーのことかな？」

メガンは三十秒ほどボスを見ながら考えた。

「ふたつまとめてお答えしてみましょう」彼女はいった。「コンピュータのはじき出した数字を熟読し、ヴィンス・スカルから入っているリスク評価報告にも注意を払いました。そのあとさらにマーフィーの法則を考慮した結果、アフリカにかかる費用は、非建設的な攻撃ばかりするひとたちが次の二年間に予想している額より二〇億ないし三〇億ドル多くなるという結論に達しました。正直いって、ブロードバンドの光ファイバーと衛星施設の統合に着手したときには、それが四〇億ドルになったとしても驚きません。これによってわが社の資本は消耗するでしょうし、シティグループの信用保証をとりつけていても、持ちこたえられなくなる可能性がないわけではありません」メガンはいちど言葉を切って前に身をのりだした。「しかし、成功の見込みも大いにあるわけです。それはあのオゴウェ扇状地でわが社の事業を強化できるかどうかにかかっていると思います。つまり契約をまとめて、セドコの深海プラットフォームを相互連結し、そのあとケーブルを増設して、セドコの地上事業所につなぐ必要があるわけです。セドコの先行投資で少なくとも二年はやっていけますが、そのあいだにアフリカの通信事業全体から、ゆるやかであっても着実な利益を上げていなくてはなりません」

ゴーディアンは緑茶のカップをじゃまにならないように机のわきへやっていた。まだお茶は三分の二くらい入っていることにメガンは気がついた。彼はふたつめのドーナツに手を伸ばし、それをかじりはじめた。

「条件つきの楽観論か」グレープゼリーとチョコレートの衣がかかったドーナツひと口ぶんを飲みこんだあと、ゴーディアンはいった。「それがきみの〝週明けの展望〟なんだな？」

メガンは肩をすくめた。

「考え抜いたうえでの楽観論というべきかしら」と、彼女は答えた。

ゴーディアンはうなずいてドーナツを食べた。

メガンの目はゴーディアンを通り越して壁の偏光ガラスの外に向かい、はるか南のハミルトン山を見た。雄大な山腹がディアブロ山地に筋肉のこぶのようにそびえている。雲ひとつない晴天で、海抜四〇〇〇フィートの山頂にはリック天文台のドームが白く輝いていた。この風景を見て彼女はあることを思い出した。

「わたしのオフィスに行く途中でピートの部屋に寄ったんですが、彼はいませんでした」と、彼女はいった。「ヒューストンで足止めを食らっているんでしょうか？」

ゴーディアンはちがうと首を振った。「ピートは週末から何日か休暇をとったんだ」と、彼はいった。「金曜日に先遣隊とガボンに発つことになるから、アニー・コールフィールドといつもより長く過ごしたかったんだな」

メガンは小さく微笑み、その表情が口にしていない考えをほのめかしていた。

「本当にお似合いのふたりになりましたね」と、彼女はいった。

「そのようだな」ゴーディアンはメガンを見た。「あのふたりがどうやって恋愛関係におちいったのか、わたしは興味がある。つまり、状況のことだ」

メガンは指先で口の端をかるくたたいた。

「どういう意味でしょう？」と、彼女はたずねた。

ゴーディアンはふたつめのドーナツを食べおえてナプキンに手を伸ばし、口元をぬぐってから、くしゃくしゃになったナプキンをごみ箱に投げ入れた。

「彼らが初めて会ったのはフロリダだ。ピートがケープ・カナヴェラルで起こったスペースシャトルの悲劇を調査する手助けにおもむいたときだ」彼はいった。「ふたりが仕事仲間としてしっかり協力したのは確かだが、あのときはまだずっと仕事上の関係だったはずだ。つまり、いずれにしても、それ以上の関係ではなかったはずだ」

　メガンはボスの顔を見た。

「永遠の謎でしょうね。ピートの口にはコルクで固く栓がしてあるし、彼に私生活のことを白状させるのはまず不可能ですから」

「すこし勝手に推理してみた」ゴーディアンはいった。「アニーとわたしはその後もずっと連絡をとりあっていた。アップリンクとNASAにはたくさんの結びつきがあるし、もちろん彼女はジョンソン宇宙センターの幹部だから……」

「ええ、そのとおりですが……」

「アニーはたびたび、ピートは元気か、彼によろしくと、そのたぐいのことをいっていた。だからわたしはいつも、彼女がよろしくといっていたとピートに伝えていた」

「ええ……」

「ピートは特になにもいわなかったし、あまり反応を示さなかった」ゴーディアンはいった。「しばらくすると、アニーはよろしくといわなくなったが、わたしとの会話のなかにはまだピートの名前がときどき出てきていた。たいていは、彼が元気かどうか確かめるものだった。だから、ふたりの連絡はとだえていたと結論してまずまちがいない」

「なるほど」メガンがいった。「筋の通った推理のような気がします」

「そのはずだ」ゴーディアンはいった。「だから、陳腐な表現で申し訳ないが、彼らの恋が丸一年たってから凍った荒地のなかで花を咲かせたのが不思議でならないんだ」

ゴーディアンがメガンをちらっと見た。

「どうしてわたしを見るんですか?」彼女はたずねた。

「きみになにか考えがないかと思っただけだ」ゴーディアンはいった。「きみはコールドコーナーズ基地であのふたりといっしょだった」

メガンは急いで首を横に振った。

「いえ」彼女はいった。「さっぱりわかりません」

「本当か? 彼らがうまくいったのには、なにかの、もしくはだれかの助けがあったという直感をわたしは捨てられなくてね……」

「おたずねになる相手をまちがえていらっしゃいますわ」と、彼女はいった。

「おやおや」ゴーディアンはいった。「ピートときみより親しい人間はいないのを、わたしは知っているからな。アニーは別だよ、もちろん。南極以来きみと彼女がすごく親しくなったのも知っているし……」

「基地の最高責任者という責務を果たすのに忙しくて、ひとり二役まではとてもとても」

「ひとり二役?」

「社交指導官ですわ」

「というと」ゴーディアンはさらにうながした。

「つまり縁結びの仕事です。そのことをおっしゃっているのなら……」

「では彼らはふたりだけで、お久しぶり、愛している、わたしもよとあいなったわけか」

メガンは肩をすくめた。

「だと思います」と、彼女はいった。

ゴーディアンはまた彼女をちらっと見た。「どうもナイメクらしからぬ話のような気がするな」

「さっきも申しましたが、永遠の謎ですわ」彼女はまた肩をすくめた。「そろそろ自分の部屋に戻りませんと。金曜日から待ちぼうけを食わせている書類仕事が山とありますので」

ゴーディアンはうなずき、メガンは机の反対側から立ち上がった。

「あのふたりがどうやって結ばれたのか、だれかがきっかけを与えたのかもしれないし、与えなかったのかもしれないが」彼はいった。「ピートとアニーが仲むつまじくしているのを見られるのはすてきなことだ」

メガンはゴーディアンの机の前で立ち止まった。十五世紀にスペイン戦争のガリオン船で使われていたのと同じくらい大きな黒っぽいマホガニー材の机だ。

「はい」と彼女はいい、にやりと笑いたくなるのを必死にこらえていた。「本当にそうですね」

ポールジャンティは指のような形をした起伏のなだらかな半島にあり、河口の沼と三角州に囲まれている。雨季にはそこが増水して氾濫を起こすこともあった。この一帯には排水路が何本も走っており、近隣どうしは小さな橋で結ばれているが、そこを渡るには、この街を猛スピードで飛ばすタクシーより徒歩のほうが快適で安全だ。

階層でくっきり色分けされた地区と地区には、おたがいを結ぶ橋が存在しない。周辺部のサルサやサンス界隈には失業と犯罪がつねに存在する。路上の犯罪はどこで起こってもおかしくない。残忍なものもある。機会さえあればいつでも起こる。強盗と銃撃の繰り返しだ。

ダウンタウンには優雅な植民地（コロニアル）時代風の家が並び、節度のある会話に敏感な人びとは、夜にはるか彼方で起こっている犯罪と掠奪の音には耳をふさいでいる。あれは運河の向こうで店の正面のガラスが割れる音か？　女のかん高い悲鳴か？　なんでもない、憲兵隊にまかせておけ！　気にせず、シャンパングラスやブランデーグラスが触れあう音を楽しもう。ここは権力者と政府の役人が栄える場所だ。ガボンが仏領赤道アフリカだった一世紀以上前に形作られ発展した、裕福な教育を受けた役人のための上流階層の町だ。国外から赴任してくる人びとの、つまりこの国に埋もれている石油や貴金属に引き寄せられてくる銀行家や投資家や実業家や専門技術者たちの、憩いの場でもある。

快適な生活環境にある彼らの夜は静かで長く、彼らの昼間は多忙で仕事にあふれていた。

パナマ帽をかぶって白い熱帯用の軽量スーツを着た男は、ポールジャンティは身を落ち着けるのに適した場所だと感じていた。ここでは敵の目を逃れて自由に動くことができる。現地の動向を調べ尽くしたおかげで、目的を達成し望みのものを手に入れようとする生来の意欲を満たすこともできた。〈キメラ〉号に乗って闇の仕事に精を出していないときには、種々雑多なものから成るこの街の地区をそぞろ歩き、ゆがんだコントラストに見入った。モスクとカジノ、頭蓋帽（スカルキャップ）とポマード、豪華ホテルとあばら家、歩道のカフェと呪物のマーケット。礼拝者たちがキリスト教の賛美歌と精霊信仰（アニミズム）の聖歌を融合した歌声を張り上げている大きな教会の外で、彼はよく足を止めた。リスク分散のために二股をかけている人びとが、古代の拝火教の秘儀を思い起こしながら音楽でキリストを称えていた。

市場はお気にいりの場所のひとつだ。大きな村（グラン・ヴィラージュ）と呼ばれる界隈には路地が何本かあり、そこに一群の露店が並んでいる。

きょうは散歩の途中にいやな瞬間があった。乾季の灼熱が彼の心をボリビアへ連れ戻した。太陽を見上げて焼けつくような日射しをまともに浴び、肌の表面が赤くなって水ぶくれができるのを感じながら激しい怒りを焼き払ったあのときの記憶がよみがえった。こんなふうにとつぜんよみがえるのはめずらしいことだ。身を焦がすような痛みに耐え、自分の内側から敗北の残滓（ざんし）をこすり落として、前向きに仕事を進めてきた。ところが、アメリカから入ってきた残念なニュースを聞いて以来、過去がすこしずつ心にしみ出てきていたらしい。それがあの瞬間に道筋を見つけ、深く切りこんできたのだ。彼はビーコン地区の歩道に出ていた屋台の前で足を止めて、バターパンとコーヒーを買い求め、売り子に硬貨で支払いをして、その朝食をカートに置いた。アフリカの路上がまわりでおぼろになって、彼はふたたびボリビアのチャパレにある牧場の家（ランチハウス）のヴェランダにいた。ものうげな目をしたおとなしいだけの愚かな若い雌牛(ヘファー)たちが遠くで草を食んでいた。日射しを受けた彼の顔はひりひりしていた。

　そこで短い追憶の道筋はぴしゃりと閉じ、ボリビアのことは頭のなかから蒸発した。彼はまた市場に向かって歩きだした。政府の仲介者を市庁舎に訪ねる前に、ある品を手に入れるためだ。

　市場に着くと、魔除けと儀式用の薬を売る商人のところへまっすぐ向かった。厳選された品ぞろえで知られる男だ。絶滅危機種や古代遺物を守る法律をものともせずにアフリカのあちこちから集められた品々をそろえている。ほかの商人は怖がって手を出さない品々だ。売り物はすべて、樽や籠や段ボールや木箱やバーラップの布袋に保管されていた。麦わらの天蓋の下に並んでいる錆びた缶のなかにまで入っていた。この商人は秘密の場所なしに秘密の品を売買し、密輸した獣の皮や聖なる遺物を左手で、ありふれた薬の粉を右手で、闇から闇へと売りさばいていた……ときには片方の手からもう片方へ品物を混ぜ替えながら。

　この商人はぺてんの達人で、交渉に油断は禁物だった。悪だくみと図々しい嘘の組み合わせは称賛に値するほどで、白いスーツの男も生まれもった鋭い洞察力を全開にしておく必要があった。

　商人は簡素なカフタンを着て、幅の広い陳列棚の奥にすわっていた。棚は不安定な土台石の上にとりつけてあり、動物の頭蓋骨や角やひづめが雑然と並んでいた。天蓋を支える太い棒の一本から木彫りの仮面がいくつかぶらさがり、別の一本から干涸(ひから)びたトカゲと哺乳動物の死骸が束になってぶらさがっていた。

商人は客に気がつくと、あんたかという笑みをひらめかせた。

「またお会いできてうれしいですよ（ジュ・スイ・ウルー・ド・ヴ・ヴワール）」

「ありがとう、愛想のいいことだ（メルシー、ヴ・エト・トレ・エマブレ）」

慇懃（いんぎん）に挨拶の交換をすませると、白いスーツの男は欲しいものを説明した。商人はふたつ返事で用意できると答えた。厳密にいえば、この望みの品は違法なものではない。法的な問題が入手のじゃまになって品不足を招いているだけだ。商人は陳列棚に背を向けてしゃがみこみ、通りかかる者がいないかときおり肩越しに後ろをうかがいつつ、奥の地面に異なる容器を運んだり置き換えたりしはじめた。白いスーツを着た男は注意深く商人に目をそそぎつづけた。やがて探していた段ボールが見つかると、商人はふたを開け、なかからコーヒーの缶をとりだしてプラスチックのふたをはずし、ふたつ折りにして封をしておがくずのなかに詰めこんであったビニールの袋をひっぱり出した。

そして木の削りくずを袋から吹き払いながら、立ち上がって客のところに戻ってきた。

「このなかです」彼はいった。「四十年ものですね。もっと古いかもしれない。近ごろはあまり見つからない代物ですよ。蒐集家（コレクター）ならこれに――」

白いスーツの男は相手をにらみつけて黙らせた。

「わたしは蒐集家（コレクター）ではない」と彼はいって、手をさしだした。「入手元は太鼓判を押せるのか？」

「ケニア西部のヴィクトリア湖に近い高地です」

「わかった。ならグシイだな」

「はい。ある部族長のものと聞きました」

「だれから？」

「例の頭蓋医（オモバリ・オモトウエ）です」商人はいった。「あの男はまだ生きていて、患者を奪っていった例の赤十字と伝道使節の医師たちを呪っています」

白いスーツの男は袋を受け取って開け、親指と人差し指でなかのものを出し、念入りに調べた。形と手ざわりと色は申し分ない。しばらくして本物にまちがいないと確信した。

「値段は？」白いスーツの男は中身をそっと袋に戻した。

そして商人が求めた金額を値切らずに支払い、市場からダウンタウンの約束の場所に向かった。

エティエンヌ・ベゲラの肩書は経済開発大臣で、オフィスは市庁舎の五階にあった。この庁舎はもともとフランスの統治者たちのために建てられたもので、高い列柱（コロネード）と大理石の壁に彼らの高貴な感性が反映されている。白いスーツの男が警備デスクで名を名乗ると、階上に電話をした警備員は一分もしないうちに身ぶりでエレベーターを示した。

五階でエレベーターを降りて廊下を進んだ。ここにはぜひ空調をつけるべきだ、と彼は思った。そして廊下の角を曲がった。若い女が近づいてきた。足早に駆けてくる。ベゲラの秘書だ。横をすり抜ける手前で彼に気がついて、女は目をそむけたまま会釈をした。

彼は小さくうなずき返し、女が取り乱しているのに気がついた。

もうひとつ角を曲がると、戸口にベゲラの姿が見えた。廊下に体をのりだしている。

「ミスター・ファトン」大臣はいった。「ごきげんよう(ボンジュール)、どうぞなかへ——」

白いスーツの男は体の接触を快く思っていなかったが、現地の習慣を考慮してベゲラのさしだした手を握った。ガボン人はきどった態度を包み隠さず、がっしり握手をして目をそらさずに共謀の意思を通じあう。

ベゲラのオフィスに足を踏み入れたとき、ファトンは湯気の立っているコーヒーカップと、秘書のいない受付デスクに記録簿が開いているのに気がついた。別に驚くにはあたらないが、あの女はとつぜん解雇されたのだ。

ベゲラはファトンを内側の部屋に通し、ドアをしっかり閉めた。ファトンは前にもこの部屋を見たことがあった。高い地位にある役人の典型的な隠れ処(が)だ。壁には教育機関の卒業証書やナイト爵の授位証書や、政府の面々と並んで写っているベゲラの写真が飾られ、隅のポールには国旗が掲揚されていた——緑と黄色と青の縞模様だ。

ベゲラはさっと腕を振って、身ぶりで自分の机を示した。

そして、「どうぞ、おかけください」といった。この声もむやみに大きすぎていらだたしい。「ここへいらっしゃったわけは承知しておりますが、リーブルヴィル(ガボンの首都)で精一杯やったことだけは請け合わせてください」

「精一杯?」ファトンは椅子に腰をおろして帽子を脱ぎ、そのあいだに大臣は机を回りこんで反対側にすわった。「エティエンヌ、好ましくない新参者たちが直面している問題は、せいぜい到着前に宿泊所を選ぶことくらいのようだ。きみに期待できるのはあれだけだというのか？　きみは請け合ったではないか。だからわたしは支払いをしたのだ」

大臣はファトンに顔を向けた。この大臣の肌は栗色に近い褐色で、顔は面長だった。平らな頰、アーチ形の眉毛、その下の細い目。ファトンがかつてあの呪物の市場で自分のために買い求めたコンゴの仮面に似ている。あれが命を吹きこまれたもののような気がした。

「約束どおりに努力したのです」ベゲラはいった。「この世に確実なことなどありませんし、議事堂ではなおさらです。国民議会のメンバーのなかにアップリンクになびいた者が――」

ファトンの吐き出した耳ざわりな息が大臣を即座に黙らせた。

「言葉に気をつけろ」ファトンはいった。「その名前を聞くと胸が悪くなるし、もう一度口にしたら、きみに対するわたしの信頼はいっそうガタ落ちになる。わたしたちのいるこの狭苦しい潜伏場所を安全と思うのは愚か者だけだ」

ベゲラは口を開けて、また閉じた。

「ムッシュー・ファトン、わたしの旅の結果に失望しているのはあなただけではありません」ようやく彼はいった。「わたしはこれまでにも議会の諸党派との結びつきを活用して、ポールジャンティに影響をもたらす重要な議題の行く末を左右してきましたし、率直にいって、わたしは今回もまたそうできると信じておりました。あなたの、その、報奨金と申しましょうか、あれが政治家たちをくっつける接着剤の役割を果たしてアメリカの企業とわが国政府の協定が決定的になるのを阻止できる手応えは、たしかにあったのです。ところがあなたの側に、いえ、わたしたちの側に立つと合図を送っていた議員たちが、最後にそれを撤回してしまったのです。郵政通信局にいる友人の副大臣までが……あの男とは同じ氏族の間柄で、彼の約束はいつもはあてになるのです。どの提議も力及びませんでした。わたしたちがなんとしても締め出したい連中を、大統領と首相は歓迎するといって譲りません。彼らは与党を支配しておりますし、与党は議会の百二十議席の半分以上を占めています。郵政通信局が議会の支配下にあるのは申し上げるまでもありません」

「しかしだ」ファトンはいった。「なら、ガボンの市政学におけるこの教訓から、わたしはなにを得られるというのだ？　きみが調子よく請け合った影響力はなんの役にも立たなかったという事実のほかに？　きみがわたしを失望させたという事実のほかに？」

ベゲラはそれはちがうと頭を振った。

「現段階でアメリカ人たちをこの街から締め出すことができないのは事実かもしれません」彼はいった。「しかし彼らの未来は決して揺るぎないものではありません。ポールジャンティとリーブルヴィルはかなり離れています。それにわたしには、彼らの滞在をこれ以上なく不愉快なものにできる最後の手段があります」

ファトンはひざに置いたパナマ帽の縁を指でなぞった。

「その手段とやらが、きみのところの哀れを誘う酔っぱらいの憲兵と技術者と民兵の寄せ集めのことなら、きみはまたしても自分の力の及ぶ範囲を過大視していることになる」と、彼はいった。

ベゲラは椅子の肘掛けに手をのせて、また頭を振った。「お言葉を返すようですが、わたしは配下の者たちのことはよくわかっているつもりですし――」

「そうかもしれない、エティエンヌ。しかしきみは、敵がどんな力を持っているかはまったく知らない」ファトンはいった。「これ以上のへまを許すことはできない……だからわたしはこの密会を要求したのだ」彼はいったん言葉を止めてベゲラの目を見据えた。「贈り物を手に入れてきた。歴史ある代物だ。これがきみのためになることをわたしは願っている。これの助けを借りることで、この先同じような判断ミスを犯さずにすむよう願っている」

ファトンは上着の内ポケットに手を伸ばして呪物の市場で買ってきたビニールの袋をとりだすと、その中身を出し、体を前に折って机の上に置いた。

高々とカーブを描いている大臣の眉毛がさらに高く吊り上がった。漂白されたように真っ白なその物体は、円周四インチほどのなめらかな円板だったが、完全に平らな形ではなかった。

「なんです、これは?」大臣は思わずぎょっとして体を引いた。

ファトンは大臣に視線をそそぎつづけた。

「おやおや」彼はいった。「きみほど博識で文化の出自に造詣の深い人間に、説明の必要はないはずだがね」

ベゲラがすこし体を震わせた。そして息切れを起こしたかのようにひゅっと息を吸いこんだ。

「これは輪切り(セ・ウン・ロンデル)だ」と、彼はいった。

「そら見ろ」ファトンがいった。「入手先の話では、グシイの部族長の頭蓋骨から削りとったものだそうだ。真贋を鑑定したものはないが、これだけ希少なものにそんなことをしても意味はない。ごらんのとおり、まん丸に近い。縁の部分の削り跡が均等なのもすばらしい。どこをとってもみごとな代物だ。ここまでになるには、熟練の職人が頭蓋用(オモバリ)のナイフで削って磨く必要があっただろう」

ベゲラは両手で椅子の肘掛けをつかんだまま、その物体をまじまじと見ていた。

「なぜ？」彼はいった。「なぜこんなものをここへ——？」

「同じことをいわせるな」ファトンはいった。「頭蓋骨のなかに宿ると信じられている悪魔を取り除くために患者が頭の開口手術を受けることは知っているはずだ。外科医が白痴や妄想狂の頭からピエール・ド・テト、つまり狂気の石を取り除こうとした中世のフランスで同じ施術が用いられていた」彼の口元にかすかな笑みが浮かんだ。「その石が見つかったかどうか、わたしは知らない、エティエンヌ。しかしきみの国の人びとはフランスの伝統に心を奪われている。そうだな？」

大臣は無言ですわっていた。鼻の下の溝に玉の汗が浮かんでいた。

「とっておけ」ファトンはいった。「魔除けとして首にかけるか左胸のポケットに入れておけ。どんなふうに身につけようとかまわない……身につけているかぎりは」彼はずっと微笑を浮かべていた。「それが有害な考えからきみの頭を守り、そういう考えに屈した人間にどんなことが起きるかを思い出させてくれるように」

ベゲラは相手を見た。そのあと椅子からゆっくり片手を持ち上げ、机に手を伸ばして輪切り(ロンデル)を包みこむように握った。

「次はどうすれば?」彼は乾いた耳ざわりな声でたずねた。「あのアメリカ人たちのことですが……」

「当座はなにもする必要はない。だが、きみがそれをたずねた事実は評価しよう。すでに心が澄んだあかしだからな」ファトンは立ち上がって帽子をかぶった。「ここだけの話だが、わたしはこのあと何日かかけて敵を集中的に研究するつもりでいる。それでこちらの戦術は決定するはずだ。敵がいちばん大切にしているものがわかれば、最大の弱みがわかる。それを敵から奪えば、相手を打ち負かし破滅させる鍵を握ったことになる。単純な原則だが、いざ実行となると容易ではないかもしれない……しかし、困難のないゲームなど挑む値打ちはない。その点はきみも同意見ではないかな?」

大臣は固く握り締めた震える手の甲に視線を落としていた。

「おっしゃるとおりです」と、彼はいった。

大臣の机の前に立ったファトンの笑みが広がって、歯並びのいい小さな歯がのぞいた。

「意見が合ってうれしい」彼は寛容な口ぶりでいった。「われわれはきょうここで前進を遂げたような気がする。前進というのは、エティエンヌ、いつも心を愉快に高ぶらせてくれるものだな」

ペスカデロ・クリーク郡立公園とポートラ州立公園のあいだには二車線のアスファルト道路がくねくねと走っており、グレイハウンドの引取斡旋センターはそこからわきへ入った土と砂利の長い私道の奥にあった。ジュリア・ゴーディアンは標識を見ながら車を運転するのは慣れているつもりだったが、カシとモミの木の枝がびっしり茂り出ているせいで私道を示す標識が見えづらく、最初はそれを見逃して目的地を通り過ぎたまま二十分ほど走り、ペスカデロ公園の入口まで来てしまった。入口ゲートにいた親切な森林監視員が彼女を誘導してUターンさせ、わき道の手前八分の一マイルほどの道端に〈PG&E〉という電力会社の施設が出てくるからそれを目印にするといいと助言してくれた。

その電力会社の施設とやらは、コンクリートの駐車帯がある緑色の金属製の小屋にすぎず、その色のせいで右手の森にほとんど溶けこんでいた。ジュリアはすぐ手前まで来てようやくそこに気がついた。しかしそのあとすぐ、木々のなかに立っている錆びた柱の上に、グレイハウンド犬の描かれた色あせた木の標識が見えてきた。彼女は新型のホンダ・パスポートでその私道に入っていった。ほとんどが上り坂だ。タイヤの下から跳ね上がって窓にパチパチ当たってくる小石に、彼女はののしりの言葉をひとしきりつぶやいた。とっておきの悪態は、道の両側から突き出ている木の枝が銀色に輝く塗装をひっかいたときまで我慢した。

ジュリアの車は道をゆっくり進んでいった。家畜の排泄を表わす言葉と近親相姦を意味する言葉を組み合わせた悪態を彼女が吐き出したとき、前方にふたつの建物が見えてきた。彼女から見て左手に、小ぎれいな芝生のある小さな木造家屋があった。私道をそのまま何ヤードか奥に行ったところに、平たい屋根のついたプレハブの建物があった。手前の家の裏にある大きな囲いのなかで、五匹のグレイハウンド犬が跳ねまわっていた。二匹は淡い黄褐色、二匹は糟毛、残りの一匹は黄褐色のぶちだった。どのグレイハウンドも灰色ではなかったが、ジュリアは別に驚きはしなかった。

彼女はプレハブのそばの雑草がまばらに生えた埃っぽい駐車区画にホンダ・パスポートを入れて、エンジンを切り、助手席からつかんだハンドバッグを肩にかけて車を降りた。建物の入口のドアが開いており、その上に簡素な金属の看板がかかっていた。

ペニンシュラ・グレイハウンド犬
救済および引取斡旋センター

建物に向かって歩きはじめると、ブルージーンズと格子縞のシャツを着て、使いこんだ感じの野球帽をかぶった男が入口に現われ、幅の広い二段の石段を降りて彼女を出迎えた。

「ジュリア・ゴーディアンさん?」と、男はたずねた。

彼女はうなずいた。「それじゃ、あなたが……」

「ロブ・ハウエルです、ようこそ」と男はいい、ひと目で人なつこいのがわかる笑顔を浮かべた。黒い口髭を生やし、身長六フィートほどのひょろ長い体をしている。彼は右手に携帯電話を持っていて、もう片方の手を彼女にさしだした。厚ぼったいゴム手袋が尻ポケットに押しこまれている。「きょうは裏の運動場の掃除をする日でね。シンシアが……女房なんですが……あなたの車を目にして大声で教えてくれたんですよ。あとで紹介します。六カ月の赤ん坊の授乳がすんだら」

ジュリアはまたうなずいて、暖かな日射しのなかに静かに立っていた。

「それはそうと」すこしして、ハウエルがいった。「ここまでの旅はどうでした?」

「ええ、すてきでした」ジュリアはいった。「それどころか、とてもくつろげましたわ」

「坂下の標識はちゃんと見つかりましたか? ときどき目にとまりづらくなりましてね。木の枝がびっしり茂り出てくるんですが、いつも刈りこむのを忘れてしまって――」

「いえ、いえ、ちゃんと見えました」彼女は家屋の向こうにあごをしゃくった。「裏にきれいな犬たちがいましたね……もう引き取り手は決まっているんですか?」

「じつはあれはうちの犬なんです。レイチェル、モニカ、フィービー、ロス、ジョーイの五匹です。まったく、あいつらの手の焼けることといったら――」

「チャンドラーは?」と、ジュリアはいった。「あの子たちの名前は例の『フレンズ』っていうテレビドラマの登場人物からとったんでしょう」

「ええ、そのとおり」

「だったらもうひとり、ほら、チャンドラーっていう友だちがいたような……」

「シンシアとわたしは空きを作っておくようにしているんです。また別の犬の魅力に抵抗できなくなった場合のことを考えて」と、ハウエルはまた笑顔を浮かべた。「ええと、レース犬だったのを二匹お持ちだとか？」

「ジャックとジルっていいます」ジュリアはいった。「つまり三匹めのわんちゃんの名前はヒルかペールかウォーターになるわけね。おたくの命名方式を採用するとしたら」

「引き取り手になってくれそうなひとのために命名方式のレッスンもありましてね」彼はいった。「同じ選ぶなら、かならず登場人物がたくさんいる童話や歌を——」

「そして登場人物どっさりのシチュエーション・コメディを」

　ふたりとも歯を見せて笑っていた。

「こちらへどうぞ」と、ハウエルは建物のなかをあごで示した。「仕事のお話をしましょう」

　建物の入口を入るとすぐに、待合室とギフトショップがいっしょになった区画が現われた。片側に来客用らしき折り畳み式の椅子が何脚かとレジのカウンターがあり、壁にグレイハウンド関連のいろんな商品が並んでいた。品種の歴史や世話に関する書籍、グレイハウンドの陶器の像や実物大のポスター、灰皿、コーヒーマグ、ペン、ビーチタオル、料理用エプロン、スウェットシャツ、Tシャツ、ジャケット、そして犬の顔をあしらった靴下まであった。犬の革ひもや首輪や服、さらには犬の健康用品や手入れ用品まであった。

　ハウエルはジュリアがこの場所を見まわしているのに気がついた。

「収入はすべてこの〈インザマネー・ストア〉から得られます……ちょっとした言葉遊びですよ（インザマネーはドッグレースで賞金を稼いで、の意）。グレイハウンドのレース犬は賞金を稼げなくなって（アウトオブザマネー）引退すると、犬舎のオーナーや調教師に文字どおり捨てられてしまいますのでね……この店で上がった利益は、すべてうちの設備の維持費と犬たちの養育費と医療費に充てています」彼はいった。「通信販売もたくさんしてますし、これからネット販売にものりだすつもりです」

ジュリアは感銘を受けて彼と向き合った。「すばらしい仕事ですわ」と、彼女はいった。

ハウエルはカウンターの片端に立って、その縁に片方のひじをのせた。

「いまうちは大変でして」彼はいった。「シンシアが赤ん坊をかかえてますし、わたしはサングレガリオ・ビーチの近くにあるホテルで夜に会計検査の仕事をしてまして。しかし、全部こなすように最大限の努力をしています」

「ほかにボランティアはいないんですか?」

ハウエルは首を横に振った。

「以前は定期的に来てくれるのがふたりいたんです」彼はいった。「週に二、三度、午後に来てくれる大学生がひとり。土曜日に手伝ってくれる女性がひとり。ところが、学生さんが州の外の学校に行くことになり、女性はシングルマザーになって、やりくりのために支払いのある週末の仕事に就かなくてはならなくなったんですよ」ハウエルはひょいと肩をすくめた。「彼女の予定に無理がきかなくなって、ペットショップに貼り紙を出すことにしたんです」

「わたしが見たみたいな」と、ジュリアがいった。「反響はどうでした?」

彼は手で宙を払った。

「〝かんばしくない〟に分類できますかね。志願者はあなたのほかにも二、三人いました。善意のひとばかりだった。しかし、犬が大好きなだけでは――ふつうの動物救済センターの経験があるひとでも――この仕事に向いているとはかぎらない。彼らをレース場から救い出したあと必要になるのは、グレイハウンドの経験がないひとには予想のつかないたぐいの仕事でしてね。犬たちは病気にかかっているし、栄養不良だし、レースに出ていないときはずっと狭い木の箱に閉じこめられていたせいで全身の皮膚がただれています。外の世界との接触を断たれたままずっと過ごしてきたせいで、見かけは七〇～八〇ポンドもある五歳の成犬でも、行動の発達に関してはまだ基本的に子どもなんです。だから、たちまち我慢ができなくなる。室内で飼うためのしつけもできていません。階段の上り下りを教えなくてはならない。それまで窓を見たことがないから、ガラスの向こうへ飛び越えられると考える。心に傷を負っていて、あらゆるものを怖がる。無理もないことだ。彼らの六割くらいは日ごろから暴力を振るわれてきたと考えざるをえない……調教師たちから。だれも認めようとはしませんがね。ここに来たときに、犬たちは皮膚が裂けていたり、あざだらけだったり、耳がちぎれていたり、歯やあばらが折れていることさえあるんです」

ジュリアはうなずいた。

「ジルは半年のあいだ階段の上り下りができませんでした」彼女はいった。「ジャックはひどい虐待を受けていたにちがいありません。あの子は死んだように眠ったあと、目をさますと、ぱっと四つ足で立ち上がり、目をむいて吠えたてたものでした。あの鳴き声といったら、ほんとに、それは恐ろしいものでした。すごく人間じみていて。あの子が初めてそうしたときは、発作かなにか起こして激痛に見舞われているにちがいないと思ったくらいです。あれは真夜中だったと思います。夫が……以前の夫ですが……獣医の緊急電話番号にかけました。でも、医者がつかまる前にあの子は落ち着きました。それ以来、あれが起こるといつもわたしはあの子をなだめすかし、恐ろしい悪夢にうなされていた人間にするみたいにあの子に話しかけるんです。そうするとしばらく落ち着きます。でも、いまだにその症状はときどき現われます」

ハウエルはカウンターにもたれた姿勢から相手を測るような目をジュリアに投げた。

「あなたの経験に心配の必要はないようだ」と、彼はいった。

ジュリアは微笑んだ。「と思います」

ハウエルはしばらく黙っていた。

「この仕事でいちばんつらいことはなにか知りたいですか？」ようやく彼はいった。「わたしとシンシアにとってはですが？」

ジュリアはまたうなずいた。

「健康を取り戻させたあと、その犬たちを手放すことです」彼はいった。「十五匹とか二十匹以上も面倒をみていると、一匹に向ける情は分散しますが、同時に三十匹預かったこともありますからね。うちの預かるグレイハウンドは、みんな問題満載でやってくるから、いろんな注意を払ってやる必要があるんです。なかには適当な家庭が見つかるまで何カ月も、ときには何年もかかるのがいますし、世話をする人間をだんだん好きになる犬もいる。世話をするときは一対一ですしね。しかし、こっちは一定の距離を保てなければならない。医者と患者のような関係を。それには強い心の持ち主でないといけない。特定の犬に愛情をそそぎすぎると、引き取り手が現われたときの胸の痛みは生半可ではすまないのでね」

ジュリアは相手を見た。

「さもないと『フレンズ』の出演者全員と暮らすはめになるのね」と、彼女はいった。大切なものを手放した悲痛な思いといえば、クレイグがとつぜんわたしとの離婚を決意したとき消えてなくなった結婚生活に、わたしは七年の年月をつぎこんでいたけど、それでもなんとか耐えてきたんだわ。

部屋に沈黙が降りた。ハウエルはカウンターに寄りかかって、考えこむような表情を浮かべていた。建物の裏でグレイハウンドが低いうなり声をあげているのにジュリアは気がついた。別の犬の同じような声が続いた。そのあと複数の吠え声が爆発して重なりあった。少なくとも三、四匹はいそうな気がした。

「とどろく雷鳴のごとしだ」ハウエルがいった。「犬舎に閉じこめられっぱなしだし、外で小便をしたいといってわたしを呼ぶんです」彼はカウンターを押してそこから離れた。「時間があるなら、いまから手伝ってもらえますか?」

ジュリアは笑顔を浮かべた。

「いいですとも」彼女はいった。「どんなに汚れる仕事でもやらせてもらいます」

ハウエルはドアを身ぶりで示した。

「では行こうか」彼はいった。「道すがら、仕事のスケジュールを相談しよう」

3

カリフォルニア州サンノゼ／スペインのマドリード／アフリカのガボン共和国

ゴーグルと耳当てをつけたふたりの男が射撃姿勢をとっていた。ひざを折り、武器の床尾を手で包みこんでいる。

彼らの耳当てにビーッと二回、電子音がした。訓練の開始を告げる合図だ。

ふたりは射撃場の軌道レーンに狙いをつけた。彼らの標的は、コンピュータが任意に選び出した戦術シナリオに沿って速さと角度を変えながらいまにも動きだすだろう。

ナイメクのレーンでは、目立たないところにある照明が薄暗くなって薄明を再現した。夜明けか黄昏で、外にはたちの悪い大きな狼が何頭かうろついている。

男の頭部と上半身をかたどった練習用の金属の人形(ひとがた)が前方の射撃点にぱっと現われたのを見て、ナイメクはベレッタ92の銃口をすばやくそっちに向け、引き金をしぼった。姿をさらした標的は空圧装置の台上で横へ回転し、最初の九ミリ弾をかわした。そのあと的はかがみこみはじめた。しかし隠れる前に、ナイメクの放った第二弾がわき腹をとらえた。

喜んでいる暇はない。軌道レーンの左側から別の標的が姿を現わし、突進してきた。ナイメクが狙いを移すあいだに金属の男はくるりと向きを変えて退却を始め、一秒ほどのあいだに一〇フィート移動した。一撃、二撃、そして三撃めで、金属の男はその場に倒れて動かなくなった。

すばしこい野郎だ、とナイメクは心のなかでつぶやいた。ひとつ息を吸って、視線をあちこちへ走らせた。別の標的が壁から上体をのりだした――肩と頭を。ナイメクの銃が轟音をたてた。あばよ、まぬけ。

新装された屋内射撃場の隣のレーンでは、トム・リッチが照明条件の異なる状況に目を凝らしていた。拡散した光に満ちている。オフィスビルか倉庫の人工照明かもしれない。あるいは――

ちがう。あそこじゃない。あそこに行ってはならない。

すべり止めのついたFN57のグリップを握ったまま、リッチは待った。発射火薬の硝酸塩の匂いが鼻をつく。レーンの端に飛び出てきた二人組の悪党を仕留め、さらに出てくるのを待っているところだった。もっといるのはわかっていた。これだけのはずはない。

集中力を切らさず、しっかり目を見開いて獲物を待ちつづけた。舌の奥に酸っぱい味がした。この味は嫌いじゃない。

次の瞬間、四〇フィートほど先に三人めの悪党が飛び出した。レーンのどまんなかで切り抜きの銃を手にしている。いい度胸だ、こいつ。よし。いいとも。リッチは狙いを定めた。

撃つ気は満々だった。

そこでとつぜん心が宙返りをした。このプログラムされた照明のせいかもしれない。いや、無理に理由を探すことはない。理由を考えている時間はない。オフィスビル、倉庫……細菌工場。いまリッチは戻っていた。あそこに戻っていた。

カナダのオンタリオ州北部。アースグロー社の施設。またしても、またしても、またしても、既視感（デジャ・ヴュ）が――

彼らはいっしょに廊下を進んでいた。リッチが先頭で、ニコラスとローザンダーとシモンズがあとに続いていた。リッチの強い主張を受けて誕生した〈剣（ソード）〉緊急対応部隊の三人だ。部隊としての初任務。それも、危険きわまる任務だった。彼らはこの施設の厳重な警備を突破してきた。治療法、もしくは治療法につながる情報を探すのが目的だった。研究室で生み出されたウイルスの退治法、ロジャー・ゴーディアンが意図的に感染させられた病原体の退治法を。まわりは飾り気のない灰色の壁に囲まれており、施設名を記した簡素なドアが並んでいた。表示が出てくるたびにリッチは足をゆるめてそれを読み、それからまた小走りに前に進んで、必要な名称を探していった。

廊下を右に折れ、二〇フィートほどまっすぐ進み、また右に折れ、またまっすぐこんどは短い距離を進んで、左へ曲がった。この最後の角をすばやく回りこむと、小さなエレベーターが見えた。呼び出しボタンがあり、その下の矢印は下を示していた――サブレベルだ。ボタンの横にガラスのプレートがあった。目か手か顔を照合する電子スキャナーにちがいないとリッチは思った。エレベーターのぴかぴかの凸面ドアの上のほうに、生物災害（バイオハザード）を警告する三つ葉模様があった。その標識の下にはこうあった。

制限区域
BL4実験室
許可なき者の立ち入りを禁ず

冷たい鋲が心臓に向かって押し進んでくる心地がした。リッチは医療の専門家ではないが、この襲撃にそなえて下調べはすませていたし、BL4が危険な病原体のある施設で働く職員への最高レベルの警告なのは知っていた。サンノゼの病院でゴーディアンの内臓を血まみれのぬかるみに変えようとしている突然変異ウイルスが生まれた場所は、ここかもしれないと思った。〝許可〟を得ている人間のなかに、リッチとともに世界各地の保安作戦を指揮しているロリー・ティボドーが〝山猫〟と呼んでいるあの人殺しがいるのもわかっていた。ティボドーがあの男につけた名前をリッチは毛嫌いしていた。敬称めいた響きが強すぎる。この当時、リッチとティボドーはなにかにつけて考えがちがっていた。

リッチは苦々しい思いをしばらく味わい、それからローザンダーとシモンズを見た。

「分散しなくては」彼はいった。「このエレベーターで上がってきただれかに背後から不意打ちを食わないともかぎらないからな。おれが廊下の残りの部分を調べつくすまで、ここを見張っていてもらう」

ふたりは無言でこの命令を受け入れた。そのあとローザンダーが親指を上に立てた。彼の目はリッチにじっとそそがれていた。

「幸運を祈ります」彼はいった。「隊長」

非公式の肩書でリッチを呼んだローザンダーの声には、誇りと敬意がこもっていた。隊長。リッチにとっていまのがどんなに重要な意味をもつか、時間があっても彼には言葉に表わすことができなかっただろう。それはわかっていた。彼は人前で感情をあらわにするタイプではなかった。それも、人一倍。

彼はうなずいてローザンダーの肩をたたき、ニコラスに目を移した。ニコラスは若くて経験が浅く、ほかの隊員たちを全滅させかねないような失敗を訓練中に犯していた。実際、この若者は失敗のあと、解任をいい渡される覚悟をしていた。しかしリッチはニコラスの目に情熱の炎を見た。すっきり明るく汚れのない炎を。だから残留させると請け合った。

「準備はいいか？」

「はい」

リッチはふたたびうなずいた。

「よし行くぞ、おまえとおれで」リッチはそう告げると、残りのふたりに後方の守りをまかせて廊下を急いだ。

リッチに知るすべはなかったが、次に会ったとき、残ったふたりはエレベーターのそばの床に骸(むくろ)となって倒れていた。シモンズは何発も銃弾を浴び、胸郭の横から血を流していた。ローザンダーは気管を押しつぶされ、食肉処理場の檻のなかの動物を絶命させるときのように至近距離から放たれた銃の一撃を受けて、頭から脳みそがにじみ出ていた。だが、それも最悪の事態ではなかった。信じられないことに、耐えられないことに、最悪の事態ではなかった……

　リッチの耳当てに電子的に調節された平板な銃声が聞こえた。その音が記憶の吸いこみ穴から彼をひきずり出した。指はぎゅっと引き金をしぼったままだった。空気を求めてあえいでいる溺れかけた人間のように一気に現在を吸いこみ、射撃点にいた三人めの悪党をきれいにただ一撃で片づけた。そして、ＦＮ57を胸の高さにまっすぐ構えて待ち受けた。訓練中に気持ちをとぎらせてはならない。集中力を切らせてはならない。気持ちをしっかり制御し、過去に引き返そうとする波に抵抗しなければならない。

　一秒の時が刻まれた。リッチは息を吸って吐いた。位置について。よーい。低くしゃがみこんだ人形(ひとがた)がレーンの右側から現われ、コンピュータ制御の照明がそのまわりで薄暗くなって、すこし悪条件を加えた。どん！　リッチは前に伸ばした両腕を旋回させ、銃身の小さなこぶで狙いをつけて撃った。しゃがみこんだ悪党は死んだ。

　リッチは射撃姿勢のまま静止した。また息を吸った。なにも考えず、現在のここにとどまるよう努力した。映画スターたちがよくいうように、いまを生きろ。そのとき、五人めの悪党が勢いよく迫ってきた。まっすぐ体を立ててリッチと向き合い、廊下のまんなかあたりから——

いや、ちがう。射撃レーンからだ。

リッチは自分をののしった。おまえはいつを生きているんだ？

口のなかにまたぴりっとした苦みを感じ、すばやく銃をしかるべき方向に向けた。死を呼ぶ引き金を指がしぼりかけ……そこで止まった。

悪党のすぐ前に、どこからともなく別のだれかが飛び出していた。女だ。描きこまれた目は大きく見開かれ、描きこまれた口は大きく開いて無音の叫びをあげていた。漫画的な恐怖の表情だ。リッチは発射を控えた。この状況はまったく予期していなかった。当然だ。これでいい。予期せぬ状況への対応こそが、この訓練の主眼なのだから。

小賢（こざか）しいソフトめ。

悪党の練習、人質の練習か。

リッチはためらった。チック・タック・チック。決断のときだ。手順に思考を差し挟まなくてはならない。頭で考えはじめるとオンタリオ州の息苦しい記憶が逆流してきた。彼はニコラスといっしょにあの最後の通路を疾走し、スズメバチの巣の奥深くへ踏みこんで、ゴーディアンの命を救うために必要なものを必死に探していた。どうすればそれが必要なものとわかるのか、どこに保管されているのかさえよくわからないままに。リッチのヘルメットの装置がワイヤレスで疫学者のエリック・オー博士の映像と音声を流していた。オーは時間帯三つぶん離れたカリフォルニア州からリッチに指示を出していた。彼らが運よく目的の場所にたどり着いたかどうか、オーならわかるかもしれないといわれ――

リッチの右側、はめこまれた厚い板ガラスの奥に、装置のぎっしり詰まった大きな部屋が見えた。大当たりのしるしのような気がした。タンク、導管、空気供給器、吸気ポンプ。

「博士(ドク)？　聞こえるか？」リッチはヘルメットのマイクに呼びかけた。

「聞こえる。いま見えているのはマイクロカプセル化実験室だ。治療法の保管されている場所がそこからさほど遠いとは思えない」

「そのとおりだ。治療法があって保管されていればだが」

その発言には沈黙が返ってきた。

目の前の固いコンクリートの壁を見てリッチは一抹の不安をおぼえたが、全速力で急いだ。廊下が終わりに近づいてきた。両側にまた三つか四つずつ部屋のドアが出てきた。それでおしまいだ。あとは突き当たりになっている。ここで必要なものが見つからなかったら、犠牲者を出さずに別の領域へ捜索の場を移せる可能性は低い。リッチは自分の肩に隊員たちの命の重みを感じていた。

「リッチ、待った、ゆっくり！」コムリンクの耳当てにエリック・オーの興奮した叫び声が響いた。「きみの左、そのドアだ！」

リッチは立ち止まって体の向きを変え、ドアの上の表示を見た。

ポリメラーゼ活性化／抗ウイルス

「トム、それは――」

「説明の必要はない」リッチはいった。「なかに踏みこむ」

彼は急いでドアの左側へ移動すると、手を振ってニコラスに反対側を指示し、ドアノブを回してみた。鍵がかかっていた。後ろに下がって、致死モードから非致死モードまで設定を調節できる可変速ライフルシステム（VVRS）の小型銃でノブの下に狙いを定め、引き金をしぼって一連射を浴びせ、そのあとドアを蹴りつけた。ドアはすんなりなかへ開き、いまの銃撃で錠はばらばらになっていた。

ふたりで部屋に駆けこむと、リッチは前に突き出した銃を弧を描くように左へ振り、ニコラスは戸口の右側へアメフトでいうボタンフックの動きをした。鋭い動きだ、技術的には申し分ない。

この部屋にはだれもおらず、明かりも消えていた。リッチは壁のスイッチを見つけ、ふたりでさらに奥へ進んだ。

この数秒後に、彼はひとつの判断を下した。いつまでも悔やむことになる判断を。

部屋は中くらいの大きさで、窓がなく、なかほどの仕切りで防音をほどこした小さな四つの部屋に分かれ、小部屋のなかにはカウンターとコンピュータのワークステーションがあった。壁に組みこまれているマルチメディア資料の整理保管棚は高さが六フィートほどで、スチールの枠のなかにスライド式の引き出しと回転式の棚があった。すぐ利用できるようになっていた。扉もなければ、錠もない。驚くことはない。この部屋や建物のこの棟に入ることのできる人間には、幅広い秘密情報の利用許可が与えられているはずだからだ。

部屋をさらに奥へ進むと、リッチはニコラスを振り返った。

「外の廊下で見張りを頼む」リッチはV字に広げた指で自分の目を示した。「油断するな」

基本的には疑う余地のない、分別ある指示のような気がした。この部屋にどれだけ長くいることになるかわからない。自分が探しているのがどんなものかすら正確にはわかっていなかった。しかし、ここをひっかきまわして探しているあいだ自分が無防備になること、注意がそれることはわかっていた。見張りを頼む、油断をするな。自明の指示だ。

ニコラスはどう表現したらいいものかよくわからない表情を浮かべてリッチを見た。このあと何カ月ものあいだ、この場面は夜に数えきれない悪夢のなかで繰り返し再現され、リッチは理解することになった。あれは、もう一度チャンスをくれて自分に自信を植えつけてくれたことにニコラスが示した、飾り気のない率直な感謝の表情だったのだ。

その瞬間が過ぎると、ニコラスは敬礼を思わせる小気味のいいうなずきをさっとリッチに送り、きびすを返して入口から外へ戻っていった。そしてあの〝人殺し〟に遭遇し、銃弾の雨あられを浴びて命を引き裂かれることに……

リッチは射撃場の現実にはっと引き戻された。こんどは心臓が激しく打っていた。過去と現在のあいだのどこかに、またつかまっていた。過去と現在が彼のまわりに収束し、めまぐるしく交錯しているかのように。標的の人形の打ち砕かれた顔の輪郭が、数年前にリッチが初めて見た〝人殺し〟の顔になった。アースグローの施設内であの残忍な怪物と対峙する機会はなかったが、そのずっと前に別の遠く離れた場所で素手の取っ組みあいをしたことがあった。場所はロシアの宇宙基地。勝負はつかなかった。オンタリオのときと同様、あそこでも〝人殺し〟はリッチの手を逃れ、〈剣（ソード）〉の任務報告書（ミッション・ファイル）に〝作戦名、影の監視員〟と記録されている激しい最後の戦闘の途中で、闇に包まれたカザフスタンの山へ姿を消した。

リッチは銃の床尾を両手で包みこんだまま立っていた。〝人殺し〟が退却を始め、人質の女を盾にしたままゆっくりレーンを後退していった。〝叫ぶ女〟より一フィートほど背が高い。ゆうに一フィートは高い。リッチにはきれいに仕留められる自信があった。女の髪を乱すこともなく仕留められる自信があった。頭部への一撃。それでおしまいだ。しかし〝叫ぶ女〟に危険があるのは否定できない。〝人殺し〟が女の背中に銃口を押しつけていたらどうなる。女の喉にナイフを当てていたらどうなる。自分の射撃の腕に自信はあっても、女がどんな状況におちいるかは予測がつかない。〝人殺し〟が死の間際に痙攣を起こして手がわずかに持ち上がっただけでも、〝叫ぶ女〟は刑事のバッジをつけていた当時のリッチが〝一般市民の犠牲者〟と呼んでいたものになりかねない。警察では罪なき人びとの保護は犯罪者の追跡に優先した。人命が損なわれるとしても、その事態を回避する決意と努力が総動員されていなければならなかった。では、いまこの場合の死を過失とか偶発事件と呼べるか？

リッチは両手で銃を包みこんだままそこに立ちつくしていた。引き金がどうしたといわんばかりに指を挑発していた。指がわずかに引かれ、圧力を強めて——

「むずかしい選択だ。選ばずにすめばありがたい」

リッチはナイメクの声がしたほうを振り返った。ナイメクは自分の射撃レーンからやってきて耳当てをはずし、ゴーグルを首へ下ろしていた。ベレッタもすでに腰のホルスターに収まっていた。

リッチはナイメクの顔を見たが、なにもいわなかった。顔にはなんの表情も浮かんでいなかった。

「終わりの音が聞こえなかったのか?」ナイメクがいった。彼は耳当てのない耳を軽くたたいていた。「終了だ」

リッチはFN57を握った手を伸ばしたまま、なおもしばらく無言で相手を見つめていた。薄青色の目のなかの瞳孔が縮んで黒い点になっていた。

そのあと彼は射撃レーンに目を戻した。

レーンは真っ暗になり、標的と人質の人形(ひとがた)がその場に固まっていた。奥の壁の上に灯っている赤い表示板に言葉が点滅していた。〈時間切れ〉と。

リッチは銃を下ろし、革のホルスターにすべりこませた。

「そうだな」彼はいった。「終了だ」

空気に充満している火薬のにおいのように、部屋に静寂が広がった。

「トム、話があるんだ」ナイメクがいった。「ここを出よう」

「ここでいい」

「今夜は、昔のいつものコースがいいかもしれない。うちのビリヤード・ルームに腰を落ち着けて、コーラでも飲みながら話すのが」

「ここでいい」とリッチは繰り返した。顔と同じく口ぶりにも感情がうかがえなかった。ナイメクは自動応答式の顧客サービス電話にかけて最初の選択肢にかかっているような気分がした。彼はごつく骨張ったリッチの顔を凝視した。そしてひょいと肩をすくめた。

「包括的な話をしておきたい」彼はいった。「おれがアフリカに行ったら、あとを預かるのは、きみ――」

「そしてティボドーだ」リッチはいった。「夜は門を閉めろって、あいつは念を押してくるだろう」

ナイメクは息を吸って吐き出した。

「そういう話を聞きたいんじゃない」彼はいった。「きみは長いあいだいなかった。戻ってくるのがどんなに無念だったかはわかっている。獲物を見つけずに戻ってくるのがどんなに無念だったかは。しかし、さしあたりその話は忘れてもらわなくてはならない。おれたちは前進しなければならない」

リッチはうなずいた。その目はナイメクを通り越してまっすぐ数フィート後ろを見ているようだった。

「もちろんだ」特徴のない機械的な声でリッチはいった。「ほかに話は?」

ナイメクは話を先に進めるかどうか思案した。リッチは三カ月前にテロリスト追跡の旅から戻っていたが、いまだにどこか別の場所にいるような感じだった。彼の心に踏み入ろうとすると、その感覚はよけいに強まった。

結局ナイメクは首を横に振った。

「またにしよう」と彼はいい、腕時計をちらっと見た。そろそろ午後八時だ。「おれは車で本社に行く。出発前に片づけなければならない半端仕事が山ほどあるし、本社ビルが静かなうちに少々すませておきたい。ここでもうすこし練習していきたいのなら、それでかまわない。あとできみが門を閉めてくるかどうかも心配しない」

リッチはその場を動かず、ナイメクはきびすを返して射撃場を出ていこうとした。

「ピート」と、リッチが呼びかけた。

ナイメクは戸口の近くで足を止めてリッチを見た。

リッチは暗くなった射撃レーンにあごをしゃくった。

「質問がある」彼はいった。「純然たる方針の話だ」

「なんだい？」

「時間切れになる前の、あの人質のいる状況だが」リッチはいった。「あんたならどうする？」

ナイメクはすこし考えて、それからひょいと肩をすくめた。

「遭遇しないですむように、神様に祈る」と、彼はいった。

その個人広告は毎月第一木曜日にヨーロッパじゅうの新聞に掲載される。見出しは毎月ちがうが、同じ日にさまざまな国と言語で印刷され、内容もすべて同じだった。イタリアでは『ウニタ』に掲載される。ドイツでは『ツァイト』に。イギリスでは『ロンドン・タイムズ』、フランスでは『リベラシオン』、スペインでは『エル・ムンド』、ベルギーでは『デ・スタンダールト』に載る。実用的見地からキリル文字表記は避ける必要があるので、ハンガリーとチェコとロシアでは英字新聞に掲載される――それぞれ、『ブダペスト・サン』と『プラハ・ポスト』と『モスクワ・タイムズ』に。これまた実用的見地から、ギリシャの日刊紙ではドイツ語の『アテネ・ツァイトゥング』が選ばれている。東欧諸国同様、ギリシャ語独特の文字群も、メッセージに埋めこむ単純な暗号を一貫して使用するには差し障りがあるからだ。一貫した規則のない暗号は暗号と呼べない。

この秘密の連絡の受取人は、しばらく前から、マドリードの中心のグラン・ビア大通りにある十九世紀のお屋敷を改修した建物の豪華な続き部屋(スイート)を借りていた。この建物はブルボン復古王朝のアルフォンソ七世の親族が住むために建てられたもので、いまはそれにふさわしい王族の家(カーサ・レアル)という名前のホテルになっている。卓越したサービスと気配りをそなえた四つ星のアパートメント・ホテルだ。マドリード一の繁華街にある。彼はいちど、もっと静かで同じくらい贅沢な、ダウンタウンの東にある〈バリオ・デ・サラマンカ〉に移ろうかと考えた。どちらのホテルにも彼好みの部屋があった。宿泊費は関係ない。グラン・ビアにひとつだけ心配があるとすれば、彼に目をとめるかもしれない人間の数が多すぎる点だ。しかし結局、彼の本能は、〈バリオ・デ・サマランカ〉の近所のバーやカフェで戯れているピホと呼ばれる裕福なお子様たちの薄ばかめいた顔を嫌った。彼らのしゃべるたわごとを聞かされたり、彼らの毛穴からたちのぼる母乳のような悪臭を嗅がされるよりは、丸見えの街の中心に潜んでいるほうがいい。

〈カーサ・レアル〉には、ほかにも好都合な点があった。西にすこし歩けば地下鉄のグリーン・ラインの駅があり、東にはアルカラ通りのサン・ホセ教会がある。同じ通りでその教会を越えたところにはシベレス広場がある。ローマの豊饒の女神シベレス——ギリシャでいうレアー——の像が、石の島の上で石のライオンが引く石の戦車に腰をおろしている。石の島からは裸の智天使たちが、死にかけの猫みたいにふくれた、いつまでも若いが決して無垢とはいえない顔をして、鉢の水を噴水でできた水たまりにそそぎ入れている。この噴水の下を右に向かうとプラド通り、そのあと緑地を横切ると大きな古い美術館に出る。この美術館の一階の展示室で、彼はよく〝ゴヤの門〟の入口の何歩か向こうにあるブリューゲルの『死の勝利』に見惚れていた。

九月の雨雲が夏の暑さに水をかけているこの数日、彼はグラン・ビアの北西にある古い地区の、アレナル通りとロス・ボラドレス通りが交わるところにある別の場所に心を奪われていた。サン・ヒネス教会だ。教会の陰にある〈ジョイ・エスラバ〉というディスコで飲み物のラストオーダーが告げられ、ダンスフロアで踊り狂っていた土曜の夜の群衆が吐き出されて、よろめく足で通りに散っていったわずか数時間後には、教会の鐘楼が日曜の礼拝を呼びかける鐘を打ち鳴らす。頑丈な出っ張りや積み煉瓦、ムーア人の文化に深く根ざした頑丈そうな建築様式の再現、そして力強くそびえる高い塔の尖頂を記録するために、彼はデジタルカメラでこの教会をあらゆる角度から撮影した。それから続き部屋（スイート）に戻って、こまかな部分の参考にその映像を用いながら、教会の木の模型を作る大まかな計画を練った。

カールはそれまでなんの経験もなかったが、この長期冬眠中にそういう精巧な模型を三つ作り上げていた。第一弾はリヨンのゴシック建築、サン・ジャン大司教教会だった。目的が苦行にあるなら、このあとさらにあのきらめく天空の城、大司教座を撮影しにいくだろう。次に作った教会はサンタクローチェのバジリカ聖堂だった。ここには異端の告発を受けた真実の探求者ガリレオと、陰謀を企てたとして追放された権力の探求者マキアヴェリの骨が埋葬されている。最後に完成させた模型はオーストリアのセントトーマス教会だった。この小さく地味な建物は、彼には比較的やさしい作品だったが、それは最初からわかっていた。この作品にかかるかなり前から木彫りの技術はマスターしていたからだ。潜伏の一年がゆっくり流れていくあいだ、この回廊のついた質素な教会は彼の置かれている環境そのものを表わしているような気がした。

ジークフリート・カールは行動に飢えている男だったが、彼には休眠を続ける必要があった。一種の環境への適応だ。本性に反することだし、姿を現わしてあの〈剣（ソード）〉の男と真っ向から対決してやろうかと何度も考えた。あの男は煮えたぎる復讐心を燃料にカールを執拗に追っていた。だがカールは地表から姿を消すために前払いで破格の報酬を受け取っていたし、スイスの銀行口座に月割りで年一〇〇万ドルにのぼる特別な支払いを受けてもいた。傭兵を自認する彼にはこの契約を履行する義務があった。あの後援者（スポンサー）は卓越した想像力と機知の持ち主だ。そこには資力に劣らぬ魅力があった。あの男に月並みなところや平凡なところはどこにもない。あの男の独特の鋭い感性はカールの価値体系に大きな刺激をもたらしてきた。彼らの成文化されていない取り決めに支払いが続くかぎり、カールは引き続き姿をくらませ、心にしみ出てくる戦闘の夢に歯止めをかけるよう努力するつもりでいた。

　教会の模型に取り組んだのは一種のブレーキだった。止血帯をあてがうのに近い。この制御法は、リヨンで、ある思いがけない瞬間にひらめいた。ひらめきをもたらしたのがなにかはわからない。サン・ジャン大司教教会は、カールのホテルからさほど遠くないソーヌ河畔にあった。それまでにも何度となく川ぞいの歩道でそこを通り過ぎていたのだが、ある日、ふと足を止めて、その控え壁と小尖塔、天空を突き通す翼廊の尖塔を見上げた。これほど壮大な建築物を考案して建築するには、すさまじい構想力が必要だったにちがいない……そう思ったとたん、カールにも見えた。闇を照らす光が、大きな篝火（かがりび）が、高く掲げた剣が。これほど精巧なそびえる檻（おり）を必要としたのは、どれほどの怒れる魂だったのか？　怒りを包みこまんとするどんな意志が建築に駆り立てられたのか？　建築時に匹敵する意図と規律を用いてそれを解体するとしたら？　それにはどれだけの意志が必要になるだろうか？　そこにはどれほど強烈なカタルシスがあるだろうか？

　カールはひそかに自分を試してみることにした。そのあとすぐにホテルの部屋でサン・ジャン大司教教会の模型にとりかかった。この街にはシーザーの副官たちが基礎を築いて、古参兵の憩いの場所にすると宣言した一画があるが、そこを見晴らすことのできる日当たりのいい窓辺でカールは作業にいそしんだ。それ以来、彼の作業はずっと続いている。

しかし、きょうここに来たのは、サン・ヒネスの塔のミニチュア模型に正確な傾斜をつけて精細な装飾をほどこすのに必要な、最後のカメラ撮影のためではない。ブリューゲルに引き寄せられてきたわけでもない。秋をさげすむように熱い日射しを投げかけるマドリードの太陽の下、朝六時にホテルを出たカールは、アルカラ通りをサン・ホセ教会に向かっていた。この教会はサン・ヒネス教会ほど特徴のある建物ではなく、彼がここに関心をもつのは、教会の開く時間が毎日きちんと決まっているおかげで石段の下の通りの歩道に出る新聞雑誌スタンドの営業時間にぶれがないからにすぎない。

マドリードには、旅行者用のパンフレットに紹介されていない教会にでも貴重な美術品や文明の所産があるし、教会に入れるのは時間の決まった礼拝のときに限られるのがふつうだ。礼拝者や観光客にまぎれて忍びこもうとする泥棒への用心だ。朝の九時や十時から教会の扉が開いていることはまれだが、サン・ホセ教会は例外で、七時から開いている。世界各地からの旅行者や、VIPの実業家や、この街でいちばんにぎやかなこの地区にある証券取引所の証券マンたちに便宜を図るためだ。

サン・ホセ教会の外の新聞売りも、この早い時間に乗じてほかより一歩先に商売を開始する。街の同業者のだれよりもずっと早く朝刊を手に入れて、夜明けとともにスタンドに着き、陳列台を組み立て、新聞を詰めこみ、教会でお祈りを終えて出てきた人びとを相手に歩道の商売を開始する。

たぶんこの新聞売りは、配達人がかならず自分のところへ一番に立ち寄るよう、たっぷり袖の下を渡しているのだろう。カールはそう思ったが、その真偽はどちらでもよかった。大事なのは、そのおかげで第一木曜日の『エル・ムンド』紙が印刷所から運ばれてくるとほとんど同時にそれを手に入れられることだ。個人広告を利用できるのは一時間。きっかり一時間と決まっている。利用開始の時刻も暗号が伝える情報のひとつだった。発売と同時に新聞を手に入れれば、それを利用しそこなう心配はない。

大陸のあちこちに散らばっている宿泊先で、『エル・ムンド』をはじめとする新聞の電子版を読めばいいかというと、そうでもない。電子版の出る時間は不規則かもしれないし、ウェブサイトは利用できなくなることがある。そのうえオンラインの新聞には、かならずすべての記事が載っているとはかぎらない。個人広告欄を省くところもあるし、一部しか掲載しなかったり別のものに差し替えたりするところもある。確実に手に入るものでないと安心はできない。印刷した新聞しか信頼しないのはそういうわけだ。

けさ、カールがきびきびとした足どりでそのスタンドに向かうと、新聞売りはまだ新聞を束ねた太いビニールのひもを切って中身を開けているところだった。仕分けがすむまで時間があったので、カールは教会に入り、横の祭壇の前で足を止めて奉納用のろうそくに火をともした。特別お気に入りだったかつての恋人のためだ。あの女は多くを知りすぎた。彼は秘密を守るためにやむなくその命を奪い、スペインの田園地方にあるカスティーヤ・イ・レオンの起伏のなだらかな美しい丘に埋めてきた。このろうそくは記念碑だ。あの女は喜ぶだろう。

張り出し玄関から通りへ降りると『エル・ムンド』が並んでいた。一部を手にとって、売り子の手に数ペセタを落とし、通行人が増えてきたアルカラ通りの人込みを押し分けるように〈カーサ・レアル〉へ戻っていった。にぎやかなオルタレサ通りとの交差点で信号が変わるのを待つあいだに、新聞を折り畳んだまま広告のところを開き、個人広告の欄を目でたどった。大半は風俗産業やコンパニオン募集のたぐいで、例の陳腐な嘆かわしい言葉の数々が並んでいた。長期にわたるパートナーや、冒険的な出会いや、その場かぎりの浮気相手を求めている人びとがいた。年齢と容姿のありふれた記述があり、ロマンチックな夕食や音楽や旅行といった趣味に関するありきたりの記述があった。

カールの探している見出しは三段めにあった。それは確立された形式を厳守している短い愛の手紙（レトル・ダムール）だった。男女十二人ずつの一覧表から選ばれる送り手と受け取り手の名前で見分けはついた。カールはこの一覧表を暗記していた。引き金（トリガー）を記憶しておくのは暗号の基本だ。記憶に蓄えた情報を背景に重要な要素を読むことで、解読は確実になる。受け取り手の名前の最初の文字が時間を表わしていた。カールは必要ならその時間から、盗聴の恐れのないインターネットの電子会議室に接続して、あの後援者（スポンサー）と連絡をとることができる。最初の文字がAなら一時、Bなら二時、Cなら三時というぐあいだ。電子会議に接続可能な時間帯の始まりが午前か午後かは、送り手の最初のイニシャルで決まる。母音なら午前、子音なら午後だ。

今回の広告が〝いとしいアーニャ〟で始まり、〝あなたの忘れられない恋人ミカエル・セバスチャン〟で終わっていることに、カールはすぐに気がついた。

この決まりごとからは時間表を頭に呼び起こす以外のことはしなかった。短い接続の窓は、グリニッジ標準時の午後一時に開き――グリニッジ標準時を使うのもまちがいをなくすためだ――電子会議の時間は一時間と決まっているから、午後二時に閉じる。

カールの鼓動を速めたのは本文のなかのある箇所だった。

書き出しの挨拶と結びのあいだには、こうあった。

ふたりの交わした情熱にわたしは舞い上がっていました。あなたがいなくなったいま、わたしは愛の喪失に耐えられません。ふたりは高く、速く、遠くに行きすぎたのでしょうか？　ふたりの心は長く燃えつづけるにはあまりに明るく燃えすぎたのでしょうか？　愛の焼け跡の孤独な闇に耐えなければならないとき、わたしはいっそふたりで逃げ出してしまえばよかったのだと思うのです。

カールはまじまじと新聞を見た。彼の目は最後の一文の短いフレーズに釘づけになっていた。

愛の焼け跡。

短い時が流れた。カールは新聞を、この単純な言葉を凝視しつづけた。耳に血が押し寄せ、交差点で車と歩行者がたてている音もぼんやりとしか聞こえなかった。

愛の焼け跡。

この言葉は記憶してあるふたつめの引き金だった。待ち望んではいたが、あえて期待はしていなかった暗号解読用の語句だった。

カールは自分が教会にともしたろうそくの炎を思い起こした。潔く放棄していた思い出と情熱の小さな火花を。このあと道の向こうの信号が赤から青に変わると、彼は新聞を閉じ、またアパートメント・ホテルに向かって足早に歩きはじめた。

このあとの何時間か、カールはホテルの続き部屋で連絡のときを待つことに専念した。


「すばらしくお洒落な場所だこと」メガンがいった。「あとはブロブがわたしたちを飲みこみにくれば完璧ね」

「なにがだって?」ナイメクがたずねた。

「ブロブよ」メガンはいった。「五〇年代の古いSF映画に出てくるやつ。スティーヴ・マックイーン主演で、一〇〇〇トンものゼラチンが出てきたわ」

「ああ、あれか」ナイメクがいった。彼はコルベット一九五七ロードスターのフロントグラス越しに、〈ビッグ・エディーズ軽食小屋〉という店名が明滅しているオレンジ色のネオンサインを見つめていた。

メガンは助手席から彼の顔を見た。

「ゼラチンの塊は現実の世界では優雅で慎ましいものとして知られていたけど、ぬるぬるのキャラクターを演じるはめになったのよ。ハリウッドにありがちな役柄を」

「うーん」

「でも、アカデミー賞を獲れて少々慰めになったにちがいないわ」メガンがいった。「あれをノミネートする部門が最優秀男優か最優秀女優かだれもわからなかったから、一種の特別部門が作られたんだそうよ。〝不定形で性別のない緑色のものによる最優秀演技賞〟というのが」

ナイメクが黙ってドライブイン・レストランの入口を注視しているうちに、いかにも大学二年生といった感じのポニーテールの可愛いウェイトレスがローラースケートで車に向かってきた。

ナイメクはクロムめっきのダッシュボードのつまみを押してライトを消し、メガンをちらっと見た。

「なににする？」

「フライドポップコーンシュリンプか細切り焼きハマグリか、どっちのバスケットにしようかで揺れてるの」

「二年前、例のメイン州を訪ねたとき、ハマグリは嫌いといってなかったか？」

「丸ごとのハマグリはね」メガンはいった。「なかなか噛み切れないんだもの」

ナイメクは彼女を見た。

「両方ひとつずつ取って分けあおう」と、彼はいった。

「いいわね」メガンはいった。「薄切りポテトのつけあわせも忘れずにね。それとわたしはダイエットコークをいただくわ。あなたのおごりだし」

ナイメクはうなり声を出して、自分の側の窓を半分開けた。食堂（ダイナー）をぐるりと囲む天幕の上のスピーカーからコルベットのなかにロカビリー・ミュージックがどっと流れこんできた。バディ・ホリーに似ているが彼ではないだれかの声だ。

「いらっしゃい」メモと鉛筆を持った笑顔のかわいいウェイトレスが、ナイメクのほうに体を折り曲げた。「おふたり様ですね、メニューは必要ですか?」

ナイメクが要らないと答えて注文を告げると、ウェイトレスはスケートで駐車場を離れていった。舗装の表面にローラーのたてる音が遠ざかっていく。

そのあとナイメクはまた黙りこんだ。

「アカデミー賞を獲ったブロブのことだけど」メガンがいった。「性別不明の人間じゃないスーパースターは、あの当時、大論争を巻き起こしたにちがいないわ。あれは一九五七年か五八年のことだから、マッカーシー上院議員の審問があってブラックリストの作成が行なわれてからまだ三年か四年しかたっていなかったはずよ……ところで、ルシール・ボール（テレビドラマ「アイ・ラブ・ルーシー」の主人公）まで調べを受けたのは知ってた？　こともあろうに、あのルーシーまでよ。だけどあのとき妙だったのは、デシ――」

「メグ、待ってくれ」ナイメクは彼女をちらっと見た。「ふたりで相談しておかなくちゃならないことがあるんだ」

メガンは驚きを装った目をナイメクに向けた。

「冗談ばっかり」彼女はいった。「夜の十時にマンションからひっぱり出されたのは、コルベットでベイ・エリアをすっ飛ばしてファーストフードをぱくつきにいくお供のためだとばかり思ってたのに」

ナイメクは運転席で無意識のうちにハンドルをこつこつたたいていた。

「さっきまでリッチがうちに来ていた」彼はいった。「射撃場に練習に来ないかと誘ったんだ。気分をくつろがせて、話をさせられるかもしれないと思ってな。いつだったか、こっちを発つ前にうまくいったことがあった」

「でも、うまくいかなかったのね」

ナイメクはだめだったと首を横に振った。

「あいつのなかの大きな一部は、まだこっちに戻ってきていない」彼はいった。「大部分といってもいいかもしれない。なにを考えているのか、なにを感じているのか、あいつは話そうとしない。すこしは推し量ることもできる。しかし、いまのあいつが本来のあいつでないとわかるくらいでしかない」

「それで心配してるの？」

「まあ、ちょっとな」ナイメクはいった。そして肩をひょいと動かした。「おれがあさってからガボンに向かうんじゃなかったら話は別なんだが。リッチが戻ってきたときは、あいつのことだから通常の仕事をしているうちに元に戻るだろうと思っていた。毎日のお決まりの仕事が始まれば逆立った神経も静まるんじゃないかと」

「だけど、なんの変化も見えなかったのね？」

「いい方向にはな」と、ナイメクはいった。

メガンはその点をじっくり考えた。

「わたしはまだ、あなたのいうその逆立った神経に出会わなかったためしがないわ」彼女はいった。「だけど、わたしも長いあいだサン・ノゼにいなかったし、わたしと彼は親しくないっていったら、それは控えめな言い方だわ。わたしはあまり彼に好かれていないみたいだし。ときどき、敬意を払われているかどうかさえ疑ってしまうことがあるわ」彼女は言葉をとぎらせた。「それを言い訳に、わたしたちふたりで注意を払うべき問題をあなたに任せっきりにしてきたのかもしれないわね」

ナイメクはコルベットのボンネットスクープの向こうのレストランの窓を見やり、即席料理のコックたちが揚げ物や網焼きと格闘しているところをながめた。〈ビッグ・エディーズ〉はアイゼンハワーが大統領だったころに商売を始めた家族経営のレストランで、同じ家族で経営を続けて半世紀になる老舗だ。いまでも年に何度か、五〇年代にはやったソックホップのダンスパーティを開いている。ナイメクの知るかぎりではビッグ・エディーそのひとが

——健在なら——いまも経営者だ。ビッグ・エディー・ジュニアかビッグ・エディー三世があとを継いでいる可能性のほうが高そうではあるが。

「それを気に病む必要はない」彼はメガンにいった。「きみ自身も元の環境に順応しなおさなければならなかったわけだしな。ボスがいまよりたくさんの責任をきみに手渡そうとしているのも知っている。ボスがすこしずつ自分から仕事を切り離していこうとしているのは知っている。彼はいまでもゴードだ。いっときより健康そうに見える。しかし、生物兵器の攻撃を受ける以前の彼ではない。完全に元に戻ることはないんじゃないだろうか？」

メガンは彼の顔を見た。

「ええ」彼女はいった。「そうでしょうね」

ナイメクはしばらくフロントグラスと向き合い、それからすこし彼女のほうへ体を回した。

「だったら、今夜呼び出した理由はわかるだろう」彼はいった。「おれは変化のことを考えているんだ。起こりはじめている変化と、起ころうとしない変化。どっちもおれにはままならない」

メガンはうなずいた。発泡スチロールの容器に盛った料理をトレーに載せたローラースケートのウェイトレスがやってきて、半開きの窓の上端にトレーを置いた。そしてエプロンのポケットに手を伸ばし、カクテルソースとタルタルソースとケチャップをどっさりつかみ、料理といっしょにトレーに置いて、勘定以外にご用はありませんかとナイメクにたずねた。ナイメクはないと答え、彼女のすがすがしい笑顔に気がついて、気前のいいチップを支払いにつけ足した。

　メガンがフロアシフトの上から手をさしだした。

「さあ、脂肪たっぷりの喜びを回してちょうだい」と、彼女はいった。

　ふたりはシートにもたれて静かに食べた。

「じつをいうとね」しばらくしてメガンがいった。「あなたが〈剣(ソード)〉の指揮官としてトム・リッチを採用したいといったとき、わたしは絶対にうまくいかないと思ったの。だけど、いずれ失敗だったとわかるわと思いながら賛成したの。でもいまは、あなたの人選の正しさにかぶとを脱がなくちゃいけない気がしているわ。トムはカザフスタンでみごとに期待に応えたし、そのあとオンタリオでも応えてくれた。全身全霊で任務に打ちこんでいるから、心残りなことから脱しきれないことがあるのもたぶん事実でしょう。でも、そのためにわたしたちが犠牲になったら、彼は自分を苦しめるだけじゃないかしら。きっと後悔するんじゃないかしら」

　ナイメクはしばらくその点を考えた。指でつまんだシュリンプをタルタルソースにつけて、口に放りこんだ。

「おれがいないあいだ、きみにはリッチに気を配ってもらう必要がある」と、彼はいった。

「ええ」

「彼とロリー・ティボドーのあいだには怒りと不満が充満しているし、いずれ爆発しかねない。こまかな点に気をつけていればよくわかる。たとえば、ふたりがたがいをどう呼びあっているか。同じ部屋にいるときどうふるまっているか。そのあたりにも気をつけてもらわなくちゃならない」

「ええ」

ふたりはまた料理を食べた。外ではバディ・ホリーもどきの声が徐々に小さくなっていき、正真正銘のエルヴィス・プレスリーの声が、だれかと恋に落ちるのはしかたのないことなんだと歌いはじめていた。

ナイメクはメガンの顔を見た。

「迷惑じゃなければ、個人的に頼みたいこともひとつある」と、彼はいった。

メガンはうなずいた。

「アニーのことだ」

メガンは話の先を待った。

「彼女が現われるまで、おれはアップリンク以外のなにかやだれかのことを心配するという感覚を忘れかけていた」ナイメクはいった。「だが、それを考えなおさなければならなくなった。自分の責任をあらためて見なおさなければならなくなった。それはどういうものか、どうあるべきかを。たぶん、アフリカの仕事にふだんと変わったことはないと思う。しかし、あそこの状況はきみも知ってのとおりだ」

メガンはまたうなずいた。

「ええ」彼女はいった。「わかってます。油断は禁物だわ」

ナイメクは言葉を止めて、料理の容器をひざからダッシュボードの上に移し、すこし前に体を出した。

「ジョンは世話をしてくれる母親ができたし、これからもずっとだいじょうぶだ」しばらくして彼はいった。「アニーの事情はまた別だ。彼女はたくましい。状況を乗り切るのがうまいし、長いあいだ自分を頼みにやってきた。しかし、もうそんな必要はなくなってもらいたい。この先ひとりぼっちになるかもしれないなんて考えてほしくない」

メガンは彼に三度めのうなずきを送った。

「アニーはわたしの友だちよ、ピート」彼女はいった。「それだけじゃなくて、彼女はもう、、、わたしたちの仲間だわ。セット販売よ。どんな特典がつくかはわかっているでしょう」

ナイメクは彼女を見て、それからうなった。

「彼女は二週間後にこっちにやってくる。子どもたち、つまり彼女の子どもとおれの子どもが、いっしょにおれのコンドミニアムに泊まっていく。オークランドへ野球の試合を見にいくことになっててな……それで、もし時間があったら――」

「引き受けたわ」メガンはいった。「みんなを夕食に招いて、ひと晩泊まっていかないか訊いてみましょう。アニーはわたしが料理が趣味だというのを聞いて吹き出してくれましたからね。子どもたちにご馳走すると同時に、彼女に目にもの見せてあげるチャンスだわ」

「おっとと」ナイメクはいった。「法律でいう〝二重の危険〟だな」

「ありがたい話でしょ？」

「いや」彼はいった。「現実的な話だ」

メガンは口を大きく開いて顔をしかめ、彼の料理の容器に手を伸ばして彼のひざに戻した。

「さ、ハマグリをどうぞ」と、彼女はいった。

マドリード。午後一時。カールの教会の模型はホテルの部屋の窓辺に置かれていた。カーテンは引かれている。真っ白な生地のすきまを通ってくるかぼそい光が、まだ塔のついていない教会の影を壁に投げかけていた。留め金でテーブルに固定したアームつきの螢光拡大鏡の下で、組み立てられた塔の細部が最後の仕上げを待っていた。

カールは部屋の反対側にいた。インターネットに接続したノートパソコンの前に腰をおろして画面にじっと目をそそぎ、マウスをクリックして秘密の会議開催サイトを呼び出すと、暗号の数字を打ちこんだ。頭にヘッドセットをつけてすこし待っていると、認証過程は次の段階に進んだ。

音声による最初のパス・フレーズをうながす画面が現われた。

「カエデの茂る白い島で」と、彼はヘッドセットのマイクに告げた。

また短い時間が過ぎた。カールは自分の作った教会の短い影のなかにいた。コンピュータの顧客識別ソフトが彼のアナログの音声を暗号化されたデジタル信号に変換して、サーバーに転送した。

ふたつめのパス・フレーズが求められた。

「ブラジルのジャングルの奥深く」と、彼はいった。

カールは待った。三つめの最後のパス・フレーズを求める画面がぱっと現われた。

「サマーリー教授は〝失われた世界〟を見つけた」と、彼はいった。

カールはまた待ち受けた。三段階を経ることで顧客の確認にほぼまちがいはなくなるが、サーバーの音声生物測定プログラム・エンジンが声紋による比較分析も行なっていた。彼の言葉は人間の話し言葉の基本単位である音素とトライフォンに分けられ、その音の主要なフォルマント周波数が分析され、デジタルのかたちでデータベースに保管されている話し言葉のサンプルとの照合が行なわれる。

カールが顧客本人であるという確認が終わると、コンピュータ画面に〝入場許可〟の知らせが来た。アニメ化された映像（アイコン）がぱっと飛び出てきた。ギリシャ、ローマの伝説に出てくるキメラが横向きに立っており、そのライオンの頭がカールのほうを向いた。口がぱかっと開いて大きな炎の渦を吐き出すと、炎は画面に激しく沸き返り、最後にオレンジ色のきらめく一枚の板になった。オレンジ色が瞬時に明るい切れはしと化して消散すると、ライオンの巨大な頭だけが残ってカールと向き合った。動いているのは残り火のように赤くきらめくふたつの目玉だけだ。

そのあとカールの耳当てに電子的に変換された声がした。周波数を変えた低い声だ。

「ジークフリート、久しぶりだな」ハーラン・ディヴェインがいった。「便りをもらえてうれしいかぎりだ」

ディヴェインはヨットのオーナー室に隣接した書斎の椅子に腰をおろし、壁のプラズマディスプレイが暗くなるのをじっと待った。それからヘッドセットをはずし、ワイヤレス・コンピュータのキーボードをひざから持ち上げて、象眼細工をふんだんにほどこしたそばのクルミ材のテーブルに置いた。

顔に冷たい笑みがゆっくり広がった。ディヴェインのアニメ画像はディヴェインの人格に――少なくともその一部に――ぴったりのものだったが、カールが自分で選んだユーザー・アイコンもカールの性質にぴったりの気のきいた映像だった。あのキメラは面白い表現手段だが、カールにはあのような人目を引く性質や派手好みな趣味はない。あの男は生まれる時代をまちがえた野蛮な戦士だ。ヴァイキングやサクソン族やモンゴルの汗(ハーン)のほうが似つかわしい。

ディヴェインは椅子にもたれ、肘掛けにひじをのせて、あごの下で指を組み合わせた。カールはさきほどの活動開始の知らせに驚いていたのかもしれないが、顔に驚きは見えなかった。しかし任務を伝えたときには、かなり興奮をあらわにしていた。人間の声から気分や感情を剝ぐデジタル処理でさえ、受けた指示にカールが見せた熱狂的な喜びは隠せなかった。ディヴェインの使った言葉は、あの優秀な経済開発大臣エティエンヌ・ベゲラに市庁舎で伝えた内容の繰り返しだった。効果的な方法にわざわざ細工を加える必要はない。

「ロジャー・ゴーディアンのいちばん大切なものを見つけだせ。そうすればやつの最大の弱点がわかる」ディヴェインはいった。「それを襲え。そうすればあの男の心を破壊できる」

「ならば、いますぐ出発しよう」

「うむ」

「アメリカへ」

「正解だ、ジークフリート。アメリカだ。ゴーディアンの心臓はあそこにある。好機が暴れ馬と化す場所だ。その馬に縄をかけて乗りこなすのはむずかしい」

このあとカールはすこしだけ現実的な問題についての質問をした。

遠く離れていてもディヴェインには、カールがみるみる冬眠から目ざめてくるのが感じられた。

いまディヴェインは、プラズマディスプレイの上の壁に並んでいるアフリカの四つの仮面にゆっくりと目を移した。エブリエの部族長たちが敵を仕留めたことを称えるために運んできた、呪物崇拝の儀式に使われる爬虫類の黄金の仮面。ドゴン族の狩人が大量に殺した動物の怨念から身を守るためにかぶる、木塊のような原始的な兜。曲がりくねった角とやすりで鋭く磨き上げた歯をもつアシャンテの死霊の仮面。先日のポールジャンティでの密会のとき、なぜかベゲラの顔からディヴェインが――正確にはミスター・ファトンが――連想した、コンゴの秘密結社の仮面。

ジェラール・ファトン。ジャック・ニメイン。ヘンリー・スコール。エル・ティオ。これらはすべてディヴェインが創り出した、必要に応じて使い分けられる仮面だ。ハーラン・デイヴェインという人格ですら一種の装いにすぎない。体にぴったりなのはまちがいない。彼という人間の中核を包みこむようにデザインされて発達を遂げてきた人格だ。それでもやはり、注意深くこしらえられたものである点はほかの仮面と変わりない。巧みに演じることを学んできた役柄にすぎず……

ディヴェインの頭のスクリーンにとつぜん鮮明な記憶が浮かび上がってきた。それを食い止めようとするかのように、彼は目を閉じて、組み合わせた指をほどき、そっとこめかみに押し当てた。すわったまま、しばらく静かに自分と戦った。しかし、だめだ。抑えられない。独立した意志をもつ生命のように記憶が脈を打っていた。

記憶が流れこんでくるにまかせ、すぐに終わるのを願うしかない。ディヴェインはそれを知っていた。彼は頭の横から手を下ろし、椅子から立ち上がってじゅうたんの床を大股で横切り、開いている真鍮の舷窓の前からカーテンを引き開けた。

日射しがふりそそいだ。ディヴェインは舷窓を持ち上げ、なにを見るともなく外を見つめた。さわやかな潮風が書斎に吹きこんできたが、鼻孔にどんよりとした都会のスモッグを感じていた。そうするうちに映像と感覚が迫ってきた。

最初はあのビルだ。

かならずあのビルから始まる。

彼が通りから近づいていったとき、あのビルはどこまでも高くそびえているような気がした。

不安にさいなまれながら入口を通って警備デスクに向かい、制服の警備員に名前を告げると、警備員は来客リストを確かめて入場を許可し、そのあとエレベーターのほうを指差した。猛スピードのエレベーターで従業員の詰めこまれたフロアに上がっていくあいだ、彼は胃が締めつけられるような思いをしていた。従業員たちはドアからドアへあわただしげに動いていたが、彼らの視線が感じられた。彼らは緑あふれる森の奥の住人のように、どこかの荒地から迷いこんできたらしい不安そうな人間をどうしたものか判断しかねていた。受付に行ってふたたび名を告げると、受付嬢が椅子から立ち上がって、男のオフィスへ案内してくれた。その男は彼の父親だった。

重役室には長いガラスのテーブルがあって、それが部屋の中心を成していた。ひとつの隅に小さなテーブルがあり、新鮮な花を生けた花瓶と、コーヒー沸かしと、かけ心地のよさそうな椅子が何脚かあった。椅子のそばの壁には書棚があり、本の多くは革装だった。父親が個人的な来客との歓談に使う部屋なのだろうと彼は推測した。

彼が部屋に入ったときにはだれもおらず、コーヒーの香りもしていなかった。

しばらくすると彼の父親が入ってきて、長いガラスのテーブルの上座から彼を見た。息子は窓のそばで待ち受けた。窓からはこの大都市で最高峰の高層オフィスビル群を見下ろすことができた。どの摩天楼もこの窓には迫ることさえできなかった。

長いガラスのテーブルの下座にすわるよう指示された息子は、この瞬間までいちども会ったことのなかった父親が――自分とよく似た顔立ちの見知らぬ男が――反対側の端の椅子に腰をおろすところを見守っていた。父親は背が高く、がっしりした体をしていた。ふたりのあいだには何マイルもの遠い距離が横たわっているような気がした。父親は上等の軽い素材で完璧に仕立てたスーツに身を包んでいた。息子のほうは自分のスポーツジャケットの袖が持ち上がってシャツの右のカフスボタンのほつれが見えないよう願っていた。彼はこの面会のために節約をしてこの上着を買ってきた。いま着ている古いシャツがいちばんいいシャツだ。上着を買うと新しいシャツを買う金は残らなかった。

父親は長いガラスのテーブル越しに息子を見て、なぜ自分のところに来たのかとたずねた。声は静かで抑揚に欠けていた。極上のスーツは鎧のようだった。やわらかいがなにものも通さない鎧のようだった。父親とのあいだに文字どおり何マイルもの隔たりを感じた。

息子は窓のそばから父親の質問に答えた。眼下に見える高層ビルの頂と同じように、自分の声も父親の椅子に届くずっと手前で落下してしまいそうな気がした。それでも自分の要求は正当な気がした。控えめな要求にさえ思われた。家族に莫大な富があることを息子は知っていたが、当時はそれが意味するところを正しく認識していなかった。彼らに一顧だにされない残りかすを見ても、光り輝くめったにない最高級の宝石だと思っただろう。尊敬を受けている法律上正当な子どもたちがいることを知ってはいたが、彼らと自分が同等とは思っていなかった。まして、はるかに上などとは。

欲しかったのは認知だった。

父親はなんの表情も浮かべずに息子を見た。

「一回しかいわんから、よく聞け」父親はいった。「ここにおまえのいる場所はないし、おまえを助けてくれるものもないし、おまえが得られるものもない。おまえの母親はありふれた器のなかのひと粒の飴玉にすぎない。どんな男でもそこに手を伸ばしてつかむことができるし、わたしは食べてみたかもしれない。器がまわされてきたり、すぐ手の届くところにあったりしたら、食べない理由があるか？　ないだろう。飴玉、それは安上がりな誘惑だ。口を楽しませるが、興味はかきたてない。楽しまれて忘れられるためにある」

そういい放つと、父親は立ち上がった。その目は無表情で冷めていた。蔑みの入る余地さえなかった。

息子はその目がいやでたまらなかった。自分の目と似ていたからだ。

「おまえに忠告をやろう。ここだけの話だ」父親はいった。「自分の人生に邁進しろ。そこからできるかぎりの花を咲かせるんだ。ただし限界はわきまえろ。器の縁の向こうを見るな。わたしと同じ名字を名乗れるなんて期待はするな。そして、もう一度ここに戻ってこようなんて考えるな。一度きりだとわたしはいった。冗談でもなんでもない。もう一度わたしに会おうとしたり、なんらかの方法で連絡をとろうとしても無駄だ。暴風に立ち向かう小舟のように打ちのめされるだけだ」

父親は何秒か間をおいた。警告を飲みこませようとするかのように。そのあと彼はドアのほうへさっと手を振って、出ていくよう命じ、息子が椅子から立ち上がって背を向けるまで手を伸ばしたままでいた。

冷え冷えとした記憶が心を通り抜けたあと、ディヴェインは〈キメラ〉号の開いた舷窓のそばにしばらくたたずんだ。過ぎ去ったはるかな昔、父親のテーブルの前から立ち去る前にたたずんでいたように。

彼は自分の前に開いた青白い手があることに気がついた。怒りを抑えつけながらその手を見下ろし、体の横に下ろした。それから舷窓を閉め、掛け金をかけ、手首を使って勢いよくカーテンを閉め、そよ風と日射しの両方を部屋から締め出した。

記憶の残滓はもうしばらくとどまった。

ディヴェインは父親の言葉に注意深く耳を傾け、それがしみこみ変化していくにまかせた。彼は忠告どおりその言葉を記憶にとどめ、その意味では従順な息子を演じた。

だが、彼は時節を待って戻ってきた。

そして彼が戻ってきたとき、風は――例の暴風は――たしかに容赦なく吹き荒れたが、それは彼にとっての追い風となって彼の帆を大きくふくらませることになった。

4

アフリカのガボン共和国／アメリカ合衆国のカリフォルニア州

ピート・ナイメクはガボン政府の主催で開かれる歓迎晩餐会のために疲れた足をひきずって〈リオ・デ・ガボン・ホテル〉の吹き抜けに向かいながら、腕時計の多機能ボタンを二度押して〝アニー計〟を確かめた。もちろん時計に組みこまれたこの機能にそういう名がついているわけではない。ほとんど目を通していない取り扱い説明書によれば、この機能には空騒ぎウォッチだったか、思い出しカレンダーだったか、秒読みアラームだったかの正式名称があった……あるいは同じような別の名称だったかもしれないが、ナイメクはおぼえようとする努力を放棄していた。

近ごろは無数の新商品が市場に出回るが、それにつけられる名前や登録商標や専門的なキャッチコピーが多すぎる、とナイメクは思った。いやたぶん、多すぎるような気がするのは単なる年のせいかもしれない。四十代といえば、ポケット・トランジスタラジオが驚異の新発明だった時代や、白黒のポータブルテレビが家庭で無理なく買える電化製品になった時代をおぼえている年齢だ。巨大な箱形のテレビはついに時代遅れの代物になってしまった。

それでもやはりこの名前遊びは頭に混乱を招くとナイメクは思った。彼のデジタル腕時計さえ〝腕時計〟ではない。厳密にいえばただの腕時計ではない。高解像度カラー液晶ディスプレイ・パネルと赤外線データ転送ポートのついた〈リストリンク〉という名のウエアラブル小型コンピュータだ。ほかでもない彼を雇っている会社が設計して市場に出したもので、一五〇枚のスナップショット画像を蓄積できるメモリーを内蔵した一体型五倍ズームデジタルカメラから、全地球測位システム（GPS）を利用した個人用位置探知機、衛星電子通信ソフト、電子メモ帳、アドレス帳、ビデオゲームまで、さまざまな機能を楽しむことができる。そして、彼のような現代によみがえったクロマニヨン人のごとき男でも時計には使えることが判明しつつあった。世界のあらゆる時間帯に対応してあらかじめプログラムできるディスプレイと、それをボールダーだったかデンヴァーだったかにある――コロラド州のどっちの都市だか忘れてしまった――国立標準技術研究所（NIST）の原子時に合わせ、一秒の数分の一にまで狂いを抑えられる受信機モジュールが搭載されている。このような多種多様な付加機能を誇るのみならず、この腕時計もしくはウエアラブルは水深一〇〇フィートまでの耐水性が保証されているうえに、ナイメクはこれを無償で手に入れていた。なにしろロジャー・ゴーディアンの保安部長だ。こういう大きな余録はときおり転がってくる。

それでも、この新装置でナイメクにとって最高の機能は〝アニー計〟だった。

自分で勝手にそう呼んでいる。

先週の前半にヒューストンからサンノゼへ発ったあと、すぐにナイメクはそれをセットした。正確にいえば、アニーに空港まで送ってもらった十五分後にセットした。空港でナイメクが縁石の前からアニーの車の前の座席に体をかがめると、アニーは助手席側の開いたドア越しに恥じらいを忘れたかのような濃厚な甘いキスをした……ナイメクはしばらくその味に陶然として、後ろ髪を引かれる思いで自分の体と手荷物を車から引き離した。それから背を向けて、ターミナルの入口をくぐり、カウンターの係員から搭乗券を受け取り、最後に搭乗客の待合区画に腰をおろして、この腕時計の押しボタン式のメニューをいじくった。

〝アニー計〟は、知らないひとの目には電子カレンダーのように見える。使用者がピート・ナイメクなら、まず最初にアニーと別れた日時のあたりへボックスをスクロールし、おおむねロマンチックだった別れのときが何時だったかをNISTの正式な時間で正確に登録する。そのあと、彼女と離れている期間を入れる画面を出してその情報を入力し、アラーム・オプションのそばに小さなチェックマークを挿入する。アニーの息子がインターネットからソフトをダウンロードして〈リストリンク〉にあらかじめ組みこまれていた信号音と音楽を更新してくれたおかげで、アニーに再会する予定の日にはテンプテーションズの『マイ・ガール』のメロディが流れることになっていた。次は、これも使用者がピート・ナイメクなら、問答形式の別のボックスを開いて〝秒読み〟のオプションに照合のしるしをつける。あとは都合のいいときにさっと一瞥すれば、祝福のメロディが聞こえるまでNISTの正式な時間で何日と何時間何分何秒かがわかる。最後に、アニーと別れた日付とアニーのところに戻る日付の両方をカレンダーにヴァレンタイン・デーのような赤い色でかならず忘れずに目立たせ、押しボタンで通常の腕時計画面に戻せばそれで完了だ。

アップリンク社がこのホテルの上層階に確保している続き部屋(スイート)からエレベーターで降りてくるときに、〝アニー計〟を確かめたばかりだった。愛しいひととの再会まで、あと二十三日一時間と何分かだった。参加義務のあるこの歓迎晩餐会が終わるころには——たぶんパーティがあまり長引かなければそれより早く——残りの時間は二十二日と何時間かになっているだろう。状況はわずかながら前進する。しかし、かつてトム・リッチの助言にあったように、小さな一歩を重ねていくしかない。

ナイメクはホテルの吹き抜けに足を踏み入れ、彼より先に来ていた二十五人ほどの出席者に合流した。ひとりを除いた全員がスーツ姿の男性だった。その半分は光ファイバー網がらみの契約のために来ているアップリンク社の幹部と上級技術顧問だった。紅一点は、この計画(プロジェクト)のネットワーク事業監督をつとめるタラ・カレンだ……なめらかなすばらしいブロンドの髪の持ち主で、彼女のまわりで笑顔を浮かべているアフリカ人の代表団の目にもそれはくっきり焼きついていた。ナイメク率いる十二人構成の保安部隊からも、三、四人が群衆のなかに散らばっていた。彼らの上着の襟の折り返しにはピンがついている。ラミネート加工された三角形のピンで、そこには広刃の剣がデザインされており、衛星通信の帯域幅の線がそれを囲んでいた。

アップリンク社の一団は一様に疲れた表情を浮かべていた。ナイメクも同様だ。儀礼上、〈剣(ソード)〉の分遣隊全員を引き連れてきたいとは思ったが、彼らは事業派遣団の人間ではないし、全員を披露しなければならない理由もない。だからひと握りの有志を募るにとどめた。カリフォルニア州から延々と空を旅してきて疲労困憊(こんぱい)している状態だけに、できればお祭り騒ぎは遠慮したいという隊員たちにはそうさせてやった。ナイメク率いる一団はあすから任務をあてがわれ、陸上と沖合に新しくできたアップリンク社の施設を調べ、現地の方針や手続きや装備をととのえるための下準備にかかる。くつろげるうちにくつろがせてやろう。

オードブルとカクテルをのせたトレーを持って部屋を縫っていく黒いタキシードと白い手袋の給仕係たちは別にして、ナイメクが通路から観察していた残りの人びとはガボンの歓迎委員会の面々だった。政治家と政府から指名を受けた人びとだ。彼らを指揮しているのはエティエンヌ・ベゲラという男だった。ナイメクが頭にたたきこんできた情報によればこの男は経済開発大臣で、ポールジャンティにある通信統制機関の長でもあった。

そのベゲラがナイメクに気づいて、談笑していたアップリンク社の幹部の一団にいとまごいをし、腕を広げて近づいてきた。

ナイメクは前に進み出て彼を迎えた。もう時刻は午後七時にならんとしていたが、ホテルの吹き抜けは光にあふれていた。銀のトレーとテーブルの食器類が日射しを受けてきらめいている。異国風の花をつけた植物が床にあり、ナイメクにはなんという名前かさっぱりわからなかったが、その植物にもガラス張りの天井から光がふりそそいでいた。異様に背が高く青々とした植物で、本物とは思えないほどだった。

「ムッシュー・ナイメク、こんにちは。お会いできてうれしい」ベゲラは握手した手を上下に振り動かし、白い歯をのぞかせて満面の笑みを浮かべ、フランス訛りの英語で自己紹介をした。ナイメクは一瞬、なぜこの大臣はおれがだれかすぐにわかったのだろうといぶかったが、幹部のひとりがそう教えたのだろうと推測した。あるいは、予備知識を仕入れる名人なのかもしれない。「長旅のあとですし、お部屋を気に入っていただいていたらうれしいのですが。それと、滞在中あなたのご一行のお世話をするホテルのスタッフは、わたしがみずから選ばせていただいたことをお知らせしておきたいと思います」

「お気遣いに感謝します」ナイメクはいった。「すべて快適ですよ」

このホテルはたしかにとても立派だ。それだけでなく優雅だ。ナイメクはつくづくそう思った。しかし長い世界横断旅行を終えてきたばかりだけに、たとえジャングルの小屋と麦わらの簡易寝台でもありがたく思っただろう。今回の旅はこれまでの疲労度ランキングのなかでもサンノゼ＝マレーシア間をはるかにしのぎ、サンノゼ＝南極間に迫りそうな気がした。旅は何時間に及んだ？　スーパー腕時計を一瞥するだけで、もちろん正式なＮＩＳＴ原子時で何分かまで正確にわかるだろうが、その質問に対する答えを知ったらなおさら疲れるような気がした。サンノゼ空港からは……いや、ここでも名前遊びに興じるなら、二年前に市議会が前市長を称えて名称を変更したノーマン・Ｙ・ミネタ・サンノゼ国際空港からは、ユナイテッド航空のチャーター機があった……前日の午前六時の便だ。それが彼の率いる一団を乗り継ぎ地のシカゴ・オヘア空港へ運び、五時間待ったあとそこからユナイテッドの国際便でパリ・ドゴール空港に飛んだ。まる一日の空の旅を終え、翌朝七時ごろに壮麗（グロリアス）な光の都市パリに到着した。〈マクドナルド〉のコーヒーを急いで飲んでトイレに行くだけの時間はどうにかあった。それがあの小さな幕間の最良のときだった。世界各地の化粧室（サレ・ド・ビン）と同様、トイレに愉快（グロリアス）なところは微塵もなかったが。そのあと彼らはエールフランスＡ３４０に急いで乗りこみ、あざやかな青色のなかでまた七時間を過ごし、午後五時ごろにようやくガボンの首都リーブルヴィルのレオン・ムバ空港に着陸した。待機していたガボン空軍のフォッカー28に乗りこむと、空軍機は彼らを首都からポールジャンティに運んだ。男も女もみんなどっぷり疲労に浸かったまま、晩餐会にそなえてホテルの部屋に急行した。

「英気を養っていただいたら、わたしたちの街を知っていただきませんとな」と、エティエンヌ・ベゲラがいっていた。「楽しく魅力的な街なのが、きっとおわかりいただけるでしょう。あすはわたしが政府の官庁をご案内します。買い物やお食事にいい場所もお薦めしましょう。ご希望があれば観光にいい場所もお教えします。それと、必要が生じたときにあなたのご一行のお手伝いができる者たちもご用意しています」

ナイメクは大臣にうなずきを送った。

「英気を養ったあと、楽しみにさせてもらいます」彼はいった。「あまりお手をわずらわさないよう心がけるつもりですが」

ウェイターがふたりやってきて、前菜のトレーのバランスを注意深くとりながらナイメクを取り囲んだ。ひとりは厳選されたパテと薄切りのソーセージとトリュフと冷たいポーチトサーモンを運んでいた。もうひとりは温かい料理を運んでいた。きのこのソテーに詰めこまれたエスカルゴらしきものだ。ナイメクはがっかりした。すすめられたものは、そこそこおいしそうだった。この土地に長いあいだ根を下ろしているフランスの伝統についての下調べはすんでいた。コロンブス以前から、ガボンにはマルセイユやニースの貿易船が訪れ、十九世紀の中葉には植民地軍が移り住んでいた。しかしフランス料理ならどこでも食べられる。フランス料理は世界に知られた高級な料理法だし、さしだされた料理にもたしかにそこそこの高級さが感じられた。だがナイメクは心をそそられなかった。もっとこの土地らしいご馳走を期待していたのだろう。数千キロもの距離を旅してアフリカまで来たからには、アフリカ料理を食べてみたいのが人情だ。

ナイメクはパテを試してみて、まずまずだと思った。しかし彼は決心した。面白い食事ができる場所に案内するというベゲラの申し出に応じなければなるまい。

タラ・カレンがガボン代表団のひとりとそばを通り過ぎていくのに気がついた。ナイメクは手を振って彼女の注意を引いた。自己紹介をするおあつらえの機会だ……この場の話からさりげなく逃れ、しばらく椅子に腰を落ち着ける絶好のチャンスでもある。黒いタキシードを着て白い手袋をはめたペンギンのようなウェイターたちのなかにコーヒーを運んでいるのがいるかどうか確かめてもいい。じっさい彼は、頭痛と疲労困憊を感じていた。

「タラ」彼はいった。「紹介したいひとが――」

「カレンさんとはすでに面識がございます」ベゲラは有無をいわせない感じの満面の笑みをナイメクにひらめかせ、その笑顔をタラに送ってさっと彼女のひじを取った。「しかし、たしかにわたしには、この機会を利用してさらに親交を深める職業上の義務がありますし、そこに個人的な喜びも感じますな」ベゲラはタラと歩いてきた長身の黒い肌をした男を見た。「マシエ・ウンゼ、こちらはピート・ナイメクさんだ。ナイメクさん、マシエ・ウンゼです……郵政通信局にいるわたしの同僚で、友人でもあります。われわれが最近、首都におもむいてアップリンクにまつわる懸案を支持した話を、どうぞ彼からお聞きください」笑顔はさらに威圧的な感じになった。「それから、きみにもあとで話があるんだ、マシエ。いいかい?」彼はさりげない口調でたずねた。

ウンゼはうなずいて同意した。彼のそぶりには面食らったような――少なくとも驚いたような――節が見えた。ナイメクはどういうわけだろうとしばらく考え、たぶんまあ、ブロンドのお相手を同僚にさらわれたのが面白くなかっただけだろうと結論した。

ベゲラがタラをバーへ案内していくと、ナイメクは静かにコーヒーを楽しむ件も忘れることにした。

「では」と、彼はウンゼのほうに手をさしだし、また新たな力強い握手をした。「お聞かせ願いましょうか、首都へいらしたときのお話とやらを……」

ウンゼは話をしたが、どちらにとってもとりたてて楽しい時間ではなかった。

ディテクト社製の古い直立型の体重計は、もともとはルイジアナ州の田舎医者が所有していたものだった。その医者が引っ越しのときにガレージ・セールを開き、見栄えにうるさかったローランド・ティボドーの後見人が、まだ新しく立派そうだった家具を買ったときにおまけについてきたものだ……ティボドーの記憶によれば、少なくとも代母(ナナイン)はそう話していた。医者とその妻がよどんだ入江地域(バイユー)からとつぜんニューオーリンズに引っ越すことになり、その直前に、敬愛する代母アデル・リゴーは医者からたくさん小さなかわいい贈り物をもらっていた。そんな記憶がティボドーにはかすかにあった。その贈り物もおまけだったのかもしれない。しかし当時のティボドーはまだ小さかったし、大人たちのやりとりはよくおぼえていなかった。

はっきりおぼえているのは、代母がいつも質素な家の寝室の壁の前にこの体重計を置いていたことだ。ティボドーは一九五五年の六月から十月のあいだに生みの親をふたりとも失い、そのあと十歳から代母の家で育てられた。父親は突拍子もない事故で亡くなり、そのあと母親は、父親以上にわけのわからない死にかたをした。学校の友だちとその家族のあいだで〝あのふたりには神様の特別な計らいがあったにちがいない〟とささやかれていたのを、彼は何度も耳にした。初めて耳にしたのはセシリア・ティボドーのほうの遠い親戚からだった。そのときもその後も、彼は異議をとなえられる立場にはなかった。父親のいない境遇から一シーズンだけおぞましい孤児院暮らしに移行したのが〝神様の特別な計らい〟があった決定的な証拠でないとしたら、この広大な世界のどこにもそんな計らいなどないにちがいない。

彼の率いた第一〇一遠距離武装偵察隊の隊員たちなら〝ロリーは後ろからがつんとやられた〟という表現を使ったかもしれない。

体重計の重い鉄の垂直部と台はライラック色だが、もともと白色だったのを代母のアデルが彼女好みの色に塗り替えたものだ。いまはペンキが剝げ落ちて色あせ、上から下までまだらに錆(さび)が浮き出ている。ティボドーは古いペンキを剝がして元の状態に修復しようかと考えたことが一、二度あった。彼のオフィスにあるライラック色の体重計がケイジャン特有の勇ましく男っぽい印象を運んでくることは決してないし、体重計の上にいる自分を想像すると滑稽な気がすることもある。ライラック色は上品な色だ。上品で華奢な女性だった代母アデルのように。ライラックは彼女の好きな薄紫色をした、彼女のお気に入りの花だった。初夏にはかぐわしい香りを運んでくる。彼女は日曜日の朝、手織りのコットンを自分でライラック色に染めた婦人帽(ボンネット)をかぶって教会に出かけるほどだった。

ティボドーは体重計をそのままにしておいた。これによって男らしさを疑われたとしても、まあ、釈明の義務があるわけではないし、自分に気のある淑女たちのデリケートな心に疑いを芽生えさせたことはなかったはずだ。それどころか、彼が（十代に）育ったケイルー湾の町で広まった別の表現には〝彼の心はアーティチョークのよう〟というのがあった……アーティチョークは可憐な乙女が大事にしまっておくべき葉だ。

ティボドーはその表現にも異論をとなえたことがなかった。フェ・ドドで、つまり日没から日の出まで続く村のダンスで、淫らな目と黒い髪をもったたくさんのかわいい娘たちが彼の誘いに応じた。最大のお楽しみは、楽団が大音量で演奏している田舎劇場の裏の、塀で囲われた暗い中庭でひそかに行なわれていた。

ロリー・ティボドーが感傷的な愛着をいだいているものは少ないが、故郷から手放さずに持ってきたひと握りの記念品に対する愛着は強かった。長い歳月を経て色あせた家族の白黒写真が数枚。母親が自分のウェディングドレスにつけたというペーパー・フラワー。これも色あせている。父親が長さ一二フィートのカヌーで沼や湿地を縫い進みながら貝や甲殻類を獲るのに使っていた用具一式——長い木製の牡蠣(かき)獲り用のはさみ、網、もつれた蟹釣り糸、毎日獲物を家に持ち帰ってきたバケツ、マスクラットを誘いこむために進路ぞいのぬかるんだ岸によく仕掛けていた罠……父親はあの毛の塊みたいなやつを〝沼ネズミ〟と呼んでいたが、毛皮は市場で高く売れたにちがいない。ほかにも箱にしまった思い出の品がひとそろいあった。もちろんディテクトの体重計もそのひとつだ。遠距離武装偵察隊の指揮官としてヴェトナムを転戦しているあいだ、ティボドーはバトンルージュで長期用の保管スペースを借り、帰国するまでそこに思い出の品々を預けていた。

彼が戦争と手を切り、戦争が彼と手を切ったあと、ティボドーは国の内外をあちこち渡り歩いた。二十年ほどは軍事エリートだった経歴を生かして生計を立てていた。教室で護身術や火器の使用法を教え、ときには個人のボディガードをつとめることもあった。会社の重役やハリウッド・スターからヨーロッパ、アラブの王族まで、いろんな依頼主に雇われて仕事をした。そのあいだ、箱に詰めこまれた品々はあちこちの倉庫で埃をかぶっていた。アップリンク・インターナショナル社の私設保安部隊がまだ発展段階にあった一九九五年ごろ、メガン・ブリーンは適切な質問を浴びせることでティボドーをこの保安部隊にスカウトすることに成功した。一身をなげうって建設的な仕事ができる力があるのに、なぜ甘やかされた王子や王女のおむつをだれかがひっぱらないよう見張りをして過ごしているの？　彼女はそうたずねたのだ。〈剣（ソード）〉に引きこまれて以来、思い出の品々はすべて、ロサンジェルスの十数マイル外にある人通りの少ないさびれた駐車場の先、ウォークインクロゼット大の安価な保管施設にそっとしまわれている。

ライラック色が剝げかけて錆の浮き出ている代母アデルの体重計だけが例外だった。

アップリンクに入る以前も、ティボドーはこの体重計を行く先々に持ち運んでいた。理由はよくわからない。彼の考えでは、バックミラーは人生というハイウェイで人びとが前に進むのを助けるためにある。休憩所で強情な髪やネクタイのねじれを調べるためにあるのではない。代母アデルが八九年に乳癌で他界して以来、ルイジアナ州には一度も戻っていないし、アーケイディアを思い焦がれて一分でも時間を無駄にする気はなかった。ティボドーがそばに置く過去の遺産は役に立つ遺産であり、この体重計をいつも旅の友にしてきた主な理由は、たぶん役に立つからだった。これはなによりひとつの象徴（シンボル）なのだ、と彼は思った。運んで持ち歩く値打ちのある思い出は、現在を——そしてひょっとしたら未来を——すこしなめらかに乗りきらせてくれるものだけだ。体重計を見ることでそれを思い出すことができる。

それに、こいつはじつに頼りになる。

ティボドーは体重が気になってしかたのない人間ではなかったが、ときどき測って確かめてはいた。ビールを飲んでたらふく食べることに無上の喜びをおぼえる人間であるにもかかわらず、体形をずっと維持してきた。身長六フィート四インチ。骨太で、中身が詰まっていた。大人になってからはおおよそ二三五ポンドという一定の体重を維持してきたし、体重のほとんどは規則正しい熱心なトレーニングで鍛え上げたぶあつい筋肉の重さだった。

ところが二年ほど前にすべてが変わった。ブラジルにあるアップリンクの施設でテロリストの攻撃を防いでいるときに短機関銃（サブマシンガン）の不意打ちを食らった。弾は腹部に深々とめりこみ、左に曲がって大腸を突き抜け、脾臓に突き刺さってそこを挽き肉に変え、最後に胸郭の背中に近い骨に激突した。大量の出血もあったし、肺の一部がつぶれていて、彼を引き受けた緊急救命室（ER）の医師団に緊張が走ったほどの重傷だった。

撃たれたあと何カ月か、弱った体では激しい運動ができなかった。筋力トレーニングなど考えるだけ無駄だった。それどころか、ベッドから起き上がったり椅子から立ち上がるだけでもつらい日々があった。そして、ようやくジムに戻れるようになったときには気がついていた。自分の体が失った力は二度と元に戻らないかもしれない。あちこち撃たれていた。あちこちの内臓をやられていた。内臓を撃たれると、そのダメージは一生消えない確率が高いという……神様の特別な計らいにまたしても見舞われたのだ。

回復途上でティボドーは会社から巧みな説得を受け、大きな昇進に見えるような人事を受け入れた。責任が重くなったぶん、それにふさわしい大幅な収入増も手にした。感謝すべきなのだろう。正式な昇進に内心の憤りをおぼえるのはまちがいだ。しかしロリー・ティボドーはお人好しではない。あの申し出には彼の体の欠損が考慮されていたはずだ。どの程度かはわからない。想像したくないのかもしれない。わざわざそんなことをする必要がどこにある？　ひとつには、一〇〇パーセントの能力を発揮できなくなった現場の指揮の仕事から配置換えをさせたいとメガンとピート・ナイメクが考えたからにちがいない……それ以外のどんな説明をされても納得はできまい。

正確にいうと、ティボドーは新設されて〈保安作戦本部・全世界監督官〉と命名された二人体制の管理統括の仕事に就くことになった。

あの男を現場からはずすことはできるが、職務内容から現場をはずすことはできない。メガンとピートはそう考えたのだ。

このちょっとしたブラックユーモアも慰めにはならなかった。

いまティボドーはディテクトの体重計に乗って顔をしかめていた。嫌悪の情が眉間に深いしわを刻み、髭面のなかで口を大きくへの字に曲げていた。髭は二年前から生やしており、きちんと手入れがなされていた。ここ半年以上は伸びるにまかせて下あごの張った頬とあごの下の喉の贅肉を隠していた。銃で撃たれてしばらくは、鏡のなかの自分に変化が見えていたにもかかわらず、体重はいつもの二三五ポンドを維持していた。しかし、これは見かけ倒しの数字だった。ティボドーの筋肉は使わないあいだに縮んで衰え、重さを失っていた。そのいっぽうで食事と酒はいつもと同じ量を消費していたため、とりこんだ余分のカロリーは脂肪に変わっていた。体重計の数字は変わらなくても、彼の体は以前より太く、だぶつきが見え、一オンスも体重が増えないままあちこちずんぐりしてきていた。

問題は筋肉が張りを失うと脂肪を燃焼しにくくなる点で、食事制限か運動、もしくはその両者を組み合わせてしっかり健康的な日常生活を送らないかぎり、脂肪はどんどん積み重なってくる。ティボドーはそれをしていなかった。そして二三五ポンドから体重が増えてきた。体重は彼の上にじわじわ忍び寄り、巨大な物いわぬナメクジのように彼のまわりを包みこんでいった。もちろん警告のしるしはあった。あごの線がなくなり、腹まわりが太くなっていった。しかし二三五ポンド付近にとどまっているぶんには無視することができた。いろんな箇所が苦しく危機的な状況になってきて、そこをスラックスが――正直いうと、その下のパンツまでが――締めつけはじめた。シャツのお腹のところがきつくなり、袖の肩と腕のところが窮屈になった。体重計の下の表示器の数字が徐々に二三六、二三七、二四〇と――さらには二四五まで――上がってきても、まだまだ充分許容範囲のような気がした。特に、靴やシャツを、あるいは靴とシャツを、必要ならばほかの衣服類も脱げば、二、三ポンド、ときには三・五ポンドでも落ちる場合には。必要なときというのは、たとえば二、三日たらふく飲み食いをしたあとだ。

ティボドーが発見したもうひとつの要領は、体重計を降りて矢印と目盛りがぴったり合っているかどうかを見直すことだった。合っていなければ四分の一ポンドかそれ以上を切り捨てられるし、バランスのつまみをいじくって調節する手もある。裸に近い状態で台に乗って、上のほうの表示を二五〇ポンドに上げる必要が出てきたときには、さすがに気になったが、なんらかの方法をとれば、つまり豚の腸詰めとコーンブレッドをやめてビールを軽いのに換え、夜遅い時間に冷蔵庫のドアに手を伸ばすのを控えれば、すぐにそぎ落とせるさ、と自分に請け合うことで、許容範囲をかなり柔軟に広げていった。すぐにという言葉は想像以上に使い勝手がよく、それゆえに拡大解釈が可能なことで知られている。

体重計の針によれば、いまティボドーの体重は二九九・二五ポンドになっていた。目盛りに太字で刻まれた色つきの三〇〇という数字まであと一ポンドを切っていた。八カ月で五四ポンドとはすさまじい増えようだ。

靴下とボクサーショーツのほかにはなにも着けていない二九九・二五ポンドの体重が、後ろの椅子にどすんと乗った。

「ウアウアロンになっちまった」擬声を好むケイジャン文化を反映したウシガエルを意味するケイジャン語を使って、ティボドーはうなった。夜明けや黄昏にあの蛙がたてる音を再現した言葉だ。「あのくそいまいましいウアウアロンに!」自分好みの威勢のいい修飾語を差し挟んで、彼は繰り返した。

なぜ自分がきょうのこの朝を選んで体重を測ったのか、彼にはわからなかった。余分の重り(バラスト)を捨てる必要があるのを知っていたティボドーは、この二カ月のあいだほとんど体重計に乗っていなかった。早まって思わしくない数字を見て、愕然とせずにすむようにだ。じつをいえば、まだ食事制限にもきちんとのりだしてはいなかった。体重を落とすのにどの食べ物が最適かについてもきちんと判断を下していなかったし、ビールもこくのある好みのタイプにかわる軽めで口に合うのがどれか調べがついていなかった。仕事が忙しすぎたし、こういう判断には事前に慎重な考慮が必要になる。大急ぎで駆けこむ人間にかぎって成功の切符を買いそこねるものだ。

だったら、なぜ体重計に乗ったのか？　ティボドーはいぶかしんだ。なぜ、きょうなのか？　なぜいま乗ったのか？　ティボドーと同じ〈全世界監督官〉の肩書を持って緊急対応部隊を率いているトム・リッチは――ティボドーにとってこの世でいちばんいけ好かない男は――しばらく〝山猫〟狩りのために単身サンノゼ本社を離れていた。そのあいだに本社で保安態勢の改善が行なわれた。その改善に関する要約説明がきょうこれから行なわれる。そんなときになって、なぜ自分は体重計に乗ったのか？　ある種の失望を味わうのはまちがいないとわかっていながら、いったいなぜ体重計に乗ったのか？　それどころか、台を降りて即座（ト・デ・スイト）に制服を着られなかったら、きまりの悪い思いまでするだろう。

ティボドーはさらに何分か体重計に乗ったまま、悲しいくらい衰えた自分の体を見下ろした。つまみと表示器のスライド調整部はいじくれるだけいじくった。身にまとっているのは空気よりほんのすこし重い程度のものだ。そして体重計の針は二九九・二五ポンドのところでぴたりとバランスをとっていた。

数字を読んで屈辱を確認する必要があったわけではない。以前はぴんと張り詰めていたのにふくれた枕のようになってしまったお腹や、愛の取っ手（ラヴ・ハンドル）の名で知られる腰の上のぶよぶよの贅肉や、ティボドーにとってもっとも憂鬱な胸骨の上に重なった脂肪の組織を見れば、それは一目瞭然だった。この胸のたるみは、ときに〝男の乳房〟というあまりに無神経で思いやりのない表現が使われることのある状態へ変わりつつあった。

　しかし、点検はもう充分だ。充分すぎるほどだ。リッチがオフィスからこの廊下へ降りてくる。あの男が現われる前になんとしてもズボンのなかに体を押しこまなくては。

　口をへの字にして顔をしかめたまま、服を着るために体重計を降りると、すさまじい体重を逃れた針と台の軸受けがガガンと大きな騒がしい音をたてて、ティボドーは狼狽した。

　シャツのまんなかのボタンをはめようとしていたそのとき、ドアに小気味のいいノックの音が三度した。

　行動の男トム・リッチ。予想どおり、約束の時間ぴったりだ。

「ちょっと待ってくれ（ウン・インスタン）」と、ティボドーは大きな声で呼びかけ、なかなかはまろうとしないボタンを苦労してはめこんだ。「ちょっと待ってくれ（ジャスト・ア・モーメント）」

　リッチはまた回転の速いノックをし、それから外のドアノブをつかんでなかに入ってきた。

　これまた予想どおりだった。

　シャツはまだズボンのウエストバンドの上に出ている状態だった。ティボドーはとまどいを隠そうともせずに相手の顔を見た……できることなら隠しておきたかったばつの悪い表情まで浮かんでいた。

「待ってくれといっただろう」と、彼はいった。

リッチは入口の内側に立って、腕時計の文字盤をティボドーに向けた。

「癇癪（かんしゃく）を起こすな」彼はいった。「約束の時間に来ただけだ」

ティボドーは狼狽してまたしばらく相手を見た。それから息を吸いこみ、そこでぴたりと止めて——つまり腹をひっこめて——脚を引き上げ、ファスナーを締め、ボタンをかけて、制服のズボンのなかに体を押しこむことに成功した。

「よし」と、彼は息を吐き出した。そして自分の机のほうをあごでしゃくった。「かけてくれ。話を始めよう」


ヴィヴィアンはもらわれていくにちがいないと、ジュリア・ゴーディアンは確信していた。まだ猫検査が残っているが、あまり心配はしていなかった。きっとだいじょうぶだ。

ジュリアは〈インザマネー・ストア〉の窓から、センターの埃っぽい駐車場の隣にある引き取り希望者に犬を紹介したり散歩をさせたりするのに使われる区画を見つめていた。ヴィヴは一歳半の雌のグレイハウンド犬だ。レース犬としての経歴は、三度レースに出走して二度のスタートでとんでもない方向へ飛び出したのちに幕を閉じていた。いまヴィヴは、引き取り手になるかもしれない家族にひもでつながれて散歩をしているところだった。救済者候補はフリーモントのあたりに住んでいるという、見たところ善良そうなワーマンさん一家だった。父親と母親と、八歳か九歳の息子だ。犬を見にきたひとが犬舎に入っていくのがふつうの救済センターのやりかただが、ここではかならず外にいるひとの前に犬を連れていくことになっていた。新しくやってきた犬たちは弱っていて栄養不良のうえに、まだ予防接種を受けていない犬もいるし、知らずに菌を運んでいる人間から犬特有の病気をもらう可能性もある。だからロブ・ハウエルはかかりつけの獣医にしっかり検査をしてもらい、送り出してもだいじょうぶというお墨つきをもらうまでは彼らを隔離しておく。ここを訪れるひとのなかには――ほんのひと握りではあるが――この方針に不満を訴え、ここにいるすべての犬のなかから選びたいと主張する者もいた。ロブはそういう手合いにはできるかぎり穏便なかたちでお引き取り願うことにしていた。自分の紹介する六匹ほどのなかから愛せる犬を見つけられない人間にグレイハウンドの飼い主になる資格はないというのがロブの信念だった。

ロブが定めた基準には児童養護施設が赤ん坊の養子縁組に適用しているルールに近いものがある、とジュリアは思っていた……それどころか、彼の決まりのほうがずっときびしく定められ、実行されているのではないだろうか。そう思わざるをえないことが二度ばかりあった。

「適性審査はひとが車を降りてきた瞬間から始まっている」ジュリアが仕事を始めた一日めにロブはいった。「相性のいい相手を探すんだ。犬の引き取り手が決まってほしいという願いに判断を左右されてはならない。犬を見にきたひとがどんなふるまいを見せるかを観察し、彼らの話にしっかり耳を傾け、彼らが犬に発する波長と犬が彼らに発する波長を感じ取るんだ。グレイハウンドに永遠の家を手に入れてほしいのはわたしも同じだが、きちんと世話をしてもらえないひどい家で暮らすよりは、うちにいたほうがましだからね」

店のカウンターの奥でレジのそばにひじを突いて様子を見守ってきたジュリアには、有望そうな気配が見えていた。ワーマン一家とヴィヴィアンが波長を交換するうちに、周波数が合って双方の宇宙が融けあいはじめている。いまヴィヴィアンのひもを引いているのはワーマン家のパパの手で、パパがママに笑顔を向けるとママもパパに笑顔を浮かべ、興奮している息子は犬のそばにしゃがみこんでそのわき腹をやさしくなでていた。いっぽうヴィヴも自分の浴びている注目を楽しんでいた。いい相性かしら？ 双方の宇宙がひとつになった祝福の音楽を彼らは奏でているような気がした。

気がつくとジュリアはある曲を口ずさんでいた。古いブロードウェイ・ミュージカルの歌「仲人（マッチメーカー）」のコーラス部分だと気がつき、ポストブーマー世代である自分の記憶貯蔵庫のがらくた容器からこんな昔の曲がどうして浮かび上がってきたのだろうといぶかしんだとき、彼女の携帯電話の着信音が流れた。

ジーンズに留めたベルトケースから携帯をとりだしたジュリアは画面の発信者識別番号を一瞥し、微笑を浮かべて通話ボタンに指で触れた。

「こちら〈イェンテの犬幹旋所〉、日の出より日没まで営業しております」彼女はいった。

「命に乾杯！」

電話の相手はおずおずと「失礼ですが？」といった。

ジュリアはくすくす笑った。相手はロジャー・ゴーディアンだった。実業界に並ぶ者のない切れ者だが、少なからずユーモアに欠けるところがある。

「わたしよ、お父さん」彼女はいった。「切らないで。番号はまちがってないわ」

「そうか」と、ゴーディアンは応じた。「一瞬、どうなってるのかと……」

「ただのいたずらよ。ボスは裏で犬たちに餌をあげてるし、わたしは初めて自分でする猫試験を待ってるところなの。ボスはわたしに経験を積ませたいのよ。本当ならどこかの家族がやってきて、ヴィヴと……うちでも指折りの可愛いグレイハウンドなんだけど……あの子と恋に落ちてしまう前にすませておいたはずなの。それが、どっちかのせいで行き違いが生じたのね。電話面接のとき向こうが猫を飼っていることをロブにいわなかったのか、ロブが書きとめるのを忘れたのか、こっちもてんてこ舞いしているものだからよくわからなくなっちゃったのよ。どっちにしても、わたしがその試験をしなくちゃならないの」

「そうか」と、またゴーディアンがいった。「訊いてもよければだが、なんだい、その――？」

「猫試験っていうのは、猫のいる家庭にもらわれていくことになるかもしれない犬にする試験なの」彼女はいった。「グレイハウンドがどんなにおっとりしているかは知ってると思うけど、猫をうさちゃんとまちがえると厄介なことになりかねないから」

「うさぎのことかい？」

「うさぎはレース場で使われてるでしょう」ジュリアはいった。「ほとんどの州が法律でレース場所有者は機械のうさぎを使わなくてはならないと定めているし、レース開催中は警察の厄介にならずにすむようにそれを守っていると思うわ。だけど、人目につかない場所で練習しているときは……まあ、気にしないで、わたしの耳に入ってきた胸の悪くなるような話をして、お父さんをぞっとさせるつもりはないから。要するに、うちの犬たちがほかのペットと共生できるかどうかを確かめる必要があるわけ」

「センターに使い捨ての猫が支給されているという意味じゃなければいいが」

「まさか。ここの運営をしてるひとたちが米国動物愛護協会（ASPCA）から手に入れたレオナっていう気の短い年寄りの三毛猫が一匹いるだけよ」ジュリアはいった。「この試験にしっかり貢献してくれてるお礼に、彼女は安全を確保されてるし、食事もたっぷりすぎるほどもらってますから、ご心配なく」

「おまえが心配するなというのならな」ゴーディアンはいった。「とにかく、いま忙しいのなら、またあとから――」

「いいの、本当に。人間と獣がお近づきになるのをじりじりしながら待っているだけなんだから」ジュリアはいった。「それで、なんの用事？」

「いや、母さんと話していたんだが、この週末に会えないかと思ってね」ゴーディアンはいった。「あした夕食に来てもらってもいい。もちろん、ジャックとジルもいっしょにだ。みんなで泊まっていけばいい。むろん、そうしたければだが。泊まっていけるんだったら、日曜日はわたしたちといっしょに思う存分ブランチを――」

「そそられるわね。特に、最後のお姫様あつかいの部分は。だけど間が悪かったわ」彼女はいった。「ロブが……ロブ・ハウエルが、ええと彼は……」

「おまえのボスだな？」

「そうよ、ごめんなさい」ジュリアはいった。「とにかく、ロブは〈フェアウィンズ〉とかいうホテルで――ハイウェイ一号線ぞいのどこかだと思ったけど――そのホテルで深夜番をしているの。会計検査が主な仕事だけど、電話の交換台やフロントの仕事もよくやるらしいわ。今週と来週の週末に昼番のひとの代役を買って出たらしいの。そのひとと仲がよくて、そのひとに家族がらみの急用ができたものだから。ロブには生まれたばかりの赤ちゃんがいて、いろいろ物入りだし」

「だから、おまえがセンターを切り盛りしているわけだ」

「全部ひとりでね。ほかにだれかいてくれるといいんだけど。ロブが手伝ってくれるひとを探しているわ。だけど、奥さんも赤ちゃんの世話で忙しいし、彼女にはあまり負担をかけるわけにいかないでしょ」ジュリアはいちど言葉を切った。「平日に集まれる機会はないかしら？　わたしは月曜と水曜が休みだから、そっちの会社で会って、お昼を食べながら、いわゆる父と娘の会話を楽しむこともできるわ。おまえは給料をもらえるちゃんとした仕事を見つける必要がある、なんて説教したりして」

「そいつはそそられる話だが」ゴーディアンはいった。「残念ながら月曜の朝から木曜か金曜までは、こっちにいないんだ。ワシントンDCにいる。ダン・パーカーはおぼえているかい？」

　ジュリアは苦笑した。大人になった自分の子どもに、その子が生まれてからずっと知っている人間をおぼえているかと訊くのはうちの両親だけかしら？　それとも、どこのおうちも同じなのかしら？　父親の場合、問題の人物はダンであることが多かった。ダンはジュリアが大人になるまでずっといっていいくらいいつも彼女の周囲にいたひとで、彼女の結婚式にも招かれたほどだった。母親も父親と同じで、ジュリアがウィル叔父さんの思い出話をすると決まってびっくりする。ウィル叔父さんは親戚のなかでもジュリアが特にお気に入りだったひとで、彼女が十八歳か十九歳のときに心臓発作で急死するまでゴーディアンの家をしょっちゅう訪ねてきていた。ふたりとも、なにを考えているのかしら？　自分の子どもは子ども時代と青春時代が過ぎると自動的に記憶を消去してしまうとでも思っているの？　自分の子どもは四十五歳やら五十歳やら何歳やらになるまでに、自分のまわりで起こったことを全部忘れてしまっていると思っているの？　それとも、こういうのって答えの出づらい疑問かしら？

「うーん、ダン・パーカーねえ」ジュリアは自分の声から意識して皮肉な響きを抜き取った。「例のヴェトナム時代からの親友ね、ちがった？　サンノゼで国会議員をしてたんじゃないかしら？」

「そのとおり、おまえの結婚式にも来てくれた」ゴーディアンは娘の名前認識能力に対する喜びを声ににじませて返事をした。「このところダンは、エネルギー会社の〈セドコ〉の重役におさまっていてね。あそこのほかの重役たちともいっしょに会って、光ファイバー契約の最後の問題点をどう乗り越えるかを相談することになっているんだ」

ジュリアが窓の外を見ると、ワーマン一家がヴィヴを連れて駐車場から戻ってこようとしていた。「計画を練るのは来週まで待ったほうがよさそうね」と、彼女はいった。

「そのようだな」

売店の正面のドアが開いた。

「行かなくちゃ」ジュリアはいった。「いい旅をね、お父さん。愛してるわ」

「わたしもだよ、ハニー」ゴーディアンはいった。「ああ……それと、ついでながら、幸運を願って乾杯（ラハーイム）」と、彼はつけ足した。

そして受話器を置いた。

ジュリアは電話を見ながら、驚きの思いに目をぱちくりさせた。思わず表情がゆるみ、歯がのぞいた。

親か。彼女は心のなかでつぶやいた。

驚きの思いはいつまでもやまなかった。

同じでありながら異なるのは、リッチがテロリスト狩りに出てからロリー・ティボドーがアップリンク・インターナショナル社、とりわけサンノゼ本社の施設全般の保安構想を明確にしようと努力してきた点だ。

必要なものと方針はほとんど前と変わっていない。その運用についてはわずかながら変化があった。事前の対策に重きがおかれた点だ。

電子保安システムにもいくつか修正があった。日常的に監視とスパイ装置探知作戦が行なわれている区画には小さな調整がなされただけだが、生物化学兵器の探知と対策にはかなり大幅な強化がほどこされた。

「最近、身のまわりでもよくあるからな。世界のあちこちでいろんなことが起こっている。予防措置の追加が必要だ」ティボドーがそういって、机の向かいにいるリッチを見た。「それにうちは、いちど痛い目にあっている」

リッチはじっとすわっていた。返事はいつになく早口で歯切れよく返ってきた。

「どういう装置か教えてくれ」と、彼はいった。

「大小あるが、まずは現場の必需品から始めよう」ティボドーはいった。「建物のほとんどの場所に、新しいタイプの隠し兵器探知システムを導入した。入口だけじゃない。室内環境のことも考えてきた。どのフロアを歩いても隠れた磁気スキャナーをくぐることになる」

「廊下の角のには気がついた」リッチはいった。「ドアフレームを取り替えたところもいくつかあったな」

「気がつくと思ったよ」ティボドーはいった。「あとで、監視ステーションまで歩きながら、どこにあるか説明を――」

「その必要はない」リッチはいった。「あれに問題はない。たいていの人間の目にはとまらない。気がつくのは、そんなたぐいのスキャナーを作れるくらい優秀な人間だけだ。どういう働きをするかを知っていればそれでいい」

ティボドーは椅子の尻の位置をずらした。制服が体にぴったりしすぎ、ズボンの腹まわりのウエストバンドがきつすぎ、肥大した横腹に椅子の肘掛けが食いこんでいることを急に意識した。シャツを引き上げたら横腹に小さな赤い跡がついているだろう。

トム・リッチのなにが自分の見苦しさへの意識を高めたのだろう？　ただの疑心暗鬼かもしれない。おれが太ったことへの反応と受け取れるようなことを、リッチはなにひとつしていないし、してもいない。だがリッチの体は一年前と変わりなく鞭縄のように締まっている。いっぽうこのおれは五〇ポンド近くも体重が増えている。

体重計を降りたときのガガン、バタンという騒々しい音をティボドーは思い出した。そしてふたたび机の前から尻の位置を後ろにずらした。

「そのスキャナーだが」彼はいった。「あれは……なんていうか……識別する目が、、、肥えてきている。以前うちにあった金属探知器は、せいぜい民間空港で使われている程度のものだった。あれの問題は知ってのとおりだ。ウージーとポケットの鍵束や小銭の区別はつかない。ひとの体のどこにそれがあるかはわからない。それに、強い電磁場があるとあっさりだめになる。作動しているコンピュータや携帯電話が周囲に多すぎると、警報装置が誤作動を起こす。時間と資源の無駄遣いだ。うちがこんど設置した隠し兵器探知（ＣＷＤ）システムは、物の大きさと形を見分けて、それがどこにあるかを正確に示すことができる。左の腋の下にあっても、足首にひもで巻きつけてあっても、太陽が照らさないところへ押しこまれていても」

リッチの頭が上下した。

「わかった」彼はいった。「ほかには？」

「あんまり考えたくないが、生物化学兵器が使われた場合にそなえて全面に反応システムをとりつけた」ティボドーはいった。「この建物全体にセンサーをとりつけた。すべての部屋に。屋根の上から地下まで」

リッチは相手を見た。

「地獄だ」と、彼はいった。

「まったく、いまいましい」ティボドーはいった。「莫大な費用がかかった」

リッチはなおもティボドーを凝視していた。

「費用のことじゃない」彼はいった。「この世はとんでもない地獄だってことだ」

ティボドーはなにもいわなかった。リッチのことはあまり好きになれたためしがないが、ある種の信頼は強まっていた。能力やきびしい局面における自制力への信頼は。いまティボドーは、どう考えればいいかわからなかった。リッチは表面的には変わっていない。それはまちがいない。しかしその内側でなにかが大きく変わっている。この冷徹でひとを寄せつけない目は、まるでミラーグラスの表面のようだ。その奥でなにが起こっているのかティボドーには見当がつかなかった。

「そのセンサーだが」リッチがいった。「でかぶつか？」

テイボドーはそうだとうなずいた。

「おれが見たことのある分光測定器は、Uホールのトレーラーみたいなやつだ」と、リッチはいった。「オフィスに持ち運びするには大きすぎる。軍はあれを牽引してまわるのに高軌道多目的装輪車(ハンヴィー)を使っているくらいだ」

テイボドーはひょいと肩をすくめた。

「あれの多くはそのとおりだ」彼はいった。「正確なサンプルを採取するのにおびただしい量の空気を吸いこむ必要があるせいだろうな。ホースがあるし、本体のなかには真空収集器や独立したレーザー色層分析装置(クロマトグラフィー)もある。それが合わさると大きな空間になる。レーザー・マシンが空気のサンプルに光線を照射すると、光は粒子にぶつかって屈折する。するとコンピュータが、その屈折の角度によってどんな粒子かを教えてくれる。人間の目が色を識別する仕組みに似ているな」彼はいちど言葉を切って、髭をひっぱった。「システムのこまかな仕組みについては研究開発部の連中に訊いてくれ。おれの理解しているところでは、こいつは姿の見えない電子の鼻みたいなもので、人間の鼻みたいに……より正確には訓練を受けたブラッドハウンド犬の鼻みたいに、細菌や化学物質がないかくんくん嗅いで、空気中にあるものににおいを嗅ぎ当てることができる。専門家が受容体と呼ぶ鼻のなかの特別な細胞が、嗅ぎ当てたのがどういうものかを神経を通じて脳に伝える。すると脳は、その情報をにおいと解釈する。しかし、うちの見えない鼻は、さっき説明したセンサーを――異なるポリマーを原料にしたマイクロセンサーと専門家連中は呼んでるが――そのセンサーをまさしくコーティングされた一本のファイバーは炭素菌や天然痘菌を嗅ぎつける。別のファイバーは受容体のように利用する。ただしそれがつながっているのは神経ではなく光ファイバーだ。ボスが殺されかけたあの潜伏体(スリーパー)ウイルスを識別できる。また別のは、青酸カリやサリンガスをはじめとする神経ガスを嗅ぎつけ——」

リッチが宙を切るしぐさでストップをかけた。

「もういい」彼はいった。「うちが攻撃を受けたとする。その見えない鼻がむずむずすると、おれたちは避難して、攻撃を浴びた者たちに応急手当をほどこし、影響を受けた可能性のあるすべての人間が検査を受けられるようにする。それがうちの即時対応だ。では、汚染の除去と現場の捜査はどうやる？　捜査の指揮はだれが執るんだ？　連邦捜査局（FBI）と疾病対策センター（CDC）か？　連邦緊急事態管理局（FEMA）か？　それとも本土保安部隊の人間か？　あの連中に踏みこませて、二年前にゴーディアンとその娘の家で彼らがしたみたいに重装備であらゆる痕跡をしらみつぶしにさせるのか？　二〇〇一年に炭素菌入り郵便物の捜索で大混乱が巻き起こったときみたいに？」

ティボドーはすぼめた口からふーっと息を吐き出した。「質問の山だな」と、彼はいった。「外の機関がどうするかは個々のケースによるだろう。一般市民に感染が広がる恐れがある場合には当局に知らせる必要がある……化学兵器が使われた場合にはそうなると想定せざるをえない。しかし、いくつもの管轄体が問題を処理しにやってきてうちが頭をかかえるような事態はあっちゃならない。だから連携の努力をする。おれたちを無視せずに共同で作業を進めるだけの良識が当局にあることを願いたいな。そうなりゃ、どうしたら連中を無視して作業を進められるかという面倒な問題を考えずにすむ」

「質問の最初のほうは？」リッチがいった。「同じ例でいこう。センサーがなにかまずいものの痕跡に気がついた。ウイルスでもいい。バクテリアでもいい。それが広がる前にその場所から一掃する方法はあるのか？」

ティボドーはまた息を吐き出した。この話題について考えるのは億劫だった。

「一定の種類の病原菌を殺すことができる除菌噴霧器をとりつけた」彼はいった。「炭素菌もそのなかに入っている。ほかの菌の名前を並べた長い一覧表があるから、また見せてやる……ほかに何十種類もある。構内にだれもいないのがわかったら、噴霧剤を放って、生物兵器が使われた場所にゆきわたらせる。通風口、コンピュータのキーとキーのすきま。ありとあらゆるところにだ。粒子はきわめてこまかく、菌の胞子より小さいそうだ。DNA細胞レベルまで破壊して菌を殺してしまう」

「それで殺せない菌はどうするんだ？」

「予防措置の問題と、すでに実施されている方針をどう応用するかという問題に立ち返る。何者かがこのビルに入ってきて、怪しいと思ったら、しっかり調べる必要がある。つまり、その男が郵便配達人の制服を着ているか、来客リストに名前があるか、上院議員団のひとりかどうかをだ。おれたちの目の前の空中を歩いて目や手足の不自由なひとたちを治し、自分はイエス・キリストであって再臨を告げるために急いでいるといったとする。しかし、おれたちが怪しいと思ったら、だいじょうぶと確信できるまで待ってもらわないと監視所は通れない。それが、プラスチック爆弾がないかロープに金属探知棒を当てたり、サンダルを調べたり、場合によっては天国の〈聖母聖父局〉にでも電話して、身元確認ができるように連絡先をたずねたりすることを意味するとしてもだ。それはそれでしかたがない」

「苦情が出るだろうな」リッチはいった。

ティボドーは肩をすくめた。

「イスラエルの空港や主要なオフィスビルの警備員は何年も前からそうしているが、文句をいわれたりはしない」彼はいった。「だれの自由を侵害するわけでもない。異議をとなえたい人間がいたら、そいつには帰る権利があるということだ。最新の技術は偉大だ。うちにそれがあるのをうれしく思う。ただし個人的には、うちの者たちには電子のじゃなく自分の目と耳と鼻をあてにしてもらいたい。おれは人的要素(ヒューマン・エレメント)を重視したい」

「異存はない」リッチは相手の顔をじっと見た。「ただ、あんたのいってる要素がなんのことか知りたいな」

この発言にティボドーは驚き、表情にそれが出た。

「なんのことかわからない」と、彼はいった。

「さあ、そうかな」リッチはいった。「選択肢から念入りに選ぶ人間もいるし、選択肢を片っ端から試す人間もいる。いざというときあんたがどうするか興味がある」

ティボドーは黙っていた。どう答えたものかわからなかったし、リッチの言外の意味を理解できたかどうかさえ確信がなかった。しかし、リッチの凝視と口調には心をかき乱すものがあった。

リッチはそのままさらにしばらく相手を見つめていた。彼がついに机の前から立ち上がったとき、ティボドーはありがたいとまで思った。

「話はすんだな」リッチはいった。

ティボドーは相手を見た。〝すんだ〟のならありがたい。ただし彼らの話はすんではいなかった。

「まだ個人用の野戦装備の話をしていない」と、彼はいった。

「たしかに」リッチはいった。「しかし、またの機会にしてもいい」

ティボドーは机の引き出しを開けてそこに手を伸ばしていたが、なぜそうしたかはよくわからなかった。未確定のまま次回に持ち越すのもそれなりに適切な処置だと思った。今回、彼には考えるべきことがたくさん残った……なかでも、リッチがなにを指摘しようとしたのかについては。そしていま、自分自身のことについても。

「よかったらこいつを手元に置いてくれ」とティボドーはいい、引き出しからとりだしたアルミ製チューブを二本、机の上に放り投げた。長さは二インチくらい。練り歯磨きのサンプルくらいの大きさだ。

リッチはそれを取り上げた。

「中身は？」と、彼はたずねた。

「二日前に特別開発部のやつがおれのところに持ってきた」ティボドーはいった。「傷ふさぎジェルだ。そのうち軍にどっさり届けることになる。これに似たのがすでに前線の戦闘部隊に支給されてるが、こんどのはどんなやつより皮膚の傷をよくふさぐ。負傷兵が移動外科病院（MASH）にたどり着くまで、傷はきれいに保たれるし呼吸もできる。うちの野戦隊員にも全員にこれを携行させるつもりだ。二年前のおれみたいに皮膚に穴が開いたときに役に立つ」

「どうしていま、おれによこすんだ？」

「今週、試験報告を読んで、ゴーサインを出すかどうか判断しなくちゃならない」と、ティボドーはいった。「嘘みたいな気はするが本当のことだった。「あんたも意見をいいたいかもしれないと思ってな」

リッチは手のなかでしばらくチューブを調べ、それからスポーツジャケットのポケットにぽいと落としこんだ。

「判断はまかせる」彼はいった。「かみそり負けしたときのために、髭剃り用具のなかに入れておこう」

ティボドーは言葉を返さずにひょいと肩をすくめ、リッチは部屋を出ていった。そのあとティボドーは閉まったドアをしばらく無言で見つめ、リッチと自分のあいだになにが起こったのかを理解しようとした。

しかし結局、自分がみじめな気持ちになったことを除いては判然としなかった。

「準備はいいようですね」と、ジュリア・ゴーディアンがいっていた。「質問がありましたら、手順の説明をしてからお答えします」

〈ペニンシュラ・グレイハウンド犬引取斡旋センター〉の奥にある狭い部屋で、猫試験が始まろうとしていた。プラスチックの椅子二脚と〝気むずかし屋〟レオンが丸くなっている小枝で作った猫用ベッドのほかには、グレイハウンド犬のヴィヴィアンとワーマン一家とジュリア本人がいるだけだった。部屋が窮屈なのはたまたまではない。ヴィヴとレオナにたがいの空間を侵害させあい、同じような家のなかで犬がどんな行動をとるかをしっかり把握するためだ。

「試験は二部に分かれています」ヴィヴが自分のそばから動かないようにして、ジュリアは話を続けた。そしてワーマン夫妻を交互に見た。「最初はヴィヴィアンを猫のベッドに連れていって——ごくまれにしか見られないことですが——猫に対して攻撃的になる傾向があるかどうかを見ます。グレイハウンドのほとんどは好奇心を示すか無関心かのどちらかで、信じられないかもしれませんが、わたしの家で飼われている二匹のように猫を怖がるのまでいます。ときには、じゃれつくことも——」

「どうしてそんなひどいものをヴィヴィアンの口に入れたの？　口が開けないし、息ができないよ」ワーマンの息子がいった。この子の名前は、たしかトーマスだ。ジュリアはそう教わっていた。

トーマスの非難するような顔にジュリアはさっと目を向けた。

「口輪はひどいものじゃないし、ヴィヴはちゃんと息もできるのよ」彼女はいった。「グレイハウンドはレースのときにこれを着けるのに慣れているし、いまこれをつけたのは、レオナが飛びかかられたときに怪我をしないですむようになの」

トーマスは不信の表情を浮かべていた。「だって、そういうことは起こらないっていったじゃない」

「わたしがいったのは〝めったに〟起こらないということなのよ」と、ジュリアは安心させるように笑顔を向けた。「だけど注意はしておかなくちゃね。いいかしら?」

気乗りのしないうなずきがトーマスから返ってきた。彼はなおも非難めいた不信の表情をジュリアに投げながら、椅子にかけている両親のところへ戻っていき、ふたりのあいだに体を押しこんだ。

ジュリアはクルエラドヴィル(『一〇一匹わんちゃん』で犬たちをいじめる女)になったような気分におちいりながら、大人たちに注意を戻した。

「すべてうまくいったら、次は、みなさんのうちのおひとりが猫を抱いたときヴィヴィアンが過剰な独占欲を見せるかどうかを見ます」彼女はいった。「多少のやきもちを焼くのはあたりまえのことですし、人間の兄弟姉妹の競争意識となんら変わりはありません。ヴィヴは哀れっぽい声を出したり、みなさんの目を引くためにおすわりをすることで、その気持ちを示しはじめるかもしれません。そのときは、それに気がついて、たっぷり愛情を示してあげる必要があります。そうしておけば全員が幸せになれますから。ただ、いまわたしたちがしているのは、七・五ポンドしか体重がないもっと小さな動物の話ではなくて、サラブレッドと同じくらいのスピードで全力疾走できる、大きくてたくましい、その十倍も体重がある犬の話だということを理解していただかなくてはなりません。犬に嚙みつかれたら猫は大変なことになりますし、そのたぐいの不幸な事故を避けるために――」

「ぼくがレオナを抱いていい？」と、トーマスがたずねた。この子が話の途中で割りこんだのは、これで二回めだ。

ジュリアは彼を見た。質問は説明が終わってからって、わたしはいわなかった？

「それはママかパパに任せるのがいちばんだと思うわ」彼女はいった。「安全のことを考えると……」

「でも、あれをヴィヴィアンの口にはめるのは、だれも嚙まないようにするためだっていったじゃない！」

「それはそのとおりよ」父親か母親が割って入って助けてくれたらいいのに、とジュリアは思っていた。「だけど、レオナに飛びかからないともかぎらないし、あなたが仰天して――」

「〝仰天〟ってどういう意味？」

「ああ、びっくりするっていう意味で――」

「ひもでつないでおかないの？」

「それは、つないでおくけど……」

「ヴィヴィアンがつないであって、だれも嚙んだりできないのなら、どうしてぼくがびっくりしたり――」

「トーマスが猫を抱きたいというなら、わたしたちはかまいませんよ」ワーマンの父親がいった。父親の名前はたしかスタンリーだったとジュリアは思い出した。スタンリーは息子の肩に手をおき、溺愛しているらしいわが子をぎゅっと抱き締めた。「デズモンドは――うちの猫のことですが――この子のでしてね。ヴィヴィアンはこの子の新しい親友になる予定です。ですから、選択はこの子にさせてやってもいいでしょう」

ジュリアはスタンリーを見た。これは彼女が期待していたたぐいの親の仲裁ではなかった。それどころか、ジュリアがさきほど感知した気がした波が融けあうような好ましい雰囲気は、徐々に険悪な音符へと姿を変え、一面に飛び散りはじめていた。期待するあまり、ロブから気をつけるよう注意されていたたぐいの落とし穴にはまりかけていたのかもしれない、自分たちの救い出した犬におうちが見つかりそうだという考えに夢中になりすぎていたのかもしれない。彼女はいまそう思っていた。

ジュリアはしばらく黙っていた。犬を引き渡すかどうかの最終決定を下すのはロブだ。運営上の標準的な手続きでは、ジュリアは自分の任されたオリエンテーションが終わった時点でロブと相談をし、面接の印象が好ましいものだったか否定的なものだったかを報告する。引き取り希望者に彼女が疑いをいだけば、それはロブの評価に大きな影響を与えるだろうし、必要となれば彼が敵役を引き受けて、グレイハウンドが彼らにふさわしいペットでない理由を説明し、うまく断わってくれるだろう。しかしジュリアはワーマン一家を完全に見限ったわけでもなかった。まだ、いまは。猫試験を進めるのに障害が見えたわけでもない。猫を抱く役目を子どもにやらせないという厳重な決まりがあるわけでもない。試験がうまくいけば、子どもの行動が推薦理由に加わる可能性さえあった。

「わかりました」彼女はいった。「では始めましょう」

ヴィヴィアンは試験の第一段階を楽々突破した。グレイハウンドは丸い目に不安の表情を浮かべ、長い尻尾を股のあいだに挟んでいた。その尻尾はレース場の発走ゲートでついたすり傷が治らず、いまだに禿げて赤く腫れ上がっていた。レオナが寝そべっているベッドにジュリアが連れていくと、ヴィヴィアンは体をこわばらせて抵抗した。ジュリアがなだめるようにすこし言葉をかけ、頭を一度なでてから、ひもをしっかり、しかしやさしく二回ひっぱると、渋々ながらようやくしたがった。ジュリアが手に巻いたひもをほどいてゆるめてみると、ヴィヴィアンはそれ以上ベッドに近づかず、そこからあとずさることを選んだ。ジュリアがひっぱってベッドに近づけると、レオナが身じろぎした。眠そうにまぶたを半分閉じ、〝早く試験を終わらせようよ、お昼寝に戻りたいんだから〟という表情をグレイハウンドに向けた。するとヴィヴはまたあとずさりをし、顔をわずかにそむけて目をそらした。

ジュリアがベッドから後ろに下がると、びくびくしているグレイハウンドは必死についてきた。小さく震えながら、安心を求めてジュリアの脚にすり寄ってきた。

「彼女のしぐさをごらんになっておわかりになったと思いますが、ヴィヴがレオナに示した反応は、臆病と恐怖のあいだくらいでした。もちろん、攻撃的になるよりいい反応です。じゃあ、トーマス――」

「猫を抱くの？」

ジュリアは彼を見て下唇の内側を嚙んだ。

「ええ」彼女はふーっと息を吐き出した。「猫を抱く番よ。レオナをそっと抱き上げたら、椅子にすわってひざの上でかわいがれるように、お父さんかお母さんと場所を代わってほしいの。わたしがヴィヴをあなたのところに連れていっても、わたしたちに気がつかないふりをしてちょうだい。ひたすらレオナをかわいがって、レオナに話しかけていてほしいの。わかった？」

トーマスは例によって落ち着きがなく、行儀の悪いことに返事もせず、いいかげんにうなずき返した。それからしゃがみこんで猫をかごから持ち上げ、ワーマン家の母親が空けた椅子に猫とすわった。母親の名前はたしかエレンだったわねとジュリアは思い出した。

ジュリアはトーマスの父親をちらっと見た。スタンリーのほうが立ち上がるものとなぜ自分が思っていたのか、ジュリアにはよくわからなかったが、スタンリーは腕組みをして自分の席にどっかとすわったままだった。そして、そのことと彼らがグレイハウンドの飼い主になる資格があるかどうかはなんの関係もないはずだが、この騎士道精神はワーマン一家に有利となる点ではない、と心にメモをせずにいられなかった。

ジュリアは足を前に踏み出し、ひもをゆるめてヴィヴをトーマスのほうに誘導した。

トーマスは動物おとり捜査の役者にはうってつけだった。その点はジュリアも認めざるをえなかった。

「大好きだよ、猫ちゃん」と、トーマスはやさしい声でいった。そしてレオナを腕のなかに横たわらせ、耳を掻いてやり、首筋のぶあつい毛皮のところに顔をうずめ、チュッチュと音をたてて続けざまにキスをした。「おまえがいちばん好きだよ、大、大、だあい好き――」

そのとき、ヴィヴィアンがぱっと前に駆け出して、ひもがぴんと張り詰めた。犬は口輪の内側で歯をきしらせ、うなり声をあげながら猫めがけて長い鼻を突き出した。ジュリアが引き離す間もなく、トーマスは悲鳴をあげて椅子にすわったまま後ろへのけぞり、椅子が激しく壁にぶつかった。レオナはシーッという声を出し、うなりをあげて毛を逆立て、身を守るために前足でヴィヴをバシッとたたいた。そしてトーマスの腕のなかから床に飛び降り、大急ぎでだっと部屋を横切ると、大きなかん高い鳴き声をあげながらドアのない入口をくぐって売店の正面へ逃げ出していった。

「この女のひと、ぼくをだました！」トーマスは顔を真っ赤にして大声で叫んだ。目からどっと涙がわき出していた。「犬が悪いことするの知ってて、ぼくをだましたんだ！」

「トーマス、驚かせてごめんなさい。でも、それはちがうわ」ジュリアはひもをひっぱりこんで、踏んばった脚のあいだにヴィヴィアンをおいた。犬はすでに落ち着きを取り戻しはじめているようだった。「その可能性はあるっていったし――」

トーマスがぱっと立ち上がり、椅子が倒れて大きな音をたてた。息子を慰めようとエレンがすばやくわが子を腕にかかえた。

「いってない！」トーマスは泣き叫んだ。関節の部分が白くなるくらいきつく手を握り締めてこぶしをつくり、それを体の横で振り立てていた。「嘘つき！　卑怯者。卑怯者の嘘つき！」

スタンリーが椅子から立ち上がって、部屋の反対側からジュリアをにらんだ。

「こんなことになって、息子の心がどんなに傷ついたか——」

「ばかな悪い犬を連れた卑怯者の嘘つき！……」

「こんどの話は考えなおしたほうがいいかもしれない」と、スタンリーがいった。

ジュリアは笑みを抑えることになんとか成功した。

「ワーマンさん」彼女はいった。「わたしもまったく同感といわざるをえません」

マシエ・ウンゼは四輪駆動車のたどるルートに全神経を集中し、この車がどこへ行くのかおおよその見当をつけようと懸命の努力をしていた。開いている前の窓から入ってくる音と匂いから、未開の森林地に連れてこられたのは明らかだった。車に乗せられてからへとへとになるくらい長い時間がたっていることから判断して、森林の奥深くにだろう。もう夜の半分くらいの時間は車に乗っている。キャンバス地のフードか袋を顔にかぶせられていたが、彼を捕獲した者たちは何十キロか南に走り、そのあとまた何十キロか東へ走ってきたから、いま自分がいるのはウォンガ＝ウォンゲ自然保護区のなかではないとしてもその近くだという確信があった。

ウンゼは必死に心を落ち着かせて、周囲の音に注意を払いつづけ、車が切ったカーブを記憶にとどめてきた……左か右か、急カーブか大きなカーブか。位置を把握するのはたやすいことではない。拉致されたあと連れていかれて何時間か閉じこめられていた場所が市内だったのは明らかだが、最初からずっとフードをかぶせられていたし、出発地点については漠然とした見当しかつかなかった。しかし、視界を奪われ、恐怖を感じ、絶え間ない不快感に見舞われ、ときおり恐ろしい痛みに襲われていても、四輪駆動がいつ橋を渡っていつ交差点で止まったか、タイヤがいつポールジャンティの舗装道路を出発して中心から離れた奥地へ向かったかは判断がついた。

そのあと走ってきた未舗装道路では、感触そのものが場所の手がかりになった。この土地に初めてやってきた者でもハイウェイのマカダム道路と轍（わだち）のついた荒れ地の未舗装道路のちがいはわかるだろうし、あと一カ月で五十回目の誕生日をむかえるウンゼは外国の大学で過ごした四年間を除けば、生まれてからずっとガボンで暮らしてきた。車の走っている地表がどういうタイプかは識別できる。海岸の砂地か、内陸の沼沢地や潟によくある紅土（ラテライト）かの区別はついた。紅土（ラテライト）は鉄をたっぷり含んでおり、いちばんきびしい乾季を除いて一年じゅう湿気を保っている。ここのところしばらくその紅土（ラテライト）が車のタイヤにからみついていた。そのせいで車は上下左右に揺れ、粘土のような赤い泥土に何度となくタイヤが沈みこんでいた。

この絶え間ない揺れだけでもウンゼには苦痛だったが、車が湿地から抜け出すたびに四輪駆動の貨物区画を襲う急激な揺れはそれ以上にたちが悪く、口に貼られた配管用のぶあついダクトテープの下から彼は苦悶のうめきをしぼり出してきた。誘拐犯たちは一時的な拘留場所から彼を引っ立てると、フードをかぶせて猿ぐつわを嚙ませたまま、銃で脅しながら力ずくで四輪駆動の貨物区画にひざまずかせ、そのあと後ろから電気コードで手首と足首をいっしょに縛りつけた。最初のがくんという衝撃でウンゼは左側にバランスをくずし、彼といっしょに後ろに積みこまれていた重いタイヤに――たぶんスペアタイヤだろう――体をぶつけた。それからずっとそのままだ。体を引き上げることができず、タイヤの表面に刻まれた模様が服の上から体についていた。へたに動けば、首や背中や脚にかかる圧力が大きくなるだけだ。そのうえ例によって前にいきなりがくんと傾くことがあり、そのときは耐えがたいほどの苦痛に襲われた。

こんなふうに車の旅は続いていた。夜明けが近づいてきているにちがいないとウンゼは思った。顔にかぶせられた厚ぼったいざらざらの生地はそれなりの役目を果たしていたが、光と闇の感覚を完全にさえぎるまではいかなかった。四輪駆動が街からすべりだす前には信号機や街灯の輝きも識別できた。ときおりかすめるほかの車のヘッドライトの光さえも。ウンゼはいま、ジャングルが目をさます音とともに窓の外の闇がほんのり薄れてきたことにも気がついていた。鳥の声が重なり合う不協和音が聞こえ、オナガザル科のマンガベーという猿のかん高い叫び声が後ろの森から聞こえたような気がした。

ウンゼの頭の一部は、この拷問のような車の旅が終わることを切に願っていた。しかし別の一部は、それがどんなにばかげた願いか、その願いが叶ったらおそらく自分がどうなるかを理解していた。その内なる警告の声の強い語調に耳を貸さず、頭から追い払おうと努力をしたが、声は消えようとしなかった。

マシエ・ウンゼ副大臣は思慮分別をそなえた、つまり現実の否定を許さない性質の持ち主だった。

筋道を立てて考える力と良識の命ずるままに行動してさえいたら、こんなみじめな状況におちいることは決してなかっただろう、とウンゼは思った。だが、強欲は最良の本能すら否定しかねない大ばかのぶち壊し屋だ。彼の場合はそういうことが多すぎた。

車が未舗装道路を進んでいくうちに、ウンゼの思いは何時間も前にいきなり自宅の外で拉致されたときへ戻っていった……そのあとさらに過去へ引き返し、おびき出されて罠にはまったその瞬間にまで戻った。

もう前夜の話になるが、午後十一時過ぎに電話がかかってきた。正確にいうと十一時十七分だった。ウンゼのリビングの書き物机にはベルトゥの時計が置かれている。受話器に手を伸ばしてワイングラスを机に置き、そのアンティーク時計を見たことをウンゼは思い起こしていた。

「夜分すまない（ボンソワール）、マシエ」受話器から聞こえてきた声は、エティエンヌ・ベゲラのものだった。「元気かね?（サ・ヴァ）」

「元気です、おかげさまで（ビヤン・メルシ）」

ウンゼは話を待ち受けた。この日の夜にホテルで会ったときと同様、彼はベゲラの友好的な声音に警戒を解いた。ベゲラは郵政通信局の上役であり、ウンゼと同じファン族の一員でもあった。あの歓迎会までの何週間か、ベゲラはウンゼとひとことも口をきいていなかった……正確には、国民議会が投票によってアップリンクの免許を認める決議をしたあと、リーブルヴィルから乗ったアヴィレックスの機上で緊張をはらんだ会話を交わして以来だ。おまえはへまをした、反対を取り下げた裏切り者だと、ベゲラは繰り返しウンゼをなじった。ウンゼが土壇場で寝返ったせいで、ベゲラには戦略的な後退を始める以外の選択肢がなくなった。ガボン民主党（ＰＤＧ）の手強い古参党員たちも圧倒的多数がアメリカ企業支持を表明しています、とウンゼは反論した。あのまま異議申し立てを続けたら、ふたりそろって未来に不幸を招く議事妨害者のレッテルを貼られてしまいますと。

「不幸なのはこっちだ」飛行機がガンバ空港の滑走路を飛び立つと、ベゲラはいった。「あの後援者とやり合わなければならないのは、このおれなんだからな」

「あの男がわたしたちに支払いをしたのは、ロビー活動のためであって――」

「あの男が期待していたのは、われわれが役目を果たすことだ」

にべもなく途中で割りこんだベゲラは、ウンゼのそばから立ち上がって通路の前方にある空席にすわり、それきり沈黙と背中以外のものをウンゼに向けなかった。

昨夜までは。

ウンゼは思い出していた。挨拶を交わしたあと、しばらく自分は受話器を耳に当てて立っていた。数世紀前に製造された凝った時計を見つめていた。振り子の磨きたてられた真鍮の棒の揺れに目をとめていた。頭上のシャンデリアから、そこに光の飛沫が跳ねかかっていた。

「われわれは幸運をつかんだ」と、ベゲラがいった。「機内で話した例の人物と会ってきたんだ。状況は思っていたよりはるかにうまく運んだ」

「あの投票のことでわたしたちを責めていないのですか?」

「リーブルヴィルの聴聞会とわれわれの政治機構全般について、あの男の自覚を高めることに成功したとでもいおうか」

「またどうやって?」

「われわれの失敗はあの男を落胆させた。アップリンクの先遣隊が到着したことも同様だ。しかしあの男は、われわれが首都で直面した複雑な状況に応じて目標の見直しをしてくれた。あの男はまだ望みを捨てていない。われわれが反対勢力に影響力を行使すれば、まだ彼らの判断を撤回させられるのではないかと考えている」

ウンゼは頭を振った。「アメリカ人たちがこの国へ来てしまったいま、影響力を及ぼせる可能性があるとは思えないし――」

「話を聞け、メボント」と、ベゲラは途中で割りこみ、ファン族の中核集団の一員を意味するおなじみの呼びかけを使った。「われわれの知人はいまも好意を求めているし、あの男の喜ぶことをしてやらなくてはならない。それを手に入れるのに大きな埋め合わせが必要なことは、あの男もわかっている」

ウンゼは一瞬、黙りこんで考えた。クロ・デュ・マルキのグラスに手を伸ばし、少量を口にした。ベゲラがなにをにおわせているかは明らかだった。あの外国人はあふれんばかりの利益の泉だし、ふたりともできることなら手放したくなかった。

「あの男がわたしたちになにを求めているのか、具体的な話はあったのですか？」

ベゲラはうなるような声で肯定の意を示した。

「その話は直接会って相談したほうがいい」彼はいった。「いまからきみのところへわたしの車を迎えにやる」

ウンゼは驚いた。「こんな時間に？　わたしはようやく腰を落ち着けたところで……」

「残業の価値はあると思え」ベゲラはいった。「手間取るわけにはいかないんだ。われわれの後援者を安心させられるよう、朝のうちに打てる手がいくつかある。用心深いきみの意に添う段階を踏んだ手法とも一致する」

ウンゼはワイングラスの中身をまたひと口飲み、サンジュリアンの葡萄のおだやかな苦みを含んだ暖かな風味を舌の奥に落ち着かせた。

大きな埋め合わせ。

「準備に十五分ください」彼はようやくそういった。

きっかり十五分後、コロニアル風の豪華な私邸の正面に黒いメルセデス500Eクーペが止まった。ウンゼは変わったことにはなにも気がつかないまま、だれもいない歩道を横切って車に近づいていった。ベゲラのおかかえ運転手をしているアンドレがすばやく縁石の前へ回りこみ、うやうやしくお辞儀をして後部座席のドアを開けた。

ウンゼが体を折ってベンツに乗りこもうとしたとき、後部座席に男の姿が見えた。クーペの窓が二重ガラスになっているせいで最初は見えなかった。黒いつなぎの作業服に身を包んだその男が、ふだんから大臣に雇われている人間でないのは明らかだった。

一瞬とまどったが、この男が正規の護衛などということがありうるだろうかとウンゼはいぶかった。そのあと、以前に嗅いだおぼえのある場違いな匂いが車の内装からその男を越えてただよってきた……つんと鼻を刺激するカートの葉の香りだ。

興奮作用をもつこの麻薬はアフリカ全土と同様ガボンでも合法だが、大臣の護衛をつとめる人間のなかに、仕事中にそれを嚙むような不遜な輩（やから）はいないはずだ。

ウンゼは乗りこみかけたところで体を止めて、ためらった。にわかに疑念が頭をもたげた。

そして、冒瀆の言葉がしゃがれ声で耳元にささやかれた。「ばかめが（アンキュレ・テ・テ）！」

たくましい手が背後からウンゼの首をつかみ、ウンゼが反応を起こす間もなくそれを後ろへねじった。頭に頭巾がかぶせられ、目の下まで下ろされ、さらに顔全体がおおわれた。ウンゼは車の後部に押しこまれ、袋の外からダクトテープであっというまに口をふさがれた。彼のあとからだれかが車に入ってきて、メルセデスのドアが勢いよく閉まった。

次の瞬間、運転手がなかに入る音がした。

ウンゼはテープ越しにくぐもった声を出し、動こうともがいたが、身をよじらせるのが精一杯だった。黒服の男とウンゼを車に押しこんだ男のあいだにぎゅっと挟まれていた。

彼の右側になにかが突きつけられた。硬い感触。銃だ。

「やめろ！」さきほど歩道で耳にしたのと同じしゃがれ声で、身をよじらせるなという命令が吐き出された。

ウンゼが動きを止めると、反対側から別の声がした。またしても耳元で。

「デペシェ・トワ、ヴァス・イ・コンティニュ！」カートを嚙んでいた男が運転手に怒鳴った。早く車を出せと急き立てたのだ。

車は勢いよく通りへ飛び出した。

彼らが自分を運び入れた隠れ家は海港の近くだとウンゼは確信していた。ひょっとしたら倉庫か屋内係船所かもしれない。そこへ行くのに要した時間は数分だった。車からひっぱり出され、乱暴に引っ立てられていくあいだに、足元がアスファルトから古い木の板に変わったのを感じた。海水とディーゼル燃料のにおいがし、船体が係留設備に当たっているらしいリズミカルな音が聞こえた。そのあと彼の前で、錆びた金属のきしむ音をたててロールダウン式の防犯ゲートが上がっていった。

ウンゼはなかへ押しこまれた。椅子に押しつけられた。すこしでも抵抗したら撃つといわれた。

耳ざわりな音をたててゲートが閉まった。

身動きできずに何時間かすわらされたあと、あの四輪駆動に移された。あの時点では、彼らがあの屋内に自分を拘留していた理由は見当がつかなかった……しかし、かなりあとになってから、捕獲者たちは市内を出たあと夜の闇が薄れるのを待っていたのだと結論した。それなら合点がゆく。森林地帯までの道のりは夜明けまでは通り抜けるのが大変だし、暗いうちは見えない危険がいっぱいある。ポールジャンティ市外の町や集落がはるか後方に離れていくと、なおさら危ない。彼らは夜明け前に走る距離を限られたものにしたかったのだ。

日が昇ると、ウンゼのまわりの貨物区画はじりじり暑くなってきた。そのなかで四輪駆動は、小石におおわれた群葉のからまるジャングルの道を上下左右に揺れながら踏み越えていった。九月の日中はたちまちうだるような暑さになり、車のなかでは空調が役に立たなくなって使われなくなる。キャンバス地の頭巾をかぶった顔を汗が伝い落ち、わき腹に当たっているタイヤのゴムが熱くなってきた。全身が痛み、そのうえ血行の悪くなった腕と脚がしびれはじめていた。

何人の男が乗っているのか確かめるすべはなかったが、頭上を飛び交う会話の断片から、少なくとも四人はいるとウンゼは割り出していた。声のひとつはとてもおだやかで、訛りの強いフランス語を話す男のものだった。たぶんアメリカ訛りだとウンゼは思った。メルセデスの後部座席でカートを嚙んでいた男も、敵意に満ちた招かざる同伴者のなかにいた。それを知るのに男の声を聞く必要はなかった。極上の麻薬がたてる胸の悪くなりそうな甘い香りと、力を萎えさせるような貨物区画の暑さが組み合わさって、ウンゼは吐き気に見舞われていた。絶え間ない揺れも役には立たなかった。口にテープを巻かれているため、この旅がこれ以上長く続くようだと胃のなかにわずかに残っているきのうの夕食が食道を押し上がり、自分の吐いたもので喉を詰まらせてしまいかねない。それに上等のワインもあったと彼はみじめな気分で思い起こし、電話に出るためにワイングラスを机に置いたことを思い出した。

車がはずむように停止してエンジンが震えながら切れたとき、ウンゼは思わず心から感謝した……しかしそのあと、はっと気がついた。自分のおかれた状況は感謝するどころではない恐ろしいものにちがいない。行き先に到着したのがいいことであるはずはない。彼のなかの現実主義がそれを思い出させていた。

車の両側のドアが開いて閉まり、足音が急いで後部に向かってきた。貨物室のハッチが上がって、乾いた——しかし新鮮な——空気がふわりと吹き抜け、カートの臭いのまじったすさまじい熱気が和らいだ。

こんどは感謝の気持ちはわかなかった。感謝のとぼしい割当量はすでに消費されていた。汗でずぶ濡れになったシャツの後ろを手でつかまれ、ウンゼは自由を奪われた動物のように開いたハッチから引きずり下ろされた。肩から地面にどさりと落ちて息が詰まった。手首を縛っているコードをだれかにつかまれ、目隠しをされたままでこぼこの小道らしきところを引きずられていった。そのあいだずっと、マチェーテと呼ばれる鉈で草を断ち切る音が聞こえていた。小石ととげで手の皮が破れた。とげだらけのまとわりつく蔓がズボンの左脚をとらえて上に引き上げ、足首の上の皮膚を引き裂いた。ある地点で靴の片方が脱げ、それをはいていた足が激しくねじれた。その痛みにウンゼは、思わずくぐもった哀れっぽい声を漏らした。

誘拐犯たちがこの藪を踏み渡りながらどこまで自分を引きずっていくのか、ウンゼにはわからなかった。一五メートルか、二〇メートルか、ひょっとしたらもっとかもしれない。彼にはわからなかった。

男たちがとつぜん止まった。

だれかがウンゼのシャツの襟をつかみ、悪意をこめてぐっと引いた。ウンゼはひざまずかされ、四輪駆動のなかみたいにひっくり返らないよう後ろから支えられた。

頭巾に巻きつけられたテープが剝がされた。そして、頭巾そのものも。

ウンゼの目にまぶしい光が炸裂した。目が調節をしているあいだ、彼は顔をゆがめ、まばたきをしてひりつく涙を払った。

苦痛に気を失いそうになり、涙で視界がぼやけながらも、まだ周囲の状況について多くのことが識別できた。彼は小さな丸い空き地にいた。空き地の周縁には、象の耳くらいの大きな暗緑色の葉をもつマランタがぼうぼうに茂っていた。空き地の境界がはっきりわかるのと、スゲのじゅうたんの長さがそろっていることから、ここは捕獲者たちが小道で使っていたようなマチェーテで森から切り取られた人工の空き地だとわかった。ウンゼの周囲と下にあるスゲはとりわけ焦げかたが激しかった。真っ黒に近く、地面に広がった大きなしみのようだった。

そのあと彼は、自分の前にタイヤが転がっているのに気がついた。貨物区画で何時間も彼に不自由な思いをさせたあのタイヤにちがいない。そのそばに携帯用の金属のガソリン缶があった。ウンゼのすぐ右に男たちが並んでいて、彼らのひざがウンゼの目の高さにあった。

ウンゼは彼らの顔を見るために頭を持ち上げた。四人いる。おかかえ運転手の派手な制服を着たアンドレ。半自動小銃（セミオート・ライフル）を肩に吊り下げたバントゥー族の男がふたり。彼らはカートの葉を噛んでいた男と同じつなぎの作業服に身を包んでいた。カートの葉を噛んでいた男の姿は見えなかったが、後ろからウンゼに投げかけられている影があの男のものではないかと思った……そしていま、この一団でカートの葉を噛むのはあの男だけではないことがわかった。副大臣が前にひざまずいているあいだに、バントゥー族のひとりが、手に巻きつけているバナナの葉からひとかたまりの麻薬を取り出してもうひとりにまわし、それからまたひとかたまりを取って二本の指で口に放りこんだ。

彼らはカートの葉を噛み、興奮したぎらぎら光る目でウンゼを見た。

ウンゼは彼らから目をそらし、この一団でただひとりの白人に向けた。槍のように細い男で、サファリジャケットを着て、つば広帽（ブッシュハット）をかぶっている。目は薄い青色で、肌はチョークのように白かった。

同時にウンゼの目には、首からひもで胸の前にぶらさがっているカメラが見えた。大きな対物レンズがついた三五ミリ・カメラだ。

白人がウンゼと目を合わせ、じっと見つめた。両手を上着の三角ポケットに入れている。

「ようこそ（ビヤンヴニュ）」今回の旅で聞きおぼえのある軽い訛りのあるフランス語で男はいった。

ウンゼは黙っていた。

「わたしがだれか見当はつくのだろう」と、白人はいった。

ウンゼはゆっくりうなずいた。

あのタイヤ——彼は心のなかでつぶやいた。

ガソリンの缶。

焦げ跡のついた周囲の地面。

自分が恐怖に震えているのがわかった。

「わたしの名前をいってみたまえ」白人はいった。「この旅でくたくたなのは、みんな同じだ。しかし、どんなに疲れていても礼を尽くす努力はしないとな」

ウンゼは答えようとしたが、声がしわがれた。ひからびた唇を湿らせて再度試みた。

「ジェラール・ファトン」と、彼はいった。

白人はなおもじっとウンゼを見つめていた。

「正解だ」と、男はいった。そしてすっと口元に微笑を浮かべた。「ムッシュー・ウンゼ、わたしが別れを告げにきたことを光栄に思い、あとで思い出して感謝できるよう記憶にとどめるがいい」

ウンゼの震えがひどくなった。震えが止まらない。

「わたしはなにもしていないし……」

「きみがなにもしなかったおかげで、わたしは被害をこうむった」

ウンゼはちがうと首を横に振り立てた。

「リーブルヴィルのことは……精一杯やったつもりだ」彼はいった。「たしかにわたしの主張は退けられた……しかし、わたしはつい最近まであなたの要望をはっきり知らなかった。間に合わなかったんだ。大急ぎで理解を……準備をしなければならなかった。もっと時間があったら——」

ファトンは歯のあいだからシューッと息を吐き出した。

「もういちどわたしに嘘をついたら、きみの手を手首から切り離し、ここをいっそう焼け焦げさせる」

ウンゼはどうにも震えが止まらなかった。自分になにが計画されているかは疑いようがなかった。膀胱がゆるんでズボンの股に濡れたしみが広がっていったが、誘拐犯たちに見られていようと気にするどころではなかった。恥辱に耐えることはできる。命をとりとめる方法が見つかるのなら。

「きみは承認派のけちな政治家どもの機嫌をとるために、投票で寝返った」ファトンはいった。「不作法な田舎者たち、高級官僚をきどった世間知らずの田舎者たちの機嫌をとるために」

「もういちどやってみる」ウンゼはいった。「もっとうまくやれる。あきらめるつもりはなかったんだ。信じて——」

「やめろ。もういい。不愉快だ」ファトンは目を閉じて口から息を吸い、そのまま息を止めた。しばらくしてそれを鼻から吐き出し、爬虫類のようにゆっくりまぶたをめくり上げて、ふたたびウンゼを凝視した。

「〝影響力を及ぼせる可能性があるとは思えない〟」ファトンはいった。「この台詞に聞きおぼえはないか？」

ウンゼの顔に捕獲された動物のような、不安と恐怖のまじった表情が浮かんだ。聞きおぼえ？　もちろんある。もちろんだ。あれも罠のひとつだったのか。いまではるか昔のことのような気がするあのときの電話で、ウンゼ自身がエティエンヌ・ベゲラにいった言葉をファトンは復唱していた。

ファトンはまたしばらくウンゼを凝視して、それからかたわらの小さな一団に向き直った。「この不実な豚に首飾りをして始末しよう」と、彼は告げた。

ファトンがそう告げると同時に、武装した護衛のひとりがタイヤの前に行ってその上にしゃがみこみ、タイヤのサイドウォールに穿たれた穴から缶のなかの燃料をそそぎ、タイヤに詰めていった。缶がほとんど空になるまでそそぐと、ポケットからハンカチをとりだして缶に残った燃料を浸し、それを穴に詰めこんだ。布の小さな芯を外に残して穴からぶらさげた。男が最後に藪のなかへ缶を放り投げると、もうひとりの護衛が加わって、ふたりでタイヤを地面から持ち上げ、ウンゼが力なくひざまずいている黒く焦げたスゲの一画に運んできた。

ウンゼは不毛な努力と知りながらも動こうとした。ベンツのなかでカートの葉を嚙んでいた男が——そばに立っている誘拐団のひとりが——ウンゼの腕と脚を縛った電気コードをしっかりつかんでいた。振りほどくことはできず、恐怖になすすべもなく、身をよじることとしかできなかった。

ウンゼの頭の上にタイヤが下ろされ、肩のまわりにはめこまれた。タイヤのなかで燃料がザブザブ音をたて、その悪臭に打ちのめされた。

ウンゼはすすり泣いた。

「上出来だ」と、ファトンはつなぎを着たふたりにいった。それから満足そうなおだやかな声でウンゼにこう告げた。「二度と嘘をつくなと警告したはずだぞ、子豚君」

ウンゼは身も世もなくむせび泣いた。

ファトンは副大臣の肩の先を見ていた。

「オマール」と、彼は呼びかけた。「どうかこいつの手を切り落としてくれ（クーペ・セ・ミン、シル・ヴ・プレ）」

ウンゼはいきなりシュッと空気を切り裂く音を感じた。振りかざされたマチェーテの刃に太陽の光が明るくきらめいた。なぎ払うような動きで鉈がすばやく振り下ろされたときには、すでにウンゼは叫び声をあげていた。空き地の周囲の茂みにとまっていた鳥の一群が驚いて飛び立つほどの絶叫だった。冷たい激痛が両方の手首に走った。マチェーテの刃は手首に深々と食いこみ、一瞬、なにかに——抵抗する筋肉か骨の節に——ひっかかった。男が刃を左右に動かすと、そのひっかかりも切断され、胸の悪くなりそうな湿った音とともに手首が切り落とされた。冷たい痛みが脈打つような熱い痛みに変わった。

乾いた黒焦げの地面に血が吸いこまれていくなかで、**ウンゼ**は声をかぎりに絶叫した。カートの葉を噛んでいた男、マチェーテを振るった男、彼の手を切り落とした男が、後ろでしやがんでまた立ち上がった。それにつれて男の影が折れ曲がったり元に戻ったりした。切断された両手を男はウンゼの前に投げ、ウンゼのひざから数インチのところに手がころげ落ちた。ふたつの手から真っ赤な液体が流れ出し、突き出た手首の骨のまわりにはずたずたになった肉がぬらりと垂れ下がり、片方の手の人差し指と中指は死にかけている蟹の脚のようにひきつっていた。

苦しみと脱力のもやのなかでウンゼには見えた。ファトンが右の三角ポケットからこぶしをそっと出し、余興で愉快な手品を披露しているマジシャンのようにそれを突き出した。そのあとファトンが指を開くと、手のひらに木のマッチ箱が現われた。

「マッチだ」と彼はいった。またしても、おだやかな満ち足りた声で。「情け深い助言を贈ろう、ご友人。タイヤのなかのディーゼル油に火がついたら、深々と煙を吸いこむことをお勧めする。本能に反する行動なのはわかっている。煙と蒸気はとても熱いだろうし、きみの喉と肺を焼き焦がしかねない。しかし、どうにか我慢できたら——いまいったように深く吸いこむことができれば——溶けたタイヤのゴムと燃え上がる燃料がきみの上を流れる前に意識を失うことができるだろう。知ってのとおり、あれは体にくっついて離れない。肉があぶられるときの苦しみはさぞかしすさまじかろうな」

ファトンの左手が上着のなかから現われ、箱からマッチを取り出してすばやく擦った。

マッチ棒の頭にオレンジ色のつぼみが芽を吹くと、ファトンはウンゼに手の届くところまで移動した。

ウンゼは相手を見た。涙が頰を流れ落ち、鼻と喉は粘液にふさがれていた。

「頼む、お願いだから――」と、彼は訴えはじめた。

ファトンは眉をひそめることで却下の意を伝え、タイヤの穴に詰めこんだ布にマッチの頭の揺れ動く炎をつけた。

「さあ、これで苦労も無駄ではなくなった」ファトンがそういって後ろへ下がると同時にボッと音がして、間に合わせの導火線に火がついた。

またたく間にタイヤのなかの燃料に火が燃え移った。サイドウォールの大きな穴から炎がほとばしり、タイヤをかじり取るようにほかの場所へ燃え移って、たちまち火の輪となった。

やがてタイヤ全体が轟々と音をたてて燃え上がった。ウンゼは空気を求めてあえぎ、口のなかに肉をあぶるすさまじい熱があふれた。叫びが喉に詰まり、哀れにもすでにないはずの指でその詰まりをもぎ取ろうとした。炎が彼を抱きかかえ、情け容赦なく鉤爪でひっかいた。ディーゼル燃料と液化した粘つくゴムが滴って皮膚にくっつき、皮膚の奥までじわじわ食い尽くしていった。燃え立つ混合物が血まみれになった手首の切断面に跳ねかかり、ウンゼの耳にはすさまじい熱を浴びた血がたてるジュージューいう音が聞こえた。

眼窩のなかで眼球そのものが焼けてしまう前に、目からまぶたが焼け剝がれ、しおれて巻き上がった黒焦げの断片と化すあいだ、ウンゼは目の見える残り少ない時間を耐えた。恐ろしい苦悶を味わいながら凝らした目が、炎と炎の裂け目からファトンの姿を見た。ファトンは立ったままカメラを持ち上げていた。黒く丸い大きなレンズの下で、青白い唇がゆがんでにやりとした。

次の一瞬、ウンゼの喉の詰まりがついにほどけ、外へ押し進もうとしていた叫びが解き放たれた。彼は自分の体そのものを荒れ狂う薪にして、しばらく絶叫をあげつづけ、そのとどろきが炎と煙といっしょに空へたちのぼった。この炎と煙の柱にファトンが気がついたのは、手下の男たちと四輪駆動に戻り、曲がりくねったジャングルの道へ急いで引き返してしばらくたってからのことだった。

大きく息を吸いこめという助言をウンゼは聞き入れなかったらしい……このアフリカでは失敗が残酷きわまる結果につながるのだ。

5

さまざまな場所

マドリード最後の夜に、ジークフリート・カールはグラン・ビア大通りに面したひな段式の窓と向き合うかたちですわっていた。完成したサン・ヒネス教会のミニチュア模型を夕日が濃い赤ワイン色に染めている。部屋の入口のそばの壁の前には彼の数少ない手荷物があった。彼がすわっている椅子の横には大きな紙の買い物袋があり、そのなかには〈カーサ・レアル〉から何ブロックかのところにある美術用品店で購入したあるものが入っていた。カールはここでの仕事に幕を閉じるために急いで行動し、立ち去る前にすべき作業は最後のひとつになっていた。

模型を見ると、それに象徴される長い努力と、習得した技術を傾注した日々が思い出された。時間をかけてこつこつ組み立てていったが、たゆみない作業に邁進できたのは、我慢強さよりも待ち遠しさのおかげだった。模型がただの原料の状態から完全な形になるのを早く見たいという気持ちのおかげだ。ラップトップ・コンピュータに蓄積されたデジタルの参考画像から構想を練るのに費やした時間が思い出され、のこぎりと木やすりと爪やすりと穴たがねと鑿と木のナイフを使って注意深く部品を組み立てていったときのことが思い出された。材料と格闘し、バルサ材を手で切り分け、煉瓦とタイルでできている教会の正面を作り、棟飾りや刳形やはざま飾りを作り、さまざまな建築的特徴や質感を作り出していったときの手触りが——窓にはめこむ小さなガラス片を切ったときの感触までが——指先によみがえってきた。

サン・ヒネス教会のアーチのついた三つの身廊とバルバネラの女神に姿を変えた聖母マリアの像を、カールは模型の内側に再現した。この女神は医療の守り神で、戦争中には癒しと庇護のためにその恵みが求められた。かつてサン・ヒネスでは、ある暗殺団が玄関に忍びこみ、崇拝する女神の前にひざまずいていた若い男を殺して、頭のない死体を彼女の足元に捨てていった。男の霊魂は教会の通路にたびたび現われ、罰せられない罪への哀歌を歌ったという……拒絶され報われずに終わった崇拝に対する不断の怒りもあったのだろう、とカールは想像した。

納得がゆくまで模型に精細な装飾をほどこしたあと、組み立てた部分に紙やすりをかけ、塗料を混ぜて作った外壁に茶系の暖色を塗った。手すりや屋根やドームや尖塔、サン・ヒネスの誇る塔の古ぼけた鉄の鐘や高く掲げられた十字架像には、外壁よりも暗めの色を塗った。正確な筆使いで塗料を塗りつけ、時間や日射しや煤がもたらした効果を再現するためにスポンジの塗布具でしみやすじをつけた。さらには少量の色を巧みに使って、内装の壁に飾られているエル・グレコやサルバティエラ、ニコラス・フーモの油絵、十八世紀の火事で焼けたヴェニスの名匠セバスティアーノ・リッチの複製といっためずらしい美術品の存在をほのめかした。ローマの当局から製作を依頼されたリッチの敬虔な絵の数々は、意図的に宗教法を無視した不信心者という風評とは大きくかけ離れたものだ。

カールは部屋の反対側に置いた椅子から模型を見つめ、ほんの数分前にエポキシ樹脂で屋根の上に接着したばかりの鐘楼に目をそそいでいた。

その半円形のアーチから、西に傾く太陽の光が炎のように射しこんでいた。

日射しが弱まるにつれてカールの潜伏期間も終わりが近づいてきた。数分後にはバラハス空港に向けて出発し、偽の身分とそれを裏書きする書類を使ってスペインを出国する。彼が世界じゅうにばらまいてきた多くの偽名のひとつ、ディヴェインから合図がきたときのために残しておいた名前を使うつもりだった。数千マイル離れたアメリカでは、潜伏している諜報員たちが活動を開始し、彼を迎えるときにそなえてすみやかに準備をととのえていた。彼らはカールが与えたこまかな指示にしたがって、カールが身を隠すのに適した基地、必要な戦術にぴったりの基地を確保した。周囲から隔離されていて、地形を利用しやすく、それと同時に標的候補や標的にすぐ手が届く場所だ。

ロジャー・ゴーディアンのいちばん大切なものを見つけだせ。そうすればやつの最大の弱点がわかる。それを襲え。そうすればあの男の心を破壊できる。

カールにはその目的を達成できる自信があった。彼の頭のなかにはゴーディアンに関する完全な書類一式がまとめられていたし、ハーラン・ディヴェインのつかんでいる情報はさらに広範囲にわたっていた。アメリカにいるディヴェインの工作員たちが役に立つ情報を提供してくれてもいた。その多くは簡単につかむことができた。アップリンク・インターナショナルの保安部隊の力には敬意を払うにやぶさかでないが、ロジャー・ゴーディアン本人はあまり自分の秘密性に重きをおいてこなかったからだ。驚くにはあたらない。ゴーディアンは著名な実業家で、かなり開けっぴろげな生活を送っている。その気さくさが成功の一因であり、広範囲にわたる信用の基盤でもあった。彼の素性や経歴は万人の知るところだ。個人的なつながりも職業的なつながりもかなりオープンだ。そのつながりのなかには、すでにカールの冷徹なレンズにとらえられている人びともいた。ゴーディアンにとっての重要度は比較的簡単に判断がつくだろう。破壊してやるのに最高のきずなはどれか？　その点に疑問の余地がなくなれば、標的の弱点を見定めるのも、決め手になる効果的で迅速な行動をとるのに必要な残りの事実をつかむのもたやすくなる。

カールは横の台の時計に目を移し、それからサン・ヒネスの模型に戻した。

ついにこのときが来た。

残るはひとつ。幕を下ろす前に残された作業はこれだけだ。

カールは椅子の脚に立てかけておいた買い物袋に手を伸ばし、取っ手をつかんだ。それから立ち上がって作業台の前に行った。台の上では、精魂こめてこしらえた教会がたそがれの薄暮のなかで血のような赤色に輝いていた。

台の前に立って教会を見下ろし、さまざまな特徴を鑑賞し、一心不乱に努力したことを思い起こして強い愛着をおぼえた。力をそそいだときの感覚がよみがえり、この精巧なレプリカのもとになったアレナル通りの古い教会に言葉に尽くしがたい一種のつながりを感じた。アレナル通り、つまり〝砂の通り〟はユダヤ人のいにしえの共同墓地で、宗教裁判所の命令で殺された彼らの遺体と遺骨が灰となって眠っている。

籠から外へ解き放たれた鳥たちのように十字架の影のなかの〈ジョイ・エスラバ〉に集まってくる好色なダンサーたちを、カールは思い起こした。あの監禁施設を思わせる教会が彼女たちの触れ合いに対する情熱を高めているような気がしてならなかった。

すこしすると、カールは買い物袋のなかに手を伸ばして、近くの美術用品店で買い求めた彫刻用の鎚（つち）を手探りした。鉄の頭はさほど重いものではなく、正確には一・五ポンドの重さだったが、これから行なう作業には充分だった。

彼は体を折り曲げて、作業台の横の床に買い物袋を置き、その口を大きく開けた。それから体をまっすぐ起こし、彫刻用の鎚を振り上げると、あごにぐっと力をこめて、完成したばかりの鐘楼の上に思いきり打ち下ろした。

木端微塵になった屋根から教会の中心部まで打ち下ろすには、そのひと振りで充分だった。さらに三回打ち下ろすと模型全体が粉々になり、元がなんだったのか見分けがつかないくらいばらばらの木片と化した。

カールは砕けた残骸を見ようともせず、右腕を大きく払ってそれを目の前から消した。残骸は作業台の端から買い物袋のなかにこぼれ落ちていった。

跡形もなくなった教会の最後の数片を作業台から払い落とすと、カールはふたたび袋を持ち上げて部屋の入口へ運び、手荷物を集めて、いちども後ろを振り返らずに部屋を出ていった。

建物の裏にあるごみ置き場に買い物袋を捨て、タクシーを呼び止めて空港に向かうころには、食いしばったあごもゆるみはじめていた。マドリードでの滞在は完全に幕を閉じた。彼は任務に向けて解き放たれていた。これを成し遂げるために生まれてきたのではないかと思えるくらい、やりがいのある任務だ。

海の向こうにビッグサー（米国カリフォルニア州モントゴメリー郡の雄大な海岸）が待っている。


「いやまったく、ゴード、こいつはいままで食べたなかで、掛け値なしに最高のステーキだ」ダン・パーカーはそういって、ほおばった肉をごくんと飲みこんだ。彼が注文したのはニューヨーク産の極上のステーキとつけあわせのマッシュポテトだった。「ここへいっしょに来るのは何年かぶりのような気がするな」

「それは何年も来てないからだな」ロジャー・ゴーディアンがいった。彼の注文したのはフィレミニヨンとベークトポテトだった。「数えてみれば三年になる」

パーカーは皿から顔を上げて、軽い驚きの表情を浮かべた。「冗談だろ？　そんなになるのか？」

ゴーディアンはうなずいて、スプーンでベークトポテトに少量のサワークリームをつけた。

そして「そんなになる」と答えた。たしかに少々信じられない気持ちだ。ふたりはかつて、十九丁目にあるこの〈ワシントン・パーム〉で月に一度の昼食会を開いていたが、それはゴーディアンが病に倒れる前の話だった。ダンがサンタクララ郡の下院議員の席を失う前のことでもあった。彼が議席を失ったのは、アメリカ合衆国の暗号技術を海外へ無制限にばらまくことに反対を表明したゴーディアンを支持して政策決定に圧力をかけようとしたためだ。シリコンヴァレーのソフト業界から総すかんを食ったのだ。アルカイダやハマスやカリ・カルテルがその製品を利用することによって世界規模で法を執行するために払われている必死の監視努力が水泡に帰すかもしれないというのに、アップリンク・インターナショナルを除くシリコンヴァレーの人びとはそんな問題にはまったく無頓着のようだった。法的な障害ができたとしても、テロリストや麻薬密売組織のボスたちはその暗号解読プログラムを海外や違法コピーされた海賊版から入手できるのだから、そんな努力は無駄だというのがソフト業界の言い分だった。そういう輩が国境をヘロインであふれさせたり、西洋文明の基盤を根こそぎ破壊するつもりでいても、しょせんやつらをやっつけることができないのならいっしょになって金もうけをしたほうがましだというのか？――ゴーディアンは心のなかでつぶやいた。

「いろいろあって、おたがい忙しかったからな」と、彼はいった。

「もっと適切なコメントがあるはずだ」彼らがいつもすわっていた隅の席の上にパーカーが

頭を傾けた。そこの壁にはタイガー・ウッズのユーモアあふれる風刺漫画が貼られていた。

「少なくともタイガーはまだここにいる」

「そのとおり。わたしにとってあの若者は永遠のインテリアだ」

パーカーはにやりとした。いたるところに貼られているスポーツと政治の風刺漫画は、一世紀近い昔にさかのぼるこの店の伝統だ。その当時、元祖〈パーム〉はマンハッタンのイーストサイドにあった。ウッズがグリーン上で名声を博する以前、いま彼のいる壁には、ある引退したフットボールの花形選手の絵が十年以上もあった。この選手は身の毛のよだつ二度の殺人事件で告発を受けるまで、幅広い年齢のファンにこよなく愛されていた。犠牲者のひとりは、彼の前妻であり彼の子どもたちの母親でもある女性だった。その後、この選手の絵は取り外され、かわりにテレビのスポーツキャスターの絵が飾られたが、その男は女装をして愛人に嚙みついたとか、そういう性質の告発があって、たちまち仕事を干されてしまった。その後、ファンやテレビ局の重役の同情を集めて、以前と同じような放送界の仕事に返り咲きはしたものの、ウッズはそのキャスターに代わって一九九八年ごろにあそこの壁に登場し、それ以来ずっとそこにいる。

パーカーはマティーニに手を伸ばして、また口のなかのステーキを流しこみ、白いテーブルクロスの上にグラスを置いた。

「さて、ゴード」彼はいった。「おれがどんなに長いあいだ政治に飢えてきたかは、たっぷり話をさせてもらった。きみのほうはどうなんだ、調子は？」

「すこぶる良好だ」ゴーディアンは考えこむような表情で答えた。そして「年をとった」とつけ加え、ひょいと肩をすくめた。「それに……」

考えこむような表情が深まったが、彼はまた肩をすくめて、ただステーキにナイフを入れるにとどめた。

パーカーは三十秒ほど待ち、そのあと〝ほかには？〟を意味するかすかなしぐさを送った。

ゴーディアンは好奇心に満ちた友人の顔を見つめた。

「すまん、じらすつもりじゃなかったんだ」彼はいった。「ぴったりの言葉が見つからなくてな。わたしにはよくあることだが」

パーカーは小さな笑みを浮かべた。黒い麻のブレザーと青いシャツと灰色のフランネルのズボンに身を包んだ中肉中背の中年男の見かけは、どこといって目を引くものではない。しかしそれは、彼の目にいやおうなしに気がつくまでのことだ。ダンのその目のなかには、ゴーディアンの編隊僚機をつとめてヴェトナム上空へ何百回も出撃し、F4ファントムで押し寄せる対空砲火を縫って森林におおわれた地上にヴェトコンの塹壕《ざんごう》を探していた当時からいまなお失われていない表情が宿っている。ゴーディアンの目に宿っている表情とそっくりなせいで、ときおりふたりは兄弟にまちがわれることがあった。

「自己表現がきみの得意分野じゃないのは知ってるが」彼はいった。「なんとか努力してみてくれないか？」

ゴーディアンはナイフとフォークを皿の上に止めたままためらった。

「漠とした思いなんだ。漠とした思いが頭を離れないというか」彼はいった。「それ以上説明できそうにない。しかしときおり、仕事のある日にベッドから毛布をはねのけて床に片足を下ろしかけたとき、アシュリーを見て、その一瞬にこれ以上ない満ち足りたものを感じることがある。アップリンクをうまく機能させるために彼女を残していく必要は本当はないんだと思うと、信じられないくらい心の平穏を感じる。うまく機能するどころじゃない。わたしがずっと家にいることに決めたとしても、わたしの築いたものは少しも揺るぎもせずに成長できるくらい強靭だ」彼はいちど言葉を切って、飲み物を口にした。レモンをひと絞りしたミネラルウォーターを。「そのいっぽう、ここで止まって自己満足にひたりたくはない。歩みを止めたくない。どんな達成感や充足感より大きな葛藤の本質がそこにある。歩みを止めたいが止めたくない……いろんなことを引き続き成し遂げたいが、同時に手放したくもある。正直、この漠とした感じを表現できる適切な言葉がわたしには浮かばないんだ、ダン。矛盾しているみたいに思うかもしれないが、どう説明していいかわからない。その言葉を見つけたい。その感じを伝えられる言葉を見つけたい」

パーカーはしばらく静かに自分の料理を嚙みしめ、ちらっとマティーニを見て眉をひそめた。そこには氷しか残っていなかった。彼はウェイターの注意を引いて、身ぶりでグラスを示し、おかわりが来るまで黙って食事を続けた。

「〝ずっと家にいる〟という部分は先延ばしにできるかもな」と、彼はなかばつぶやくようにいい、くいっとグラスを傾けてその言葉を流しこんだ。

ゴーディアンはダンの顔を見た。「いまのはどういう意味だい?」

パーカーは忘れてくれといった感じでひらりと手を振った。

「その話はまたにしよう」彼は即座にいった。「それより、ひとつ提案がある。首都での仕事がすんだら、おれはサラトガの自宅に戻って、きみの口から出てこないその言葉のこと、ぴったりの言葉(ル・モ・ジュスト)のことを考えて、それを明るみに引きずりだせるかどうか考えてみよう。そのあいだきみのほうは、おれがどうしたら自分の望む世界に戻れるかという問題に、その臨機応変の切れる頭を振り向けてくれ」

「議会にか」

パーカーはひょいと肩をすくめた。

「公務にだ」彼はいった。「幅広い革新的な提案に、快く耳を傾けるつもりだ」

ゴーディアンはまた思案した。それからレモン水に手を伸ばし、それをテーブルの向こうへさしだした。

「わかった、決まりだ」彼はいった。「まかせておけ」

ふたりはかちんとグラスを合わせ、それからしばらく腰を落ち着けた。

「きみのいった首都での仕事の話にとりかかろう」と、ゴーディアンがうながした。

パーカーはうなずいた。

「おれの見るところ、きみが専門家の一団を引き連れずにここへ最後の決め球を投げにきたのはすばらしい判断だった」彼はいった。「これは決定的なちがいを生む」

ゴーディアンは微笑んだ。「ダン、契約への乾杯はもうすませたし――」

「まじめな話だ」パーカーは途中で割りこんだ。「〈セドコ〉は石油会社だ。彼らの関心は石油にあるといっても取締役員たちを侮辱することにはならない。それは彼らも充分心得ている。彼らはアップリンクの展望に目を通した。うちの顧問団が準備した分析と推薦の報告書に目を通した。彼らには光ファイバーの詳細について講義を受ける必要はない。あれのさまざまな特性や利点や能力を正しく認識してもらう必要すらない。沖合の掘削作業のコンピュータ化が日進月歩で進んでいて、掘削装置からうちの陸上施設に高度なデータ転送が必要なことを理解してもらえれば、それで充分だ。うちのプラットフォームをアフリカのおたくの通信の環につなげるのは、うちの利益になるだけじゃない。それは避けられないことなんだ」

「取締役会の過半数がそんなふうに思っているのは確かなのか?」ゴーディアンはたずねた。

「もちろんだ」パーカーはいった。「何人かの日和見主義者や断固反対の人間がほかの役員たちを信じ、みずから納得するためには、多少のあと押しが必要になるかもしれない。そこで、きみの出番だ、ゴード。きみが信用と信頼を吹きこむ」パーカーはいちど言葉を切った。「独りで乗りこんできたことが重大だという大きな理由はそこにあるんだ」

ゴーディアンはあごをこすった。「きみは彼らをどう見ているんだ? 反対票を投じかねないひとたちを?」

「まずひとつは、たくさんはいないということだ。最大の説得が必要になるのはビル・フレデリックスにまちがいない。あの男にとって進歩への抵抗は反射的な聖戦みたいなものでな。まだ〈セドコ〉の売る化石燃料が、生きている植物や原生動物だったころからの重役で――」

「あれの原料は植物とバクテリアだったと思うが……」

「原生動物でもバクテリアでも、空飛ぶツチブタでもなんでもいい」パーカーはいった。「とにかく、光ファイバー通信システムを基本的に理解できていないメンバーはビルだけと思われる……おれは驚きやしないよ。やっこさんの自宅に行ったことがあるからな。ビデオ会議すらあの男には不可能だ。あそこの電話にはハンマーとベル調整器があって、神に誓っていうが、電話のいくつかには回転式のダイヤルがついていた。電子メールを使ったり、インターネットで調べものをすることすら拒絶している。帯域の幅を広げようといったら、妻の指輪とブレスレットに関係のある話と考えるくらいだ。うちが何十年も使ってきた海上無線のリンクにしがみつくことになんの問題もないと思っているし、たぶん、モールス信号で本土と連絡をとっていったいどこが悪いんだと思っている」

ゴーディアンは声をあげて笑った。

「その男の取り扱いには細心の注意を払おう」といって、彼は昼食を終えた。「ほかには？」

「ポール・ライドマンだ。彼には知識がある。企業の保安面に敏感な男だ。光のパルスの形で運ばれるデータ・ストリームを盗聴するのはきわめて困難で、次の何年かでうちが光暗号化を始めたらほとんど不可能になるという考えが気に入っている」パーカーは飲み物を口にした。「ライドマンは財務面での思慮が浅い男でな、将来への妥当な投資に対する短期的な単位原価を心配している。しかし、そのせこさにはいい一面もある。海底光ファイバー・システム設置後の保守点検費用が比較的安価なことを示す報告書を、あの男は読んでいる。大きな故障は平均して四半世紀に二度か三度だったかな？」

「うちの予備的なリスク評価によれば、三度だ」ゴーディアンはいった。「すぐまたヴィンス・スカルから最新データをもらっておかないとな……あの男は先遣隊のほかの者たちとは別経路でガボンに飛んだが、いまごろは合流しているはずだ。それと、修理船団の緊急配備を保証するための契約もうちは進めている」

「ポールにはその点を強調することだ。〈プラネテール〉がすでにその統計上の故障のひとつを五月に起こしていることを指摘して、おたくの予測故障率をすこし下げてやれ」パーカーはいった。ゴーディアンの顔が面白そうにゆがんだのに彼は気がついた。「なにがおかしいんだ？」

ゴーディアンはひょいと肩をすくめた。

「売りこみのために生まれてきたような男だなと思っていたのさ」と、彼はいった。

パーカーはきまり悪そうな顔をしなかった。「別にひとの不幸につけこもうとしているわけじゃない。少なくとも大喜びでしているわけじゃない。これはポール・ライドマンを揺さぶることができるたぐいの市場調査なんだ」

ゴーディアンはまた肩をすくめた。

「非難したわけじゃない」彼はいった。「所見を述べただけだ」

「よかったよ、おれの心がどんなに傷つきやすいかを知っててくれて」と、パーカーはいった。そしてステーキの最後の一片に目をやった。「いまのうちにアップリンクの予定している最大能力表をもらっとこうか」

「最初のころは、一秒あたり一ないし二テラバイトで安全にマルチメディアの転送ができることを約束する。電話、映像、インターネット、もしくはその組み合わせだな。一年かけてグレードアップしたのちには四まで上がるはずだ。二〇〇五年までには十くらいまでいくと請け合ってもまず問題はない。運転開始時の数字だが、これはメガン・ブリーンのお気に入りの例を出せば、何百万件もの電話と高さ一〇マイルの印刷物と二十の長編映画を同時に受け取るに等しい」

「毎秒か？」

「そうだ」

　パーカーは無声映画の口まねをした。

「かならずその点も指摘してポールを安心させてやることだ」彼はフォークを持ち上げ、それからゴーディアンがテーブルの向こうから彼の皿をちらっと見たのに気がついた。「どうした？」

「ここにアッシュがいたら、肉のすじは残したほうがいいっていうだろうな」と、彼はいった。

それを聞いてパーカーは鼻を鳴らした。「そういわれたら、これは低脂肪のすじだって答えてやるよ」

ゴーディアンは微笑を浮かべてダンが食べるところを見守った。「いいだろう。〃フレデリックスとライドマンには特別に懇切ていねいな指導が必要〃という欄に照合のしるしをつけた。ほかには？」

「あのふたりを説得できたら、それでばっちりだ」

「ありがたい」ゴーディアンはいった。「ではこれで、気がかりなことはあとふたつになった」

「いってくれ」

「利害の抵触と見られる状況にきみがおちいらないかと心配していた」

「光ファイバー設備の必要を力説することでか」とパーカーはたずね、空になった皿をわきに押しやった。「とんでもない。むしろこれは、利害の一致の明白な一例だ」

「わかる。だから〃と見られる〃といったのさ」

「それを考えて時間を無駄にする必要はない、ゴード。おれたちの友情は秘密でもなんでもない。それに、〈セドコ〉のだれかがおれの潔白に疑問を投げかけるとは思えない」

ゴーディアンはうなずいた。「わかった、次に行こう。きみがなかば意図的に口をすべらせたのはどうしてか、説明をしてもらいたい。〃わたしがずっと家にいる〃という部分は先延ばしにできるとかいっただろう」

パーカーは咳ばらいをした。

「またあとでと――」

「たしかにいった」ゴーディアンが割りこんだ。「そしてわたしは、いま教えてくれといっている」

「ゴード――」

「いまここでだ、ダン。きみの良心はきみに大声で求めている。聞かせてやれと訴えている」

「本当か？」

「もちろんだ。本当に質問されたくないなら、あんな露骨な口ごもりかたをするはずはないからな」

パーカーはためいきをついた。

「わかった、きみの勝ちだ」彼はいった。「じつは社長と副社長が……きみも知ってのとおり、彼らはアップリンクの大支援者だが、二、三日前にあのふたりが会って、おれたちの新しい関係を祝う催しをやろうじゃないかと思いついた。契約書に署名と捺印がされることが前提なのはいうまでもないが、彼らがその思いつきについてヒュー・ベネットと電話会議をすると――」

「〈ヘセドコ〉の取締役会の会長だな……」

「そうだ。取締役会長の王様ヒューイーだ。あの会長も光ファイバー・システムの設置を進めるよう勧告するにやぶさかでない。それだけじゃなく、彼は社長と副社長の思いつきがいたく気に入った」

「彼らはマスコミの報道と写真撮影の機会を望んでいるわけだ」ゴーディアンはいった。

「もっともな話だな」

パーカーはうなずきを送った。

「〈セドコ〉には、西アフリカ沖合の石油試掘権をめぐる激しい競争がある」彼はいった。「競合している業界大手のなかには〈エクソン〉や〈シェブロン〉、〈テキサコ〉、〈エルフアキテーヌ〉もいる。たとえばブラジルの〈ペトロブラス〉のような国営石油会社もいるし、その子会社もいる。ナイジェリアからアンゴラまで、彼らは赤道沿岸に隣接する深海の巨大な区画を賃借してきた。こうした用地のなかには地質学者に〝象〟と呼ばれている場所もある……一〇億バレルにのぼる石油の産出が見込まれる場所だ。〈テキサコ〉がアグバミ海盆で……これはアンゴラ沖だが、そこで発見したふたつの区画は、今年の終わりには一日一五万バレルを産出できるようになるし、フル稼働するようになればその倍が得られても不思議じゃない。この競争からはじき出されないために、〈セドコ〉は株式市場での信用を高める必要がある。アップリンクと提携という大ニュースはまたたく間にそれをなし遂げるだろう。そうなれば、米国エネルギー省と協同して海外民間投資公社（ＯＰＩＣ）の融資もとりつけられる」

ゴーディアンはしばらく考えた。新興国に投資をする米国企業を対象にした海外民間投資公社（OPIC）の政治危険保険は軽視できない。

「それによって、うちの光ファイバーの環に入りたがっているアフリカ諸国の政府が〈セドコ〉の入札価格と開発提案をいま以上に真剣に考慮するようになるとしたら――」

「キング・ヒューイーの熱意はますます上がる……あらゆる手を尽くしてその熱意を役員室の同僚たちに伝染させようとするのは至極当然のことだ」と、パーカーはいった。

ゴーディアンはレモン水の残りを飲み干した。

「この最高責任者たちの祝祭ショーにわたしが出席すれば、ベネットは感謝するんだろうな」と、彼はいった。

「きみとのあすの会合で、どれだけ感謝するかがほのめかされるのはまずまちがいない」と、パーカーはいった。

ゴーディアンはグラスを下ろした。「そのお祭り騒ぎがどこで開かれるかも薄々わかっているんだな？」

パーカーは相手を見た。

「ガボンだ」彼はいった。「石油掘削プラットフォームの上だ」

ゴーディアンはテーブルの反対側から相手をじっと見た。

「きょうの昼食代はどっちがもつ番だった？」と、彼はたずねた。

「きみの番だ」パーカーが答えた。

「そのとおり」ゴーディアンはいった。「では、実際に伝票を手にとるのはどっちか聞こう」

「では、次の十二回ぶんを払うのはだれだ？」ゴーディアンがたずねた。

「おれだ」

パーカーは吐息をついた。

「うーん、それもおれだろうな」

ゴーディアンは一度うなずいた。

「では、ランチは終わりとしよう」と、彼はいった。

パーカーはあたりを見まわしてウェイターを見つけ、走り書きのしぐさで勘定を伝えた。

「なあ、ゴード」彼はいった。「引き受けてくれたのはうれしいが、たまらなく後ろめたい気持ちだよ」


カリフォルニア州ペスカデロ。午前九時。自宅から朝のジョギングに出かけたジュリア・ゴーディアンは、暗褐色の髪につけたブロンドのすじのなかでもいちばん明るいハニーゴールド色を際立たせながら、それにふさわしい日射しに迎えられていた。このすじはつけたばかりで、六〇年代風のレトロなもつれ毛にしたのもつい最近のことだ。この組み合わせはすごくお洒落だと彼女は思っていた。来週、これを初めて見た父親は仰天するだろう。それもわくわくする喜びのひとつだ。子どもじみているといわれれば、たしかにそうかもしれない。しかしジュリアは、はるか昔に思春期をむかえて以来しょっちゅう父親を仰天させてきたし、三十五歳の自立した大人の女になったいまでも自分は父親を仰天させることができるのだと思った。それに、過剰な埋め合わせをしようとしたり、狼狽した様子を見せまいとしどろもどろになっているときが、父親はいちばん魅力的だ。

ジュリアは肩の刺青（タトゥー）を披露するのが待ちきれない気持ちだった。〝自由〟を意味する日本の漢字（カンジ）を小さく入れた、控えめなものだ。

例によって、けさも彼女のお供をつとめるのは、救い出された二匹のグレイハウンド犬だった。ぶちの雄犬ジャックと、灰色がかった暗い青色の雌犬ジルだ。犬たちがおしっこをしているあいだに、ジュリアはぶあつい垣根に囲まれた芝生の上でお決まりのストレッチをした。そのあと、二匹ぶんのとりつけ部分がついた伸縮自在のひもを犬たちにつけて歩きだし、歩道に出て左に折れ、彼女の住まいのあるブロックの角に向かった。

同じ方向に走ってきたスバル・アウトバックが彼女に近づいてきて、そばを通り過ぎるときにほんのすこしだけ減速した。

カシャ、カシャ、カシャ。

けさは光に満ちたすばらしい朝だった。ジュリアは体にぴったりの黒い運動用ショートパンツと黒いスポーツ・ブラを着け、水のボトルの入ったパックを腰につけて、ナイキの靴をはいていた。軽い白のプルオーバーを着込んでいるのは、早朝の冷気と近所の目を……特に、向かいの家のダグという専業主夫の目を未然に防ぐためだった。彼女が小走りに通り過ぎるとき、かならずあの男は戸口の上がり段から新聞を取りに出てくるような気がした。

ああ、またいた。やっぱりね。これが一度だけなら、子どものおむつを替えたり哺乳瓶のミルクをあげたり大変なんだろうなって同情してあげるんだけど、とジュリアは思った。いつものように男には気づかないふりをして、リズムに乗ることだけに気持ちを集中した。二匹の犬に腹を立てずにすめばすむほど、なめらかに走ることができる。ジルは協力的な歩調を保てば大げさに褒めてもらえるのを知っており、その栄誉に浴したくて彼女の右を小走りに走っていた。いっぽうジャックのほうは、彼らのすこし先を軽やかに駆けて自分が一番だとアピールしている。そしてかならず、ひらひら動く木の葉の影にびっくりして……へたをすると、ジャックにとっては神様が創り出したなかでいちばん恐ろしい生き物である羽根を持った昆虫にブーンと音をたてられて、泡を食ったあげく木にからまるはめになる。

ジュリアは自宅のあるブロックの端にたどり着くと、左に折れてトレヴァー通りに入った。この通りに彼女のお気に入りの洋菓子屋があるのは、決して偶然のことではない。ここから三分の一マイルほど進んだところにあるその店の前では、名物のシナモンレーズン・マフィンが巨大な陳列用バスケットから手招きをしている。

トレヴァー通りとの交差点の信号でいったん止まったアウトバックの運転手は、信号が青になるのを待って、ジュリアと同じように左へ曲がった。デジタルカメラを用意していた助手席の男が窓までカメラを持ち上げて、車が彼女に近づいたときにすばやく一連写した。

カシャ、カシャ、カシャ。

車はふたたびジュリアのそばを通り過ぎ、通りをそのまま進んでいった。

官三十五人のうちのひとりだった。アセル＝ウンダキを含めた十六人は、百二十名で構成される下院、別名国民議会に属していた。六人は九十名で構成される上院の議員だった。四人は大統領閣議室の事務官。四人は政府の重要機関の長。残りの五人は経済大臣たちだった。一九九〇年代の中ごろに経済再建計画が始まるまでは国がすべての産業を牛耳っていたが、それが一部民営化されたときその管理統制のために指名を受けた人びとだ。

だれの場合も、写真は簡素なマニラ封筒に入っていた。配達時の損傷を防ぐために、長方形をした二枚の厚紙のあいだに挟み、テープでしっかり固定してあった。そして宛名の人物しか開封できないように、封筒の左下と右隅の粘着ラベルには〝親展〟の文字が記されていた。その書体も、別の場所に貼られた住所のラベルの書体も、コンピュータ用のありふれた機種のプリンターが打ち出したありふれたタイムズローマンの太字だった。使われているインクジェット・カートリッジまでが、ふつうのどこにでもある種類のものだった。どの封筒にも差出人の住所はなかった。また、どの封筒にも文字で表わされた伝達事項は入っていなかった。

マシエ・ウンゼの身の毛のよだつ写真は、言葉の説明など必要ない明白な通達だった。日付のついた消印から、これは九月二十六日の夜、最後の一回ぶんの郵便が処理を受けて仕分けされたあと、九月二十七日の早い時間に最初の一回ぶんが配達トラックに積みこまれる前にリーブルヴィルのラメール大通りにある中央郵便局で投函されたものである点は判明するだろう。しかし、最先端の法医学検査をもってしても、この写真とその包装に人間の手が触れた証拠を検出することはできない。隠れた指紋も、微生物のサンプルも、微量の繊維も、有益な情報を抽出できる微粒子も存在しない。まるで無菌状態の研究室で準備されたかのように。

もちろん、この封筒を受け取った高官たちのなかで警察に通報しようと一瞬でも考えた者は、皆無とはいわないまでもほとんどいなかっただろう。彼らの後ろ暗い交際や営みに捜査のメスが入った場合、彼らには失うものが多すぎた。

アセル＝ウンダキのオフィスは郵便配達ルートの出発点に近いカルティエ・ルイ通りにあるため、ふつうは彼の出勤より郵便物の届くほうが早い。これはこの議員の意にかなうことだった。通勤途中にオマール・ボンゴ大通りから横道を入ったところの洋菓子屋で買った濃いモカ風味のコーヒーとクリームタルトを食べながら朝届いた郵便物に目を通す日課を気に入っていたからだ。

しかし、このマニラ封筒の中身は――きょうも、この先も――開封せずにいられたらよかったのにとアセル＝ウンダキを悔やませることになった。

写真を見た瞬間にアセル＝ウンダキが襲われた恐怖は、それを目にとめた人間に典型的なものだったが、そのあと押し寄せてきた恐怖は心のさらに奥まで到達した。悲痛の思いは当然のことだった。彼とウンゼは子どものころからずっと兄弟同然のつきあいをしてきた間柄だ。政治家の家に生まれたふたりは、年長者たちがよく社交の場にしていたポールジャンティの一画で育った。少年時代は同じ初等学校と中等学校に通い、同じ少年リーグでサッカーをした。パリでは同じ寄宿舎の同じ部屋で生活し、尊敬を集め歴史のあるソルボンヌ大学を卒業して経済学の学位を取り、ガボンに戻ったあとはこの国でも指折りのエネルギー会社と鉱石採掘会社でそれぞれ重役におさまった。その数年後、彼らの人生はふたたびからみあい、同じ選挙で国民議会の議席を得た。

そしてふたりは、エティエンヌ・ベゲラをはじめとする政府要人たちとの一連の秘密会議にいっしょに出席した。その集まりで彼らはあのジェラール・ファトンという白人(ブラン)の大きな金銭的誘惑に乗った……ガボンの通信システムをアップリンク・インターナショナルに再整備させる動きを阻止すれば懐に賄賂が入るというものだった。アセル＝ウンダキと彼の長年の友人をこの共謀に引きこんだのは、ベゲラだった。ほかの参加者もベゲラが誘惑したにちがいない。だがアセル＝ウンダキは、自分の下した判断について自分以外のだれかを責めるつもりはなかった。あの判断をもたらしたのは、どんな圧力や強制でもない。彼はあぶく銭に誘惑されたのだ……正確にいえば、倫理と法の一線を飛び越えてみたいという誘惑、つまり自分に未開発の悪賢さがどれだけあるかを探ろうとする俗悪な喜びに屈してしまったのだ。

自分の行動が――いや、自分たちの、自分とマシエの行動が――どれほど血迷ったものだったかを理解したいま、その興奮はやるせない気持ちに取ってかわられていた。たぶんほかの者たちも同様だろう。彼らの属する下院が議会を招集してリーブルヴィルで投票を行なうまでは、あれは一種のゲームのような気がしていた。アップリンクの当座の営業許可を更新して少なくとも今後二十五年間保証しようという法案を立ち往生させるために彼らが作成した修正案には、すばらしく巧妙と自負できる表現も含まれていた。しかしガボンの大統領は、政府の要職に指名している自分に忠実な人びとを通じてこの修正案の意図するところを嗅ぎつけた。この大統領の独裁的な鋭い目の前で起草された憲法によって、大統領はみずからの手で九名の議員を選んで重要な立法委員会の長につかせることができる。修正案の書き手とその支持者たちは、彼らの修正案が誇示している緻密な表現よりはるかに直截的な言葉で、思いとどまるよう警告を受けた。

突きつけられた選択は明快だった。

議事妨害計画をそのまま押し進めることもできる。その場合は法務省が綿密な調査にのりだし、政府と実業界における彼らの交友関係や財務記録、性生活までをきびしく調べることになる。そうなれば、彼らのあらゆる営みが社会的地位やプライバシーの尊重に敬意を払われることなく徹底的に調べ上げられる。

思いとどまって現法案を支持することもできる。そうすれば不都合な妨害を招かずに、ふだんどおりの生活を送ることができる。

かくして修正案は棄却され、アップリンクに対する許可はあっさり下院を通過する運びとなった。

アセル゠ウンダキと彼の友人がきちんと把握していなかったのは——修正案をあと押しした人びとのだれひとり理解していなかったのは——自分たちを煽動してきた冷酷な力に自分

たちが蹂躙(じゅうりん)される大きな危険が迫っていることだった。いちど計画に加担した以上、あの白人(ブラン)は前進以外の選択肢を許さない。彼らが勇気をもって中断したり引き返したりしたら、あの男はあっさり彼らを始末してのけるだろう。

アセル＝ウンダキはいま、皮膚にちくちくする感覚をおぼえていた。玉の汗が額をすべり落ち、頬骨の広い斜面できらりと光った。マシエ。かわいそうなマシエ……。

彼は殺害されたのだ。陰惨な見せしめにされたのだ。政治家の道具は審問と醜聞。あの白人(ブラン)の道具はちがう。

アセル＝ウンダキは身ぶるいし、ひざの上のマシエの写真をまじまじと見つめた。マシエは肩に燃える首輪をはめられていた。人間ろうそくのように燃えていた。ガソリンを燃料にした炎の舌の向こうで断末魔の苦しみに顔をゆがめていた。手首のところから切り落とされて地面に転がった両手といっしょに燃えていた。まわりに炎が立ちのぼり、体から命が炙(あぶ)り出されているあいだ、マシエには自分の手が見えていただろう。

見せしめだ。アセル＝ウンダキはまた心のなかでつぶやいた。

ショックで心は麻痺していたが、保身のための本能はまだしっかり働いていた。見せしめが警告のために行なわれるものなのは自明のことだし、マシエと同じ運命を避けるのが手遅れなら写真を送りつけてくるはずはない。まだあの通信法案を阻止するか、議事進行の泥沼におちいらせて同じ結果を手に入れるチャンスはある。国民議会は通過したが、法案成立には上院を通過する必要がある。あそこでは形ばかりの投票がなされて、大統領の意向を満足させるのがふつうだ。だがアセル＝ウンダキには多くの同盟者がいる。そのなかには、あの白人（ブラン）の策略にひそかに気づいている者もいる。圧力をかけられた上院議員たちが議場での討議後にあの法案をくつがえしたら……反対票を投じるように充分な数の上院議員を丸めこめたら……法案は下院に差し戻され、修正のために委員会に戻される。そうなれば修正案を再提出することができる。あの一件は一からやりなおしだ。

アセル＝ウンダキの心臓の鼓動は速まっていた。これが恐怖と絶望から生まれた卑しい計画なのはわかっている。大統領が肩入れしていた法案を妨害した者たちはその代償を支払うことになるだろう。捜査を受け、検閲を受けるだろう。人品に疑いがもたれ、政治家としての経歴は泥にまみれるだろう。すべてを失いかねない者もいる。アセル＝ウンダキの妻が彼の浮気癖を知ったら――

すべてを、そう、修正案の支持者たちはすべてを失う。

命のほかは。

煙を上げる炎の襟巻を巻いたマシエの写真を見つめて、アセル＝ウンダキは新たな恐怖と悲しみに襲われた。

死ぬくらいなら、こんな死にかたをするくらいなら、汚名を着て歩くほうがましだ。

彼は引き出しに写真をしまい、震える手を電話に伸ばした――が、受け台から受話器をとる前に秘書から内線が入った。

ムブイ上院議員からです、緊急のご用とかで、と彼女は伝えた。

こういう重苦しい気分でなければ、アセル＝ウンダキは笑顔を浮かべていたかもしれない。先手をとられた気分だった。

ナイメクは午後十時に〈サンティユマン〉号という名のディナー・ヨットで、ヴィンス・スカルといっしょに海底ケーブル敷設船の船長に会うことになっていた。船長の名前はピエール・ガンヴィーユといい、なぜかスカルはこの名前の発音に苦しんでいた。スカルはヨットの名前にも手を焼いていた。そして、この会合が通常の勤務時間にオフィスビルで行なわれないことにも不満をおぼえていた。ナイメクはこの手の不平には慣れっこだった。いらだちはスカルの感情の出発点だ。あの男が不快感にふつふつと煮えていない日が来たら、この世にきわめて不吉なことが起きる前兆ではないかとノストラダムスに相談しなければなるまい。

スカルは〈リオ・デ・ガボン・ホテル〉のエグゼクティブ・スイートの外の廊下でナイメクと合流した瞬間からぶつぶついいはじめていた。エレベーターに乗りこんでロビー階のボタンに太い指を突きつけ、扉が閉まるあいだも休みなく不平とぼやきを並べつづけた。

「なんであんたは、こんなくそったれに平気な顔をしてるんだ？」と、彼はいった。

「念のために、どのくそったれのことだ？」と、ナイメクはたずねた。

「このいまいましい名前の男と、そいつがおれたちと会うのに指定したいまいましい場所と、いまいましい時間のことだ。おれはパリから飛行機で到着したばっかりだっていうのに！」

と、スカルは不満を一気にぶちまけた。そして手で頭皮をこすり、消失しかけている髪のひと房をなでつけた。「そいつがくそったれだ、ピート」

エレベーターが下に降りはじめた。ナイメクは包括的な答えを考え出そうとしたがうまくいかず、スカルの最後の不平から取り組むことにした。

「ほかの者たちといっしょにエールフランスに乗って二日前に来ることだってできたじゃないか」ナイメクはいった。「個人用のジェット機がチャーターできるまでうろうろしながら待てとだれかが無理強いしたわけじゃない」

「そうだっけな?」

「そうだ」

「しかし、あのサービスの会員権にいくら払ったと思うんだ」スカルはいった。「ついでにいえば、会社がもってくれてもよさそうな費用だ。せめて半分くらいは」

ナイメクは相手の顔を見た。「ばかいうな。飛行機が怖いのなら……」

「何百万回こんな旅をしてきたと思ってるんだ? おれは怖くなんか――」

「わかった、それじゃ民間航空会社が気に食わないくらいで手を打ってもいいが」議論が泥沼におちいるのを嫌って、ナイメクはそういった。「それはあんた個人の問題なんだから、支払いはあんたがしろ」

スカルは冷笑を浮かべた。

「あんたのいうおれの問題は、安全対策のことだ」彼はいった。「あんたは専門家だろう。

「テロリストに友好的な空域を飛ぶのに危険を感じないと、いえるもんならいってみろ」

ナイメクはエレベーターの奥の壁についている手すりにもたれかかったまま、階の表示パネルをちらっと見上げた。24という数字が点灯して消えた。

「自分の力ではどうにもならないことを心配してエネルギーを無駄にしたりはしないのさ」と、彼はいった。「おれの考えかたを知りたいなら、ディマーコがいいことをいっていた。空のテロ事件がふつうのことなら大見出しになったりしない。あれが六時のニュースで流れるのは、毎日起こったりしないからにほかならない」

「洪水や地震や火山の噴火みたいにか？　靴の踵にセムテックス（チェコ製プラスチック爆弾）を詰めこんで歩いている男も、神様の営みのひとつにすぎないってのか？」

「わかったから、もう勘弁してくれ、ヴィンス」

「なにを勘弁するんだ？　先週ずっと、おたくらが本社でのんびりしているあいだにパリで例の交渉にあたってきたのはこのおれだぞ」彼はいった。「おれがノーテル社のケーブル保全船団との話をうまくまとめてきてなけりゃ、今夜早撃ち名人(ガンスリンガー)船長と会うこともなかったんだ」

「パリで面倒をみてくれる交渉人はほかにもいた」ナイメクはいった。「それをあんたが志願したんだろ」

「そいつは大まちがいだ、ピーティー」スカルがいった。「おれは会社の先遣偵察員だ。埋まっている地雷を探し出すことになっている前方偵察員だ。危険(リスク)評価の男だ。つまり……」

「危険(リスク)を査定するのがあんたの仕事だ」と、ナイメクはおなじみの繰り言を完成してやった。そして〝アニー計〟を確かめた。まだ先は長い。そのあと彼はまた階の表示パネルをちらっと見た。10、9。もうすこしでロビーだ。気を落ち着けなくては。「なんのかんのいって、ヴィンス、あんたは重役用ジェットに支払いができるだけの給料をもらってるわけじゃないか。ガンヴィーユのノーテル社と契約ができてなくても、あの男からは話を聞いておく必要がある。いまうちは、支援作戦にノーテルを使おうという話になっている。だが、うちの者たちを調査に送りこむ光ファイバーケーブルの修理中に〈アフリカーナ〉号の潜水夫二名が命を落としてもいる。この事故についてあの会社がどんな見解を出したかは知っている。新聞の記事も読んだ。それでも船長に探りを入れておきたい。船長の口から直接話を聞いておきたい。うちの人間を危険な状況に投げこまなければならないときでも、可能なかぎり安全を守るのがおれの仕事だからだ」

「その点に文句はいってないぞ」スカルは憤慨したような口ぶりで親指を自分の胸に突きつけた。「最初の質問に話を戻そうじゃないか、差し支えなけりゃ」

ナイメクは小さく肩をすくめた。

「ガボン人の食事の時間は遅い」彼はいった。「夕食の時間は九時や十時があたりまえだ。仕事でこの国に来た外国人を外へ食事に招くのも習慣になっている。もてなすのが習慣なんだ。つまりガンヴィーユに会う場所は相当立派なところにちがいない」彼はひとつ間をおいた。「楽しめるうちに楽しんでおかないとな。二日後じゃなかったのをありがたく思え。新しい地上ステーションの検分におもむかなくちゃならないんだからな」

「話をそらさずにいてくれりゃ、もっとありがたい」といって、スカルは目玉をぎょろりと動かした。

「〈サンティユマン〉号だとよ――どういう意味か知ってるか？　きらめきだ。きっと壁や天井をぐるぐる回る例のレーザー光線が飛び交って、大きなクレヨンで全身に殴り書きをされた狂人みたいな気分になるにちがい――」

「それはどうかな。おれの部屋の旅行者用パンフレットに広告があったが……」

「おいおい。いつからそんなだまされやすい人間になったんだ？　落ち着いた暮らしが悪い影響を及ぼしているにちがいない」

ナイメクはとまどいの表情を浮かべた。「落ち着いた暮らし？」

「さっき、話をそらさないでくれっていったばかりだぞ。あんたがテキサスで始めた愛の暮らしのことで助言が欲しけりゃ、あとでやる」スカルはいった。「ディナー・クラブの話だ、ピーティー。クラブの話に集中しろ。店の名前にちょいと考えをめぐらして、それでもうまい食い物が期待できるといえるならいってみろ。フランス語で着飾る必要があるくらいだから、見かけ倒しかもしれないし、前にあんたがやっつけたロシアン・マフィアのちんぴらどもが経営してたブルックリンの狭苦しいディスコの傘下かもしれないぞ……ところで、なんだったかな、あそこの名前は？」

「〈プラティナム・クラブ〉だ」

「ああ、そいつだ……」

「ヴィンス」ナイメクはいった。「フランス語はここの公用語だ」

「だから?」

「だから、頭を使ったほうがいいのはあんたのほうかもしれない」彼はまた肩をすくめた。

「だれも店の名前を見栄えよく飾ったりしちゃいない。ガボン人はフランス語だからって洒落ているとも気どっているとも思いやしない」

「だったらなお悪い」スカルはいった。「客に名前の意味がわかると店主がわかっているんなら、それこそ程度が知れる。それに、いまいましい名前といえば、あの腰につけた銃(ガン・アット・ザ・ヒップ)とかいう船長はどうだ? そいつの出生証明書にその名前があると思ったら大まちがいだ」スカルは不満たらたらの声をあげた。「昔、あるパーティで会ったやつを思い出す。そいつはジョン・ワイルドライフと名乗った。与太話じゃないぞ。登山用のナップザックに——スネーク川を下るカヤックでもいいが——親がひと財産を詰めこんでくれる道楽者のどら息子にちがいないと、たちまちおれは見破った。ひと財産にちがいない。ワシントンDC、それもジョージタウンにある非営利の環境保護団体を設立する運転開始資本なんだからな。そいつは十六丁目にオフィスビルを構え、全フロアをその団体が使ってた。あのあたりの賃貸料がいかほどかは、あんたも知ってのとおりだ。では、理由は? 気晴らしのための活動からときどき休暇をとるために決まってる。ケツを拭けるくらい長いあいだ、急流の川くだりから逃れるためだ。ジョン・ワイルドライフだと、まったく——」

ふたりの乗ったエレベーターが、チンと小さな音をたててロビー階に停止した。扉がシューッと音をたてて開き、ホテルの接客係(コンシェルジュ)がデスクから慇懃(いんぎん)な微笑みを送ってきたのが見えて、ナイメクは安堵の息をついた。これでスカルの熱弁はおしまいだ。

「さあ行くぞ、ヴィンス」ナイメクはエレベーターを出た。「タクシーを見つけよう」

スカルは渋い顔でナイメクの一歩後ろを続いた。

「おれたちをまぬけなカモの二人組と思ったりしない運転手がいりゃいいがな」と、スカルはぼやいた。

ふたりのアメリカ人がエレベーターからロビーを横切ってくると、コンシェルジュは懸命に役に立とうとした。両替の必要はございませんかと、彼は習いおぼえた英語でたずねた。どちらにご案内いたしましょう？　お戻りになる前に、スタッフの皆様とごいっしょに特別なルームサービスをご用意することもできますが？

彼のデスクを通り過ぎた最初の男——エグゼクティブ・スイート九号室のムッシュー・ナイメク——は、ていねいに感謝の言葉を添えて断わった。新しく到着したほうの客——チェックインしたかと思ったら、八号室は不便で騒がしいから十二号室に替えてくれとねじこんできたムッシュー・スカル——は、ただ首を横に振って不要の意を伝え、ナイメクのあとから入口へ向かっていった。

ふたりめの男に仏頂面を向けられても、コンシェルジュはそつのない親切そうな表情をくずさなかった。有能な男だし、どういう態度を保てばいいかは心得ていた。

ふたりがホテルの入口へ大股で向かい、組みひも飾りと肩飾りのついた制服のドアマンが大きなガラスの扉を開けるところを、コンシェルジュは目で追った。そのあと彼は電話に手を伸ばして番号を打ちこみ、出た相手に短い連絡事項を伝えて受話器を置いた。

ふたりの男が背中を向けたところで、コンシェルジュの顔から笑みは消えていた。

ドアマンはホテルの正面にかかっている赤と金の堂々たる天幕の下を急ぎ、縁石の前で人待ちをしているタクシーの一台を呼んで、アップリンク派遣団のふたりのために後部ドアを開けた。それから彼らの行き先を、これも英語でたずね、先頭の背の高い細いあごをした男から返事をもらうと、自国語のフランス語で運転手に行き先を伝えた。

背の高いほうの男がタクシーに乗りこんだ。ずんぐりした仲間のほうもその横の後部座席に自分を押しこみ、ドアマンならもっとやさしく閉めたはずのドアを自分で勢いよく閉めた。

ドアマンが彩り豊かな制服の上着のポケットにチップを押しこんでいるあいだに、タクシーは発進して大通りへ出ていった。そのあとすぐ、列になって待機していた二台めのタクシーがホテルの入口前にすべりこんだ。

こんどはドアマンは前の助手席側のドアを開けて、なかへ体を折った。

「〈サンティユマン〉だ」と、ドアマンは運転手に教えた。

「ガンヴィーユかい？」

「よけいなことはいうな」

ふたりはちらっと視線を交わした。運転手はわかったと無言のうなずきを送り、前を向いてハンドルに手を置いた。あのアメリカ人たちがだれに会おうと彼らには関係ない。必要なことだけ知っていればそれでいい。

ドアマンは折った体を元に戻し、ドアを押して閉めた。

タクシーはすぐに縁石の前から発進し、ナイメクとスカルを乗せた車がいる交通量の少ない車線に入って、すこし後方につけた。

ガボンの海はおだやかな潮流に恵まれており、今夜〈キメラ〉号はオゴウェ扇状地の上をゆったりとただよっていた。沖合の海盆に向かって石油をたっぷり飲みこんだ沖積層の広い帯が傾斜している。四カ月前にここの水深三〇〇尋(ひろ)でセドリック・ドゥパンとマリウス・ブシャールが事故死を遂げたが、このおだやかな水面からは彼らの体をずたずたに引き裂いた爆発と水圧の名残はなにひとつ感じられなかった。

この世で最悪の暴力は、物音ひとつたてずに深いところに隠れているのかもしれない。憎しみの産卵場として知られるそこは、犯人と犠牲者が出会い、目撃者がなにひとつ証言をしない場所だ。そこでは犯罪が残虐行為を生む。罪を感じる気持ちにワームホールが埋めこまれ、そこからするりと罪悪感が抜け出てしまう。

ハーラン・ディヴェインはヨットの特別室のベッドに横たわり、引き上げた舷窓と向き合いながら、眠りにつかまりたいと強く願っていた。目はしっかり閉じていたが、西のほうにある浮標とプラットフォームの誘導灯、そのふたつのあいだに静止しているかのように浮かんでいる大きな燃料タンカーの夜間航行灯がちらちらまたたいて、目に軽い刺激を与えていた。こうした光につかのまの忘却へいざなわれる夜もあるが、今夜その光は忘却の縁から彼を突き戻すだけだった。

舷窓の薄い半透明のカーテンが海の暖かな空気の流れを受け、室内に向かって渦を巻くように揺らめいている。ディヴェインはシーツの上でサテンのようにやわらかな風のそよぎを裸の足と胸に感じていた。ヨットのおだやかで周期的な揺れが暗闇の世界へ彼をそっと運びこもうとしていた。しかし体がまだ張りつめていた。緊張がほぐれていない。事業のことを考え、差し迫っている顧客との協議についての構想を練ることで気持ちを落ち着かせようとした。しかし、考えるべきことはほとんどなかった。今回収穫した情報は受け取るなりやめるなりご自由にといって差し出すつもりだった。潜伏体ウイルス計画が大失敗に終わったあと、彼は多くの資産と面子を失い、遺伝子活性剤を購入した人びとの失望を買って微妙な立場に立たされた。といっても、ディヴェインはだれひとり欺いたわけではない。あれが失敗に終わったのは製品を提供できなかったためではないし、その性能が不完全だったせいでもなく、すさまじい破壊力を発揮させそこねたせいでもなかった。彼の手がける方面の事業では、敵が対抗手段に訴えてこない保証はない。つまずきの石はあのアップリンク・インターナショナルだったし、少なくとも排除の努力はした。ポールジャンティの市場の露天商人のように、ほいほい値引きに応じることで傷ついた信用を修復する気はない。

この問題に心を決めて満足すると同時に、呼びさまされた記憶がディヴェインのなかにどっと流れこんできた。

その記憶はいま、ニューヨーク市にあったブラウンストーン張りの建物の映像を心のスクリーンに映しだしていた。あの建物を初めて見たときの記憶が鮮烈によみがえった。父親の高層ビルで長いガラスのテーブルの前にすわって、安物の上着の下に着ていたみすぼらしいシャツのカフスボタンを隠したあと、その日に至るまでには数千マイルと二年の月日があった。ディヴェインはあそこを追い出された瞬間からさとっていた。この放逐からは大切な教訓が得られるにちがいないと。時間の経過のなかで、彼は教訓のひとつひとつを引き出すことに心を砕いて着々と情報を蓄え処理していった。一秒たりと怠けて無駄にはしなかった。ディヴェインの見かけは変わっていた……いや、自分を変身させたのだ。それがディヴェインが学んだ最初の教訓だった。権力の要塞の外で生まれた者が成功するには変身が必要だ。知られた顔のない無名の人間は、しかるべきスーツで自分を包む必要がある。

マンハッタンのイーストサイドにあるブラウンストーン張りのお屋敷に大股で向かったとき、ディヴェインが着ていたスーツはきちんと仕立てをして詰め物をした黒い羊毛クレープで、シャツは灰色の毛織り、シルクの手編みのネクタイにはきりっとした結び目とえくぼがあった。オクスフォード靴は革をすり切れのないしなやかな状態に保つために一度だけはいて、そのあとしっかり磨き上げ、つややかな輝きを保っていた。さりげなく肩にかけているブリーフケースは〈COACH〉のものだった。

ディヴェインは別の街で盗品と故買品をさばいた金で高価な服とブリーフケースを手に入れていた。彼の手は錠前破りの道具を操って留守宅に入りこむ技術に熟練していた。あの高層ビルを訪ねた結果、ディヴェインは、自分にも権利があるという意識は捨て去るべきだと理解した……そしてついに、優秀さだけでは扉は開かず、扉の前に立つチャンスが得られるだけだとさとった。そして、扉はつねにひとつではないことにも気がついた。どこの馬の骨ともわからない人間にとっては、狡猾な策略こそが王国の扉を開ける真の鍵なのだ。目くらましこそが。

十九世紀の豪華な私邸の前に足を止めたディヴェインは、こまかいところまで異常なくらい注意深くその特徴に目を凝らした。小さな敷石砂岩(フラッグストーン)の中庭と歩道のあいだに低い錬鉄製のフェンスがあった。正面入口の階段わきから緑と黄色の縞模様がついたひょろ長い竹が生えていた。鉛枠のついた開き窓には黒いかんぬきのついた開閉柵と室内の鎧戸があった。鏡板を張った黒っぽい木製のドアには重い蹄鉄形のノッカーと真鍮のノブがあり、その上には西洋ナシのような形をした造りつけの照明器具があった。わき柱にインターフォンがあった。出っ張った天井蛇腹(コーニス)には凝った花の意匠があしらわれていた。

ディヴェインは歩行者がかすめ通ったりぶつかったりしてくる人通りの多い歩道のまんなかからその照明器具を見上げ、この家の女主人が著した装飾用アンティークの案内書に写真があったのを思い出した。彼女の名前はメリッサ・フィリップスといい、同類の記事を雑誌にたくさん書いていた。本も三冊出版されている。最後の一冊が出たのは十年ほど前、彼女よりずっと年上で有名出版社の経営にたずさわっていた夫が亡くなる直前のことだった。ディヴェインはニューヨークに出かける前に、この未亡人について突き止められるかぎりの情報を突き止めていた。彼女は結婚生活が終わりを告げてから、隠遁生活とはいわないまでも控えめな暮らしを送っていた。四十代の後半で、すこし変わった人物といわれており、自分でもかなり自由奔放なところがあると思っていた。少数の仲間で定期的に懇親会を開いており、メンバーの多くは彼女が何年ものあいだに知り合った社交界の淑女だった。あり余るほどの財産を所有していたメリッサ・フィリップスだったが、彼女は上流層の読者が多いマンハッタンの週刊紙『ニューヨーク・オブザーバー』にときおり広告を出し、自分の相続した広大な屋敷のぜいたくな続き部屋を何部屋か貸していた。そこに掲載されている月々の家賃は高かったが、フィリップスが部屋を貸すのは収入のためというより、ひととの交わりを望んでのことだった。ある種の居住希望者には――彼女は泊まり客（ハウスゲスト）という呼びかたを好んで使っていたが――柔軟な対応を見せ、後援者（パトロン）のような寛大さを示すことすらあった。彼女は芸術で身を立てようという志をもった若いひとたちにしばしば魅せられた。ハウスゲストには芽の出かかった作家や音楽家や踊り手や舞台俳優といった多彩な顔ぶれがいて、おかげで夜の会話は活気にあふれていた。ときには、家賃を下げて彼らの金銭的負担を軽減したり、夢を追求するがゆえに収入がとぼしいときには支払い期日を延ばしてあげることもあった。二十代や三十代前半の才能ある興味深い男たちに、未亡人は特別の愛情を示した。彼女の好意を頻繁にたっぷり受けていたのが彼らだった。

ディヴェインは有名人やニューヨークの社交界の人びとに関するゴシップ・コラムで有名な『ニューヨーク・ポスト』紙の六面にあった記事を読んで、彼女のこういう嗜好を知った。すばらしい贈り物のような気がした。

彼がブラウンストーン張りの屋敷の正面玄関に立って、インターフォンで名を告げると、だれかが下に降りていくという返事が来た。

ドアが開いたとき、メリッサ・フィリップス本人が入口に立っているのを見てもディヴェインは驚かなかった。彼女は魅力的な女性だった。小柄なほっそりとした体つきで、ブロンドの髪にほんのわずかに白いものがまじっていた。

未亡人は薄い青色の目で値踏みをするように彼を見つめた。

「こんにちは、ニメインさんね」と、彼女は笑顔を浮かべた。「例の著作権代理人のところにお約束があるとおっしゃったので、もっと遅れてみえるんじゃないかと思っていましたわ……ダウンタウンからここまではけっこうありますし」

ディヴェインは肩をすくめ、ほかの名前を使っているときに学んでいつでも浮かべられるように練習してあった微笑みを、彼女の笑顔に返した。

「脚本家のタイミングは完璧でなければいけませんし、一瞬たりと躊躇なきように努めています」と彼はいい、彼女のさしだした手を取った。彼女の指は長くほっそりとしていた。

「光栄です、フィリップスさん。芸術の後援者として名高いかたですので」

未亡人の目がきらりと輝いた。その目が彼の目と合った。

「努力が認められているのを知るのはうれしいことですわ」彼女はいった。「それと、わたしのことはメリッサと呼んでください……あなたよりそんなに年上でもありませんし」

ディヴェインは彼女の手を取ったまま、そこに立っていた。彼女の後ろに宮殿のように広々とした壁の高い応接間がちらっと見えた。丸天井から吊り下がっているつややかな金のシャンデリアに彼は魅せられた。曲線を描いた優美なアームにきれいな白いろうそくが並んでいる。

ディヴェインが半開きのドアから家のなかを見ているのに未亡人は気がついて、なにが彼の注意を引いたのかと肩越しにぱっと振り返った。

ディヴェインは頭の回転が速かった。そして、とっさにごまかす機転に磨きをかけていた。「気をとられてしまって申し訳ありません。しかし、あのシャンデリアはすばらしい」彼はいった。「木に金箔を張っているんですね？　イギリスの王政復古時代までさかのぼる逸品とお見受けしましたが」

メリッサ・フィリップスは感心したように、また彼と向き合った。

「いい線だわ」と彼女はいい、ドアを広く開けて彼を招き入れた。「たしかにイギリス製です。でも十八世紀初期のものですわ。ろうそくに火がともる夜にはさらに美しくなります」

ディヴェインはうなずいて、なかに足を踏み入れた。

彼女の後ろから応接間へ向かうあいだ、ディヴェインは、生涯をかけて宝を探し求めて延々と続く土と石の層を苦労に苦労を重ねて掘り進んだのちに貴重な埋蔵物を掘り当てた人間のような気分だった。そのぶあつい層を突破して手の届くところまで来てみると、そこには彼が想像をめぐらしていたよりはるかに大きな財宝が埋まっているのがわかった。

すべての獲物を見て、いますぐすべてを手に入れたくなった。

だが、ここでハーラン・ディヴェインのひとつながりの記憶は、無人の映写室で切れて止まったひと巻きのフィルムのようにぷつんととぎれてしまった。

〈キメラ〉号の部屋でついに体が緊張を解き放ち、ディヴェインは深い眠りにいざなわれていた。


「こいつは認めなくっちゃな、ピーティー、ガボン人は客をもてなすツボを心得てるっていうあんたの話は一〇〇パーセント正しかった」スカルがご機嫌な様子で、ヨット・クラブの中央にある丸いステージから響くピアノ伴奏の歌声に負けじと声を張り上げた。「こうとわかってりゃ、あんたもおれの不平を聞かずにすんだんだ」

「惜しいことをした」と、ナイメクはいった。

「それに、セネガル料理だってことも教えてくれりゃよかったんだ。たしかあんたも、ずっと前からアフリカ料理に挑戦してみたいっていってなかったか？」

「かもしれない」

「いや、じつはおれもなんだ、驚くべきことに。だからこそ――」

「知ってたら教えていたんだが」と、ナイメクはいった。

「しかし、あんたが読んだっていう例の広告には……？」
ナイメクはさっと相手を見た。

「どういう料理かって箇所を見逃したんだな」彼はいった。「頭のなかにほかの優先事項があって」

「おっと、別に弁解するこたあない。おれはただ、あんたが知らなかったのが残念だっていってるだけだ」スカルはスプーンから音をたてて食べた。「とにかく、この魚のスープは旨い。このスパイスときたら、まったく、油断もすきもありゃしない。知らないうちに舌の先から奥まで熱さが忍び寄る感じだな。そのあと、ドカンだ！」

「喜んでもらえてよかった」

「料理の名前をおぼえていかないとな。いや、ウェイターに頼んで紙切れに書いてもらったほうがいいな。トゥイエ・ブ・ディアンだったか？」

「だったと思う」

「この料理だけは忘れたくないからな。底にある米となにかの具までたどり着いたら、いや本当、どえらい無上の喜びが——」

「そりゃよかった」
スカルは相手の顔を見た。「それはさっきいった」

「なにをいったって？」

「いやいい。あんたのチキン・ヤッサはどうだ？」

「旨い」

「だったらなんで浮かない顔をしてるんだ？」スカルはいった。「ガンヴィーユは最高のところを指定してくれたわけだ。声も悪くない。しかし正直いうと、できればフランス語で歌うのはやめてもらいたい。おれにも歌詞の意味がわかるようにな」

ナイメクは返事をしなかった。

スカルは肩をすくめて椀にスプーンを沈め、音をたてて中身を食べた。ナイメクはテーブルの反対側からスカルを見ながら、〈サンティユマン〉号で提供されている料理と歌にスカルが投げつけているあふれんばかりの称賛の言葉は、本心からのものなのか、ナイメクをちくちくいびるための皮肉なのか、たちの悪いことにその両方なのかを判断しようとしていた。いずれにしても、ナイメクの忍耐力は我慢の限界に達しかけていた。スカルのおかげであるのはまちがいない。

ナイメクは部屋の中央に目を戻した。けばけばしいレーザー光線は、きらめいても輝いてものたくってもいなかった。それどころか、あの旅行者用パンフレットの記載と寸分たがわない。落ち着きのある、やわらかな照明の光に包まれた、最高級の雰囲気を味わえるディナー・クラブという記述どおりだ。ステージのまわりには身なりのいい男女がひしめくテーブルが三十席ほどあり、かなりの割合の客がアメリカその他の国からやってきた海外駐在員だった。ステージでは〈アフリカーナ〉号の船長ピエール・ガンヴィーユが、小型グランドピアノのそばのスツールに腰をおろし、つかまえて裏切られて捨てられた愛の歌ですとみずから紹介した感傷的なバラードを歌っていた。聴衆の国籍が多岐にわたっていることに配慮し、英語とフランス語の両方で話している。黒いタキシードとウイングカラーの白いシャツと黒いスカーフに身を包んでおり、熱唱が進むにつれてスカーフがすこしずつゆるんで、首にかけた太い網目状の金の鎖がのぞいていた。それがこの店でいちばん派手な代物だった。

ナイメクは料理を食べて、耳を傾けて、待ち受けた。スカルといっしょに予約席にたどり着いたとき、ガンヴィーユは音の確認をしていたステージからやってきて、お近づきになれたのは大きな喜びですとのたまわり、ふたりにメニューの説明をして、自分のお気に入りの特別料理をすすめた。そのあと彼は、このクラブで歌うのは趣味と実益を兼ねており、長期におよぶつらい海上勤務で生まれた倦怠感と積み重なった精神的な疲労を吹き飛ばしてくれる、ちょっとした気晴らしのアルバイトなのですよと説明した。ステージは晩餐の時間中に三十分ずつの二部構成になっていますので、まずは第一部をお楽しみくださいと船長はいった。そして、休憩時間になったらすぐこちらへ戻ってきましょう、わたしの第一の職業に関連したことでご心配のことがおありだそうですが、なんなりとお答えしますと告げた。

第一の職業というのは〈アフリカーナ〉号の船長のことだとナイメクは理解した。

ガンヴィーユのバラードが終わりに近づいてきたらしい。つまりクライマックスに。失恋の歌の締めくくりだ。名手(マエストロ)とだけガンヴィーユに紹介されたピアノ奏者がキーボードで短調の和音を鳴り響かせ、哀調を帯びた旋律を加えていった。そしてガンヴィーユはスツールから芝居っ気たっぷりに立ち上がり、右手でマイクを口元に上げ、体の横でぎゅっと固めた左手のこぶしを熱情をこめて震わせ、声を朗々と引き伸ばし、深々と勢いよくお辞儀をして歌を締めくくった。ステージわきの小さなふたり用の席にすわっている女とガンヴィーユがしばらく見つめあっているのにナイメクは気がついた。ゆっくりとした、しかし称賛のこもった拍手が部屋に広がっていくあいだ、女はほかの客より高く両手を上げて拍手を送っていた。髪はブロンドでスタイルがよく、背中を大きく開けたノースリーブのドレスを着ていた。

ガンヴィーユはマイクをスタンドにすべりこませると、暖かな拍手に対する感謝の言葉を述べた――ありがとう(メルシー)、ありがとうございます(メルシー・ボクー)、みなさん(メ・アミ)! それからまたブロンドの女をちらっと見て、自分の左胸にさっと手を触れ、親密そうな笑顔を交わしてからステージを降りた。

熱烈なファンというやつだ、とナイメクは思った。

ナイメクが見守るなか、バラードを歌う船長はナイメクたちの席に近づいてきて椅子を引いた。

「おふたかた」ガンヴィーユはいった。数曲を歌ってきたせいでまだわずかに息を切らしていた。「批評のほどはどうかお手柔らかに」

スカルがスープから顔を上げた。

そして、「なんなら受けて立つぜ、旦那」といった。

公衆の面前で同僚を殺害したらアップリンクの現在の地位を失うことになるだろうか、とナイメクは思った。

「楽しませてもらいました」と彼はいって、ひとつ間をおいた。「さて、スポットライトが当たっていないうちに、うちの差し迫った問題にいますぐご協力いただけないでしょうか？」

「いいですとも」ガンヴィーユはいった。「そのなかには、来週〈アフリカーナ〉号が乾ドックから戻ってきたときお始めになるケーブルの調査も含まれているわけですな？」

「いくらか」と、ナイメクはいった。「差し支えなければ、五月に起こった事故についておうかがいしたい。あまりお話しになりたい話題ではないと思いますが――」

ガンヴィーユは手を上げて相手を制した。

「むずかしい問題はだれしも過去に置き去りにしたいものですが、もちろんあなたがたがご心配なさるのもよくわかります」彼はいった。「飲み物を注文する時間だけいただけたら、できるかぎりたくさんの質問にお答えするよう努力します」

ナイメクはうなずきを返した。ガンヴィーユはウェイターに身ぶりで合図をし、ふたりの客になにか注文なさいませんかとたずねた。ナイメクは断わった。スカルはクルボアジェを頼んだ。ガンヴィーユが頼んだのはスコッチのオンザロックだった。

「あれは悲劇であると同時に、予期せぬ出来事でもありました」酒が運ばれてくるとガンヴィーユはいった。「セドリック・ドゥパンは潜水の第一人者でしたし、うちで最高の腕をもつ男でした。軍と民間の仕事を合わせると二十年以上のキャリアがあったはずですし、わたしも彼とは三大陸の海でいっしょに仕事をしてきました。わたしの船で初めてひとり用の深海潜水艇の訓練を受けた人間で……」

「業界ではハードスーツの名で知られるもののことですね？」

ガンヴィーユはうなずいた。

「最近は遠隔操作装置（ROV）のほうがよく使われています。機械は人間ほど海底の事故から打撃を受けやすくないですし、万一、不幸な出来事が起こった場合でも、一個の金属製品を失うのと人間の命を失うのでは大きな差がありますから。しかしいまでも、人間の認識力、判断力、手作業の器用さには、ロボットがかなわないすぐれた点があります。また、ハードスーツのおだやかな状況における安全性にはすばらしいものがありますしね。セドリックとその相棒のマリウス・ブシャールが悲劇に見舞われるまで、大きな事故の話は一度しか耳にしたことがありませんでした」

「ブシャールも同じくらい優秀な潜水夫だったんですか？」

「さほどの経験はなかったですが、信頼に足る専門家でした。幅広い訓練を受け、きびしい検定に合格しないかぎり、七〇〇メートルもの深海での作業には送りこめません」

「あのふたりを失った日は、なにがあったんです？」と、ナイメクがたずねた。

ガンヴィーユはスコッチをすこし口にして、グラスをテーブルに置いた。

「めったにない不幸な出来事です」彼はいった。「あのふたりはシステムが局部的な故障を起こした原因を突き止めるために潜っていって、ケーブルに傷があるのを発見したのです。泥と沈殿物でできた海嶺の底を走っているケーブルの区切りの部分に。その破損はサメがもたらしたものとわれわれは信じています。ふたりがそれを突き止めた直後に、地くずれの海底版らしきものが起こりました」

「それまでに似たような状況が起こったことはあるのですか？　つまり、おたくの潜水夫が怪我をせずにすんだ同じようなケースという意味ですが？」

ガンヴィーユは首を横に振った。

「だからこそあの出来事は大きな衝撃だったのです。あれが大きな事故なら、わたしも彼らの死をあきらめられたかもしれない……アメリカのかたの言い回しを使うなら、もっと簡単に気持ちを整理できたかもしれません。くずれ落ちた建物のなかにだれかがいるとわかったときは、すぐさま最悪の状況を覚悟します。しかし、くずれてきた何個かの煉瓦とか、建設現場の足場から落ちてきたなにかに当たってひとが亡くなったと知ったときにはどんな気持ちになるか、ご想像ください。このときはふたり亡くなったわけですし。地くずれがあったのは、セドリックとマリウスが作業をしていたあたりだけでした」

「地くずれを誘発したのはなんだったんだろうな」と、スカルがいった。そしてスープの椀から顔を上げた。「おれの見た報告書には、どれにもあの扇状地の地質構造(テクトニクス)は磐石(ばんじゃく)と書かれていた」

ガンヴィーユはスカルの顔を見た。

「それはそのとおりです」彼はいった。「いちばん可能性が高いのは浸食が進んでいたという状況です。悪条件のないときでも、海底の風景の特徴を変化させられるような自然の相互作用は存在します。潮の流れ、引力の作用、嵐、清掃動物や移住して集落（コロニー）をつくる生物。これらが不具合を生み出します。見逃されてもしかたのない劣化した区域を。それが小さなものならなおさらです。岩棚の張り出した部分も、長い時間をかけて徐々にむしばまれ、ひび割れが生じて、あっさりくずれ落ちますからね」

スカルがうなり声を出した。彼はスプーンで椀のなかをかき回し、最後に残ったトゥイエ・ブ・ディアンをかき集めて、口のなかに放りこんだ。

「その後、地震計の振動記録はお調べになりましたか?」ナイメクがいった。「そうであれば小さな地震のあった可能性は排除しやすくなる」

ガンヴィーユは首を横に振った。

「プラネテール・システムズ社はその可能性を考えなければならない理由はどこにもないと判断したのです」彼はいった。「率直に申し上げて、わたしも同感ですな。あの出来事が起こったのはあの区域だけです。その原因は潜水夫とROVで行なわれた事後調査からも明らかでした。地震学的データはすでに集められていると確信しておりましたし」彼は飲み物に手を伸ばした。「わたし自身の緊急優先事項は乗組員の遺体の回収だったことも、ご理解いただきたい」

「もちろんです」ナイメクがいった。「われわれは後知恵でだれかを批判しようとしているわけではありません」

「それでも、比較地理学的な精密調査をほどこすのは理にかなったやりかただ」と、スカルがいった。「オゴウェにあれだけぼこぼこ沖合掘削装置ができてるわけだしな。掘削作業で状況が変わり、人間の爪先が突き刺さってる砂のお城みたいにぐらついていないか、確かめる必要はある」

ガンヴィーユは彼を見た。

「あなたの提案には賛成です。プラネテールがこの地域から撤退していなかったら、わたしの雇い主であるノーテルによって新たな調査が行なわれていた可能性は高いですから。残念ながら、その資金がなかったために……」

「アップリンクは調査を指示する意向です」と、ナイメクがいった。

「すばらしい」ガンヴィーユはちょっと黙って、それからステージのほうをちらっと見た。「申し訳ありませんが、次のステージの準備を始めなければなりません」彼はふたりに慇懃な笑みを向けた。「このあと何日かのうちに、きっとまたお話しできる機会があると思います」

ナイメクはうなずいた。

「もちろんです」彼はいった。「お時間をいただいて心から感謝します」

テーブルの周囲で握手が交わされ、ガンヴィーユは部屋の反対側へ離れていった。

ガンヴィーユがステージのすぐ下にいるブロンドの女のところに向かい、そこでしばらく話しこんでいるのがナイメクには見えた。

「色っぽい女だ」スカルがナイメクの視線をたどってそういった。「あいつみたいに歌えたら、おれもあちこちで女をひっかけただろうな」

「結婚していた当時、あんたがその手の問題を起こした記憶はないな」と、ナイメクはいった。

「どっちのときだ?」

「たぶん、どっちを選んでも同じだな」

スカルは肩をすくめた。

「そいつはみんな、おれが紅顔の美少年でなくなる以前の話だ」と、彼はいった。

しばらく沈黙が流れた。

「さてと」と、ナイメクがガンヴィーユの消えた方向へあごをしゃくった。「あんたの受けた印象を聞かせてくれ」

スカルはガンヴィーユが半分飲み残したスコッチのグラスを指差した。「あいつは最後まで飲まなかった」

「おれも気がついた」

「なんだか、出し抜けに逃げていかれたような気がした」

「ああ」

ふたりの目が合った。

「なにかはわからんが、感傷的な歌をうたうあの女好きには、なにか隠していることがあるような気がする」

ナイメクはうなずいた。

そして、「おれも同感だ」といった。

ポールジャンティ。ガボン警察の市警本部。午前零時四十七分。

アンドレ・キラナ署長は鍵をかけたドアの奥でコンピュータ画面の前に身をかがめていた。勤務時間はとうに過ぎ、働きすぎと気疲れでへとへとになっていた。彼の気分と同様に、ふだんはぱりっとしている制服も元気がなくなっていた。

汗と、押しつぶされたタバコの吸い殻と、冷たくなって半分飲み残された紙コップのコーヒーのにおいが入りまじって、部屋の空気はよどんでいた。机の上に置かれたコップの底から中身がしみ出てきていたが、そのまわりに濡れた茶色い輪が広がっているのにキラナは気がついていなかった。あすの朝まで気がつかず、そのあとほとんど睡眠をとれずにこの部屋へ戻ってきたときには、重要な資料の山とお気に入りの捜査参考図書の何ページかがずぶ濡れになり、そのあと床にぽたぽたしずくが落ちてじゅうたんに消えないしみがついているだろう。そしてキラナは紙コップが空になっているのに気がつき、それを捨てていかなかった自分に悪態をつくだろう。

いま、キラナのコンピュータ画面には、〈リオ・デ・ガボン・ホテル〉からリアルタイムで流れこんでいるインターネットの監視映像が映っていた。監視中のアメリカ人のうちのふたりがエグゼクティブ・スイートの階に上がったエレベーターから出てきて、それぞれの部屋に戻っていこうとしていた。

署長はアップリンクの人間の照合リストとスイートの部屋番号から、彼らがだれであるかをとりあえず確認した。この情報はコンピュータの暗号化されたデータベースに蓄えられているが、便宜上、キーボードの横にプリントアウトされたものが置かれていた。その紙によれば、この男たちは九号室のピーター・ナイメクと十二号室のヴィンス・スカルだった。

彼らが今夜どこへ行っていたのか、キラナは知らなかったし、知りたくもなかった。知っているのは、彼らが十時ちょっと前に出ていき、そのあと三時間少々してから帰ってきたことだけだ。ふたりがアップリンクのどういう地位にある人間かもキラナは知らなかったが、その気になればデータベースから簡単にわかる。彼らをたえず見張っていろと命じられた理由さえ、キラナには確信がなかった。

彼はこの脚本のなかで自分に割り当てられた役に神経を集中し、ほかの役者たちにもそうさせていた。それが命じられた仕事だ。彼の身の安全にとっても、そうするのがいちばんだった。

キラナは手のひらでマウスを包みこみ、〈アプリケーション・サービス・プロバイダー〉のブラウザ・ツールバーにカーソルを合わせてクリックした。ファイル↓記録保管庫（アーカイブ）↓保存。ダイアローグ・ボックスが開いてファイル名を要求してくると、キラナは〝ヒブ〟という言葉を打ちこみ、そのあと12という数字を打ちこんだ。

ヒブは〝フクロウ〟を意味するフランス語だ。

キラナがふたたびクリックすると、隠しカメラが映し出す男たちのリアルタイム映像は高解像度で音声と画像を圧縮するDivXファイルの形でデータベースに蓄えられた。そのあと彼は机のラックから書換可能DVDを取り出し、コンピュータのバーナードライブにすべりこませてツールバーに戻った。

いくつかボタンをクリックしたあと、〈リオ・デ・ガボン〉のエグゼクティブ・スイートの外の廊下で撮影された十二個の〝フクロウ〟監視ファイルを、ディスク上で大きなひとつのファイルにまとめた。このディスクにはスイートの室内で撮られた別のファイルも入っており、それには〝鷹〟を意味するフォコンというフランス語の名前がついていた。そこには五号室のタラ・カレンがシャワーを浴びて就寝の用意をしているきわめて興味深い映像も入っていた。キラナはそれを何度も連続再生して、新しく火をつけたタバコが灰皿のなかで焦げた煙の出ない燃えかすになるまで個人的に楽しんでいた。

ファイルのコピーが終わると、キラナはディスクをドライブのトレーから取り出して宝石箱に入れ、コンピュータの電源を切った。そして立ち上がると、くたびれてたるんだ制服のしわを伸ばそうと試みたが、無理だとわかりあきらめた。そして部屋を出るときに明かりを消した。

駐車場に行くと、キラナの車のそばの暗がりに運び屋が待っていた。署長は男の顔を知っていたが、何者かは知らなかった。ここでも進んで知らぬふりをすることだ。もちろん、祖母の旧姓からお気に入りの娼婦まで、男のすべてを知ることは充分可能ではあったが。

キラナ署長が運び屋に黙って宝石箱を手渡すと、運び屋は駐車区域から夜の闇のなかに消えていった。

それからしばらくして、キラナは自分の車に乗りこんで自宅に向かった。あのＤＶＤの最終目的地をたびたび推測したくなったが、その思いは頭から追い払った。

そうとも、知っていることは少ないほどいい。

〈リオ・デ・ガボン・ホテル〉のエグゼクティブ・スイート五号室にいる美しい客に限っては、話が別かもしれないが。

6

アメリカ合衆国カリフォルニア州／アフリカのガボン共和国

十八世紀、カリフォルニア州中部の岩だらけの長い海岸線に初めてエル・パイス・グランデ・デル・スルという〝南の大国〟を意味する名前をつけたのは、サンカルロス・バロメオ使節団に属するフランシスコ会の神父(パドレ)たちだった。伝道所(ミッション)は、のちにカーメルの街となる土地の外側にあった。アメリカ西部への領土拡張によってこの土地に開拓者の荷馬車が押し寄せたとき、人数と影響力にすでに衰えの見えはじめていたスペインの托鉢修道士たちは、土地の名前が英語化され、省略され、俗化されてビッグサーと呼ばれるようになったのを聞いて、さぞ悔しがったことだろう。しかしそのあと、ゴールドラッシュで四九年組(フォーティ・ナイナー)の波が押し寄せ、さらには北の巨人（アメリカのこと）にカリフォルニアが併合されたことで、土地の名前にまつわるその由来もたちまち興味が失われ、些細なことになったと想像される。

カールの諜報員たちはこのビッグサーに彼のための丸木小屋を確保していた。小屋は海抜三〇〇〇フィートの切り立った峡谷の端にあった。西向きの窓から峡谷の向こうに太平洋を見晴らすことができる。ここの隔絶性は、尾根の東斜面をたっぷり一マイルほど下ったところにある高さ三〇フィートの鉄の門に守られていた。家具つきの小屋はこの州の材木王が一九四〇年に秘密の出入口として建造した大きな二階建てで、いまその家督相続人たちは未開の地域の土地と家屋を専門にする不動産会社に管理を委託していた。ダグラスファーというマツ科の木の丸太と石材で造られた小屋の室内は、オープンスペース構造で、中央にらせん階段があり、フレンチドアが使われ、上と下のバルコニーは西側の切り立った断崖を越えて長い峡谷の虚空の上に張り出している。三〇エーカーの広さをもつオークとセコイアの私有林と、直立した頁岩の露出部と、なだらかに起伏する原野が周囲を取り囲んでいる。流れの速い小川が散在し、その水がサラサラと絶え間なく流れて飛沫を上げ、樹木の茂る山腹に入った深く険しい切れこみを流れ落ちていた。

二階にある西向きの高い窓の前にカールはいた。しなやかな革張りの椅子に腰をおろして、一台のヴァンが近づいてくるのを双眼鏡で見守っていた。ヴァンは這うような速度で進んでいた。木々のあいだの上り坂を青息吐息でやってくる。道路にできたもろく砕けやすい溝にときおりタイヤをとられていた。道は小型車二台でもすれちがえないくらい狭く、夏の終わりに豪雨に見舞われてからというもの、裂け目やくずれた箇所があちこちに見られた。表面をふさいで勾配をつけなおしましょうと不動産屋から申し出があったが、カールの代理人たちは断わった。雇い主は気の散るようなことを一定の期間、完全に排除してほしがっていると彼らは強く主張した。修繕工事が始まれば、少なくとも最初の一週間は騒音に悩まされる、中断されることなく静かに独りで過ごす必要があるのだといって彼らは譲らなかった。

ここを借りるのに前納した一万ドルの保証金によって、カールの意志が完全に尊重されることは約束されていた。

ヴァンは道路の最後の数ヤードをがたがた揺れながらやってきた。このつらい登りの旅で後ろの貨物区画にいる者たちはさぞ激しい揺れを受けただろう、とカールは思った。これはただの感想ではなかった。彼らの信頼性に疑いを差し挟む余地があってはならない。カールが気がつくような不安材料をすこしでも彼らが見せたら、運転手にはお手数をかけたと謝って引き取ってもらうつもりでいた。

しばらくして、カールは窓の下枠に双眼鏡をおろした。ヴァンは貸別荘にたどり着き、カールのフォード・エクスプローラーのそばの刈りこまれていない芝生の上に停止した。車の側面にペンキで塗られた〈アナンカゾー飼育訓練所〉という名称は、裸眼でも簡単に読みとることができた。

運転手が降りてくるとカールは立ち上がり、彼の後ろの窓際にずっと立っていた男を振り返った。

「見えないところにいろ、サイラス」カールはいった。「下に降りてくる」

サイラスはうなずいた。ほっそりした男で、華奢なくらいの体形だ。きらきらしたマングースのような黒い目、黒い巻き毛、そしてオリーブ色の肌。この男にはエネルギーに鍵をかけて封じこめているような静けさがあった。必要が生じないかぎり、この男が動くことはめったにない。動くときには、すさまじい速さで一気に動く。この男はかつてミュンヘンの雑踏で、カールと彼を追跡してきた連邦憲法擁護庁（日本の公安調査庁にあたる）の諜報員にいきなり襲いかかった。そして、刃のきらめきがまったく見えないくらいすばやいナイフのひと振りで相手の腹を切り裂いた。

　いま、らせん階段の足元でカールは呼び鈴の音を聞き、リビングを横切ってドアを開けた。

「エステスさんですね、こんにちは」と、訪問者がいった。背が高く、あご髭を生やしており、ずんぐりした体つきをしていた。半袖のシャンブレー・シャツにデニムのズボン、ウェスタンブーツという服装だ。かかえるタイプの黒いブリーフケースが腋の下に見えた。「時間に遅れていましたらお詫びします。二度ばかり、あやうく……」

「車の運転は退屈なものだし、登るのに苦労してたのは見ていたよ」カールは男をなかに入らせた。「アナンカゾーさんだね」

　男は玄関のなかに入ると手をさしだした。

「ジョンでけっこうです」と、彼はいった。「この名字は多くのひとから酷評を受けていますし、もっとおぼえやすい名前に変えたらどうだというひともいます。仕事のためにって。でも、わたしはかならず、由緒ある一族の姓なんだといい返してやるんです」

　カールは微笑を浮かべた。

「ギリシャの名前だね？」

「正解です。曾祖父はコリントの出身でして」

「すばらしい街だ」

「そうらしいですね」と、アナンカゾーは答えた。「恥ずかしながら、いまだに訪ねたことがありません。あそこにいる親類たちにもいちど会ってみたいんですが、いつもあれやこれやで、なかなか腰を上げられないんです」彼はリビングをちらっとのぞいた。「プロの写真家なんですって？ きっとあちこち行かれるんでしょうね」

カールは相手の男を見た。壁の前のミッション様式の長椅子には意図的にカメラが置かれていた。デジタルではなく、ニコンの三五ミリだ。その横の意図的に散らかしたなかには、付属ケースや露出計や折り畳んだ三脚があり、コダックのフィルムがいくつか散らばっていた。

「あちこちね」と、短い間をおいてからカールは答えた。

訪問者は駐車してきたヴァンのほうに頭を傾けた。もうひとり男が出てきて、ヴァンの右側に大股で回りこんでいた。

「あれはグレッグ・クレイトンです。最高の試験助手でしてね」アナンカゾーはいった。「服を着込んで実演の準備をととのえるのに五分から十分ほどかかります」彼はわきのブリーフケースを持ち上げた。「そのあいだに、よろしければ腰を落ち着けて、いくつか見ていただきたいものが。血統表や試験の証明書がありますし、うちのプログラムについてご質問がありましたらなんなりとお答えします」

ひとつ間があいた。そのあとカールはこういった。「前に訓練を受けた防衛犬（シュッツフント）を飼っていたことがある。助手からそのあたりは聞いてもらっているね？」

「はい。ええと、一般的には……」

カールはこの男にうんざりして帰らせたくなったが、こういう陳腐なやりとりが織り合わされてカムフラージュのヴェールは編み上がるのだと思いなおした。「ロットワイラーとジャーマンシェパードだった。飼っていたのはそれぞれ別の時期だ」彼はいった。「まあ、とにかくすわってくれ」

アナンカゾーは部屋を進んで、オークの丸木で造られたカウチに腰をおろし、またカメラの機材を見た。興味津々といった感じだ。

「ここではなにか特別なものを撮ってらっしゃるんですか？」彼はそうたずねてブリーフケースのファスナーを開けた。「興味本位でお訊きしてかまわなければですが？」

カールは向かい合わせになった肘掛け椅子から相手を見た。

「いや、全然かまわない」と、彼は微笑んだ。「ヨーロッパで出版する本の仕事をしているんだ。現代の王の道（ロイヤル・ロード）を旅する写真記録でね」

「王の道（エル・カミノ・レアル）ですか、なるほど。サンディエゴからサンフランシスコにいたる古い伝道所の道だ」アナンカゾーはいった。「伝道所（ミッション）の大半は一〇一号線ぞい、もしくはその近くにあるようですね。全部で二十くらいでしたか？」

「二十一だ」

アナンカゾーはうなずいて、興味深そうに額にしわを寄せた。

「ミッション・サンアントニオ・デ・パドゥアはすばらしいと聞いてます」彼はいった。「うちの飼育場を通り越して、そのあとかなり奥に入った辺鄙なところにありましてね。G一六号線の曲がりくねった田舎道で山に分け入るもんですから、たどり着くのはひと苦労です。しかしあそこを見れば、初期のあのスペイン僧たちがどんな過酷な暮らしをしていたかわかるにちがいない」

「ああ」カールはいった。「車で訪ねるつもりなんだ」

「昼食とコーヒーの魔法瓶だけは絶対に忘れないことですよ」アナンカゾーはいった。「それと、身分証もたっぷり持っていったほうがいい。軍の基地があるんです。ヴェンダナの僻地にフォート・ハンター・リゲット基地が。嘘みたいな話ですが、政府の所有地が一七万エーカーばかりも広がっていましてね。大半はまったくの未開地です。基地そのものも十年くらい前に使用中止になったんですが、いまでも軍の予備役や州軍の訓練に使われているんです。戦車やヘリコプターや射撃場や弾薬集積場があります。特殊部隊の訓練も行なわれているという話ですが、政府はその手の話は極秘にしてますからね」彼はひざの上のブリーフケースから会社の名前が浮き彫りになっているポケット・フォルダーを取り出した。「身分証を携帯したほうがいいというのは、基地のある土地の谷のどまんなかでたまに訓練が行なわれるからなんです。実際、あそこを訪ねるには検問所を通る必要がありますし、最近は警備もきびしくなってますからね。さっきもいいましたが、ひと苦労ですよ」

カールには話を面白がる理由があった。

「しかし、それだけの値打ちはあるわけだ」と、彼はいった。そしてアナンカゾーからポケット・フォルダーを受け取り、それを開いて、枠のなかにクリップで綴じこまれた薄い書類の束をぱらぱらとめくった。「書類はすべてここに？」

「血統の記録、賞状、訓練の全段階の得点明細。すべて防衛犬部門（シュッツフント）の最高権威たちが署名捺印したものです」アナンカゾーはいった。「もちろん、うちの資料一式と保証書も――」

「この犬たちは第三階梯（レベル）の資格を取得しているんだね？」

「それ以外の特別な資格も」と、アナンカゾーはいった。「本当にすごい動物ですよ。リド、ソージ、アレク。この三頭は同腹の子で、西ドイツで活躍中の系統から出た純血の黒いシェパードの雄です。犬たちが第三階梯に合格するには生後二十カ月以上たっていなければなりませんし、防衛と足跡追求の上級資格を取るために、彼らにはさらに四カ月かけて特別訓練をほどこしました。試験で彼らほどの得点を取れる犬は、そうそういるものではありません」彼はひょいと肩をすくめた。「しかし、百聞は一見にしかずです。そろそろグレッグの準備ができているはずですし、あなたも新しい親友たちにお会いになりたいでしょうから」

カールは相手の男を見た。

「ああ」彼はいった。「待ち遠しい」

ふたりは立ち上がって玄関に向かった。

小屋から三〇フィートほどのところにある芝生の上で、すでにアナンカゾーの助手は真っ黒な三頭のジャーマンシェパードをヴァンのサイドパネルから外へ出していた。助手は楽に六フィート以上身長がありそうな肩幅の広い大柄な男だった。パネルのそばで多頭用のひもを犬たちの鋼鉄の輪縄式首輪（チョーク・カラー）につないで待っている。犬たちは彼の足元に並んでじっとすわっていた。

カールはクレイトンのだぶだぶのフランネルのシャツとぶかぶかの作業衣を注視して、腕と脚と胸が奇妙なこぶ状にふくらんでいるのに気づき、大きな体に見えるのはなかに隠しこんだ詰め物のせいもあるのだと理解した。

アナンカゾーは小屋の玄関の外でカールに向き直った。「助手のかたから防衛能力に関心がおありとうかがいました」彼はいった。「これだけ高い山の上におひとりですから、その必要をお感じになるのも無理はありません。前に防衛犬（シュッツフント）をお飼いになっているわけですから、わたしのいわんとすることはおわかりになると思いますが、防衛任務を効果的に果たすには服従と管理のふたつが必要になります」といって、彼は二本の指を組み合わせた。「こんなふうに、そのふたつを切り離すことはできません。過剰な攻撃性は、犬の生まれもった性質としても、訓練を受けたふるまいとしても欠点と考えられています。どんな攻撃性も見せてはなりません。彼らは防衛犬であって番犬ではないのですから……彼らは飼い主が命じることをするだけで、飼い主から直接命令を受けないかぎりだれも攻撃しません」

カールは相手の男に無言のうなずきを送った。

「いま申し上げた重要な性質が模擬防衛交戦のなかでどのように一体化しているか、お見せしましょう」アナンカゾーはいった。「グレッグが服の上につけるよくある防具ではなく、服のなかに隠れた嚙みつき防護服を着用しているのは、侵入者はふつうの服でやってくるからです。うちの犬は現実に即した状況で力を発揮できなくてはなりません。これはさきほど申し上げた特別訓練の一部です。第三階梯合格にさえ必要のない能力です」彼はひとつ間をおいた。「グレッグが銃を抜いたときも、ご心配にはおよびません。ブルーニの訓練用の銃ですから……見かけと音は本物そっくりですが、空包を撃つようになっています」

　カールは相手に微笑みかけた。

「警告をありがとう」と、彼はいった。

　アナンカゾーが助手の男に手を振って、始めの合図をした。ひもから解き放たれた犬たちはアナンカゾーが大声で呼びかけるまでクレイトンの横におすわりの姿勢でいた。次の瞬間、彼らはぱっと体を跳ね起こし、真夜中の風のようにいっせいにアナンカゾーのところへ飛んできた。

「おすわり！」彼はきっぱりとした声で命じた。

　シェパードたちはすぐさま命令にしたがった。カールは彼らをつぶさに観察した。彼らの姿はじつに印象的だった。骨太で、皮がぶあつく筋肉質で、大きな丸い毛むくじゃらの頭の上で三角形の耳をぴんと立てていた。

　アナンカゾーがまた合図を送った。

「いいぞ、グレッグ！」彼は叫んだ。「鳴らせ！」

　クレイトンは作業衣のポケットに手を伸ばして訓練用の銃をとりだした。なるほど、コルトの九ミリ半自動(セミオート)拳銃の精巧な複製(レプリカ)だ、とカールは思った。

助手の男は両手でグリップを握って、銃身をほんのすこし上に傾け、高く構えて引き金を引いた。弾はすさまじい音をたて、その音があちこちに跳ね返って近くの木々に吸いこまれていった。

カールの目は犬たちに向かった。彼らはじっとしていた。訓練士のそばで微動だにせず、芝生の向こうのクレイトンと向き合っていた。

その点で——ひょっとしたらほかの点でも——犬たちの態度にはサイラスを思わせるところがあった。

高地の静謐(せいひつ)がふたたび小屋を包む前に、クレイトンが二発、三発、四発と撃って静けさを打ち砕いた。

樹木のあいだをふたたびこだまが響きわたり、尾根のあちこちにいる鳥たちがびっくりして飛び立った。

カールは犬たちを見た。

驚いた様子を見せた犬は一頭もいなかった。たじろぎさえしていない。彼らはそこにすわって、銃を持った男に明るい茶色の目をじっとそそいでいるだけだった。

カールはアナンカゾーを見た。「彼らは自然な衝動を完全に抑えこんでいる」と、彼はいった。

飼育者はうなずいた。

「そして恐れを知りません」彼はいった。「ご覧に入れましょう」

アナンカゾーはふたたび頭の上で手を振った。クレイトンが拳銃を体の前に突き出し、こんどはカールさえもほとんど気がつかないくらいわずかに銃口を上に向けて、小屋のほうへ進み出た。

すさまじい音がして、銃口から二発が放たれた。

「攻撃！」と、アナンカゾーが命じた。

犬たちは真夜中の風のように静かに勢いよく前へ駆け出し、まっすぐクレイトンめがけて突進した。クレイトンはふたたび銃を発射した。ひとしきり連発したが、犬たちは動きを止めず、クレイトンのほうへそのまま突進した。

彼らが近づいてくると、クレイトンは銃口を下げて狙いをつけた。

犬たちが襲いかかった。一頭は激しく突進して後ろ足で立ち上がり、むきだした白い牙のひらめきが見えたとカールが思ったときには、銃を持っているほうの腕のひじの下あたりを大きなあごがとらえていた。二匹目のシェパードは右の太腿に飛びかかった。もう一頭は左の足首に。クレイトンは体をひねって、犬たちを大声で威嚇した。ひっぱったり引きずりまわしたりしたが、彼らは離れなかった。声をたてずに静かに三頭ぶんの体重を浴びせて、ついに相手のバランスをくずし、転倒させた。横ざまにどっと倒れたクレイトンの手から銃が飛び出し、数フィート離れた芝生の上に落ちた。

アナンカゾーから、こんどは「待て！」と命令が飛んだ。

三頭のジャーマンシェパードはクレイトンを放してあと戻りし、男から目を離さずにおすわりの姿勢に戻った。男の倒れたところから一ヤードと離れずに、男のまわりを三頭で丸く取り囲んだ。相変わらずなんの音もたてず、剛毛の生えた太い尻尾を地面の上で振り立てている。

アナンカゾーがカールを振り返った。

「このとおり、彼らは恐れを知りません」彼はいった。「そして、わたしが呼びかけるまでは動きません」

「侵入者が森へ逃げ出したら？」カールは犬たちを見つめていた。「対決しようと前に出るのではなく、避けようとするのかな？」

「あなたが命令を出しているかぎりは、侵入者がどこに隠れても追跡して見つけだします」アナンカゾーはいった。「同じレベルの服従を引き出すのにわざわざ危険に迫られたり非常事態におちいったりする必要はありません。服従は彼らの日常のふるまいにまで及びます。通りに出てあなたのそばを歩くときも、ピクニックに行ってフリスビーを回収してくるときも、あらゆる場面に及びます。この犬たちに妥協という文字はありません」

最後の言葉に感じ入ったカールは、飼育者に言葉を返す前にしばらく間をおいた。

「すばらしい、アナンカゾーさん」と、彼はいった。「じつにすばらしい。そんな台詞（せりふ）を聞きたかった」

〈剣（ソード）〉先遣隊の九名が離着陸場で飛行機を出迎えていた。スティーヴ・ディマーコはそのひとりだった。

ポールジャンティの三〇マイル南にあるセト・カマ森林の近くで、アップリンク社は衛星通信用地上ステーションと光ファイバー網中継局の建設にかかっていた。ボーイング737貨物輸送機はその施設のために二万トンにのぼる貨物を運んできた。積荷の大半は、施設で作業中の技術者や配管工ら大勢の専門家から注文を受けた部品だった。机や椅子、コンピュータ、LANモデム、電話、ファックス、コピー機、紙、トナー・カートリッジといったオフィス用の設備や備品を積んだパレットもいくつかあった。そして、長距離レーザー増幅器や、波長分割マルチプレクサー、デマルチプレクサー、ルーティング装置をはじめ、プラネテール社がととのえた光通信基盤をアップグレードしたり取り替えたりするための第一弾が届いていた。通信装置だけで一〇〇万ドルにも相当する。この事実だけで、ナイメク率いる分遣隊の四分の三以上がボーイング機の迎えに送りこまれたのもうなずけよう。

理由はもうひとつあった。

分量はさほどでないが、アップリンク・ヨーロッパで積み換えられてガボンに運ばれてきた貴重な貨物のなかには〈剣（ソード）〉の要請で送られてきたものもあったからだ。帯電境界フェンスや、衝撃吸収ガラス板、車両の出入口に使われるコンクリートのバリケードもあれば、もっと手の込んだ固定式侵入者警報システムやスパイ装置探知システム、ロリー・ティボドーが〝ハリネズミ〟と名づけた遠隔制御ロボット警備兵、アップリンク・サンノゼ本社における緊張の新情報提供会議でティボドーがトム・リッチに説明した武器や生物化学兵器の探知機もあった。〈剣(ソード)〉の要請した設備といっしょに、ランドローヴァーの最初の三台も届いていた。特注で装甲をほどこして改良を加えたもので、いまは三台だが、最終的には自動車隊をひとつ構成できるだけの数が届く予定だった、また、ガボン当局との交渉で使用許可をとりつけた個人と施設防衛用の兵器と道具一式も届いていた。そのなかには弾薬が詰まった木箱もあった。伝統的な武器の弾薬もあれば、〝ビッグ・ダディ〟の異名をとる可変速ライフルシステム（VVRS）第三世代の短機関銃(サブマシンガン)をはじめとする、さまざまな致死性、非致死性兵器の弾薬があった。

いったん荷下ろしを受けると、この品々は臨時保管倉庫に送りこまれ、確認を受け、仕分けされて、最終的な輸送にそなえる。最後のところがスティーヴ・ディマーコたちの関わる部分だ。現地での保管と分配に向けて、最後にすべてがセト・カマへ向かう。最初の積荷が空港の人員の手でオフロード・トラックと大型空輸ヘリに積み換えられるときにも注意深い管理が必要になる。遠く離れたジャングルの道を走る装輪輸送車隊には〈剣(ソード)〉の隊員が四人割り当てられていた。盗人や乗っ取り犯の心をそそる待ち伏せ場所がないともかぎらないからだ。二台のヘリにはそれぞれ護衛機がついて、最初の任務に飛び立っていった。保安長代理のディマーコは倉庫の巡視に三人の隊員を割り当てていた。倉庫の貨物が空(から)になるまでだ。それには少なくとも七十二時間が必要になるだろう。

空港の状況は万全と判断すると、ディマーコは隊の車に乗りこんで〈リオ・デ・ガボン・

ホテル〉に戻った。部屋ですこし英気を養い、ホテルのレストランで軽く食事をしてから、ピート・ナイメクのところへ輸送作戦はひとまず順調という報告に行くつもりでいた。

ところが彼は、もっとずっと多くの報告をすることになった。

エレベーターを降りたとき、ディマーコは好奇心にうながされて、737で到着した新しい装置のひとつをすぐに試したくなった。輸送貨物のなかではさほど高価なものでも重要なものでもないが、性能に関する話に偽りがなければ便利な小道具になる。一見したところでは細長い銀のシガレット・ライターのようだ。キーホルダーを収める時計隠し（フォッブ）のような形をしている別タイプのほうを選んだ隊員もいた。好みはひとそれぞれだ。

どちらの形態も心臓部の機能に変わりはない。その真の機能は、タバコに火をつけることでも、ズボンのポケットに埋もれた鍵のありかを教えることでもない。ただし後者は、その形ゆえに時計隠し（フォッブ）と同じ役目を果たすこともできた。燃料も芯もなく単一の目的にしか使えないシガレット・ライター版にくらべて、こちらのほうが好評を博しているのはそのせいかもしれない。それはともかく、この装置の真の機能は隠されている監視カメラを嗅ぎつけることだった。ケースのなかにはVLF指向性受信器が仕込まれていて、一五〜二〇キロヘルツくらいの放射電磁波を敏感にとらえ、遠隔操作カメラの首を左右に振らせる水平発振器の超長波（VLF）に反応する。この探知器には切り換え可能なふたつの警告モードがあった。ボタンに触れると隠しカメラの存在を知らせてくる。携帯電話と同じように静かな振動で知らせることもできるし、付属のヘッドセットにひと続きのビーッという音を送らせることもできる。低周波の発信源に近づくほどケースの上の小さな赤い発光ダイオード（LED）が速く点滅して、カメラの正確な位置を突き止める……そういうふれこみだ。ディマーコはまだその話を鵜呑みにはしていなかった。小道具や武器が信用を得るには、彼が女を信用するときと同じ基準を満たさなければならない。どのくらい楽しませてくれるかを自分の目で確かめるまで判断は保留する。

かくしてディマーコのテストは始まった。ホテル入りした初日に、部屋の外の廊下に小さなドーム形カメラが二台あるのに気がついた。彼の用心深い目がすぐさまとらえた一台めは、エレベーターの並びに近い天井にじか付けされていた。廊下にずらりと並んでいるドーム形照明と混同してもおかしくない代物だった。ふたつめの小さなドームは彼の部屋のドアから二フィートくらい右にあった。彼の頭より四、五フィート上の、壁と天井が出会う角にあって、一台めよりもわかりやすかった。どちらにもいやな気はしなかった。それどころか、その逆だった。〈リオ〉は世界の上流層に属する旅行者たちの要求を満たしている五つ星ホテルだ。昨今のまともな宿泊施設には安全の提供が義務づけられている。建物内に警備スタッフがいることと、一日二十四時間、週七日、ビデオ・モニターで公共部分を監視することは基本中の基本だ。

ディマーコは部屋のそばのカメラにさりげなく探知器を通過させてみようと考えた。探知器がふれこみどおりにブザーを鳴らし、小さな表示器のライトを点滅させるかを確かめるだけでいい。うまく機能したら、耳にしてきた長所の数々も信頼しよう。いわゆる恋人(ステディ)にしてやろう。うまく機能しなかったら、ふたりの関係を考えなおし、部下たちにもあまり信用するなと注意をうながす必要がある。

ディランの歌にもあったが、女と同じように。

ディマーコは右の手のひらに探知器を包んで部屋に向き直った。ドアの前でシャツのポケットから左手でとりだしたカードキーを読み取り装置に差し入れると同時に、親指で探知器の電源を入れ、カメラを囲っているドームから直接見えないようにカメラの下を通過させた……朝から長時間あわただしい仕事に追われてきて、ちょっと首をさすろうとしている疲れた宿泊客といった風情で。

通過の途中で装置は振動を始めた。

よし、とディマーコは思った。

そして装置を握った手をよどみのない動きで左右の肩甲骨のあいだに下ろし、それから持ち上げて、ちらっとLEDを見た。ちかちか点滅していた。シャツの上から凝った箇所を揉みほぐそうとしているように巧みに見せかけ、右手を体の横に下ろし、頭上のカメラから遠ざけながら、また赤いライトをちらっと見た。点滅はゆるやかになって停止した。

さらによし。

信頼できる仲間を得たことに満足したディマーコは、ドアを開けて部屋に足を踏み入れた。まっすぐドレッサーに向かって、その上にカードキーを投げ出し、さっそく開襟シャツのボタンをはずしにかかった。早くシャワーのしぶきの下に入って、汗と空港の埃を洗い流したかった。まだ正午まではかなり間があるが、外の気温は華氏八〇度台（摂氏三〇度前後）まで上がってきているにちがいない。湿気のせいで気温以上に暑く感じられた。

カメラ探知器をカードの横に置きにいって、指で電源を切ろうとしたとき、ディマーコはいきなり振動を感じた。ふたたびLEDが点滅しはじめているのが指のすきまから見えた。

点滅が速い。

いや、ものすごく速い。

ディマーコは眉をつりあげた。指のあいだで赤いライトがまたたいていた。探知器の静かな振動が感じられた。彼は親指で電源を切って、目をさっと左右に走らせ、部屋のなかを見た。壁、天井、家具、絵の額縁、鏡、空調。あらゆるものを。

ディマーコは心のなかで悪態をついた。唇を動かさずに。つぶやいた言葉やしぐさから驚いた様子がわからないように。

彼はすぐに服を脱ぎ去り、シャワーに入って栓を開いた。緊張を感じ、人目にさらされている感覚をおぼえながらも、不都合なことはなにひとつ起こっていないようなそぶりに努めた。

テストは思いがけない情報をもたらしてくれた。思いがけない量の情報を。

すぐにピート・ナイメクに報告しなければ。

悪夢に悩まされる一夜を過ごしてきたジュリア・ゴーディアンは日曜日の仕事で軽い鬱の

気分を払いのけたかったが、曇り空の肌寒い天候で、気分はいっこうに高揚しなかった。

彼女が出勤してから救済センターはずっと静かだった。ロブはサングレガリオ・ビーチのリゾート・ホテルへ昼夜連続の会計仕事に出かけていたし、奥さんのシンシアは私道をすこし降りたところにある自宅で腹痛を起こした赤ん坊にかかりきりだったので、ジュリアひとりでいろんなことを切り盛りしなければならなかった。その点は別にどうということもない。しかし、犬の引き取りに興味のある客がほとんど訪れないこういう暇な一日でなかったら、もっと気が晴れていただろう。午前中に訪問者の予定はなく、午後も名前がふたつ書き記されているだけだった。静かだ。低空にかかった薄霧が売店の窓に押し寄せてきているのが憂鬱な気分に拍車をかけていた。

ジュリアは一昨日配達されてきた大量のドッグフードの上にひざを折って、段ボールのテープをカッターで切り裂き、箱を開けて、なかの三ポンド袋を急いで数え、梱包伝票に記載されている個数と照合した。カウンターの奥ではジュリアといっしょにヴィヴィアンがクッションの上でごろごろしていた。すこし興味をかきたてられたのか、犬は交差させた前足の上から頭を上げて、段ボールに鼻をすり寄せた。

「けなげにもお手伝いをありがとう、ヴィヴ。だけど全部あったわ」とジュリアはいい、グレイハウンドの耳の後ろを掻いてやった。耳は婦人帽(ボンネット)の上の蝶形リボンのように折り畳まれていた。左の耳はぐんにゃり右へ裏返り、右の耳は左へぱたんと倒れ、そのあいだにある薄い黄褐色の毛皮の上で折り重なっていた。「連絡しなくちゃならないような不足はなしよ」

ヴィヴは口笛のようなあくびの声を出して仰向けになった。ワーマン一家にひじ鉄を食わされて以来、この犬はジュリアの名誉助手になり、魅力と同情でその地位を不動のものにしていた。

ジュリアは犬に愛情のこもった笑顔を向けた。

「お腹のなでなではおあずけよ、お嬢ちゃん」と、彼女はいった。「タダ働きにかからなくちゃならないの」

ジュリアは段ボールに手を伸ばした。そして梱包を解き、棚を埋めていくあいだに、いつしか夢のことを考えていた。

クレイグと離婚してから、彼女はたびたび悪夢に悩まされてきた。最近はそれほどでもなくなっていたが、おしまいになったわけでもなさそうで、月に一、二度は心をかき乱す悪夢のアンコール上映会が開かれる。どんな出来事が無意識下の乱れを引き起こすのかも、自分が夜のあいだになぜそこへ飛びこんでしまうのかも、ジュリアにはさっぱりわからなかった。別れた夫と接触がとぎれてから二年ものあいだ自分を苦しめてきたこの夢の力に、彼女はほとほと参っていた。たいていの夢と同じで面白味のある夢ではない。株式ニュースのような、一定の形式にのっとったものだ。明るくなってから思い返してみれば支離滅裂なよくわからない夢だし、ばかばかしくさえあった。しかし眠っている心は囚われの身になった聴衆であると同時に、心から逆流してくる題材を批判する力のない裁判官でもある。夢のおかげで、またしても彼女はベッドのなかで寝返りを打ちつづけた。

昨夜の上演の皮切りは、彼女が『おうちが見つからないジュリア』と名づけている身の毛のよだつ夢だった。タイトルがすべてを物語っている。彼女はどこかから自宅に向かっている。クレイグと彼女が丸六年のあいだ暮らした住まいへ。いつものハイウェイの出口を下りると、とつぜん彼女はちがう町にいた。もっと正確にいえば、彼女の知っている正しい町に不気味にちがう町に。そこにあるべき目印はあったし、どこの家かわかるような家もあったが、それらはどこか不気味に形が変わっていて、モノポリーの盤上の駒のようにあちこちへ移動していた。次々と角を曲がっていくうちに、最初に感じたとまどいは徐々にパニックへとふくらんできた。家に入る私道と前庭はいっこうに出てくる気配がない。ジュリアは迷ってしまう。家がどこにもない。自分はどこともわからない場所にいる。ハイウェイに戻る道をたどりなおすことすらできない。どこにいるかわからなくなり、方角もわからず、見おぼえのない知らない通りをひたすら走り、消えた家をいつまでも探しまわる不毛な堂々めぐりにおちいってしまう。

そうわかった瞬間、ジュリアは悲鳴とともに目をさまし、冷たい水を求めてキッチンに駆けこんだ。しかし悪夢はそれで終わりではなかった。

彼女がふたたび眠りに落ちると、すぐに『(ほとんどが)知らないひとだらけの家にいるジュリア』が続いた。この夢のなかでは、悩めるヒロインはなんの問題もなく自宅にたどり着くが、玄関のドアを開けるとそこにはまったく見知らぬひとたちがいっぱいいる。彼女がなかに駆けこむと、あちこちにひとがいる。ソファの上や冷蔵庫の前やダイニングの椅子に寄り集まって笑い声をあげている。だれも彼女のことを知らない。だれも彼女を知ることに関心がない。それどころか、彼女に気づきすらしていないようで、彼女の姿が見えないみたいに自分のことに精を出している。ジュリアは幽霊のように家のなかをさまよい、気がつくと寝室の外にいる。ドアは大きく開け放たれていた。なかでは、ひと組の男女がシーツの上でからみあい、精力的な愛の営みにふけっていた。明かりはついていた。ジュリアが入口に現われても、ふたりは彼女を無視している。女の背中が見え、その下の男が見えた。男の顔は上になった女の体にさえぎられており、男の感極まった声は女の胸に押しつけられてくぐもっていた。クレイグの声に似ていた。クレイグの声にそっくりだった。そう気がついたとたん、ジュリアははっと現実の世界に引き戻されていた。そして明かりの消えた自分の寝室で、三十分ほど枕に顔をうずめて泣いた。

少なくとも『だれもジュリアを知らない』の上映は免れることができた。これは前二作よりわかりにくいが、同じくらい心をかき乱す脚本だ。彼女が自宅に戻ると、かつての夫の父母がリビングでテレビを見ている。この夢のなかでは、彼らは彼女の存在をそっけないながらも認識し、すぐに出ていきなさいと彼女に命じる。離婚した息子とその妻がいつ戻ってくるかわからないし、ふたりは招かれざる客を喜ばない、まして、歩道からふらふらやってきて自分たちに迷惑な思いをさせている女などは。彼の妻はわたしだとジュリアが主張すると、彼らは静かな声で前言を撤回するのが身のためだと繰り返し、それからテレビに注意を戻してしまう。これまた、彼女はもうそこにいないかのように。テレビの音量が上がる。そして彼らの見ている番組には録音された笑い声がついている。

ジュリアはためいきをついた。こんな退屈なうら寂しい朝は、頭から毛布をかぶってじっとしていたい。そんな衝動に駆られた。これ以前にも何度となく感じてきた強い誘惑だ。しかし、きょうはそれにあらがった。いつものように。クレイグの浮気を知った直後の何週間かは二度ほど抑えられないことがあった。憂鬱だろうがそうでなかろうが、これは新しい朝なのだし、彼女には責任があった。救済センターの仕事には立派な目的があるし、彼女には個人的な思い入れもあった。この仕事は、寝室の日除けと毛布と枕に埋もれていたいという誘惑の声に抗うための保険でもあった。

ドッグフードの棚の補充を終えると、ジュリアはカウンターを横歩きで回りこみ、隣の陳列棚を調べた。ほとんど空になりかけているのがわかり、小さなわきの貯蔵庫に入って、歯と爪のトリミング・キットを探した。売店の正面の空間は限られているが、ロブは商品がかならずひとつは並んでいるよう、まめに気をつけていた。しかし、ふたつの仕事と赤ん坊の心配で少々注意力が散漫になっているらしい。きのう彼は〈フェアウィンズ・ホテル〉に向けて車で三〇マイル走ったところで大事な帳簿を忘れてきたことに気がついた。それを自宅へ取りに戻らなければならなかった。いらだちときまりの悪さを感じながらホテルに着いたときには一時間遅刻していたという。

商品をひとつかみして売店の正面へ戻ったとき、ジュリアは車の音が近づいてくるのに気がついた。まさか、ロブがまた帳簿を忘れて戻ってきたんじゃないでしょうね、と彼女は思った……それから、半分でも本気でそんなことを思って彼のツキを落としてはいけないと自分にいい聞かせた。けさだけは勘弁してもらわないと。またしても不注意で家に逆戻りするはめにおちいった哀れな働きすぎの男以上に、この朝にぴったりのお粗末なオチがあるだろうか？

窓の外を見て、ロブのモンテロではなくスバルの四輪駆動ワゴン、アウトバックとわかってジュリアはほっとした。ワゴンはロブの家の前に停止した。黄褐色の革のカーコートにジーンズという服装で、きれいに髭を剃った三十歳くらいの男が出てきて、玄関の呼び鈴を押した。しばらくするとシンシアが赤ん坊をかかえて玄関ポーチに現われ、男に指を差して、どこが救済センターかを教えた。

ワゴンに戻った運転手は売店のそばの駐車区画に車を移動し、また外に降りて、薄霧のなかを勢いよく駆けてきた。薄霧はいま、こまかな霧雨に変わりはじめていた。

男がドアを開けて、なかへ体をのりだした。短く刈ってわざと一部をくしゃくしゃにした髪には、すでに水滴が振りかかっていた。

「どうも」と男はいい。ちらっと腕時計を見た。「日曜日の営業時間は知らなかったんだけど、十一時過ぎだし、ためしにと思って来てみたんだ。あそこの家の女のひとが開いてるって教えてくれて……」

ジュリアはなかに入るよう男を招いた。

「いいですとも、さあどうぞ」と、彼女はいった。「けさはだれも来なくて、退屈していたところなんです」

男はなかに入ると、足を止めて静かに店内を見まわした。

ジュリアは貯蔵庫の商品をカウンターに出し、カウンターを背に立った。「なにかお探しのものがあったら教えてください」と、彼女はいった。

男はにっこり微笑んで、あごをひょいと動かした。

「じつは」彼はいった。「あそこにいるきみの友だちみたいなのに興味があるんだ」

ジュリアは一瞬面食らって、あたりを見まわした。それから声をあげて笑った。ヴィヴィアンがクッションを降りて、カウンターの奥から顔をのぞかせていた。

「ああ、ごめんなさい、気がつかなくて」

「わんちゃんはちょっと恥ずかしがり屋かな？」

「ヴィヴにだまされないで、あの子はどうしたら自分のわがままを通せるかよく知ってますから」

こんどは男もくっくっと笑った。「特にきみにはだろ？」

「そうかも」

男は手をさしだした。

そして「バリー・ヒューズです」と名乗った。

「ジュリア・ゴーディアンです」と、彼女も名乗った。

ふたりは握手をした。

「それじゃあ」彼はいった。「きょうグレイハウンドを救い出すのに、なにをしなくちゃならないのか教えてくれないか？」

ジュリアは一瞬ためらって、急いで記憶を確かめ、レジの横の開いているスケジュール帳をちらっと見た。やはり午後の予約は二件しか入っておらず、そのどちらにもヒューズという名前はなかった。

「ごめんなさい」彼女はいった。「あなたの名前はリストに載っていないので……」

「そうか」と、ヒューズはいった。「リストに載せてもらう必要があるんだ？」

「残念ながらそうなんです」ジュリアはいった。「グッズやお土産物の販売を除いては、そういう決まりになってまして」彼女は眉間にしわを寄せて、ひとつ間をおいた。「ご存じなかったんですか？」

ヒューズは首を横に振った。

「いつも道路からおたくの救済センターの看板を見ていてね」彼はいった。「いつか立ち寄れるときがあったら行ってみようと思っていたんだ」

ジュリアはためいきをついた。「本当に残念だわ」彼女はいった。「うちには引き取り手が必要な犬がたくさんいますけど、電話で適性審査を受けてもらう必要があるの。飼い主になりたいというかたには、全員、グレイハウンドを見にくる前にそうしていただかなくちゃならないの」

ヒューズはひょいと肩をすくめた。

「いまここで質問に答えさせてもらえるとありがたいな。必要なのが質問だけなら、それでも……」

「わたしはそれでもかまわないと思うんですけど」ジュリアはいった。「でも、これはわたしが決めることじゃないの。ロブ・ハウエルと話してもらう必要があるんです。彼はこの救済センターの設立者だし、電話面接はすべて自分でしてますから」

「そうか」と、またヒューズはいった。「ひょっとしてハウエルさんは……？」

ジュリアは首を横に振った。「いちばんいいのは、彼に電話をしてもらうことです。月曜日から金曜日のあいだに」

「そいつはむずかしいな、ぼくの場合……ケーブルテレビの技師をしてて、日がな一日、電柱に登ったり、ひとの家の地下を這いずりまわったり、緊急連絡に応じてあちこち駆けまわったりしているもんだから」ヒューズはそういって顔をしかめた。「何分かでも彼をつかまえられないかな？」

「事情が許せばそうするんですけど」ジュリアはいった。「あいにく次の二週の週末も彼はここにいないんです」

ヒューズはジュリアと視線を交わした。

「例外は認めてもらえないよね……」

「さっきもいったように、わたしはそれでもかまわないと思っているの。だけど、わたしはまだこの仕事に就いて間がないし、規則は規則だから」

沈黙。

「じゃあ」と、ヒューズは長いためいきをついた。「もういちど来られるように頑張ってみよう」

ジュリアはレジの横のホルダーから名刺をとりだした。

「とりあえず、これをお持ちください」と、彼女は名刺をヒューズに渡した。「通常の営業時間が載ってます。もちろん電話とファックスの番号も」

ヒューズは札入れをとりだして、名刺をすべりこませた。

「ありがとう」彼は礼をいって、またカウンターのほうを身ぶりで示した。「運がよければ、きみの可愛い友だちを引き取れるチャンスが来るまで、だれにも取られずにすむかもしれないし」

ジュリアはヴィヴィアンにちらっと目をやった。犬はカウンターの奥にいて、カウンターの横から頭を突き出していた。婦人帽(ボンネット)の蝶形リボンをほどき、また耳をぴんと立ててクンクンにおいを嗅いでいる。ジュリアは軽い驚きに打たれた。ヴィヴがこんなに激しい人見知りをするのはめずらしい。

「そうですね」と彼女は答え、奇妙な良心のうずきをおぼえながら、自分のなかでこの犬に対する愛着がふくらんできていることに気がついて、すぐに心に留めた。これもロブの〝べからず〟集のひとつよ。ヴィヴとはすごく仲よしになったけど、いつかだれかが悲しい別れの日をもたらしにくるんだから、しっかり覚悟しておかなくちゃ。でも、そうなるのがいちばんいいんだわ。「とにかく、いちどお電話いただけるよう願っています。うちの救済活動はいい引き取り手を切実に求めていますから」

ヒューズはうなずき、また彼女に微笑んで出ていった。

しばらくしてジュリアは入口から向き直り、仕事に戻った。

バリー・ヒューズと名乗った男はスバルのアウトバックでハウエルの家を通り過ぎ、私道の端を左に曲がって、アスファルト道路を西に向かった。海の方向へ。

この日の朝の特別任務は終了した。首尾は上々だった。


「それで、どう思われます?」ディマーコがいった。

「きみの話から判断すると」ナイメクはそういって、蚊をぴしゃりとたたいた。「いくつか心配の種ができたな」

「はい」

「深刻な心配の種が」

「はい」

「心配の種はあって当然だし、そうでなかったらわれわれはここへ来ていない」

ディマーコはうなずいたが、なにもいわなかった。

ふたりはポールジャンティのロム・インチョゾ地区で、排水路の上にかかっている古ぼけた鉄の歩道橋の上に立ち、歩行者用のガードレールにひじを載せていた。雨季になるとこの排水路にはオゴウェ川の三角州からあふれた水がゴボゴボと音をたてて流れこむ。しかしいまは雨季ではない。彼らの下を流れる水は、低く、静かで、濁っていた。食べ物の包装紙をはじめとする紙くずが水面とそのすぐ下をただよって、ぬらぬらしたぶあつい塊になっており、その周囲に虫が群がっていた。

半袖で来るんじゃなかったとナイメクは思った。あるいは虫よけスプレーを吹きつけてくるべきだった。

「いまいましいことに、わかりきったことしか思いつかない」しばらく黙りこんだあと、彼はそういった。「おれたちに監視カメラをつけたのがだれかを突き止める必要がある。そして、その理由を突き止める必要がある。そんなことをしてどんな得があるのかを」

ディマーコはまたうなずいた。むきだしになっている左の前腕にちくりと刺された感触があり、右手をそこに打ち下ろして手のひらを見ると、蚊の羽根と足と背中の皮が少量の血にまじってぐしゃぐしゃにつぶれていた。ざまあみろと心のなかで毒づきながら、それをガードレールになすりつけた。

「いまいましい虫（バグ）だ」と、彼はいった。

「いまのは駄洒落じゃないだろうな（バグには盗聴器の意味がある）」

苦虫を嚙みつぶしたようなナイメクの口調に、ディマーコは一瞬とまどった。

「めっそうもない」と、彼は弱々しい笑みを浮かべていった。

橋の下のごみが詰まった虫だらけのよどんだ黒い水面に、ふたりは目を向けた。

しばらくしてナイメクは、計画といってよさそうなアイデアに第一歩を踏み出すことにした。

どうにか計画と呼べそうなアイデアに。


オゴウェ扇状地。水深八〇リーグ。

全長一五フィートの白い船体をした深海潜水艇は、隆起した砂がくずれ落ちている段丘の下を通り過ぎ、海底付近にしっかりと自動停止した。

鋼鉄の壁におおわれた前方の与圧室には半球の形をしたアクリル製ののぞき窓があり、その奥の指揮所には、艇の外のファイバーグラスと同じ色のオーバーオールを着たふたりの男がいた。のぞき窓からは広い視野が得られたが、見通しはきわめて悪く、水に囲まれている周囲と自分たちを切り離すものはなにもないような幻想をいだかせた。ふたりの男のうちのひとりは操縦席にすわっていた。ジョイスティック式の手動制御装置を握り、スクリューファン式の静かな八馬力の推進エンジンを動かす準備をととのえていた。とつぜんなにかを探知したり、差し迫った脅威に襲われて回避行動をとらなければならなくなったときには、一〇ノット以上まで速度を上げることができる。操縦士の右の補助制御装置の前にいる副操縦士は、正面と頭上の状況表示板をモニターして水上チームと定期的に無線連絡をとっていた。

後方の与圧室にいる四人の乗組員も薄い色のオーバーオールに身を包んでいた。うち二名は鉤爪のついたロボットアームを操縦し、砂と沈殿物のまじった海底から光ファイバーケーブルの一部を引き抜いていた。あとの二名はまた別の制御盤の前にいた。彼らは海底ケーブルのむきだしになった部分をたどって、船首と船尾のあいだの下腹からチューブ状のものを突き出し、荒らされた海底にそれを近づけ、ありふれたケーブル延長ケースらしきものにつなぎ合わせていた。だが、セドリック・ドゥパンくらいの眼力の持ち主なら、ケースの上側の表面にある双方向性データポートを見逃すことはまずない……数カ月前にこの防水カバーを見たとき、やはりあの男は気がついた。その発見が彼とマリウス・ブシャールの命運を断つことになった。

ドゥパンがあれをもっとこまかく調べられるだけ生き延びていたら、好奇心の強い男だけに、このデータポートと延長ケースにはめこまれた特殊なマルチファイバー連結器を発見していたにちがいない。マイクロチップで作動するビームスプリッター・ポッドは、スイッチが入ると、ケーブルを流れる光ファイバー通信の信号に侵入し、延ばしたフィーダーチューブにその一部を転送する。このポッドが組み入れられているのは、プラネテール社の——いまはアップリンク・インターナショナル社の——システム管理者もよく知っている延長ケースの近くだ。だから、一時的に信号の強度が落ちても異常と考えられることはまずない。連結点のファイバーの端を熱を使って縫い閉じると、かならず信号の強度は落ちる。これはシステムの性質上かならず生じる損失であって、一定のレベルであればだれも気にしない。それに、典型的な長距離通信網の経路にはこういうポイントがたくさんある。

傍受された膨大な生の高速データは、潜水艇の受信／緩衝コンピュータ端末のアレーアンテナから〈キメラ〉号のクレイ・スーパープロセッサーに送信される。そのさいに使われるのは海中＝水上間に限られた直接イントラネットリンクで、これは極低周波（EHF）音響遠隔測定法モデムと、人参くらいの形と大きさをした船体アンテナで維持されている。後方の制御盤にいる男たちの耳に操縦士の任務中止命令が届くと、彼らはフィーダーチューブをはずし、時間と機会が許せばケーブルを溝に入れなおして盗聴の痕跡を消す。

こうした応急対策は何度も訓練を積んでいたが、現実に実行の必要に迫られたことは一度もなかった。つねに用心深く思慮深い男ハーラン・ディヴェインの本領は、心の奥底で計略を練るときにこそ発揮される。

ディヴェイン自身、しばしば驚くほどに。

ポールジャンティ。日曜日の夕方近く。

ピート・ナイメクとヴィンス・スカルは〈リオ・デ・ガボン〉のメインロビーを大股で進み、世話好きのコンシェルジュと、笑顔のドアマンと、入口近くに車を止めて待機しているタクシーの運転手たちのそばを通り過ぎて、外の通りに出た。

彼らは舗装道路を右に折れ、街の北側にある大きな野外市場に向かってゆっくり歩いていった。仕事の重責から解き放たれ、週末の自由な休み時間を楽しみにいくふたりの旅人だ。

そのあとすぐに、チャーリー・ホリンガーとフランク・ローズという〈剣（ソード）〉の隊員ふたりがいっしょに出てきて、カジノ街のある南のほうへずんずん歩いていった。彼らはスロットの運について話をし、バカラやルーレットで大もうけをするための情報交換にも余念がなかった。

そのあと三十分ほどして、スティーヴ・ディマーコと〈剣〉先遣隊の三名――アンディ・ウェイド、ジョエル・アッカーマン、ブライアン・コナーズ――が通りに出てきた。四人はホテルの前に立ったまま、各人ばらばらな午後の計画について話しあっていた。ディマーコとウェイドは名所旧跡を見にいきたいといった。アッカーマンは市立公園で行なわれるマコッサ（カメルーンの港町で生まれたダンス音楽）の無料コンサートを見逃したくないといい、趣味でギターを弾いているコナーズはアッカーマンにつきあいたい旨を表明した。ディマーコは、すこししたら、できたら全員で、市場にいるナイメクとスカルに合流してはどうかと提案した。コナーズは、断言はできないがたぶんそれはパスさせてもらう、コンサートのあとはこの街にひとりで訪ねてみたい場所があるといった。彼にはホリンガーとローズとの約束もあった。ふたりに合流して、テーブルゲームに週給をつぎこむことになっていた。

四人はそこに立ったままさらに五分ほど話をして、それから先に進んだ。

ディマーコとウェイドはナイメクとスカルが市場に向かったときと同じ右の方向に向かい、途中ですこしだけ回り道をした。

アッカーマンとコナーズはいっしょに左に向かって公園をめざしたが、コナーズは最後にひとりになって離れていった。

この国に到着してからずっとそうだったように、この八人は全員が監視を受けていた。

しかし今回、彼らは逆に監視者を監視するつもりだった。

生涯の友であるマシエが惨殺された恐ろしい写真を見てジャック・アセル＝ウンダキがショックを受け震え上がったのは、この二日で二度めのことだった。ただし今回は大統領そのひとがその写真といっしょに目の前にいた。一度めとはまったく異なる新しい要素がアセル＝ウンダキの反応には加わっていた。

ムブイ上院議員のコロニアル風の大邸宅に到着して、下働きの男に応接室へ案内されたときには、大統領にも写真にも出会うことになるとは思っていなかった。

いまアセル＝ウンダキは、戸口に立ったまま凍りついた表情で部屋のなかを見ていた。カンジェル大統領がいる。ここにいる。こんなことがあっていいのか？　鏡板で飾られたオークのドアが後ろで閉まったときには、飛び上がらずにいるのがやっとだった。

「やあ、上院議員」大統領は長いテーブルの上座にすわっていた。その右に側近の補佐官がふたり、残りの椅子にはウンダキの同僚が十数名いた。「わたしたちは全員、期待を胸にきみが来るのを待っていた。政治家の意見が一致するのは注目に値するくらい珍しく長続きのしない現象だよ」

アセル＝ウンダキは動けなかった。足のふらつきを感じ、ひざががくがくしていた。強い脳震盪（のうしんとう）でも起こしたかのように。

「大統領……」

「入りたまえ」アドリアン・カンジェルは自分の左にある空席をあごで示した。彼の前にはマシエの写真があって、その下端を太い指がぎゅっとテーブルに押しつけていた。「せっかく着いたんだ。離れて立っている理由はどこにもない。それともあるのかね？」

大統領の言葉に痛烈な皮肉を感じとったアセル＝ウンダキは、必死に自制を保とうとした。この政府高官の一団が集まったのは、いまテーブルにいるあの男の権力と権限に挑んでどうすればアップリンクの免許を一時停止もしくは取り消しにできるか、その方策を決定するためのはずだった。共謀への加担と匿名で郵送された警告で結ばれた上下両院の議員たちが集まっているものと思っていた。

ところが……

アセル＝ウンダキは部屋を見まわした。彼を見ているのはカンジェルと側近の補佐官たちだけだった。残りの男たちは、彼のいる方向を除いたさまざまなところへ目の焦点を結んでいた……壁のひとつの前に置かれている二百年の年月を経た細身の剣と短剣に目を向けている者もいれば、剣のコレクションとは反対側のケースに収まった十八世紀フランスの拳銃セットを見ている者もいたし、収納棚に並んでいる中国の陶器や高価な宝石類を見ている者もいた。ただ自分の手を見ていたり、ぼんやりと宙の一点を見ている者もいた。

アセル＝ウンダキは注意の先を、自分を招いた上院議員に変えた。大統領の左にすわってテーブルに目を落としているムブイは、ウンダキの視線を感じているようだった。彼はその視線にちらっと目を合わせ、それからまた下を向いた。

そのあいだカンジェルの深くくぼんだ目は、大きな真っ黒の顔のなかからアセル＝ウンダキの顔をじっと観察していた。カンジェルが口元にひらめかせる笑顔はひとをひきつけることが多いが、それは無意識に浮かんだものではないし、茶目っ気をただよわせていることもめったにない。うちとけた肩の凝らない瞬間にさえ、そこには厳格さがただよっている……いまこの部屋の雰囲気は、うちとけたとか肩の凝らないというにはほど遠かった。

アセル＝ウンダキは前に進み出て席に向かった。大統領はオレンジ色と白の柄が入ったケンテ（派手な配色のガーナの手織り布）のろうけつ染めのシャツを着ていた。めったにないことだ。カンジェルはおおむね西洋式の服装を好んでいる。ヨーロッパの有名なブティックであつらえたスーツを着ていることが多い。

アセル＝ウンダキは着席した。

「ここにいるひとたちに紹介の必要はないな」と、カンジェルは彼にいった。

アセル＝ウンダキは無言でうなずいた。いったいどうやって大統領はこの集まりのことを知ったのだ？　写真のことを？　この部屋のだれかが、遅かれ早かれ事実は明るみに出ると観念してご機嫌とりのために二心のある行動に出たのか？　それとも、ひょっとして、彼が政府に張りめぐらしている秘密の目と耳から知ったのか？　だが結局、これらの疑問に答えは返ってこなかった。大統領の情報源がだれかも、情報が漏れた理由も、いまは問題ではない。カンジェルに知られた。大統領に知られたのだ。いずれにしても、彼の目標を妨害しようとした人間は全員その報いを受けるだろう。

「失礼ながら、わたしはここに来たくて来たわけではない」カンジェルはいった。彼の目はアセル＝ウンダキの顔にじっとそそがれていた。「ここに来る必要がなければ、日曜日の午後のひとときを楽しんでいただろう」彼はまた笑みをひらめかせ、左手を広げて見せた。右手は相変わらずマシエ・ウンゼの写真の上にあり、指が写真をぐっと押しつけていた。「しかしわたしは必要に迫られて、このポールジャンティを訪ねなければならなかった……盗人のようにこっそり首都を抜け出してこなければならなかった」

アセル＝ウンダキは無言でいた。仲間の議員たちの緊張から超然としていられるものではない。緊張の波がこの部屋のひとりひとりから放射され、それが溶け合って、単純な合計以上にふくらんだような気がした。アセル＝ウンダキはその波が電流のように肌をちくりと刺したような気がした。息を吸って吐くと、舌の奥に鉄の釘のような味が残った。

「議員」カンジェルが呼びかけた。「きみとマシエ・ウンゼが個人的に親しかったことは知っているし、彼の死には哀悼の意を表したいと思う。わたし自身は直接のつきあいはなかったが、彼が尊敬に値する献身的で立派な議員だったのはおぼえている」

アセル＝ウンダキはうなずいた。

「はい」と、彼はいった。「たくさんのひとが彼の死を惜しむでしょう」

「あの男を誘拐し殺害して、なんになるというのだ。許しがたい行為だ。この事件が未解決に終わることは決してないし、犯人が裁きを免れることは決してないと思ってくれていい」

「ありがとうございます、閣下」

カンジェルは大きくひとつ息を吸って、鼻と口からそれを吐き出した。お腹の突き出た巨体の持ち主で、その胴回りから押し出された息には押し寄せる波を思わせるところがあった。「まだ確たる証拠はないが、わたしの情報源には以下のように考えるだけの根拠がある。つまり、マシエ・ウンゼが殺害されたのは、政治家の立場を悪用して第三者になんらかの力添えをするのに失敗したためではないかと」大統領はいった。「わたしがイニシャティブをとって進めている通信法案の通過を妨害しようともくろんでいる正体不明の外国人がいる。合法性に疑問のもたれる報償金を鼻の前にぶらさげたり、犯罪行為であることは明らかな賄賂を送ったりと、その手口は多岐にわたっている。そして、口にするのはつらいことだが、わが国の政府にそれを受け取った者が何人かいるかもしれないのだ」

大統領の黒い瞳はアセル＝ウンダキをとらえたままで、彼はどう答えていいかわからず、怖くて目をそらすこともできないまま無言で大統領を見返していた。

「ジャン・ジャック」ムブイ上院議員がついに呼びかけた。「きみが合流する前に、大統領はわれわれの意見をおたずねになり――」

「非公式にだ。そこを明言しておかないと」離れた席からアリ・ナゴルがいった。東のモウンガ地方から選出された下院議員だ。

「そうだった、それをいっておくべきだった」ムブイはいった。「その外国人の誘いに乗ったかもしれない人間への目こぼしの提案について、カンジェル大統領は非公式にわれわれの意見をお求めになった。わたしの理解するところでは、不適切な行動をはっきり認める必要はなく、すべての議員の前で例の通信法案の問題について、この先なにひとつ迷惑をかけないと、簡単に、内々に誓うだけでいい」

ふたたび沈黙が降りた。そのあとナゴルがいった。「妨害をもくろむ影のロビー活動があったにもかかわらず、アップリンクに免許を与える方針が国民会議で承認されたことを大統領は喜んでおられる。そして、公明正大な政治討論は歓迎するが、あの認可問題がこれ以上妨害を受けずに通過することを望んでもおられる」

アセル＝ウンダキは反応を示さなかった。彼は自分の耳がとらえた言葉の意味をただひたすら理解しようと努めていた。カンジェル大統領の目がいまもじっとそそがれているせいで理路整然と考えるのは至難の業だった。

「さて」カンジェルがいった。「なにかいうことはないかね?」

アセル＝ウンダキはまた一瞬ためらった。

「誠実で善良な人間でも悔いの残る過ちを犯すことはありえます、大統領閣下」と、彼はいった。「罪は償えるものと信じている人間として、わたしは醜聞と懲罰でそのような人びとの恥に輪をかけるより、過ちを修正するチャンスを与えるほうが望ましいと思います。そして、彼らのほとんどはそのことに謙虚に感謝するにちがいありません」

「にもかかわらず、きみの声にはまだためらいが感じられる」

アセル＝ウンダキは渇きで喉が締めつけられそうな感触に見舞われた。彼はそばのテーブルから水のグラスをとって、中身を飲んだ。

「わが身かわいさに償いの機会に尻込みをする者がいるかもしれないと思いまして」と彼はいい、カンジェルの指先の下にある写真をちらりと見た。「わたしの親友マシエ・ウンゼは悪事をはたらくような男ではなかったはずです。しかし、高潔さを曲げるように圧力を受け、良心をうずかせる不謹慎な行動に出たのかもしれません……そして、拒絶をしたために拷問を受けて殺されたのかもしれません。罪の自覚があって名誉を回復したいと強く願っている人間に同じ災難がふりかかるのではないかと、わたしは心配しているのです。当人のみならず彼らの大切な人びとにまで危害は及びかねません。家族のある人びとの場合には」

カンジェル大統領は無言のまま、なめらかな肌をした顔に考えこむような表情を浮かべていた。彼はアセル＝ウンダキにさらにしばらく視線をそそいだあと、この秘密会議に集まった議員たちの顔にゆっくりと目を移した。

「きょうこの部屋に来た者はだれもわたしを見なかった。この部屋に来た者はだれもわたしの声を聞かなかった」大統領はいった。「きみたちのだれひとりだ……それでいいかね？」

テーブルの周囲からうなずきが返ってきた。アセル＝ウンダキも例外ではなかった。

カンジェルは例の厳格な笑みをひらめかせた。

「家族を持つ身がどういうものかはわたしも知っている。夫の身。父親の身。とまどいを禁じえないが、わたし自身、近々祖父になる身だ」彼はいった。「成長していく子どもたちのためにも、わが国の民主的な将来のためにわたしがそそいできた努力はたえず修正されていかなければならない。子どもたちのためにも、ガボンがこの大陸における社会と政治の改革モデルになり、そうなることで、いつかわたしのような専制君主や諸君のような買収を受ける強欲な悪党が時代遅れの遺物になることを強く願っている」彼はそこでいちど言葉を切り、ひらめいた笑みは口元から徐々に消えていった。右手の指がマシエ・ウンゼの写真をとんとたたき、左のこぶしがろうけつ染めのシャツの上から胸をどすんとたたいた。「それでも、わたしはアフリカ人だ。わたしの血と遺産はアフリカのものだ。それゆえに、生まれながらにして現実的な夢を見る。そしていま、わが国のために立てたわたしの計画は転覆とテロをもくろむ勢力の攻撃にさらされている。わたしはここに誓おう。いまここで全員が一斉にわたしの側につけば、きみたちにはわたしにできるかぎりの最大限の保護を与えよう。きみたちが過去に示した弱さは不問に付そう。しかしこの部屋にひとりでも、わたしに反対し、不誠実な姿勢を続ける者がいたら、いまの申し出はきみたちの頭上からもぎ取られ、きみたちはそこへ落ちてくるものに無防備になる……これまた全員一斉に。恐ろしい存在になるためにどうすればいいかはわたしも心得ている。きみたちはそれを思い知るだろう。わたしがだれかを思い出せ、諸君。わたしに流れているアフリカの血を！」

応接室が静まり返った。話を締めくくったとき大統領は全員に語りかけていたが、その目はまたさっとアセル＝ウンダキの上に戻っていた。いま大統領はその目をマシエ・ウンゼの写真に移し、写真をすっと遠ざけてから静かに椅子に背をもたせ、大きなお腹の上で腕組みをした。

静寂はさらにしばらく続いた。カンジェルはおだやかな表情になって、テーブルの上座のさきほどまで写真のあった場所をじっと見つめた。

アセル=ウンダキはグラスから水を口にして、ごくりと飲んだ。たずねなければならない質問が残っている。彼はそれを知っていた。

「わたしたちの結束をどう発表いたしましょう?」水で喉を湿らせても、声は針の穴から出てきているような気がした。

カンジェルはこの部屋にいるみんなに微笑みかけるだけでなく、心のなかでもほくそ笑んでいた。アセル=ウンダキが到着してから口を開かずに無表情を保っていた大統領補佐官のひとりが下院議員のほうを向き、とつぜん興味を持ったように彼を見た。まるで初めて彼の存在に気がついたかのように。

「朝刊に記事が載るように、お膳立てはととのえてあります」と、彼はいった。


ピート・ナイメクとヴィンス・スカルはグラン・ヴィラージュ広場の黄色い太陽が投げかける強い日射しの下で待っていた。手には途中で買ったバターパンがあった。揚げたてにこってりとバターを塗ったパンはパラフィン紙に包まれており、紙はべとべとになっていた。周囲はひとでごった返していた。行商人、買い物客、物乞い。物乞いの多くは寄生虫による河川盲目症にかかった子どもたちで、彼らは広場の端にうずくまっていた。何ヤードか右にある野生動物の露店では、太い麻縄で縛ったふたつの木の樽が陳列台になっていて、その上に粗末な鳥籠が載っていた。止まり木の上で明るい緑色のオウムが羽ばたいている。エメラルド色の羽毛がタンポポの種のように鳥籠の錆びた金属の桟にくっついていた。鳥籠の底に敷かれた新聞紙には、糞や割れたナッツの殻が乾いて何層にも重なっている。別の一羽はくずの積み重なった上に横たわって動かなかった。死んでいるのか死にかけているのだろう。鳥籠の上の柱から吊り下がっている血まみれのキャンバス・リュックのなかで、姿の見えない生き物が動物特有のかん高い叫び声をあげながら、自由の身になろうと手足をばたつかせるむなしい努力を繰り返していた。

ナイメクは食欲をそそられぬまま揚げパンをひとかじりして、露店からくるりと体の向きを変えた。パンを溝に投げ捨てたい気分だった。のんきな旅行者のように。

アニーと子どもたちに無性に会いたかった。

スカルの肩越しに野外市場の北端へ目をやると、雑踏のなかをスティーヴ・ディマーコとアンディ・ウェイドが近づいてきていた。人目につく二人組だ。ふたりともパステルカラーの半袖シャツを着ているが、ガボン人は色鮮やかなプリントを好む。信心深いイスラム教徒は簡素な染色していないカフタンを着る。ディマーコの白い肌とウェイドの黒い肌の組み合わせで、ふたりはなおさら目立っていた。この国にいる白人はほとんどが海外駐在員か短期の訪問者だ。ガボン人とは隔離に近いかたちで生活している。ナイメクもここでは異邦の客だ。今回の任務のために勉強してきたこの国に関する概要と、自分の肌で感じとった第一印象から判断するかぎり、ここには本当の意味での異人種間交流は存在しなかった。彼らは同じ通りを共有し、同じホテルに宿泊し、同じレストランで食事をするが、自発的に同じ民族で集団をつくる。彼らの交流は、おもに商業と政治の必要に迫られてのことらしい。〈剣(ソード)〉のふたりの隊員がいっしょに歩き、肩ひじ張らずに仲よくしているのを見た現地人は、自分たちとは住む場所も文化もちがう人びとだと思うだろう。

スカルはナイメクの視線が自分を通り越していることに気がついた。

「だれか見えたのか?」スカルはいった。

「ああ」ナイメクはいった。「ディマーコとウェイドだ」

スカルはうなり声を出して自分の揚げパンにかじりついた。彼はおびただしい汗をかいていた。まばらな髪の毛がぺったり頭に張りつき、シャツのわきには黒い汗じみが丸く浮き出ていた。

「アッカーマンも来たぞ」彼はいった。「あんたの後ろからやってくる」

ナイメクはうなずきを返した。おとり役をつとめているコナーズを除けば、これで全員だ。押し寄せる午後の熱気と湿気のなかでナイメクとスカルは待ち受けた。男たちがふたりのところへたどり着いた。

彼らはうなずきあった。

「やあ、やあ、悪党どものそろい踏みだ」と、スカルがいった。

ディマーコはちらっとスカルを見て、それからナイメクに顔を向けた。

「歩いたほうがいいでしょうか?」と、彼はたずねた。

ナイメクは周囲にごった返している市場の買い物客たちにあごをしゃくった。

「ここにいたほうがいい」彼はいった。「いまのところ、これ以上の場所はない」

ディマーコはうなずいて了解を示した。混雑した場所には自然のおおいができる。観察者の視線にとって、彼らを丸く取り囲んでいる人びとはたえず変化する障害物だ。

「よし、情報交換だ」と、ナイメクがディマーコをうながした。

「尾行されていました」

「車か、徒歩か?」

「車です」ディマーコはいった。「A—Bです」

彼とウェイドは二台の車に監視を受けてきたという意味だ。

「前の車を運転してたのはホテルの外にいたタクシー運転手です」ウェイドがうつむいて口元の一部が見えないようにしながらいった。「あいつは客に関心を見せず、タクシー乗り場にたくさん客がいたのに無視してました。ホテルを出るとわれわれの後ろについて、目立たないようについてきました。そのあと急に横にそれて、ふつうの乗用車に乗っていた別の人間と入れ替わりました」

「タクシーは再登場したか?」と、ナイメクがたずねた。

「五ブロックくらい走ってから姿を消しました」ディマーコがいった。「怪しまれたんじゃないかと心配になったのかもしれません」

ナイメクは無言のまま考えこんだ表情を浮かべていた。

「スカルとおれのほうは、徒歩だ」しばらくしてナイメクはいった。「A—B—Cだ」

彼らを監視しているのは徒歩の三人組という意味だ。彼らはなかなか巧みだった。ひとりの男は刺繍をほどこしたクフィ帽をかぶってダシーキに身を包み、ホテルの近くのアパートから携帯電話で話をしながら足を踏み出した。あとのふたりは西洋風のカジュアルな服装で、いっしょに通りの反対側をぶらついており、ナイメクたちと並ぶように進んでいた。ふたりで話をしているように見えたが、ナイメクはひとりがイヤーバッドという小型ヘッドフォンをつけているのに気がついて、こいつも携帯電話で話しているのだとわかった。ダシーキを着た男がナイメクとスカルのそばを通り過ぎ、ある店に入っていくと同時に、イヤーバッドの男がふたりのいるほうへ通りを横切ってすっと後ろに下がり、さっきまでダシーキの男がいた場所についた。数ブロック進んだあと、彼らはまた役割を交換した。イヤーバッドの男が足を速め、そのあとふたりのわきを通り越した。ダシーキの男がふたたび彼らの後ろに現われ、彼らを追跡した。ずいぶん早い買い物だ。そのあいだにイヤーバッドの男の相棒は通りの反対側でナイメクたちと足並みをそろえていた。市場に着くまでこの連係プレイは続いた。

ナイメクはアッカーマンをちらっと見た。

そして、「きみは？」とたずねた。

「パトカーに乗った憲兵ふたりです」と、アッカーマンはいった。そして首を横に振った。隠れている目をまごつかせる策略だ。「市場に入るまでずっと尾けてきてました」

ナイメクはそのままアッカーマンに目を向けつづけた。「確かか？」

「まちがいありません。黒い制服でした。コナーズを追うために、途中でひとりずつに分かれましたが」

ナイメクはまた黙りこんだ。〈リオ〉でカメラの監視を受けているという話をディマーコから聞いたとき、最初に頭に浮かんだのは企業スパイの可能性だった。プラネテール社が財政破綻をきたしたときには、アフリカの光ファイバー網の救済者にならんとしてアジアとヨーロッパの数社が競争をくりひろげた。アップリンクがガボン政府との契約を勝ち取ったとき、どこかの会社か複数の会社がいきり立って、まだこの取引はつぶせると考え、過激な行動に出たのかもしれない。外国の大企業にまたしても自国の資産への進出を許すのかという反対の声に与して議案通過に圧力をかけ、プラネテールと手が切れたあとも法的な手練手管を使ってアップリンクの進出を阻止しようとしてきた集団が、ガボン国内にもいくつかあった。与党が明確な支持を打ち出しているにもかかわらず、なおも妨害をやめないところがいくつかあった。こういう勢力のひとつ、あるいはいくつかが結託して、スパイ活動に出る意を固めたのかもしれない。

ただし、なんのための監視かについては疑問だらけだった。ピエール・ガンヴィーユから話を聞いて残った疑問にその疑問を足すと、数えきれないほどの疑問があった……しかし、すべてをひとくくりにするのは適切な考えではなさそうだ。ガンヴィーユにかすかな不信はいだいていたが、いまのところはそれ以上のものではない。心配の必要がある問題とガンヴィーユにつながりがあるかはわからない。アップリンクにちょっかいを出しているだれかとガンヴィーユにつながりがあるかは、なおさらわからない。なにが起こっているのかわからないのが現状だ。だが、憲兵が関わっているとなるとただごとではないし、なんらかの答えを急いで出しにかかる必要がありそうだ。

ナイメクは揚げパンをひとかじりして噛みしめた。休日にごちそうを楽しんでいるのんきな商用旅行者だ……そんな男が、食べ物を頬張ったまま話をされると読唇術はお手上げなんて知っているわけはない。

「けさ、きみに飛びかかってきたシロアリだが」ナイメクはいった。「あれの真の問題はどこにあるか知っているか？」

ディマーコはアッカーマンが使った見分けづらいしぐさを拝借し、首を振ってうなり声で肯定の意を伝えた。

「一匹見かけたら、見えないところに百匹いるということです」彼はいった。「あれがはびこっているとしたら、全部を見つけだすには〝大型麻薬犬（ビッグ・スニッファー）〟が必要になるでしょうね」

ナイメクは気のない様子でパンを飲みくだした。大型麻薬犬（ビッグ・スニッファー）は〈剣（ソード）〉の最新式のスパイ装置探知器だ。しかし、あの装置はこっそり使うことができない。マイクロコンピュータ制御の探知器本体は、壁その他の表面を走査するブーメラン・アンテナといっしょに中型のハードスーツケースに入れて運ばれる。

「表面のシロアリが触覚をピクピクさせると巣は大騒ぎになる」彼はそういってナプキンで口元をぬぐった。「兵隊アリと働きアリは駆除できるだろう。しかし繁殖コロニーは木のずっと奥にもぐりこむ」

ディマーコはうなずいた。「その点は検討しました」彼はいった。「しかしまだ解決法が浮かびません」

スカルがひょいと肩をすくめた。

「ざくろ石(ガーネット)を考えろ」と、彼はいった。

ディマーコはスカルを見た。

「それと、チタン鉄鉱だ」と、スカルはいった。

ディマーコはさらに相手を見つめた。

そして、「なにをですって?」とたずねた。

「ガーネットだ。チタン鉄鉱だ。アフリカのダイヤモンド・ハンターたちはシロアリの蟻塚からとった土壌のサンプルを分析するとき、そのふたつを探す」と、スカルは説明した。シロアリへの言及で自分の話の適切さは明白だといわんばかりに。「それ自体にたいした値打ちはないが、どちらもダイヤモンドと同じ地中の層から出る。シロアリは繁殖アリが棲んでいる地下一五〇フィートくらいの地層からちっちゃなそれを運んできて、自分たちの小さな丘に蓄える。世界一の産出量を誇るボツワナのオラパ鉱山はそうやって発見された」

ディマーコはまだなんのことやらわからなかった。ほかの者たちも同様だった。

「正直にいいますが、ヴィンス」彼はいった。「なんの話かさっぱりわかりません」

ナイメクは考えこむような表情を浮かべていた。じつは彼にもなんの話かわからなかった。

　スカルは眉をひそめ、ナイメクの肩に手をおいて一八〇度回転し、でたらめにひとつの露店を指差した。ナイメクは同じ方向に体を回し、スカルが指差した品に自分も興味があって、それを注視しているかのように、野生動物の肉の大きな塊を切り売りしている女をぼんやり見つめた。台に並んだ肉は日射しをまともに浴びていた。大きな黒い蠅の群れを撃退するために網がかぶせてあった。肉の後ろに〝マル・ド・エレファン、セルヴォワ・ド・サンジュ〟と手書きの表示があった。

「象の鼻、猿の脳みそだ」と、スカルが声に出して翻訳した。「買ってみたい気があるならいっておくが、このあたりの猿はエボラ・ウイルスを媒介する」

「忠告ありがとう」

「どういたしまして」スカルは口をすぼめて、汗を乾かすために顔の上に息を吹き上げ、同時に片方の手で顔をあおいだ。「さっきの問題だが……なにもしないのが最上の方法かもな」

「シロアリは放っておくわけだ？」

　スカルはナイメクの腕をぎゅっと握った。その顔には、のみこみは遅いが熱心な学生がようやく理解をしたときの教師のような表情が浮かんでいた。

「そうだよ、ピーティー。待つんだ。ライトは消しておく。ドループどもには暗闇で安全と思わせておいて、そのまませっせと働かせてやればいい」スカルは〝汚い腐ったのぞき屋（ダーティ・ロットン・スヌープ）〟を意味する彼独特の造語を使って、そういった。「そいつらがあとに残していくものは、なんの値打ちもないがらくただ。そこにあるのをおれたちが知っているかぎりは」

「しかしそれは、どこを探せばダイヤモンドがあるかを教えてくれる」

「そのとおり。準備がととのったら、おれたちは繁殖アリが這いまわっている巣のなかへ掘り進む。レイド（家庭用殺虫剤）のスプレー缶を忘れずにな……テレビのCMのキャッチフレーズをおぼえてるか？」

ナイメクはスカルを見た。

〝害虫の息の根止めます〟と、ナイメクは心のなかでつぶやいた。

ディマーコも肉売りに関心があるようなふりに加わっていた。話に耳を傾けるうちに彼の顔にも理解の表情が広がってきた。

「どう思う？」と、ナイメクが彼にたずねた。

「スカル案でいくとしたら」彼はいった。「うちの重役と技術者には教えておく必要があるんじゃないでしょうか」

ナイメクはうなずき返した。たしかにそうだ。なにもかも教えておく必要がある。そうしておけば、ホテルの部屋をはじめとする見せかけのプライバシーを与えられた場所で、なにをいってはならないか、なにをしてはならないかがわかる。

「それを聞いたらいやな顔をするかもしれませんね」ディマーコがいった。「けさ裸でシャワーを浴びるのは楽しい体験じゃなかったですよ。なにをするのもすっかり楽しくなくなりました」

「生臭い話は願い下げだぞ」スカルがいった。「メシを食ったばかりだからな」

ナイメクはスカルの顔を見た。

「だれかがもっといい解決策を思いつくまで」ナイメクはいった。「みんなにも我慢してもらわなくちゃなるまい。おれたちと同じレベルで」

ディマーコが大きくひとつ息を吸いこんで、ふーっとためいきをついた。

「その話をタラ・カレンに伝える役目だけはごめんこうむりたいな」と、彼はいった。

夕日が徐々に海へ沈んでいき、それが吐き出す熱帯の炎がオレンジ色をおびて海面に照り映えていた。ハーラン・ディヴェインは〈キメラ〉号の船上でデッキの手すり越しに西のほうを見つめていた。

指は携帯電話をぎゅっと握り締めようとしていたが、彼は憤激にあらがってかろうじて手に力がこもるのを抑えていた。

「きみが新聞社の関係筋から聞いたというその話だが」彼は携帯の送話口に告げた。「まちがいないのか?」

「はい」と、エティエンヌ・ベゲラが答えた。「あの通信に関する免許を超党派で承認するという政府の声明が、あすの朝刊の一面で発表されます。カンジェルの計画表どおりに、あの免許はこれ以上見直しを受けることなく、少なくとも十五年は認められます。議会で大統領の方針に反対してきた主要メンバーは全員その姿勢を変更して大統領支持にまわりました。首都で団結のもようが公式に発表されるようです」彼はひとつ間をおいた。「いまわたしの手にはファックスで送られてきた記事の第一草稿があります。『レユニオン』紙に掲載されるものです」

「政府の声明か」

「そのとおりです」

足元のデッキが軽く揺れるなか、ディヴェインは無言で考えた。空気はおだやかだが塩水のにおいが混じっており、沖合のポンプが発する音でかすかに震えていた。

まずい状況のようだ。許しておくわけにはいかない。もういちど許すわけにはいかない。ここには限られた期間しか力をそそげない。それは前からわかっていたが、最大限の収穫をあげるには時間が必要だ。それを勝ち取るにはしっかり計算したうえで賭けに出る必要がある。

「アップリンクの部隊がセト・カマの現地に向かうのはいつだ?」

「これも、あしたです」

「その一行のなかには保安責任者もいるのか?」

「いまのところ、その予定です。うちの予備計画の実行準備はととのっています」

「その糸をわたしのところまでたどられてはならない。近くにさえ」

「もちろん(ナチュレルマン)、それが最優先事項です。わたしが心配しているのは振幅の大きさだけです。影響の及ぶ範囲によっては見かけ以上のものに見えるかもしれませんので」

当然そうなるとディヴェインは思った。望むところだ。アップリンクが成功の喜びに浸った瞬間にぐらつかせ、混乱させ、金銭的な支援者たちのあいだに不安を芽生えさせなければならない。敵がどこから来るかわからないと支援者たちに思わせてやる。敵はだれなのかと彼らは疑心暗鬼になる……疑問の答えが謎とからみあっているかぎり。

ディヴェインは薄れゆく光を見つめながらうなずいた。ベゲラは役人としては完璧だ。この男の頭はくすんだオフィスにある整頓された机の引き出しのようだ。なかに手を伸ばせば、しかるべき場所に必要なすべてが収まっているが、思いがけないことはなにひとつない。

「とりかかれ」とディヴェインは命じ、返事を待たずに携帯を切った。そしてカールに指示を送るために下へ向かった。

ビッグサー。一日は真夜中を迎えようとしていた。たっぷりと湿気を含んだ強風がときおり海から峡谷へ吹きわたり、渦を巻いた霧となって長い急斜面をぼんやりとさせていた。ジークフリート・カールはノートパソコンの前にすわって、いま受け取ったばかりの電子メールを読んでいた。リビングのマントルピースの上の灯油ランプが放つ琥珀色の火明かりが、きびしい表情を照らしている。机のまわりには巨大な黒い防衛犬(シュッツフント)たちが静かに寝そべっていた。二頭は眠っており、ゆるやかな規則正しい呼吸にしたがって横腹が上下していた。残りの一頭はカールの後ろのドアを見つめていた。訓練を通じて強化された本能だ。三頭のシェパードのうち一頭がかならず交替で起きていて、たえず警戒を怠らないようにしていた。カールの前に表示された暗号化されたメッセージにはこうあった。

垣根が茶色いときに郭公が鳴いたら
汝の馬を売り、汝のトウモロコシを買え。

ヨーロッパの民間伝承では、九月か十月に――つまり〝垣根が茶色いとき〟に――郭公の歌が聞こえるのは悪いことが起きる前兆とされている。秋の収穫が危ぶまれる前兆だ。対策を講じる準備をし、いちばん貴重なもので貯蔵庫を満たして生き延びよという警告だ。

カールはコンピュータを凝視した。つまり、おれの出番が来たわけだ。

電子メールのソフトを閉じて、デジタル画像ビューワーを開いた。すると写真の静止画像を収めたフォルダーが画面いっぱいに並んだ。几帳面に分類されている。カールはそのひとつを開き、ブロンドの女性を収めたひとかたまりの画像を選び出した。この女性が初老にさしかかっているのをカールは知っていたが、ことのほか若々しいその容貌に彼の目は冷たい称賛のきらめきを放った。アシュリー・ゴーディアンは長身ですらりとして上品で、流行の服装に身を包んでいた。良質の遺伝子といきとどいた手入れがもたらす洗練された美の持ち主だ。

高解像度画像の最初のひと続きには、オープンカフェで別の女性と昼食をしている彼女の姿があった。次に、彼女の姿はパロアルトのニューエル通りにある中央図書館分館の、きれいなガラスの壁のなかに現われた。貸し出しデスクで書物の山を借り受け、それを中庭に運んでいく彼女を、カメラは追っていた。次の数枚は洋服のブティックの外から撮られたものだった。正面の窓の奥にあるカウンターで彼女はクレジットカードにサインをしていた。袋を手渡されるとにっこり会計係に微笑み、それを持って入口を出てきた。通りに出ると、駐めてあったレクサスのセダンまでまっすぐ歩いていき、買ったものを後部座席に入れて走り去った。

検討できるアシュリー・ゴーディアンの画像はまだまだたくさんあった。何十枚もあった。サイラスをはじめとする手下たちは彼女の動きを二週間近くにわたって記録し、コンピュータのメモリーに蓄えて分類し、暗号化されたファイルをマドリードのカールに送ってきていた。

だが、標的にふさわしく思えてきたのはゴーディアンの妻ではなかった。

カールはおだやかな味のワインが入ったグラスに手を伸ばして、中身を飲んだ。それから目を通していたフォルダーを閉じ、下の列に向かって別のフォルダーを選んだ。

そのなかにはゴーディアンの娘がいた。彼女にも独自の美しさがあった。細身で、黒い髪で、均整のとれた体つきをしている。カールは彼女に母親の分身を見た——なめらかな肌、大きなグリーンの瞳、すっと上がった肩にひそんでいるある種の自信、全身から伝わってくるまっすぐでひたむきな感じ。

カールは番号のついた画面の写真を注意深く観察した。ジュリア・ゴーディアンの日々の活動パターンを収めた連続写真だ。忘れられてかまわない平凡な出来事を連ねたアルバムだ。

しかし、カールはこれをもとにして忘れられない出来事を起こす計画を立て、実行することができる。友人たちといっしょにいる彼女の画像があった。友人には男も女もいた。食料雑貨店で買い物をしているところや、ドライクリーニング店に服を持っていくところや、郵便局へ行くところを収めた画像があった。彼女がボランティアで働いている犬の救済センターに車で出かけ、州立公園に広がる緑あざやかな森林の外の隠れた私道へ曲がっていくところを写した画像もあった。帰宅してガレージに車を入れている画像。寝室の窓から撮られた写真もある。カールはこれらをしばらくじっくり見て、ワインを口にし、それから先に進んだ。

ジュリアがひもにつないだレース犬二匹をしたがえてジョギングの格好で家を出てくる一連の画像があった。犬たちは緊張の波を発しているようだった。ぴんと張りつめた鞭のような体形がすぐに逃げ出す性質を際立たせている。彼らには勇猛さのかわりにスピードがそなわっている。この種は攻撃をするかわりに風になる。脅威に直面すると、主人を守らずに、危害を加えるものから逃げ出そうとする。とつぜんの襲撃を受けて彼らの目が恐怖で生気を失い、歯をむきだした大きなあごに彼らの喉がとらえられて血がこぼれ落ちるところが目に浮かぶような気がした。

カールはコンピュータ画面を凝視して、自分の任務を沈思黙考した。

ロジャー・ゴーディアンのいちばん大切なものを見つけだせ。

それを襲えばあの男の心を破壊できる。

だが、あの男の最大の愛が妻と子どもに同じだけ振り分けられていたら？　そのときは、どっちにこぶしを突き出せばいい？

妻のほうも実行は可能だ。それはまちがいない。彼女は警備態勢を強化したゴーディアンの屋敷にいたりゴーディアンといっしょにいることが多く、実際問題として標的にできる機会は娘よりも少ないだろう。しかし監視の結果、大胆にもよくひとりで外出することがわかっていた。そのときにはすきができる。

だが、決定要因は実行のしやすさではない。カールはもう何年もゴーディアンを研究してきた。困難な目標であろうと格好の目標であろうと、最大の効果が得られるほうを追い求めなければならない。それゆえに、彼の気持ちは娘のほうに傾きつつあった。

ゴーディアンとアシュリーの結婚生活はおたがいの献身の上に成立している。相互信頼という前提に立脚している。選択も希望も夢も夫婦一対になっている。そして危険も一対だ。妻を取り除いても、ふたりがいっしょに築いた礎（いしずえ）の一部は生き残り、ゴーディアンには心を取り戻す余地があるかもしれない。だが、子どものほうは自分の翼で未来を乗りきるつもりでいる。夫婦が自分たちで選んだ危険は、子どもが背負うべき危険ではない。それにあの子どもは、あの娘は、たくましいし、自由に生きているし、前向きで、自分に自信をもっている……

娘を人質にとられたら、ゴーディアンの心は麻痺して機能を停止する。そして、娘の翼がもぎとられ、彼女が象徴する希望と夢がカールの固めた握りこぶしのなかで消え去ったとき、ゴーディアンは再起不能の打撃を受ける。あらゆる意味で破滅する。

海の霧が小屋の窓に押し寄せて騒がしい突風が屋根を鞭打つなか、カールはランプの明かりのなかに静かにすわっていた。警戒に目を光らせ耳をぴんと立てた用心深い黒いシェパードが、キーキー音をたてる梁とたるきのほうへ首を傾けた。

しばらくしてカールはラップトップのキーボードをたたき、ハーラン・ディヴェインの電子メール・サーバーに接続した。そしてこう打った。

鳥籠のなかのコマドリが
全天に猛威を振るう。

メッセージを送信すると、カールはコンピュータの電源を切って、またじっとすわっていた。

一見、椅子のなかでくつろいでいるように見えた。

しかし彼の中心では、スポークのついた運命の神の大きな車輪が重々しく一回転してごろごろと低い音をとどろかせていた。

7

アフリカのガボン共和国／カリフォルニア州サンノゼ

オンライン版「ウォールストリート・ジャーナル」紙より
アップリンクとセドコ、西アフリカ中南部で提携
——通信業界とエネルギー産業界の巨人のあいだに光の収束線が開通

カリフォルニア州サンノゼ発——欧州における競合相手だったプラネテール・システムズ社の財政破綻によるとつぜんの撤退で遺棄されたアフリカの光ファイバー網を、アップリンク・インターナショナル社は〝白い騎士〟さながらに引き継ぎ発展させることを決定したが、それから二週間と経たないうちに、同社はテキサス州に本拠をおく〈セドコ石油〉と推定三〇〇〇万ドルの契約を結び、不安視されていた海底光ファイバー市場にふたたび投資家の注目を集める起爆剤を注入した。セドコがアフリカの海域に保有している海底施設と運搬網をつなぐのが契約の骨子だ。新しいファイバー網はギニア湾に増大中のセドコの石油プラットフォーム群とその沿岸事業所間に電話とインターネット／イントラネットの高速接続をもたらし、これによって同社は掘削作業用通信の質と信頼性を高めることができると期待されている。

この取引は双方に利益をもたらすだろう――その点で証券アナリストの意見はほぼ一致している。セドコ社は同社の施設からの生産量を増大させ、沖合油田の賃借権をめぐる競争が激しいこの地域での評価を高めるだろう。アップリンク社にも実利面とPR面でかなりの効果が見込まれる。電気通信会社の大半が事業拡大の歩みを鈍らせ、インターネット系ベンチャー企業崩壊の余波が長引き、ビデオ・オン・デマンドやライブイベントのマルチキャスティングといった新しいメディア技術に消費者が慎重な姿勢をくずさない状況が続いている。投資家筋が依然ブロードバンド事業への楽観視を許さない現状だけに、アップリンク社のアフリカ事業計画は同社の総収益を目減りさせるのではないかと不安の声もあがっていたが、今回の動きでそうした声も静まりそうだ。

セドコ社の取締役会長ヒュー・ベネットとアップリンク・インターナショナル社の創業者であり最高経営者（CEO）でもあるロジャー・ゴーディアンはこの計画を最優先事項として意欲的に取り組む意向を表明しており、そのあかしに両名がガボン沖合にあるセドコ社の最新のプラットフォームで行なわれる正式契約署名セレモニーに出席するという。ロジャー・ゴーディアンは数年前に病気で生死の境をさまよって以来、公の場にはほとんど姿を見せていない。

アップリンク・インターナショナル社のアフリカ光ファイバー網の拠点がガボンにあるのは偶然のことではない。この国の広さはコロラド州程度にすぎず、人口も二百万人を切っているが、比較的安定した社会基盤設備とアドリアン・カンジェル大統領のもとで加速された民主改革が自慢の種で、無秩序状態で悪名高いカメルーンや、コンゴ共和国、コンゴ民主共和国（前ザイール）、アンゴラといった近隣の国々にくらべて危険の少ない受け入れ環境を外国企業に提供している。

といって、ガボンが西側投資家のパラダイスというわけではない。たしかにアップリンク・インターナショナル社の強大な私設保安部隊は世界じゅうで高い評価を獲得してきた。しかし、カンジェル大統領が改善策を打ち出しているにもかかわらず、ほかの多くの企業は複雑な政治的背景と従業員の安全に配慮して、自分たちがこの小国で業務を行なえるかどうかについてはいまなお慎重な姿勢をゆるめておらず……

＊

オンライン版「レユニオン」紙（内容限定英語版）より

カンジェル大統領と議会が一致してアップリンク・インターナショナル社を歓迎

リーブルヴィル発――本日予定されている集まりで、エル・ハジ・アドリアン・カンジェル大統領閣下と主要な国会議員は、大統領宮殿の優雅な大理石の前廊（ポルチコ）の下に立ち、さきごろ国民議会を通過したアップリンク・インターナショナル社に十五年間の免許を与える法案を追認することになった。これによってアップリンク社の最新技術を結集した光ファイバー網をこの大陸全土に設置する道が開かれると同時に、世界を舞台に発展を遂げはじめたアフリカの通信と経済にガボン共和国が指導的役割を担っていることも再確認されるだろう。

長期免許を承認することでカンジェル大統領はアップリンク社に新たな安心感を与えた。セト・カマ地域の複合本部建設を開始するにあたり、ガボンの政治が著しい変化を見せた場合にも現行の通信網建設事業が中断される心配はなくなるからだ。また、免許に盛りこまれる付加条項によって、ポールジャンティとセト・カマのあいだに近代的な舗装幹線道路を建設するための資金調達も楽になる。ポールジャンティ＝セト・カマ間は交通の連絡が困難で、現在は飛行機や船か未舗装道路をトラックで走るしかない。この未舗装道路は雨季には洪水に見舞われがちなうえに、国境をくぐり抜けてくる不法潜入者があちこちで略奪行為を働いている（特集記事「カメルーンとコンゴの無法」参照）。この地域の交通事情が改善されることでおもに利益を受けるのはアップリンク社だが、これは同時に遠隔地の農耕民や製材業者にも大きな恩恵をもたらすことになる。生産物を国内外の市場に運びやすくなるからだ。フォト・サファリを計画している人びとや、かねてからスポーツフィッシング・ファンには魅惑の地だったセト・カマのイグエラおよびロアンゴ国立自然保護区への旅行者が増えれば、ガボンの経済はさらに潤うだろう。

カンジェル政権との惜しみない協力関係の実例として、アップリンク・インターナショナル社はハイウェイ建設費の大部分を同社で負担しようと申し出ている。具体的な金額は明らかにされていないが、約束された助成金は一〇〇〇万米ドルを超えるとみられ、ポールジャンティと周辺地域に不当な税負担が課せられる心配もせずにすむ。

この記事が印刷にまわされる直前に、カンジェル大統領は、アップリンク社の免許承認を積極的に支援してきた大統領の姿勢に反対する議員たちもいたというマスコミの報道について質問を受けた。「そういう記事は昔からよくある人騒がせな誇張です」彼は本紙記者にそう答え、「そのたぐいの記事が『レユニオン』に掲載されなかったのは称賛に値しますよ。高潔さと正確さをそなえたわが国の新聞のお手本だね」とつけ加えた。

大統領はさらに、アップリンク・インターナショナル社がガボンの通信の未来の象徴であるという考えかたに政府レベルの目立った異論はなかったと説明した。

「たしかに意見の不一致は出たかもしれないが、どれもタイミングや手続き上の小さな問題に関わるものであって、それも誠実な秩序だった討論によって解決されました」と、彼は語った。「合意を果たした複数政党の主要メンバーとわたしがいっしょに姿を見せることで、どの政党や部族に属しているかに関係なく、ガボンの国民は共通の方針と、二十一世紀初頭に西アフリカがたえまない暴力と革命のサイクルから進歩的で調和的な発展へ転換を果たすための闘士として働きたいという意志によって結ばれていることを……」

＊

オンライン版「レユニオン」紙（内容限定英語版）より

カメルーンとコンゴの無法：隣の責任はだれがとるのか？

フランスヴィル発――九月二十五日の夜明け前、アバシ・アセメ（六十四歳）は息子三人をともない、荷車数台とともに自宅を出発した。荷車には皮と象牙とミンケベ・キャンプの金鉱掘りから買った少量の砂金が詰めこまれていた。ラバが引く小さな荷車の列は、三〇マイルほど南に行ったジューア谷の北端にある市場をめざしていた。この何十年か、彼らは毎週ミンケベの南側にある森林を通って市場とのあいだを行き来していた。めったに旅人が通らないこの道筋には補給品の前哨地がいくつかあり、彼らはいつも歓迎されていた。前哨地のひとつはアバシの兄のユースーが所有しているものだった。

いつも正午ごろに立ち寄るはずのアセメ一家が姿を見せなかったので、ユースーは心配になってきた。遠く離れた森林地、つまり捕食動物や人間の略奪者がそっと忍び寄ってくる危険な土地では明るいうちにしか旅をしてはならないのを地元住民は心得ている。夕方になるころにはユースーの懸念は不安に、そして苦悩に変わった。アセメ一家がまだ姿を見せていなかったからだ。闇が降りたあともいっこうにやってくる気配がない。アバシの家には電話がなかったため、市場に来るのが遅れるような事情があったのかどうか確かめたくても、ユースーには弟の妻に連絡をとるすべがなかった。

翌朝早い時間に、ユースーは友人の小さな一団といっしょに親族を探しに出かけ、北のガラビンザムへ向かった。二時間後、行方不明になった商人たちが殺害されているのが発見された。荷車と売り物は消えていた。むごたらしい殺されかただった。犠牲になった四人は全員が喉をかき切られ、その死体は道に一列に並べられていた。ひざから下がたたき切られ、近くの藪のなかに投げ捨てられていた。体の一部がすぐ見つかるように近くに捨てたにちがいない。

カメルーンの山賊にとって下肢の切断は追跡者への警告だ。死ぬとわかりきっているところへやってきたりせずに、脚は大事にとっておけという、よく知られた警告だ。

カメルーンのヤオウンデとアンバムで繰り広げられた略奪団撲滅作戦を逃れてきた〝路上の裁断師（クプールス・ド・ルト）〟と呼ばれる武装略奪団が、このところガボンの地方に再三襲撃をかけてきている。アセメ一家はその波にさらわれた新しい犠牲者にすぎない。略奪団は袖の下を送って警察の協力を買い、ミンケベ原生林の山の背にそって置かれている穴だらけの検問所を簡単にくぐり抜けてくる。かつてはわが国の最北部の国境でしか脅威になりえないと信じられていたこの悪党たちは、ここ何カ月かのあいだにコンゴの政治紛争から逃亡してきたゲリラ団の一派と便宜上手を結び、徒党を組んで、たとえばわが国の内陸奥地にあるウンデンデのような町区に襲撃をかけてきている。海岸に近いイグエラやロアンゴやセト・カマの森林地のようなはるか南のほうにまで、散発的な路上待ち伏せ事件が報告されている。増大する蛮行に業を煮やしたガボンの取締当局は、極悪非道な悪党たちの逮捕に責任を負う気があるのなら国境を越えても捕まえるようにと局員たちに檄を飛ばし……

＊

オンライン版「カメルーン・トリビューン」紙（フランス語からの翻訳版）の社説ページより

ガボンの国是：対抗できなかったら非難せよ！

（文責、モトムー・ベノテ）

わかりきった話から始めよう。発生源がどこであっても略奪団の暴力と略奪は容認できるものではない。しかし、ガボンが同国北部における無法者の問題を他国の責任にしようとし、自国生まれの悪人や部族煽動者に積極果敢な追跡をかける努力もせずによそを非難しようとする姿勢を改めなければ、その警察と軍隊はやがて遠い銀河の脅威から身を守るためだといって空に銃の狙いをつけ……

午前のなかば、彼らは蒸し暑いなかで過酷な労働にいそしんでいた。ジャングル用の服装に身を包んだ十二名の男は、未舗装道路のそばのカラカラに乾いた茶色いスゲとユーホルビアの青白い束をマチェーテで薙ぎ払いながら進んでいた。袖を手首まで下ろし、ぶあつい保護手袋をはめて、肌をおおうように気をつけていた。多肉多汁の植物にはひりひりする乳濁液が充満しており、肋骨のようにからみあった枝にはとげがずらりと並んでいた。

男たちは密集した草木にマチェーテを打ちつけていた。頭をおおう布が汗でびっしょり濡れている。擬装用のフードはまだ必要がなく、ポケットに詰めこまれたままだ。彼らを見ようとする目はまだないし、汗のしたたる濡れた頬と額を重いノーメックスやケヴラーの素材でおおってめかしこむ気にはなれなかった。

暑さのなかで彼らは働いた。休みなく働いて、待ち伏せのために障害物のない射界をつくり出していった。肩に吊り下げた五・五六ミリ半自動小銃（セミオート・ライフル）は南アフリカ共和国製で、ずっと奥に隠してある四輪駆動車のなかの六〇ミリ・コマンド軽迫撃砲とマルチショットの擲弾発射筒（グレネードランチャー）も同様だった。兵器庫の掉尾を飾るのは、燃料気化爆弾の弾頭を発射できるように設計されているRPO-A歩兵用ロケットランチャー二基だった。

携帯型の熱圧（サーモバリック）爆弾は、チェチェン方面作戦中に使用されてすさまじい破壊力を見せつけたロシアの特殊軍事兵器だが、闇市で安く購入できる代物ではない。

この仕事の後援者たちはたっぷり資金を提供してくれていた。

この一団のなかには迫撃砲の砲身に網目のついたマイクロプロセッサー制御の電子照準器を装着している者もいたが、彼らの大半はこの付属品はわずらわしいうえに自分たちの狙いとはずれがあると感じていた。彼らはカメルーン北部のキルディとクラニの狩猟採集民（ブッシュマン）だ。アメリカの田舎の人びとが猟銃で育つのと同じように、彼らは弓矢で育ってきた。しかし、周期的に旱魃に見舞われて農作物が収穫できなくなる土地では生きた獲物の肉は貴重なタンパク源だし、仕留めるか空腹かという必要に迫られることで武器をあつかう技術は磨かれる。この男たちにとって標的を仕留める能力は生き延びるための基本的な技術であり、彼らは射程を計算して飛び道具の軌道を判断する達人だった。

彼らの五〇〇フィート前方にある未舗装道路は、東に進むとオクメとブビンガのまじった密集した小さな森に突き当たる。そこでは彼らより小さな一団が木の幹に斧を打ちつけていた。筋肉質な褐色の腕に汗がきらめいていた。青々と茂った緑の樹冠まで樹皮のまわりを巻きついていく着生植物の蔓めがけて斧の刃が打ちこまれていった。

木は一本また一本と音をたてて倒れ、道路と筋交いに転がされていった。そのあと、倒れた木の幹の上には枝と藪と切りはずされた蔓がまき散らされ、斧の切り口を葉の群れがおおっていった。倒れた木々は遠目には一面の茂みに溶けこんでおり、車の列が近づいてきたとき、その運転手たちには自然のもたらした現象に見えるだろう。そうではないとわかるくらい近づいてそこを調べるころには、彼らの車の列はとっくに四方八方から取り囲まれている。狩人に不可欠な生存のための道具がもうひとつあるとすれば、それは偽装と隠蔽のために地形を利用する知識だ。

この一団が路上の障害物をつくり出すのに要した時間は二時間弱だった。自分たちの仕事に満足すると、彼らのなかの数名は背の高い草と多肉多汁の植物の茂みにいる仲間のところに駆けつけ、別の数名は木々のあいだに散らばった。そして、ブビンガに登って大きく広がった枝の股にまたがった男がひとりだけいた。AN／PIS熱感知昼夜兼用照準器を特別あつらえで装着したシュタイアーSG550狙撃ライフルを使うのに絶好の位置だ。

雑木林の男たちもその区域の準備を終えていた。彼らは手袋と制服にとげをくっつけ、ユーホルビアの幹から出る練り物のような白っぽい分泌液をしたたらせながら、丸太の障害物くらい自然な射撃レーンを切り出していた。

このあと、雇われジャングル戦闘員の一団は迫撃砲を据えつけて休息をとり、待機に入った。

アップリンク社の車両隊が彼らのところにたどり着くには、さらにしばらく時間が必要だった。

ピート・ナイメクは必要な物資をセト・カマに届けて施設を検分する旅にとりかかる直前、アップリンク社の一行が集まった空港の駐車区画でスティーヴ・ディマーコ、ジョエル・アッカーマン、ヴィンス・スカルと話をしていた。ナイメクは〈剣(ソード)〉の改造ランドローヴァーの運転席側に背中をもたせ、ボンネットにひじを突いて体を支えていた。あとの三人は小さな半円を描いて彼と向き合っていた。円陣を組むようなかたちをとっているうえに、ナイメクが四輪駆動の大きな車体を背にしているとあって、隠れて観察している人間がいたとしても話の内容を見極めるのは至難の業だっただろう。

「重役たちの準備はできたか？」そばに並んでいるローヴァーとトラックの列にナイメクが

あごをしゃくった。

「しっかり座席に押しこめました」ディマーコがいった。「じつをいえば、シロアリのことを知ったあとだけに、みんなジャングルに向かうのを喜んでいます」

ナイメクは無理もないと思った。「荷物も積みおわったか?」

ディマーコは同意してうなずいた。

「よし」ナイメクはいった。「焼けつくような暑さだが、きょうはかならずヴェストを着用しろ。例外はなしだ。ローヴァーには重役用の特別品を詰めこんでおけ。状況が状況だからな。警戒を怠るな」

「もうちょっと気楽に構えてもいいんじゃないですか、隊長」と、アッカーマンがいった。

ナイメクは彼の顔を見た。「おれは慎重を期しているだけだ。隠しカメラには驚いたが、ショックを受けたわけじゃない。南極事件のあと、つまり銃さえあるはずのない大陸でうちの基地が恐ろしい襲撃を受けたあとだからな。確実なことなどどこにもないということだ。いまいるのがどこかを思い出せ。この国はだれも土地を監督していない国々に取り囲まれている。つまり、全員が土地を自分のものだと主張している国々に。当局者のなかに外国人に脅威を感じている者たちがいてもおかしくない」

「贈り物を持参してきた外国人にもですか」ディマーコがいった。「そんな理由でわれわれを監視するなんてありうるでしょうか? 仕事熱心でまめな憲兵が上官の歓心を買おうとしているんですか?」

ナイメクはひょいと肩をすくめた。

「わからん。誤解するな、事態の深刻さを軽く見ているわけじゃない。おれたちを取り巻いているのがいまいったような状況でない確率は五割以上ある。おれの直感がそういっている。しかし確かな情報がつかめるまで、軽々しい決めつけは避けたほうがいい」彼はひとつ間をおいて、それからまた肩をすくめた。「いまいいたいのはこういうことだ。この一週間ばかりきみたちは貴重な財産を守りきった。地上の貨物を。こういうときは心にすきができる。みんな肝に銘じてほしい。きょうはこれまでと事情がちがう。VIPが外に出る。警戒すべき対象もこれまでとちがう。守らなくてはならない人間がいる。だから一瞬たりと警戒をゆるめることがないよう万全を期してもらいたい。人員の安全にふだん以上の配慮が必要な場合の行動をしっかりとってもらいたい」

男たちはしんとなった。

滑走路からジェット機が離陸し、高度を上げて彼らの方向へ機を傾けるところをナイメクは見守った。高く昇った太陽の光を機体が反射して、銀色に揺らめく明るい炎が広大な空を勢いよく横切っていく。ジェット機が頭上に来て遠ざかりはじめるうちに、ターボチャージャーのたてるキーンという音が大きくなってきた。

ナイメクがスカルのほうに顔を向けた。

「おれたちが出かけているあいだ、おたくはどうする予定だ、ヴィンス？」

「おれは例のフランス人潜水夫たちの問題を追跡調査したい」スカルはそういって、あごをひょいと振った。「ローヴァーに妙なものがないか確認はすんでるか？」

ナイメクは答えを求めてディマーコをちらりと見た。

「はい」と、ディマーコは答えた。「わたしが市内を乗りまわしていた標準仕様車のなかで一身上の重大な告白をなさるのはお勧めしませんが、改造車のほうは日に一度はかならず盗聴器のチェックをしています。それに、あれを置いていたのは空港のここか指令所だけで、そこには二十四時間態勢で人員を配置していました。うちの人間以外で車に近づいた者はいません」

「案内人や労働者は？」と、ナイメクがたずねた。

「彼らはトラックか標準仕様車に乗りこみます。この車はだいじょうぶです、ご安心を。わたしが信用できないとおっしゃるなら、侵入者衝撃システムや盗聴器探知システムを信頼なさってもけっこうです。どちらでもご自由に」

「侵入者衝撃システムというのは？」スカルがたずねた。

「車に手を触れるべきでない人間が手を触れると、スタンガンと同じ五万ボルトの電流が流れます。この装置は毎晩セットされています」

スカルはうなずいた。

「それで充分だ、これで安心して電話がかけられる」と彼はいった。それから足を踏み出してナイメクのわきをすり抜け、運転席側のドアの前に行ってそれを引き開けた。「ちょいと待っててくれ。大事な電話を一本かけてくる」

「はい、フレッド・シャーマンです——」

「シャームか、ヴィンスだ」スカルは傍受される危険のない安全な携帯電話に告げた。強烈な太陽光線をミラー・ウインドーが遮断しているおかげで、ローヴァーのなかはアスファルト道路よりずっと涼しかった。「いつから自分で電話に出るようになったんだ?」

「健全な労働時間に働いているほかのみんなといっしょに受付嬢が帰ってしまってからですよ」と、シャーマンは答えた。彼はアップリンク・サンノゼ本社のスカル率いるリスク評価部でも、情報の収集にかけては指折りの人材だ。「お元気ですか?」

「訊くな」

「楽しそうなお声でうれしいです」

「気分の安定に努めてるからな」スカルはいった。「あのな、ちょいと情報が必要なんだ」

「おまかせを。どういう情報か教えていただけたら、あしたの朝一番でとりかかりましょう」

「いますぐ欲しいんだ」

「ヴィンス、もうすぐ夜の七時ですよ——」

「アフリカはちがうんだ」スカルはダッシュボードの時計を一瞥した。「たまたまおれのいるこのアフリカは、まだ朝の十時前だ。夜明けからまだそんなに時間は経ってないのに、お日様ぎらぎらで、かまどにいるみたいな気分だ」

「ヴィンス、勘弁してください。あと十分、いや五分もしたら社を出てたところなのに──」

「そいつはいいタイミングだった」スカルはうなるようにいった。「まぐれ当たりか、それとも神の起こしたもう奇跡か？」

「ちきしょう、ヴィンス。まったくなんでこんな目に──」

「ガボンの事業のために雇うことにした海底ケーブルの保全会社を知ってるな？　ノーテルのことだ」

「もちろんです。あそこの調査はほとんどわたしがやったんですから……」

「だったら、プラネテール社の仕事を請け負ってた船団の持ち主だと説明する必要はないな……ほかの人間じゃなくおまえに電話した理由もだ」スカルはいった。「五月にアフリカで起こった例のファイバーケーブルの故障について、両社から提出されている記録を見たいんだが……」

「ああ。まあ、それならお安いご用です。すでにわたしのファイルにどっさり入って……」

「それと、ノーテルの潜水夫ふたりの命を奪った事故について両社がつかんでいるすべてを。い、い、いあらゆる資料だ、シャーム。社内調査の文書も含めて」

「そうなると話は別ですね」シャーマンの声は晴れやかになってまたしぼんだ。「ノーテルはまずまちがいなく協力するでしょう。まだ契約書に署名がなされていない段階ですから、なおさらです。しかし、いますぐプラネテール上層部の人間にわたりをつけるのは骨ですね。

会社が倒産して、例の不透明な会計業務の問題がマスコミに取り沙汰されているところで、最高経営層はみんな隠れ家に逃げこんでいますから。それも、シュレッダーを持って」

「なら、ますます下衆(げす)どもの首根っこをつかまえて引きずり出してやらないとな」

「そんなふうにしていいんですか?」

「そうだ。目的遂行の手段は自分で見つけろ。見つかったらそれを使え」

受話器の向こうから、あきらめの長いためいきが聞こえた。

「わかりました、最善を尽くします」シャーマンはいった。「文書はどこにファックスしましょうか?」

「ファックスはだめだ。〝暗号化した電子メール〟で送れ」スカルはいった。「おれと話す必要があるときは、おれの携帯にかけろ。この先、おれに届いたメッセージはいっさいホテルに転送するな。うちの子どもたちからの〝どうしてる?〟みたいなものでもだ。おれのつきあってるあのブルネットからのもだ」

「酔っぱらいのストリッパーのことですか?」

「アンバーは色気たっぷりの官能的なダンサーだ」と、スカルは訂正した。「しかし、そうだ、その女のことだ」

「いやはや、どうやらこれはまじめなお話のようですね」

「大事な話だといっただろう。まったく、おれが一杯食わせたい衝動に駆られたとでも思ったのか?」

「いやはや」と、シャーマンは繰り返した。「できるだけ早いうちに折り返し連絡します」

「頼むぞ」スカルはいった。「コンピュータの前で待っている」

「あの、急ぎの仕事でもそうでなくても、しばらくかかる可能性が……」

「しばらくの時間はある。それどころか丸一日ある。送れるものを送ってこい。どっさりとな。そのあいだにおれはインターネット・カフェを見つけて接続しなくちゃならん」

「バックパックを背負ったヒッピーの群れといっしょにインターネット・カフェにすわってるんですか？　想像がつきませんよ、ヴィンス」

スカルは運転席で肩をすくめた。

「いいじゃないか」彼はいった。「第一の目的が名なしの権兵衛になることなら、それ以上の場所がどこにある？」


アップリンク社の車両隊はポールジャンティを出発して最初の二〇マイルは順調に走っていた。しかし、正午をわずかにまわったところでポールジャンティの外に出ると、人口の多い町がまばらになってきた。土地のやせた低地の湿地帯を過ぎると、車の列は海岸の舗装道路をはずれ、轍のできた砂と紅土（ラテライト）の上を苦労して進むことになった。

先頭の改造を受けていないランドローヴァーには地元の案内人の一団が乗りこんでいた。ごろごろ音をたてながらその後ろに続いているのは、荷物をどっさり積んだ平台型トレーラーを牽引している大きな真四角に近い六輪駆動の貨物トラックだった。ピート・ナイメクは前から三番めの装甲をほどこしたローヴァーの助手席にいて、右ハンドルの運転席にはディマーコがいた。後部座席には技術者と会社役員が四人いた。その後ろにもう一台、ウェイドとアッカーマンの運転で、重役たちを乗せた装甲つきのローヴァーが続いていた。そのあとに六輪駆動の貨物輸送車が二台。そしてホリンガーとコナーズと重役と技術者の一団が最後尾の装甲車に乗りこんでいた。

やがて彼らはウンドゴ潟湖の南岸と、大西洋ぞいに断続的に現われるジャングルと低木地の一帯とのあいだを進んでいた。道路に日射しがふりそそぎ、車輪の下に広がるでこぼこの堆積物が目のくらむような白くまぶしい光を反射していた。ナイメクの目には、ローヴァーの幅の広い鋼鉄のボンネットの上にたちのぼる熱の揺らめきが見える。空調の通気口から出てくる弱々しい風が首と顔に当たっている。彼の側の窓から外を見ると、なめらかな樹皮におおわれた細いイトスギの木が潟湖の小島の堤から街灯のようにまっすぐそびえていた。潟湖の縁のアシの茂みにはコウノトリとシラサギが何羽かいた。長い首を曲げて水を飲んでいるのもいる。風の吹いている気配がまるでない。腰を落ち着けた乾季の酷暑のなかでは、なにもかもがじっと動きを止めているような気がした。ナイメクが気づいた動きは、ディーゼルエンジンの音を聞いてあわてて逃げ出していく潟湖の岸の動物のものだけだったが、いつも目の隅でしかとらえられなかった。目を向けたときには手遅れで、仰天した生き物が——なめらかな体と尾のひと振りが——水面の下にばしゃっともぐりこむところが一瞬かすかに見えるだけだった。

そのあと潟湖と森林が車の列の後方へ遠のいていくと、しばらくは平らなくすんだ色のサバンナが熱く狭い車道の縁から外に広がっているばかりだった。

セト・カマは十九世紀の中ごろにはイギリスのキャンプ地としてさかんに使われていた。当時の名残をとどめているものは、道路の両側に続くスゲの茂みからぱらぱら姿を見せる木製の小屋とバンガロー、そして生い茂る草におおわれた墓地だけだ。ぼろぼろにくずれかけた墓石に亡くなって久しい植民者たちの名前が刻まれている。そこを越えるとそのあと何十マイルかは、さらにさびれたジャングルとサバンナが広がっていた。

先頭のローヴァーに乗った案内人から無線で休憩の呼びかけがあった。そのあと案内人は道路をはずれ、びっしり茂った草が平らになって土が踏みつけられている一画を越えて、大きなA字形の建物へ隊列を誘導した。ナイメクはひと目見ただけで村の交易所だとわかった。建物の正面に古いピックアップトラックが一台停まっており、屋根つき玄関の下に果物と野菜のスタンドがひとつあって、入口のそばの小割板（スラット）で作ったベンチの横に、水の入った亜鉛めっきのバケツと金属のひしゃくがあった。赤い背景が薄いピンクに色あせているコカコーラのポスターを除けば、埃まみれの窓にテープで張りつけられた紙はフランス語で手書きされたものばかりだった。これが張られているのはなにより、すさまじい日射しに対抗するためにちがいない。建物の周囲に根を張ったヤシの木はまばらな陰しか提供していない。

車が停まると現地人たちは外に出て屈伸運動をし、建物から出てきて彼らを迎えた男の一団と雑談を始めた。単調な旅のつかのまの休憩時間を楽しんでいる様子がうかがえた。彼らが立ち話をしているあいだに、アップリンク社の人間もひとりふたりと、すこしずつ車を降りてきはじめた。ぶらぶらと交易所の様子を見にいったのも何人かいた。建物のまわりに立ってタバコを吸っている人びともいた。気は進まないが必要に迫られてみすぼらしい屋外便所に向かったのもいた。〈剣(ソード)〉の袖章のついたブッシュシャツを着てスリングハーネスに可変速ライフルシステム(VVRS)の小型銃をつけているナイメク配下の数名は、車を降りると交易所の周囲に散開した。彼らは目立たずにいながら確実にこの一帯を掌握できるよう全力を尽くし、だれのじゃまにもならずに重役たちを注意深く見守りつづけていた。そして貨物輸送車三台のそれぞれの運転台には〈剣(ソード)〉の隊員がひとりずつ残っていた。

後部の同乗者たちが交易所へ歩いていったあとも、ナイメクはしばらくディマーコの隣にすわっていた。

「すこし体の凝りをほぐしてきたほうがいいかな」ディマーコがそういって、こぶしの関節部分で腰を押した。「ちょっと歩いてきませんか?」

ナイメクは背もたれから頭を引き離し、腕時計を一瞥してアニーが恋しいと思った。仕事を片づける以外のことは、なにもする気が起こらなかった。

「いや、いい」と、彼はいった。

「本当に?」

ナイメクはうなずきを送った。

「ああ、スティーヴ、行ってこい」と、彼はいった。「おれはここで待っている」

三十分もたたないうちに車両隊はふたたび出発し、やがて激しい揺れを受けながら複雑さを増す未開地を通り抜けていった。

ゆっくりと進んでいくローヴァーのなかで、ディマーコがちらっとナイメクを見た。

「ちょっと訊いてもかまいませんか？」と、彼はいった。

「どうぞ」

「よけいなお世話かもしれませんが」

ナイメクは肩をすくめた。

「かまわん、いってみろ」彼はいった。「答えられるよう努力する」

ディマーコはうなずいた。

「しょっちゅう腕時計を確かめているのに気がついたものですから」ディマーコは後ろの乗客に聞こえないよう声をひそめた。「それでちょっと、どうしたのかと思ったんです」

ナイメクはフロントグラス越しにまっすぐ外を見つめた。

「時間を気にせずにいられない気質なのかもしれない」

「かもしれません」

「あるいは、進行状況をきちんと把握しておきたいだけかもしれない。この〈リストリンク〉という装置には全地球測位システム（ＧＰＳ）の表示面がある」

「かもしれません」ディマーコは一瞬ためらい、それからダッシュボードの計器盤をあごで示した。「ただしわれわれのすぐ目の前には、大きくてきれいな見やすいGPSディスプレイがあります」

ナイメクは眉をつり上げたが、しばらく無言でいた。

「え？」

「『マイ・ガール』だ」と、彼はようやくいった。

「昔のテンプテーションズの歌だ」ナイメクはいった。「おぼえているか？」

「もちろん」

「じつは、おれの帰国予定日が来たらその歌が鳴るように、この腕時計はセットされている」

「帰って恋人に再会する日に？」

「そうだ」

ディマーコは小さく微笑んだ。

「すばらしい」彼はいった。「そいつはすてきだ」

ナイメクは相変わらずフロントグラス越しにまっすぐ外を見ていた。

「そう思うか？」

「ええ」

ナイメクは咳ばらいをした。

「実際にその設定をしてくれたのは、彼女の息子だ」彼はいった。「アニーには男の子と女の子がひとりずついる。クリスとリンダだ」

ディマーコはうなずいた。そしてしばらくハンドルから左手を離し、薬指をうごめかせた。そこには質素な金の結婚指輪がはまっていた。

「わたしも妻が恋しいです」と、彼はいった。「結婚して十二年になりますが、仕事で離れるときはつらいですね。子どもたちはなおさらでしょう。うちにはわたしたち夫婦の子どもが三人います……ジェイク、アリシア、キムといいます」

ナイメクはうーんとうめいた。「奥さんもアップリンクにいるんだったな？」

「データベースの管理をしています」ディマーコがいった。「名前はベッキー。結婚前の名前はレベッカ・ローウェンスタインでした。わたしの母親は、すてきなイタリア系カトリックの女の子といっしょになって一家の伝統を守ってくれるのを願っていたらしいですが」彼は大きく相好をくずした。「ところがどっこい、彼女はこんどの七月には長女のバトミツヴァ（ユダヤ教の女子成人式）に出るはめになりました。コシ・エ・ラ・ヴィータ……これが人生だ」

ナイメクはくっくっと笑って、またヘッドレストに頭をあずけた。車はがたがた揺れながら六輪駆動車の後部扉の後ろをのろのろ進み、びっしり群がっていまにも行く手をふさぎそうな広葉樹のマニオクの木立をすこしずつ通り抜けていった。

「アニーと予定はあるんですか？」しばらくしてディマーコがたずねた。

「それは、帰国した日にという……？」

ディマーコは首を横に振った。

「つまり、ふたりは真剣かってことです」

ナイメクは一瞬とまどいの表情を浮かべた。

「まだ婚約もなにもしていない」彼はいった。「ちょっと早すぎる気がする。しかし、一年、いや一年半くらいずっとつきあってきたし……」

ディマーコは肩をすくめて左手をハンドルに戻した。

「つきあった時間と真剣さは関係ありません」と、彼はいった。

ナイメクは眉をつり上げた。

「どういうことかな」

ディマーコはもういちど肩をすくめた。「以前、三年ばかりある女とつきあってました。その女だけと。いい女だと思ってたし、うまくいってましたが、永遠の関係にしようとは全然思わなかった。ふたりにはなにかが欠けてるような気がしていたんです。そこへひょいとベッキーが現われ、ふたりは理想の取り合わせとわかりました。ただし、わたしはまだそのもうひとりの女とつきあっていました」

「それでどうしたんだ？」

「別れました。例によって決して簡単なことじゃなかったですが、その必要があったんです。わたしはベッキーをデートに誘い、その二、三週間後にプロポーズしました。その三カ月後には、ふたりでニューヨーク市にある例の超宗派のUNチャペルの通路を歩いてました。すばらしい場所だった。司祭とラビが共同で式を執り行なってくれましてね」

「性急すぎるかもと思ったことはなかったのか？」

ディマーコはちらっとナイメクの顔を見た。

「生身の人間ですから」彼はいった。「結婚の五〇パーセント以上が失敗に終わっているという統計もありますしね。世間も妥当な時間割を押しつけてきます。このくらいつきあってから、婚約してこのくらいたってから、赤ん坊は何年してから……たしかに疑ったことはありますよ。なかったらふつうじゃない。しかし、そういうことを思い悩んでもしかたがないと思ったんです。知るべきことは知った。突っ走るには充分だと」

車は深い轍のついた道路を揺れながら進んでいき、ナイメクは座席で黙っていた。彼は表示盤のGPS画面に目を転じた。

「だいぶ基地が近づいてきたようだ」彼はそういって読み出し装置の地図を確認した。「いまおれたちに必要なのは、無事にあそこへたどり着くことだ」

ローヴァーがこぶにぶつかって激しい衝撃に見舞われた。

「ケツの無事にも気をつけながら」とディマーコはいい、握ったハンドルにぎゅっと力をこめた。

エンジン音が迫ってきた。

彼らは目を上げた。顔はすでに熱と閃光をさえぎるフードにおおわれていた。周囲の茂みはかすかに震えていたが、まだ分かれてはこなかった。

SG550狙撃ライフルを持ってブビンガの木の高いところにまたがった男はじっとしていた。顔をカムフラージュ・ネットでおおい、反射を抑えた黒い銃床に頬を押し当てていた。たしかに音は大きくなってきた。近づいている。しかしその音源はまだ彼らの射界に入ってはこなかった。

待ち伏せの男たちは身を隠したまま、その瞬間にそなえていた。

「ちきしょう」と、ディマーコがいった。彼の足はブレーキペダルをぐっと踏みこんでいた。

「そっと自問したことはないですか？　ボスが地図の上にこの緑色の四角を見つけたのは、おれたちを試すためなんじゃないかって？　おれたちの気を狂わせるにはなにが必要かを確かめるためなんじゃないかって？」

ナイメクは微笑を浮かべた。

「ときどき疑いが頭をもたげるよ」と、彼はいった。

ディマーコはギヤをPに入れた。しばらく足止めを食うかもしれないと思った。

彼らはフロントグラス越しに貨物輸送車の後部扉を見た。後部座席で同乗者たちが不機嫌そうなつぶやきを発した。ついいましがた、車両隊の先頭を行くローヴァーが急停止をして、列の後ろに次々と連鎖反応が伝わっていった。これはとげのついた枝がもつれあっているユーホルビアの茂みを通り抜け、容赦ない日射しを逃れることのできるジャングルの回廊に向かったあとのことだった。

先頭の運転手が車を降りてきて後ろのトラックに向かった。それから立ち止まり、トラックの運転台から飛び降りてきた何人かの現地人と言葉を交わした。隊列の全員が両手で目をおおって真昼のまぶしい光をさえぎりながら道の前方に注意をそそいでいた。運転手はこんどは現地人たちのところを離れ、ナイメクたちのローヴァーに近づいてきて、さっと指を曲げるしぐさをした。

ディマーコがパワーウインドーを下ろすと、顔にどっと熱気が押し寄せてきた。

「木が倒れてます(セ・ウン・アルブル・キ・トンブ)」運転手が狼狽の表情を浮かべてディマーコに告げた。濃い焦げ茶色の骨張った顔をしたこのローレンという男は、アップリンク社のセト・カマ基地まですでに何度も旅をしている地元の優秀な案内人だった。

「ひどいのか(セ・マル)？」ディマーコがたずねた。

後ろにいる重役のひとりが座席から身をのりだし、フランス語がわからないので案内人の反応を読みとろうとした。

「どうしたんだ？」と、重役はたずねた。

「道に木が倒れているそうで」ディマーコが答えた。「案内人の話では、ときどきあるらしいです。木が腐って、倒れて、ほかのに当たって、それがまた別のにぶつかるんだそうで」

重役は眉をひそめたが、のりだした体を元に戻してその情報を同乗者に伝えていった。

「どのくらい足止めを食いそうだ？」ナイメクがディマーコにたずねた。

ディマーコは指を一本立ててお待ちくださいと伝え、また案内人とフランス語で短いやりとりをして肩をすくめた。

「状況によるそうです」そのあと彼は答えた。「片づける必要のある木は二、三本かもしれないし、十本以上あるかもしれません。ローレンと彼の同乗者ふたりとトラックの運転手たちで倒れている箇所を確かめてくるそうですが、わたしたちにもいっしょに行って状況を確かめてほしいといってます。ここから見るかぎりはそれほどひどくなさそうだとか。うちの人間が何人か手を貸せば、すぐまた出発できるはずだといってます」

ナイメクは前方に目を向けたが、六輪駆動車の広い後部扉の向こうは見えなかった。すぐに彼はディマーコを振り返った。

「すぐ行くとローレンにいってやれ」と、彼は告げた。

ディマーコはうなずいた。「わたしもお供しましょうか？」

「いや」ナイメクはいった。「きみはここを動くな」

ディマーコはナイメクの顔を見た。

「なにか特別な理由でも？」

「前にもいったことがあるが、用心したがために怪我をした人間はいない」ナイメクは無線のイヤプラグを耳に押しこみ、襟の小型マイクを調節した。そして一瞬なにかを考え、それから声をひそめて話を再開した。「後ろに連絡してくれ。うちの隊員を何人かローヴァーから出して、周囲の状況にしっかり目を配らせろ。ただし、車から離れないようにな……だれもこの道を離れてはならん。重役の乗っている車には少なくともひとりが残るようにしろ」

ディマーコはナイメクを見つめた。後ろでは四人の重役が彼らだけで話をしていた。

「危険のにおいはしませんか？」ディマーコも後ろに聞こえないよう声をひそめた。

ナイメクは肩をすくめた。

「いまのところは」と、彼は答えた。

そして、車の外に出るために肩でドアを押した。


戦争の兵器はその性質上、恐ろしい効果を生み出すために存在する。

熱圧爆弾（サーモバリック）はすさまじい熱と圧力を生み出す爆弾につけられた軍事用語で、ほとんどの兵器をしのぐ恐ろしい威力を秘めている。

F15Eストライクイーグル・ジェット戦闘機で投下するにしろ、肩撃ち式のロケットランチャーで発射するにしろ、サーモバリックの弾頭はその標的に従来型の爆弾よりはるかに持続的かつ広範囲に破壊をもたらす。法を無視した闇の市場にはあまたの設計図が流通している。多くは戦闘で試され、開発中のものもあるが、弾頭の製法と発射システムはさまざまな段階の機密性に守られている。燃料気化爆弾の弾頭には基本的に三つの仕切られた区画があり、ふたつには高性能爆薬が、もうひとつには液体か気体か両者を混合した微粒子状の焼夷物質がこめられている。ロシアの武器製造者は公に認めようとしないが、RPO-Aの弾頭にある引火性混合物は、酸化エチレンや酸化プロピレンのような石油から生成された燃料とテトラニトロメタンを組み合わせたもので、揮発性が高い。テトラニトロメタンというのはプラスチック爆弾の多くに使われる可燃性成分PETNの液体版だ。

最初の高性能爆薬が空中で爆発すると、焼夷物質の入った区画が金属の卵殻のようにぱっと破裂して中身を広範囲にまき散らす。そのあとふたつめの爆薬が分散したエアゾールの雲を発火させ、華氏四五〇〇度から五五〇〇度の高熱に達する強大な沸き返る火の玉を生み出して、爆心の酸素を燃やしつくし、その真空地帯に一秒の何分の一かの時間に一平方インチあたり四三〇ポンド近い加圧された空気がどっと押し寄せる。海抜ゼロで物体や人間にはたらく圧力のおよそ三十倍だ。この力をまともに浴びた人間は、一瞬にして、蒸発するとはいわないまでも紙より薄いぺしゃんこの状態になる。爆風は外に向かって突き抜け、爆発地点周辺にいた多くの人間はつぶれた肺から空気を吸い取られて窒息死する。犠牲者の体内は静脈、動脈の塞栓症や臓器出血といった甚大な損傷を負い、皮下部分や筋肉組織から臓器が引きちぎられることもある――眼窩から眼球が飛び出すことも含めて。

ピート・ナイメクがローヴァーから片足を踏み出すと同時に、RPO‐Aの弾頭が車両隊の先頭のところに炸裂した。おそらく彼の命が救われたのは、とぎすまされた反射神経とこのタイミングのおかげだった。

ナイメクの前方にある密集した木々から大きな爆発音がしたと思った次の瞬間、熱と炎が咆哮をあげてどっと押し寄せた。襲いかかったその衝撃を受けて、わずかに開いていたローヴァーのドアが勢いよく閉まり、取っ手を握っていたナイメクは座席へ投げ戻された。ローレンの出てきた先頭の車両をナイメクの目がぱっととらえた次の瞬間、車は地面から何フィートも宙に舞い上がり、左側面を下に落下した。そして、ぐしゃぐしゃになって燃え上がった。窓が爆風で吹き飛んで粉々になっていた。

なかにいる六人は一瞬で絶命したにちがいない。そうわかるだけの戦闘をナイメクはぐっていた。どうすれば死を免れられるかについてはほとんど考えず、考える時間もないままに、彼はランドローヴァーの助手席側のドアの陰に飛びこんだ。ひざをついて、レベル六の装甲を盾にした。そのあいだに、爆風に襲われた六輪駆動車は押し戻されてローヴァーにくっついた。四方八方から破片が飛びこんできた。ナイメクの上に降りそそいできたものもあった。宙を舞ったり、まわりで燃えているものもあった。衣服や木の葉やシートカバーがあった。なにかはわからないが、それ以外にもいろんな破片や切れ端があった。真空に吸いこまれていく焼けつくような風のなかから悲鳴が聞こえた――貨物輸送車の運転台を降りていた運転手たちの声。ローヴァーのなかでパニックにおちいった重役たちの声。彼らの恐怖の叫びがすべてまじりあっていた。前の座席からディマーコがナイメクに大声で呼びかけていた。「隊長、隊長、聞こえますか、隊長、しっかり!……」

最初のうち、息が詰まって頭が朦朧としていたナイメクは答えることができなかった。左の目にちくりと痛みを感じた。目のなかになにかがしたたり落ちてきて視界がぼやけた。暖かい濡れたものが顔を流れ落ちていた。手の甲で額をぬぐうと、なめらかな赤いものがついてきた。

ナイメクは二度まばたきをして視界をはっきりさせた。そして次の瞬間、目の前の光景が見えないままならどんなによかったかと思った。トラックの運転手たちが生贄になっていた。ひとりは地面に倒れてぴくりともしなかった。服が燃えつき、黒焦げになった体が炎にあぶられていた。その近くに別の男の残骸が散らばっていた。ひとりのものではないかもしれないが、これも燃え上がっていた。

「隊長――」

起きろ、起き上がれ。ナイメクは自分に命じた。起き上がれ。

どうやったかはわからないままに、どうにか体を起こすことに成功した。ちらっと投げた視線が座席の向こうのディマーコの目をつかのまとらえた。そのあと、なぜか視線はディマーコの頭を通り越し、運転席側の窓から反対側の草の上にいる案内人のローレンの姿をとらえていた。おそらく爆風でそこまで吹き飛ばされてきたのだろう。ローレンは肩くらいまである草の一画をころげまわって、服を食い破ったあとも消えずにいる炎を消し止めようとしていた。激痛に耐えかねて手足をばたばた振りまわしている。

と、そのとき、立ち往生している車両隊の後方からポン、ポン、ポンと大きな音がした。ヒューッと空気を切り裂く口笛のような音がした。ナイメクがさっと後ろを振り向くと、ユーホルビアの木立から煙が立ちのぼっていた。最後尾の車両、つまりコナーズとホリンガーが守っているローヴァーの後ろにオレンジがかった赤い爆発が三つ続いた。あそこにも砲撃が浴びせられている。音から判断して軽迫撃砲か。

そのあとナイメクの前方の森と両側の茂みから銃撃音がした。半自動小銃(セミオート・ライフル)のものにまちがいない。混乱のまっただなかで、装甲をほどこされたローヴァーの側面のドアと後部扉の銃眼からVVRSⅢの銃身が突き出された。外部の隠しパネルがぱっと下に開き、小型サブマシンガンが内側からはめこまれた。ナイメクの指示ですでにローヴァーの外に出ていた〈剣(ソード)〉の隊員たちは、バンパーとフェンダーと後部扉のあいだに飛びこんでいた。すでに銃撃を開始している。森にいる姿の見えない襲撃者たちとの集中射撃の応酬も始まっていた。

ナイメクは気持ちを静めて周囲を見まわし、後部座席の様子を調べた。乗客のなかにはまだ金切り声をあげている者がいた。静かになって物音ひとつたてずにじっとしている者もいた。どの顔にも混乱とショックの表情が浮かんでいた。おそらくナイメク自身の顔も大差ないだろう。

ディマーコだ。ディマーコに指示を出すことに神経を集中しろ。

「ローレンはまだ生きている」ナイメクはいった。「救出を試みる」

「まだ血が止まっていませんし――」

「ただの切り傷だ」

「隊長、わたしにやらせてください」

ナイメクは首を横に振った。またポン、ポンと迫撃砲の発射音がした。そのあと口笛のような音がして爆発音がした。

「おれはだいじょうぶだ、よく聞け」ナイメクはいった。「どういう状況かはわからんが、前も後ろも行く手はさえぎられている。後ろに無線を入れろ。全員を装甲のついたローヴァーに詰めこむんだ。直撃を食ったらだめかもしれないが、トラックも含めてほかの車両はブリキ缶も同然だ」ナイメクは猛然と頭を働かせた。「移動するときは援護が必要になる。どうするのが最善かはきみが判断しろ。移動がすんだらローヴァーのドアをすべてロックして、そこを動くな。乗っている人間が冷静さを失わないよう努力しろ」

「おひとりで外に駆け出しては……」

ナイメクは手刀を切るしぐさでディマーコの抵抗をさえぎった。

「よく聞け」彼はいった。「基地に連絡をとれ……うちには盗聴防止用にスクランブルをかけた音声通信機がある。そうだな？」

ディマーコは素直にうなずいた。「はい」

「スカイホークを送りこむよう基地に要請しろ。あのヘリが複数あるといいんだが。激しい砲撃が待っていると乗組員に警告するのを忘れるな。迫撃砲のことを伝えるんだ。それと、なにかわからんが、あの炎と爆風でおれたちを襲ったもののこともだ……なんらかの種類のRPGだな。はっきりはわからない。それから、ヘリとマイクロ波ヴィドリンクをつなぐ必要もある。襲撃者の位置がわかるまで地上の隊員にはあまり役に立たないが」

「なんとかします」

「よし」まだナイメクには窓からローレンの姿が見えた。「あの案内人だ、スティーヴ。おれはあの男のところに行く」

ディマーコは指を一本立てて待ってくださいと伝え、自分の側のドアにある仕切りをぱち

ん と開け、急いでなかを探した。

「これをお持ちください」と彼はいい、小さな救急箱をとりだした。「なかにモルヒネの皮下注射器があります。役に立つはずです。それと、あのサボテンみたいなとげのある植物に気をつけてください。あれから染み出てくるのは毒ですから」

ナイメクは救急箱を受け取り、固い決意を秘めたうなずきをディマーコに送った。それから外に出て勢いよくドアを閉め、車の後部を急いで回りこんだ。

一面のスゲとユーホルビアのなかで武装略奪団は二手に分かれていた。包囲した道から一〇〇ヤード奥の地点では、各人が仲間と二〇ヤード間隔で迫撃砲の狙いをつけていた。首領の男がそばにかがみこんで見守るあいだに、手下のひとりが高性能爆薬の仕込まれた破砕性爆弾を、レバー式より速く発射できる落下式で筒に送りこんだ。弾がすべり落ち、ベース・キャップの撃針を打った。と同時に雷管の薬包に火がつき、フィン・ブレードの発射火薬に伝わった。

次の瞬間、弾が砲口から撃ち出されて炎と煙の束と化した。ロケットのように急上昇して空を駆け、車両隊後方の地面に地響きをたてて落下し、道に穴を穿って、車両の退却を阻んだ。

それが炸裂すると同時に、次の弾が筒に落とされた。

首領の男は双眼鏡を目に当てて車の縦列の先頭を見た。車のなかから外に出たアップリンク社の保安長が側面にそって後ろへ駆けだした。片手に火器を持ち、もう片方に別のなにかを持っている。なにかの箱かケースだ……

首領の男は好奇のうなり声をあげた。そして、四輪駆動の奥の草むらで身をよじっている男に気がついた。まばらにある茂みのなかで姿がはっきりしないが、案内人かもしれない。好奇心の満たされた首領の口元に微笑が浮かんだ。アップリンク社の保安長はあの案内人のところへ駆けこんで、危険に身をさらしながら手当てをほどこそうとしているのだ。

信じられないような展開だ。あそこの道で車両隊を包囲したのは、あの保安長を木々のほうへおびき寄せ、あの男を仕留めろという明確な命令を受けて待機している狙撃手の射程に誘いこむためにほかならない。手下たちに与えた命令は明確なものばかりだった。彼らと手を結んでいるコンゴの軍指揮官フェラ・ゲテイエから指示された明確な指針にそったものだ。ひとつながりの鎖のなかでゲテイエがだれと取引をしているかは、この首領の一団にはなんの関係もないことだった。こういうつながりは複雑だし、秘密のヴェールに守られていて、必要なときしか情報はもらえない。この首領の率いる〝路上の裁断師(クプール・ド・ルト)〟団にとっていちばん大事なのは、この天の恵みのなかから自分たちの取り分を回収することだった。

といって、どういうつながりかまったく見当がつかないわけではない。略奪団に危険や逮捕や裏切りはつきものだ。処理する値打ちのある情報は蓄えておくにこしたことはない。それは経験から学んでいた。〝必要なことだけを知る〟方式で仕事を引き受けることに不安は感じなかった。しかし、連鎖のトップにいる者たちが安全に気を配っているのなら、同じことをせずにいる理由はない。大事なのはバランスだ。情報過多は危険を招く可能性があり、情報不足のときは先見の明を欠いて愚かな行動をとりかねない。

盗まれた兵器と技術を売り買いするカメルーンの商人とゲテイエにつながりがあるのを首領は知っていた。カメルーンの商人はこの地方のいたるところで多くの法執行官から便宜を計ってもらっている。そのなかにはポールジャンティの警察署長もいた。この署長が指名を受けられたのは、〈ガボン警察〉のもっと高い地位にいる人間のおかげだと首領は知っていた。この国の有力な大臣の操り人形といわれている地方警察長クラスの人間だ。大臣の名は知らないが、さらにその大臣は恐ろしい評判のある白人に操られているという信憑性のあるうわさも耳に入っていた。その白人の名前と横顔はほかの人間たち以上に謎に包まれている……そのままにしておくのが身のためというわさだ。

当事者たちの正体を暴くのにどんなに心がそそられても、思いとどまるのが賢明だと首領は思った。

そのガボンの大臣がエティエンヌ・ベゲラであること、セト・カマで待ち伏せをする段取りをベゲラから要請された地方警察長がアンドレ・キラナ署長の直属の上司であること、首領の率いる悪党一味と闇商人のあいだに入る媒介者にフェラ・ゲテイエを確保したのがキラナであることを、首領は知らなかったし、知りたくもなかった。

多少の情報は役に立つ。それはまちがいない。しかし情報過多は足かせになるし、天秤のはかりを誤った方向に傾けかねない。絶大な力を振るうこういう危険人物たちに疑いをいだかせたくはない。尋問を受けたら自分たちのことを漏らすかもしれないと不安をいだかれるのはごめんだ。

首領の最大の関心は、この計画のなかで自分の率いる人殺しと泥棒の集団が自分たちの役割を果たし、関わった部分から得られるものを得ることにあった。彼に率いられた者たちもその点に変わりはない。

このますべてがうまく運べば莫大な稼ぎになるだろう。ゲテイエとの取り決めは一種の出来高払いだった。作戦の各段階でうまく役目を果たすごとに利益が増大する仕組みだ。車両隊の要撃に成功したことですでにかなりの額は保証されているし、アップリンク社の保安長を狙撃で仕留めたら合意に基づいて特別のボーナスがころがりこむ。標的みずから計略に手を貸してくれたことだし、いまにも狙撃は成功するだろう。何百万ドルもの価値があるトラックの積荷を乗っ取るのに手下たちが成功すれば、ひと財産がころがりこむ。カメルーンの闇商人がそれを売りさばいたあと、ゲテイエから略奪品の一部も受け取れる。犠牲者を出すことにはなんの制限も課せられていない……その点については、死体の数は多いほうがよさそうだと首領は思っていた。他方、貴重な貨物の破損は避ける必要がある。少なくとも最小限に抑えなければならない。その点で状況はむずかしくなりはじめていた。

首領は双眼鏡をしっかり支え、丸いふたつのレンズ越しに包囲されている車両の列を観察した。先頭のランドローヴァーは破壊されていた。その後ろのトラックに積まれている貨物はかなりの損失をこうむっただろう。RPO-A肩撃ち式ランチャーの威力はすさまじい。

しかし、大事な恵みの泉にあえてこれ以上の打撃を与えるつもりはなかった。残りの輸送車はみな一カ所に集中している。最後の二台のトラックは、装甲つきとわかった車両二台に前後を挟まれている。つまり、どっちのローヴァーを直撃してもトラックの貨物の損失は避けられない。そういう結果は受け入れがたい。

となれば、いつまでも力を加減した弾幕を浴びせているわけにはいかない。車両隊を無力化したまま、四輪駆動を離れたアップリンク社のひと握りの隊員を始末して相手の防衛力を弱めることだ。

首領はひとり合点をしてうなずき、心のなかでつぶやいた。

そろそろ手下どもを道に送りこんで、とどめの一撃を加えてやらなくては。

ローヴァーとその後ろのトラックのあいだに低く身をかがめたナイメクは、またすばやく額の血をぬぐって敢然と道路を横切りはじめた。

たちまち彼は射撃の的になった。木々のあいだからサブマシンガンらしい一斉射撃が雨あられとふりそそいだ。そのあと一発だけ、ナイメクの数インチ左の地面にもっと口径の大きな弾がびしっとめりこんだ。足元からぱっと土が跳ね飛んだ。いまのは上のほうからだ。木の上からだ。撃ち手は木の上にまたがっておれを仕留めようとしている。そう理解すると、ディマーコの質問が頭によみがえってきた。ちきしょう、どういう状況なんだ？

彼はその考えを中断した。いま状況の心配をしている時間はない。案内人は彼の数ヤード前方にいた。スゲのなかに倒れて、動いていた。激痛に手足をばたつかせていた。

ナイメクは茂みのなかへ突進した。折り畳んだ毛布を右手に持ち、ハーネスからはずしたVVRSを左手で握り、銃身を上に傾けていた。引き金をしぼってブビンガの木立に銃火をまき散らし、自分で自分を援護した。最善を尽くしてはいたが、猛然と駆けているときにしっかり狙いはつけられない。

また上のほうからヒューンと銃弾が飛んできた。これもすぐそばに着弾した。期待していたほど狙いははずれなかった。いまのナイメクは、頭より一、二フィート高いもつれた群葉のなかを動く標的だ。相手は数百ヤード離れたところから、二度、すぐそばへ撃ちこんできた。透視能力があるか特別なスコープを使っていないかぎり、これほどの精度はありえない。そして木の上にいるのがスーパーマンであるはずはなかった。

ナイメクの後方にふたたび迫撃砲が炸裂し、サブマシンガンの一斉射撃が襲ってきた。しかしローレンの叫びは——耳をつんざく混乱した叫びは——どの音よりも大きかった。とうてい無視することはできない。その叫びはナイメクの意識にトンネルを開け、狂ったように点滅する警告信号のように呼びかけてきた。目の前でひとが死にかけている。理解を絶する苦しみにもがいている。あそこにたどり着いて、なんとかあの恐ろしい苦悶の叫びを止めてやらなければ。

ナイメクはユーホルビアの茂みを大急ぎでかき分けた。とげのついた枝が頭上に届き、まわりにからみつき、避けようとする努力をあざ笑うかのように腕をひっかいた。それでもこの木は樹上からの狙撃を防ぐつかのまの盾になってくれた。ナイメクは走りつづけ、またすこし草地にぶつかってから案内人のところにたどり着き、ディマーコから渡された救急箱をぱちんと開けた。ローレンは手足をばたつかせて、のたうちまわっていた。両方の手のひらを自分の体に打ちつけていた。体の表面をなめつくしていた炎を消し止めたことに気がついておらず、いまなおそれを打ち払おうとしているみたいに。

「だいじょうぶだ、あわてるな、動かないようにしろ」と、ナイメクはいった。われを忘れて手足をばたつかせていればなおさら体を傷つけるだけだ。しかし、あまりの激痛で言葉が耳に入らないのかもしれない。おれがなにをいってるのかわかるだけの英語を話せないのかもしれない。そうだ、そうにちがいない。おれにはまずなにより言葉の問題に対処する必要があったんだ。

ナイメクはしゃがみこんで救急箱からモルヒネの皮下注射器をとりだし、筒の先端を太腿の外に押し当てて、ばね仕掛けの針を起こした。この針で、ぼろぼろになった服の上からじかに痛み止めを打つ。ナイメクはなおも、できるかぎり小さな声でじっとしているようにと呼びかけていた。だいじょうぶだ、ローレン、よくなる、きっとだ、よくなる、ただしここは協力してくれ、じっとしててくれ。ローレンから焦げた髪と皮膚のにおいがした。ナイメクは吐き気をもよおすような恐ろしい襲撃を五感に受けていた。

そのとき、とつぜんローレンがおとなしくなった。倒れたままうめいているが――少なくとも息はあるわけだ――ほとんど動かなくなった。ナイメクには理由がわからなかった。やっとおれのいってることが理解できたのかもしれない。あるいはショック状態におちいったのかもしれない。判断はつかないが、状況から考えて好ましい兆候ではないかもしれない。だが、ここにいても命は引き延ばせない。のたうちまわっても手足をばたつかせてもいないからローヴァーに連れ帰るのは楽になった。あそこには少なくとも防護物がある。ここもトム・リッチの信条でいけ……小さな一歩を積み重ねろ。

よし。次の停留所はローヴァーだ。ふたりであそこにたどり着かなければならない。肩でローレンを支え、引きずって、なにがなんでも――

乾いた銃撃音がした。狙撃手が次の一撃を樹上から放っていた。

ナイメクは背の高い草のなかに倒れこんだ。


スティーヴ・ディマーコは、文字どおりの厳守はせずに命令にしたがう方法を知っていた。たいていの状況なら命令にそむこうとは考えなかっただろう。

だがこれは並たいていの状況ではなかった。だから、彼がナイメクのサンノゼA部隊に配属される理由となった特別な能力に頼ることにした。この部隊に入るにはむずかしい判断を瞬時に下す能力が求められた。

全員を装甲のついたローヴァーに詰めこむんだ……移動するときは援護が必要になる、どうするのが最善かはきみが判断しろ。

これはディマーコではなくピート・ナイメクがいった言葉だ。どうするのが最善か、それはき、み、が、判、断、し、ろ。よし、いいとも、そうさせていただこう。そしてディマーコはナイメクが茂みのなかに倒れこむのを見る直前に判断を下し、ローヴァーの外となかにいる〈剣(ソード)〉の隊員たちに無線を入れ、装甲車の排気管からタイプⅣ熱煙幕の同時発射準備を指示していた。軍事利用のために最近アップリンク社が開発したこの極微粉アルミ合金粒子は、白い雲となって渦を巻きながら立ちのぼり、視覚と熱をさえぎる濃い煙となって、装甲車に移動するあいだ全員の姿を包み隠すだろう。と同時に、この煙は包んだものが放出する赤外線を散乱させる。人間の残す一二〜一四ミクロンの熱痕跡から車両が放射する赤外線波長まで、あらゆる赤外線を。車は熱い日射しのなかを何時間も走ってくると、エンジンを切っても強い赤外線を放射する。通常使用される黄燐(おうりん)か赤燐を使えばもっとずっと幅の広いスペクトル波長を散乱させられるのはディマーコも知っていた。しかし燐は華氏五〇〇〇度の高温で燃える。その煙のなかを駆け抜けたら、接触した瞬間に体の表面や気道が火ぶくれを起こしかねない。タイプⅣなら敵が使用するどんな銃の熱映像照準器や熱探知ロケットも妨害できるうえに、探知を免れた人間は短時間ならそれを浴びても悪影響を受けずにすむ。

ディマーコは明快な小計画を決定し、コムリンクで指令を出した。ひとつ、彼が三十秒の秒読みを開始する。ふたつ、装甲車はそれぞれの煙幕を放出すること。そして三つ、破壊されやすい車両にいるアップリンクの社員と道案内人とトラック運転手は大急ぎでより安全な車両に駆けこむこと。

あと十二秒。ディマーコが左の肘掛けのそばにある緊急防御用タッチパッド制御盤のタイプⅣ発射ボタンを押す準備をして、大きな声でマイクに残りの秒数を読み上げていたそのときだった、樹上にいる大口径のライフルが三度めの乾いた音をたてたのは。そしてナイメクが茂みのなかへ倒れこみ、姿が見えなくなった。

凍りついたディマーコは緊急停止命令を発した。

後ろのローヴァーでもウェイドがぱっと制御盤から指を離した。

車両の最後尾でもホリンガーが同じことをした。

「隊長、だいじょうぶですか？」ディマーコが共用通信チャンネルで緊迫した声を発した。

ナイメクから返事は来なかった。

ディマーコの胃がきゅっとねじれた。

「隊長！」彼がマイクに吐き出す声は叫びに近くなっていた。「しっかりしてください、ピート、ちきしょう、隊長、だいじょ――？」

「だいじょうぶだ」と、ナイメクから答えが返ってきた。ディマーコが緊迫した声で呼びかけたときには、口を土まみれにして草のなかに這いつくばったままローレンを自分の横にたぐり寄せていたために、すぐに返事ができなかったのだ。「体を低くしていなくちゃならん。木の上のやつに、あやうくいまのでやられるところだった。熱映像照準器を使ってるらしい」

イヤフォンにつかのま沈黙が降りた。

「じっとしていてください」ディマーコがいった。「迎えにいきま――」

ナイメクが途中で割りこんだ。「おれのことはいい」と、彼はいった。「無防備な車両からみんなを避難させろと命じたはずだ」

「もうすぐ合図を出すところでした。タイプⅣの煙を盾に使って……」

「だったらそれを使え」

「狙撃手はあなたに狙いを定めています。怪我をした男を引きずっていこうと動きだしたら、たちまち仕留められてしまう」

ナイメクは息を吸いこんで額から血をぬぐった。折れたユーホルビアの幹から切り傷に樹液が入り、焼けつくような痛みをおぼえていた。

「熱映像照準器で狙われているのなら、タイプⅣだ、必要なものは」彼はうつ伏せのまま食いしばった歯のあいだからいった。

「すぐあなたを包みこめるほど速く分散はできないし――」

「おれは地面に伏せていて、煙がのぼりはじめたらローヴァーに向かう」

ディマーコは心臓が何拍か打つあいだ待って、それから答えた。

「それはだめです」彼はようやくいった。「かわりにフォグ・オイルも使えるし……」

ナイメクは息を吸いこんだ。理屈で丸めこもうとしても始まらない。階級をかさに命令を押しつけることにした。

「だめだ」彼はいった。「その場の思いつきで行動してはならん」

ディマーコはまた黙りこんだ。

「スティーヴ――」

「あなたの信号は壊れかけてます、隊長。声が聞こえません」

「どういう意味だ、おれの声が聞こえないだと?」

「もっとまずいことに、接続がとだえかけています――」

「嘘をいうな、スティーヴ……」

「とだえました」ディマーコははっきり聞こえる声でコムリンクに告げた。「わたしの裁量で任務を続行します。以上」

首領の男は打って出ようと意を決した。待ち伏せには奇襲とスピードが必要だ。どちらかを失えば手詰まりにおちいる。そして失敗に終わる。

彼はひものついた双眼鏡を胸の前へ下ろし、手のひら大の戦術無線機を口元に上げて、道路の両側に振り分けておいた手下たちに命令を送った。抑制のきいた冷静な声だった。

車両隊の後方の茂みと前方の森でじっとしていた手下たちが、そこを離れて計画どおり車両のほうに集結を開始した。

ナイメクとの接続を断ったディマーコは中断していた秒読みをすぐに再開した。残り十二秒から。タッチパッドのタイプⅣ発射ボタンから指を離し、その右の八分の一インチほどの別のボタンに移した。

彼が押す準備をした点灯中のボタンにはSGF2と記されていた。石油霧煙幕発生器2の略だ。じつのところ、この煙幕は第二次世界大戦から戦場で使われてきたディーゼル油と石油の発煙筒とほとんど変わらない。ぶあつい視覚の壁をすばやくつくり出して赤外線に近い信号を混乱させるにはもってこいだが、赤外線波長のいちばん端まで拾える熱映像機の機能をタイプⅣほどは妨ぐことができなかった。

その限界こそ、ディマーコが樹上の敵と対等になるために求めていた、いや必要なものだった。

「十一、十、九、脱出用意……」

ディマーコも準備をととのえ、ダッシュボードのデジタル時計に目をやりながらコムリンクに秒数を読み上げて、自分の命じたことを実行していた。

「……八、七、煙を放て!」

ディマーコが制御盤のボタンを押すと、SGF2の蒸気がローヴァーの排気管から流れはじめた。同時にウェイドとホリンガーもそれぞれの車の排気管から同じものを放出した。このふたりはディマーコの直接指令にしたがって行動していた。

ナイメクと小さな意見の衝突を見ているあいだに座席下の隠れた仕切りからとりだしておいた武器を、ディマーコは見下ろした。一六ポンドの重量をひざは楽々と支えていた。アップリンク社の兵器設計者たちはこれをビッグ・ダディと呼んでいる。ペンタゴンのランド・ウォリアー・プロジェクトの総合立案者たちが〝先進的個人用兵器〟(OICW)と呼んでいるもののアップリンク版だ。ＯＩＣＷは二年前にアップリンク社のブラジル施設に壊滅的な打撃をもたらしたテロリストたちが使っていた、フランスＦＡＭＡＳのモジュラー・ライフルの変形でもある。〈剣〉の兵器設計者たちはおおむね時代を先取りしていたが、ときには後れを取って巻き返しを図ることもあった。そんなときは性能で上回ることで埋め合わせをする。

ビッグ・ダディはシングル・トリガー、デュアル・バレルの統合射撃システムで、下側の銃身にはＶＶＲＳの五・五六ミリ致死性／非致死性サボー弾が込められる。上側の銃身はＶＴ信管つきの二〇ミリ多目的弾発射機で、その上にはマイクロコンピュータの助けを借りた熱映像／レーザードット測距目標捕捉照準器が装着されている。まさにあらゆるものを詰めこんだ一体型兵器だ。

これが自分の目的にかなう働きをしてくれることを願いながら、ディマーコはダッシュボードの時計の数字を声に出して読み上げつづけた。いよいよだ。近づいてきた。三、二、一……

「避難開始！」と彼は叫んだ。

そして両手でビッグ・ダディをつかみ、ドアを押し開けて、激しく沸き返る煙のなかへ飛び出した。

四輪駆動の後部でおびえていた四人の乗客はみな、窓の向こうのすべてがぼんやりした白い虚空に溶けこんでいくところを見つめていた。まるで世界が目の前でなにかにかき消されていくかのようだ。彼らは言葉を交わすこともなく座席の上で手をつなぎあい、頭を垂れ、いっせいに唇を動かして無言の祈りをとなえはじめていた。それぞれの信仰にしたがって祈っていた。信じたかった。可能性に身をゆだねたかった。そうすれば神様の注意を引き、耳を向けてもらえるかもしれない。

彼らはひとつになって、自分たちのためではなく、ディマーコとナイメクと一面の白い世界のどこかで避難を始めている人びとのために祈った……

彼らにはもう見えない外の地獄にいる者たちのために。

外へ、外へ、外へ。

彼らは死の落とし穴と化したトラックと四輪駆動車を空にして、外に飛び出した。二十名を超える経営幹部と技術者と地元の働き手が、洪水のようにどっと外にあふれ出た。道路に飛び出すと同時に〈剣（ソード）〉の護衛がまわりに集結し、タービンが吹き上げるフォグ・オイルの煙をかき分けながら、大きさの異なるふたつの集団に分かれた彼らを誘導していった。大きいほうの集団は車両隊の前のほうにいる二台の装甲ローヴァーをめざして走り、ひとつめよりかなり数の少ないもうひとつの集団は、逆方向に出ると、最後尾にいる一台だけの装甲車をめざして一気に駆けだした。

ただちに避難する必要があったのは彼らだけではない。襲撃が始まる直前に調査のために車から出ていた〈剣（ソード）〉の隊員三人も深刻な打撃を受けていた。ふたりは迫撃砲の弾が爆発して飛び散った破片に体を切り刻まれ、もうひとりは脚に銃弾を受けて大量の出血があった。三人とも自力でか引きずられるかして、車と車のあいだにつかのま逃れていた。三人とも運び出す必要があったが、決して簡単なことではなかった。銃弾を受けた男と破片を受けたうちのひとりは負傷しながらも歩いており、助けを借りれば自分の足で立っていられたが、もうひとりの負った傷ははるかに深刻なものだった。意識が完全でなく、左側頭部に深い裂傷があり、左の頬の一部が剝がれていた。消防士の使う担架で装甲車まで運ぶ必要があった。

〈剣(ソード)〉の隊員たちは煙をかき分けながら、できるかぎり急いで護衛するべき人びとを誘導していった。彼らは低捕捉性（LPI）スペクトル拡散デジタル映像送信機のついた立体熱映像ゴーグルを装着しており、画質を高めた低捕捉性（LPI）映像が三台の装甲車のダッシュボードにある受信器のディスプレイに送りこまれていた。おかげで装甲ローヴァーのなかの隊員たちは、危険に身をさらしている仲間が熱映像ゴーグルをつけて見ているものをすべて見ることができ、異なる視点で見た映像のコラージュによって敵に囲まれたきびしい状況を把握していた。

〈剣(ソード)〉の隊員たちは内と外から防衛射撃を繰り返していた。路上の隊員たちはナイメクが伏せている草の茂みに弾を浴びせないよう注意しながら、外に出るときに携行してきた小型のVVRSを連射していた。同時にローヴァーのなかの男たちはビッグ・ダディで茂みに銃弾の雨を降らせながら、避難してくる人びとを迎えるためにドアをすこし開けて待っていた。空っぽになった車から彼らが進んでくるあいだ、可能なかぎりの援護射撃を送っていた。

避難にたずさわっている隊員たちにとって、SGF2はすごい値打ちものであることがわかりつつあった。

護衛をまかされた男女を装甲車へ急がせはじめた数秒後には、襲撃者が迫ってくるのが見えていた。昔のアメリカ西部で幌馬車隊を包囲した原住民の戦士たちのように進んでくる。茂みをかき分けて忍び寄り、体を低くかがめて一気に駆け出し、地面に伏せて銃を撃ち、またそっと前に忍び寄ってくる。熱映像機のレンズのなかに彼らの輪郭が光を放ち、彼らの銃身から飛び出た熱い点が、灰色の原野を背景にして黄色がかったオレンジ色にきらめいていた。

立ちのぼる一面の煙が状況を一変させた。ほんの数分前にピート・ナイメクが観察したときには、猛然と駆けこんでくる敵に正確にライフルの弾を浴びせるのはむずかしい状況だったし、敵の位置にも確信がもてなかった。それが敵の位置が正確にわかったことで正確な狙いをつけやすくなった。敵の目に自分たちが見えなくなるといっそう楽になった。

煙幕で車両隊の見えなくなった襲撃者たちが足を止めた。動きが止まったために、突如として彼らは目の見えない困惑した標的に変わった。〈剣(ソード)〉の隊員たちはこの逆転現象にすかさずつけこんだ。煙の毛布の外にいる赤外線映像に火器の狙いを定めた装甲ローヴァー内の射手たちは、茂みのなかの敵をひとりまたひとりと撃ち倒していった。避難者たちが走りつづけているあいだ、彼らの護衛にあたっている隊員たちもなんとかとぎれのない集中射撃を浴びせることができ、待ち伏せ要員たちの輪は逃げたり倒れたりしてばらばらになった。

すこしして避難者たちが大急ぎで装甲車に駆けこんできた。まず最初に負傷者を入れた。装甲車のなかにいた者たちが外に出て、負傷者たちにドアをくぐらせた。彼らのために貨物区画を空けられるだけ空け、そのあと残りの人びとに手を貸した。彼らをなかへ押しこめて、全員が入るとドアを勢いよく閉めてロックした。

移動は完了し、ようやく彼らはすこし安全になった。

しかし、これで助かったと思った者はひとりもいなかった。

ディマーコがローヴァーの外に片ひざをついて身をかがめ、必死に木の上を見渡していると、遠くからヘリコプターのローターがたてるパタパタという音が聞こえてきた。

安堵の思いが押し寄せたが、ひとつ息を吸って気持ちを静めた。まだ喜ぶには早い。スカイホークが来たのは確かだが、まだここにいるわけでもない。いますべきことに神経を集中し、一瞬たりと引き金の指をゆるめてはならない。

照準器のスイッチを指ではじいて通常の昼光モードから熱映像モードに切り換えると、四輪駆動の排気管からわき出ている煙のなかをはっきり見通すことができた。フォグ・オイルを選んだのは、白一色のなかでも目が見えるのがわかっていたからにほかならない。熱映像が使えなくなるタイプⅣを使っていたら、彼には狙撃手が見えなくなり、狙撃手にも彼が見えなくなっただろう。しかし狙撃手には煙の外にいるナイメクの姿が見える。援護を失ったナイメクの命は風前のともしびになっただろう。コムリンクでいい争ったときは、ナイメクもそれを察していたのだ。そして自分のためにディマーコを標的にしたくなかったのだ。ナイメクの立場だったらディマーコも同じように考えただろう。英雄が多すぎる。それが問題だ。

　ディマーコは銃床を頬に押し当ててアイカップをのぞきこみ、ライフルを左右に振りながら狙撃手の姿を見つけようとした。

〈剣(ソード)〉に入隊する以前、ＦＢＩシカゴ支局で十年以上も特別捜査官をつとめてきただけに、ディマーコは銃のあつかいに習熟していた。ピストルには高い技能証明書を、ライフルにも水準以上の証明書を付与されており、状況判断技能では二度賞を獲っていた。しかしサブマシンガンは専門家といえない。それをいえば、人間を撃ったことはなかったし、ゴキブリより大きな生き物を殺したこともなかった。毎年春になると自宅の地下にもぐりこんでくるいまいましいネズミたちを捕獲するにも情け深い罠を買ってくる。シカゴで二回だけ、射撃訓練場以外の場所で銃を抜かなくてはならなくなったが、どちらの場合も相手は両手を上げて降参してくれた。どこかでビールを飲みながら交戦体験談にできるような劇的な対決や射撃の離れ業はディマーコにはなかった。ナイメクを窮地から救い出して、あすも会いたければ、ここで初めての獲物を仕留めなければならなかった。

　顔に汗を伝わせながら、ディマーコはライフルを樹上のあちこちへ振り動かした。男が隠れている場所を探して次から次へと木を調べていった。いったいどこに――

　彼ははっと武器の動きを止めた。照準器の電子の網目の向こうに樹上の狙撃手の姿が見えた。葉にくるまった枝の股にまたがっている。赤外線の幽霊のような輪郭がじっと動かずにいる……

次の瞬間、標的を探しているのは向こうも同じだと気がついた。

照準器に目を当てたディマーコには、樹上の敵が自分のほうにライフルの銃口を向けたのがわかるだけの時間があった。それで充分だった。樹上でじっとしていた狙撃手が見せた、たった一度の人目につく動きだったがそれだけで充分だった。

ディマーコは耳と耳のあいだにどくどくいう脈の音を聞きながらビッグ・ダディの引き金をしぼった。肩に反動が来た。ライフルの上側のチタンの銃身から二〇ミリのスマート弾が飛び出した。マイクロコンピュータ制御の照準器が距離と位置をデータ処理して標的を仕留めるのに最適な爆発点を自動的に割り出し、弾が当たった瞬間ではなく空中で爆発を起こすようセットしていた。次の瞬間、耳を聾する大きな爆発音がして、木の上からオレンジ色の炎が上がった。幹が引き裂かれて四方八方に飛び散り、大小さまざまに燃え上がる無数の木くずと化した。

ディマーコは心臓の鼓動を感じていた。なかば呆然と自分を見下ろしていた。本当に心臓は自分のなかで打っているのか、本当に胸に鉛玉を受けてはいないのかを確かめるために。まだ世に知られていないが、大衆の心をつかむにちがいない『交戦体験記』第一話がそこにはあった。

彼はライフルの照準器に目を戻して煙の向こうの茂みをのぞきこんだ。周囲の銃火はさきほどまでよりまばらになっていた。ヘリコプターのブレードがたてる大きな音が聞こえていた。いい兆候だ。じつにいい兆候だ。

「隊長！」ディマーコは草木のなかを調べた。こまかく調べた。ローヴァーの側面に背中を押しつけて、ナイメクとつながるコムリンクのチャンネルをもういちど開いた。

「隊長、聞こえますか、いま探しているところで――」

「聞こえる」と、ナイメクが答えた。「しかし、なにも見えない。煙が濃すぎてな。ローヴァーの後方一〇ヤードか二〇ヤードくらいの茂みの奥じゃないかと想像するのがせいぜいだ」

ディマーコがライフルの銃身を左に向けると、低いところに熱映像が見えた。ひとりは腕を地面に突っ張っており、もうひとりは地面にべったり横たわっていた。

「見えた気がします、隊長。片手を上げてみてください」

照準器のアイカップのなかでぼんやりと手が上がって揺らめいた。

ディマーコは息をついた。

「よかった、あなたです」彼はいった。「そこにじっとしていてください、迎えにいきます」

「こっちに来たら、命令にしたがわなかった罰に蹴っ飛ばしてやるからな、覚悟しておけ」

「覚悟しておきます」ディマーコはそういうと、草木の群生に向かって一気に駆けだした。

爆発で木の上が引き裂かれるところを双眼鏡で見た首領の男は、さほど遠くない東の上空にヘリコプターの音を聞きつけ、襲撃中止の命令を出す潮時だと知った。もう取り返しはつかないが、完敗といっていい状況だった。暗殺するはずだった男は生きており、乗っ取るつもりだった積荷はするりと手からこぼれ落ちていた。味方に数名の死者が出た。車両隊の動きを止めたことから得られる金銭的な補償ではこの損失は埋められない。

車両隊のなかに装甲車がまじっているのに気がついた瞬間、自分のおかれた状況に懸念を感じはした。敵の放った化学の煙が道路を包みこみ、装甲をほどこされた四輪駆動車に乗っている敵の保安部隊が手下たちを撃退しはじめると、懸念は不安に変わった。彼の自信に亀裂を入れたのは敵のすばらしい火力だけではなかった。かつてカメルーン軍兵士として戦った彼は知っていた。どんなに計画を立てても交戦のあらゆる側面にそなえられるわけではないし、敵について知られていることと実際にはかならずギャップがある。不可解なのは、敵の発揮した能力が彼の聞かされていた話とことごとく矛盾していたことだ。もらった情報が不完全なのはしかたがない。しかし、これまでずっと信頼のおけた情報源がこれほどひどい誤った情報をよこしたのには納得がいかなかった。考えられるのは……

首領の表情はこわばっていた。猛々しい茶色の目は狙撃手を配置した燃えさかる木に釘づけになっていた。破壊されて燃えているあの木の残骸の上空に、まもなくヘリコプターがやってくる。そうなればおれと手下たちは徹底捜索を受ける。

これ以上あれこれ想像している暇はない。とりあえず、いまは。やつらの前に姿をさらす機会はまた次に見つけよう。

怒りに身を震わせながら、彼は通信機を口元に上げて退却を命じた。

ヘリコプターが頭上に飛んでくると、ナイメクはローヴァーの地対空送信ボタンを押した。

「操縦士、こちら保安部隊長、聞こえるか？」と、彼は呼びかけた。

「はい、聞こえます」

「こっちはひどい状況だ。死者が出ている。数名が負傷、うち三名は重傷だ。すぐヘリで輸送してもらう必要がある。やけどを負っているのもひとりいる。処置をしないとどれだけもつかわからない」

「ちきしょう。こいつをしでかした狼の群れが移動しています。何台かのオフロード車に向かっています」

「放っておけ」ダッシュボードのディスプレイに向けられたナイメクの目は、ヘリの空中探査ポッドから送りこまれてくるマイクロ波映像を見ていた。「やつらを追いかけると同時にこっちの負傷者を送り出すことは不可能だ」

「了解しました。しばらくお待ちください。降下します」

ナイメクは無線を切った。疲れ果てていた。救急箱からガーゼをひとつかみして額に当てた。そこはぐっしょり朱に染まっていた。

「くそっ」ディマーコが彼のそばでいった。「巨人に棍棒で殴られたみたいな気分です」

ナイメクは鼻を鳴らした。そして黙って背もたれに背中をあずけた。

ふたりは座席にすわったままヘリコプターが着陸するのを待っていた。後ろの貨物区画からローレンが震えのまじった長く低いうめき声を漏らした。彼はいま、ぎゅうぎゅう詰めの人びとが空けてくれた場所に大の字になっていた。

それを聞いて、ナイメクの首と腕の細い毛が逆立った。

「何分か前に――」といいはじめてから、ディマーコははっと言葉をとぎらせた。自分の口から出てきた言葉に驚いていた。前方の木々の塊から車両隊の上に炎の嵐が吹き荒れてからまだそれだけしか経っていないとは信じられない気持ちだった。「あなたが茂みにいたとき、なぜかブラジルのことを思い出しました。なぜかはよくわかりません。頭のなかをいろんな考えがめまぐるしく駆けめぐっていましたので。いまもそうです。しかし、あそこに例のテロリストたちがかけた奇襲で、マト・グロッソの施設は壊滅に近い状態に追いこまれました……どこか今回に似ているような気がするんです」

ナイメクは彼の顔を見た。「どういう意味だ？」

「いまいましいことに、よくわかりません」ディマーコは両手で空中を探るしぐさをした。「ブラジルの事件のファイルを読んだのはずいぶん前のことです。しかしロリー・ティボドーが〝山猫〟と呼んでいる例の狂人とあの事件が結びつく前から、ブラジル襲撃事件のことでわたしの頭を離れなかったことがありました。あれは真のプロのしわざだという考えです。高高度開傘高高度降下（HAHO）部隊の落下傘による潜入、今年大量生産モードに入ったばかりのFAMASの代表的なアサルト・ライフル……敵は熟練の戦士でした。それと、莫大な資金の提供を受けていたにちがいありません」彼はひょいと肩をすくめた。「もうひとつわからなかったのは、やつらがどんな目的を達成しようとしていたかです。その問題はずっとわたしのなかでもやもやしていました。まだ表面に現われていないことがほとんどのような気がします。そして今回われわれの上に降ってきたこのクソを見て、わたしは同じような疑問をいだきました。動機、戦術、装備」

ナイメクは救急箱のガーゼを新たに加えた。

「どうかな」彼はいった。「おれにはつながりは感じられなかった」

「ないからかもしれません」ディマーコはいった。「しかし、あの連中は何者なんでしょう？　隊長にはあれがけちな山賊どもに見えますか？」

ナイメクは考えこんだ。

「この近隣の強盗団を十把ひとからげにけちな山賊と考えるつもりはない」と、彼はいった。「離脱兵で構成されている団もある。外国の指導教官から、つまりロシアやイギリスやイスラエルやわが国のグリーンベレーみたいなところにいた人間から戦闘訓練を受けてきた連中だ。おれたちを襲った一団はその部類なのかもしれない」

ディマーコは首を横に振った。

「それではまだ、やつらの使った兵器の説明がつきません」と彼はいい、フロントグラスのほうへあごをしゃくった。前方では、炎上している先頭のローヴァーと木々からもくもくと出ている暗い灰色の煙がＳＧＦ２の煙とまじりあって空と森をぼやけさせていた。その刺激臭が彼らの換気システムにしみこんできていた。「あいつらが華々しい見せ場を作るのに使ったものがなんであれ、あれは特別なものにちがいありません」

ナイメクはディマーコの話の主眼を自分の論理にそって考えてみた。そこからどんな推論が導き出せるかもよくわからなかった。いまこの場で理路整然と考えるのはむずかしかった。五フィートも離れていない後ろでひとりの男が苦痛のうめきを漏らしている。ことによると死にかけているかもしれない。考えるのは至難の業だ。しかし最初の印象では、今回の出来事と比較できる対象があるとは思わなかった。ブラジルの襲撃事件はしっかり組織化された大がかりなものだった。アップリンク社の弱みを注意深く見極めてそこにつけこんできた敵がもたらしたものだった。しかし今回の待ち伏せ攻撃は小さな貨物の車両隊を狙ったものだし、こちらの防衛力をずいぶん過小評価していた。ホテルの部屋に隠しカメラをとりつけ、ポールジャンティでアップリンク社の人員を監視していたことを考え合わせると、ここで彼らを襲った男たちにはもっと大きな狙いと豊富な資源をそなえた後ろ盾がいる。その可能性がきわめて高い。それはナイメクにも理解できた。今回の事件はひと握りの針と割れたガラスにすぎないのかもしれない。しかし、現段階でそれ以上は……

ナイメクはどんな可能性も除外するつもりはなかった。すっきりした頭でじっくり考えられる機会が得られるまでは。しかしロジャー・ゴーディアンの組織に加わって長いナイメクは、つながりのない多くの敵がアップリンク社にいることを知っていたし、共謀説をひっぱり出すような飛躍を試みようとは思わなかった。

彼は息を吐き出して、自分の側の窓から外を見た。スカイホークがついに草の上に車輪を下ろした。

「その話はまたにしよう」ヘリのブレードがたてる騒音に負けないようにナイメクは声を張り上げた。「怪我人を乗せる手伝いが先だ」

ヴィンス・スカルは胸の前で腕組みをして〈ゼブル・パサージュ〉というインターネット・カフェの狭苦しい隅の席にすわっていた。彼の前にはスリープモードに入っている自前のラップトップがあった。ゼブル・パサージュは〝シマウマの横断歩道〟という意味だ。〈きらめき（サンティユマン）〉号と同じくらいばかげた名前のような気がした。いや、もっとばかげている。年をとった証拠かもしれないが、店名のなかにその店について知る必要のある情報のほとんどが詰まっていた時代をなつかしく思うことがたびたびあった。どんなサービスや売り物を提供する店かは名前を見ればわかった。〈メイシーズ百貨店〉。〈ウルワース雑貨店〉。〈エビンガーズ・ベーカリー〉。〈ハワード・ジョンソン・レストラン&アイスクリームパーラー〉。通りからそういう店に入っていく客は、そこになにがあるかをきちんと把握していただけでなく、その店の創業者の名字もわかった。場合によってはファーストネームとミドルネームの頭文字（イニシャル）もわかった。フルネームがわかることさえあった。客に対する意識の欠如といえば、店先のドアの上にかかっている看板が店の売り物についてなにも語っていなくて、どうやって客にドアをくぐらせるつもりなのだろう？

スカルは低いうめき声を出して、椅子の上で尻の位置をずらした。〈シマウマの横断歩道〉という名前が、インターネットへの接続サービスを提供しながら手巻きタバコやスコーンやコーヒーや瓶入りのミネラルウォーターを出す店とどんな関係があるのか、彼にはよくわからなかった。キーボードに猛然となにかを打ちこんでいる二十人ばかりの男女が、このざわついた環境でなぜ作業に集中できるのかもスカルには見当がつかなかった。ほかの客たちがカウンターで注文をしたり、食べ物のトレーを持ってそばを通ったり、椅子におさまったり、本やファイルフォルダーその他をバックパックから取り出したりしていて、気の散ることこのうえない。客はすべて白人だ。仕事でこの国に来た海外駐在員の道楽息子や娘なのかもしれない。彼らの大半はバックパックを背負ってきていた。なかにパッド入りの収納部があり、そこにコンピュータをしまえるようになっている。彼らはコンピュータを操作するとき、真剣で迷いがないように見えるかをひどく気にしているようだ。耳にヘッドフォンをつけているのもいる。なにを書いているのだろう？　学校の宿題か？　旅行記事か？　オンラインの音楽批評か？　まさか本じゃあるまいな？

どうして彼らがなにごとかを完成させられるのか、スカルは理解できなかった。彼は仕事で地球上のいろんな土地におもむき、さまざまな条件下で情報を収集しているが、首尾一貫した評価報告書を作成するときには静かな仕事部屋が必要になる。少なくとも周囲に四つの壁があって、だれにもじゃまされずにすむ部屋が必要になる……ドループどものおかげでガボン共和国ではその手のものがまったく手に入らない。まったくすてきな国だ。ここでだれかに頭に銃を突きつけられ、食料雑貨店のリストかなにかをまとめろと命じられたとしても、はたしてできるかどうか。

しかし、駄洒落じゃないが、納得できないのは五十三歳という年齢のせいかもしれない。あるいは、ことによると――ひょっとしたらだが――最近なにかにつけてしゃくにさわるのは、世間の連中は他人と共同の空間にいても稲妻のように速いノート型コンピュータを見せびらかしながらまっとうな仕事ができる気でいるからなのかもしれない。

スカルはまたいらだちまじりの低いうめき声を出し、ラップトップのキーをたたいてコンピュータをスリープモードからめざめさせ、電子メールの列を確かめて、シャームがノーテルに関する情報を掘り当てられたかどうか見てみようと考えた。この辺鄙な土地の小さな混雑した共同の空間でいらいらしながら五時間待って、そろそろ我慢も限界に達し……

スカルはとつぜんぴんと背中を伸ばした。奇跡中の奇跡だ。電子メールの受信ボックス画面に太字で浮かんでいたのは、F・シャーマンというユーザー名に「オーバーシューズと鼻栓を持参されてますように」という件名がついたメッセージだった。生意気なことを。しかし、どういう意味だ？ ほとんど気にはとめなかった。メッセージにファイルが添付されていることを示す右側の小さな紙クリップのアイコンに気をとられていたからだ。

スカルはカーソルを当ててメッセージを開いた。添付ファイルがあるだけではない。ファイルは何個かあった。大きなファイルだ。

メールの本文にはこうあった。

〝ご要望にお応えして、太腿まで浸かれる糞尿のプールを手に入れましたから、どうぞ歩いてお渡りください、ヴィンス。臭うのを覚悟していないとひどい目にあいますよ〟

スカルはひとつめのファイルを開いて、ざっと拾い読みした。何分もしないうちに鼻をつまみたくなってきた。

8

アフリカのガボン共和国／カリフォルニア州

オンライン版「スレッジ」（ニュースと意見の新しいタイプの電子ミニコミ誌）より
ホットニュース（マニー・アルモンテ）

衣装だんすから丈の長いブーブーをひっぱり出せ！——アップリンクとセドコ、夢のステージでダンスを踊る

ふだんは控えめな印象の強いロジャー・ゴーディアンがマコッサやサヘルやコンゴのポップミュージシャンが奏でる熱狂的なダンスのリズムに乗って尻を振っている図は、たちまち経済界と社交界の注目をさらうにちがいない。その図の背景に巨大な平底船（ポントゥーン）と錨索の支えるダンス・ステージ、高々とそびえる鋼鉄の起重機（デリック）やフライングマストや吊り上げフックが加わるとなれば、『フォーブス』誌や『ブルームバーグ』誌のような独特の様式に慣れている投資方面の人びとも無視するわけにはいかないだろう。

羽根で作った猫じゃらしを猫の上にぶらさげたことはおありだろうか？　前述の催しは来週ガボン沖合の掘削プラットフォーム上で行なわれる予定だが、おそらくこれはマスコミの注目を集めるためにほかならない。ガボンというのは顕微鏡のスライドの上にぴったり収まるくらいちっちゃな赤道アフリカの共和国だ。アメリカ人の多くは聞いたことすらないだろう。少なくとも本誌編集者はだれも知らなかった。しかしほかでもないその国で、〝世界の民主化推進〟運動に私企業が担う役割を変容させた（なんのため？　さあね。『ウォールストリート・ジャーナル』の受け売りです）通信業界の巨大企業のボスは、あそこの海中領土を何十年も支配してきた古参のずる賢いオイルフィッシュたちと張り合おうとしている野心的な石油会社のボスと手を組んで、新しい提携関係に署名捺印し、祝杯をあげようとしている。彼らを迎える現地の政府関係者も加わってのお祭り騒ぎだ。馳せ参じてこの目で見ずにいられようか。

「衣装だんすから丈の長いブーブーをひっぱり出せ！」――この催しの司会進行役をつとめるセドコのCEOヒュー（〝キング・ヒューイー〟）・ベネットは、先日テレビの『ファイナンシャル・ニュース・ネットワーク』に出演し、アフリカ大陸全土で着用されている刺繍をほどこした正装に言及しながら熱っぽく語った。「よく働き、よく遊べがわたしのモットーです。この催しではみんな思いきりはめをはずすつもりですよ」

ここで白状しておこう。大々的なお祭り騒ぎに弱い本誌コラムニストは、いま、ひもと羽根でできたベネットの猫じゃらしに歯と爪を食いこませ、セドコのチャーター便でこの催しに乗りこむマスコミ関係者の輪に加わる準備をしながら期待によだれを垂らしている。そこで、過去にガボンを、特に今回の目的地であるポールジャンティを訪ねたことのある文化の枠を超えた小粋な読者諸氏にお願いしたい。どなたかいますぐ〝丈の長いブーブー〟を貸し出している店を教えていただけないか？　あの服の着用が義務づけられているという話なので。どうしてかって？　キング・ヒューイーに訊いてくれ！

情報提供と値引きの申し出を、当誌メールアドレスにてお待ちしています、親愛なる友人諸氏。

彼らは装甲つきのランドローヴァーで空港に向かっていた。ディマーコがハンドルを握り、ウェイドがその隣の助手席、ナイメクとスカルが後部座席にいた。この一団が出かけたのにはいくつか理由があった。最大の目的はあすガボンに到着するロジャー・ゴーディアンの警護態勢強化だが、〈リオ・ガボン〉で相談をするわけにはいかない。あそこで話せるのはせいぜい、セト・カマの待ち伏せ事件があったことだし倉庫に部隊を集結させて予防措置を講じてはどうかという提案くらいのものだった。あの事件は荷物の乗っ取りを狙った事件と一応の分類はされていたが、とうてい対策を打ち切りにできる状況でないのはわかっていた。

彼らが出かけたのには差し迫った理由もあった。他人の目や耳のある場所では絶対に検討できない問題があったからだ。

スカルにはナイメクに見せなければならないものがあった。ひと続きのメモと書簡から彼が抜粋した重要な文書だ。スカルの部下のフレッド・シャーマンがノーテル社の内部情報提供者からこの文書の存在を耳打ちされた。そのあとシャーマンはノーテル社最上層部の重役三名に、この情報を寄こさなければアップリンク社は完全な背信行為と見なし、まだ署名のすんでいない外注契約を即時破棄すると通達してこの文書をもぎ取った。

インターネット・カフェでコンピュータ画面にこの手紙が現われたとき、スカルは大きく目をむいた。そしていま、安全な車のなかで、彼はようやくハードディスク・ドライブからそれをひっぱり出してもだいじょうぶと安心し、ボタンを押して前の座席の背中から出したドッキング・ステーションにラップトップをつないだ。肘掛けに組みこまれたカラー印刷機からプリントアウトが吐き出されていった。

「さあ見てくれ」スカルが印刷機の排出トレーから紙をとりだして、ナイメクに手渡した。「フレッドが何度か釣糸を投げた結果、ついに化けの皮が剝がれやがった。おれとあんたの共通の友人がとんでもない反則を犯していた証拠だ」

ナイメクはひざの上に文書を置いた。いつもの自分の元気が感じられなかった。頭がぼんやりし、縫い合わせた眉が包帯の下でひきつれていた。燃焼性の爆風によって息の根を止められかけたのは、わずか二十四時間前のことだ。その影響がまだ残っているらしく、耳がじんじんしている。

「どうだ？」と、スカルがうながした。

ナイメクはさっと相手にいらだちの視線を投げた。「ざっと読むのに三十秒以上くれたら返事をする」

ヴィンスは眉をひそめたが、なにもいわなかった。

ナイメクは手渡されたものに目を戻して読みはじめた。高級便箋にしたためられた手紙のコピーだ。書き手はポールジャンティの経済開発大臣で、ナイメク率いる先遣隊が到着したとき歓迎会を主催した政府高官でもあるエティエンヌ・ベゲラだった。ジョン・グリーヴズ二世という人物に宛てられたものだ。グリーヴズの肩書は保険請求主任調査員。〈ファウラー・グループ社〉の危機管理部に所属する男だった。

ナイメクはスカルに目をやった。「〈ファウラー〉……民間の保険会社だな？」

スカルはうなずいた。

「超大手だ」彼はいった。「ロンドンの〈ロイド保険協会〉とつながってる」

ナイメクはうめき声を発し、手紙の本文に目を戻した。

親愛なるグリーヴズ殿

あらゆる側面を熟慮した結果、残念ながら、ドゥパン、ブシャールの両氏が亡くなった沖合の現場を調査したいという貴社の要望は承認できない旨をお伝えしなければなりません。わたくしの判断は、すこぶる評判の高い貴社について否定的な結論が下された結果では決してなく、行政者としての義務を公正に果たさなければならない立場上の問題でありますので、ご安心のほどを。

〈ノーテル海底保全社〉、具体的にはピエール・ガンヴィーユ船長の意見を参考に、あの出来事を取り巻くあらゆる情報を再検討しつくした結果、有人深海調査の手順を踏んでもあの海域で作業する人びとに多大な身体的危険をもたらすばかりか、そこからこれ以上貴社の参考になる情報が生まれることはないと確信した次第であります。ご存じのとおりガンヴィーユ船長はすでに遠隔深海艇を使ってあの現場の事後調査を完了しており、余すところのない徹底的な調査が報告されております。

今回の申し入れの却下が貴社に失望をもたらすのは承知のうえで、わたくし個人としては、五月四日の悲しむべき出来事に由来する賠償請求についてはノーテルの調査結果を最終調査と受け入れることをお勧めいたします。ファウラー・グループはガボンで事業を進めている多くの著名な企業、とりわけ石油と鉱物の試掘にたずさわる諸企業の保険を引き受けている信頼の厚い海上保険会社でもあります。これらの事業はわが省から直接の後援を受けておりますし、調査中に生じた損失への補償に過度の疑いが挟まれるような印象が生まれて貴社との関係に傷がつくようなことがあったとしたら、わたくしとしても心が痛みます。たとえそうした印象が的外れなものであったとしても。

ノーテルの勧告状を同封いたします。貴社の記録のために必要になる資料がほかにありましたら、もちろん喜んで提供する所存です。

敬具

エティエンヌ・ベゲラ

ナイメクはしばらく時間をとってすべてをのみこみ、それからまたスカルのほうへ目を上げた。

「あのクラブでガンヴィーユがいったことは全部嘘っぱちだったんだ」彼はいった。「ノーテルは事故の調査をしていないとあいつはいってたが、実際はちゃんとしていたわけだ」

「あいつがやったんだ」スカルがいった。「あの男が。自分の手で」

「現場を調べたいといってきた者はほかにいなかったともあいつはいってたが、ファウラー・グループが政府に許可を求めていた」

「それを阻止するのにあいつはひと役買っている」スカルがうなずきながらいった。「こんなことだろうと思った、ピーティー。あの歌い手がピーチクさえずってたのは、おれたちをまっすぐ森の奥へ送りこむためだったんだ。目隠しをしたままな」

ナイメクは考えこんだ。いつもの癖で額をこすりはじめて目の上の包帯に触れてしまい、傷にちくっと痛みが走った。

「ベゲラは？」ぱっと手をひっこめて、彼はたずねた。「許可を拒んだ理由について保険屋の男に書いている内容だが、信頼できると思うか？」

スカルは肩をすくめた。

「なんともいえんな」彼はいった。「単なる用心深い男にすぎない可能性もある。しかし、あいつはやけにファウラーに強気に出ている。やけに高圧的に。ファウラーが引き下がらなかったら、彼らの補償について悪いうわさをばらまくと脅しているのは明らかだし、おれには政治力にものをいわせた脅迫に見える」

「同感だ」ナイメクがいった。「手紙では公正うんぬんと書いていたが、じつに薄汚い手口だ。この国にフェアプレイに関するどんな法律があるかは知らないが、おれたちの国ならあいつは槍玉に挙げられる」

スカルがうなずいた。

「面白くなったな、ピーティー」彼はいった。「楽しくなってきたぞ」

彼らはしばらく静かに走っていった。ローヴァーが急カーブを切って、ナイメクは片方に揺すぶられ、座席で踏ん張ったときにすこしめまいがした。

ディマーコがバックミラーでちらっと彼を見た。

「すみません、隊長。出口を通り過ぎそうになって」と、彼はいった。「さっきのヴィンスの話を考えるのに気をとられていたものですから」

スカルが前に身をのりだした。

「なにを考えたんだ？」

ディマーコは肩をすくめて道路に目を戻した。

「ガンヴィーユがおれたちを森へ誘いこもうとしてたって話です」彼はいった。「それを聞いたら、たちの悪い大きな狼が数えきれないくらい森のなかを走りまわってるみたいな気がしましてね」

「あなたからこれが最後だっていってくれるの？ それとも、わたしから切り出さなくちゃいけない？」

ロジャー・ゴーディアンは糊をきかせてアイロンをかけた正装用のシャツを手に、ベッドの上で口を開けているスーツケースを見下ろしたまま無言で手を止めた。妻の質問は驚きでもなんでもなかったし、避けて通りたいとも思っていなかった。ゴーディアンにとって心の奥底にある思いを伝えるのは、いちばん大切な人びとが相手であっても容易なことではなかったが、鍵のかかる箱にそれをしまいこんでいた時代はとうに過ぎていた。いつも気軽に思いを伝えられるわけではなかったが、愛する人びとのために彼はそれをした。自分にとっても大切なことだと心のなかで認めていたからだ。いまは、特にアシュリーには、努力を払っていた。それをしていなかったころ、ふたりの結婚生活はどうしようもないくらい病んでいた。

それでも、まだときどきうながしてもらう必要があった。そして、彼の注意を引く最後の手段としてアシュリーが意図的にいまの質問を投げたのだとしたら、その目的は達成されていた。

ゴーディアンはシャツをスーツケースに入れ、それから振り向いて彼女と向き合った。彼女は部屋の反対側のドレッサーのそばに立って、新しい旅行用携行品入れにさまざまな品を詰めこんでいた。ゴーディアンがちゃんと名前をおぼえられない〈スタンフォード・ショッピング・センター〉のデザイナーブランド店で、彼女が買ってきたものだ。ばか高い代物にちがいない。使いやすくて便利なのは認めるにせよ。なんと呼ばれている商品なのかもゴーディアンは知らなかった……デラックス・トラベルキットかもしれない。ジッパーがついた透明なビニールのポケットがふたつあり、その下に不透明なナイロン製のポーチがある。衣装袋(ガーメントバッグ)の小型版といったデザインで、広げるとハンガーフックその他が現われる。丸めて締めると、よくある髭剃りセットとSWATのウエストバッグの中間のような形になる。気の利いた収納具だ。

「声明発表の前にふたりで相談すべきじゃないかな?」と、彼はいった。

アシュリーは夫に視線を投げた。射通すような大きな目だ。

「そうするのはかまわないけど」彼女はいった。「あなたが認める認めないは別にして、どうあるべきかはふたりともわかっているはずよ」

ゴーディアンはふたたび黙りこんだ。アシュリーのこまやかな気配りと徹底ぶりは相変わらずだ。彼女は最新式のトラベルキットをドレッサーの上に置き、夫が熱帯の海で漂流して離れ小島に流れ着いたとしても何カ月か身ぎれいでいられるだけの携帯用衛生用品をそこに詰めこんでいた。これがあれば、救助隊が到着したときにも、島の人食い人種たちに首領のところへ引っ立てられていったときにも、非のうちどころのない姿でいられるだろう。上のポケットには、ふたつきのプラスチック皿に入った棒状の石鹼や、爪切り、綿棒、スティックタイプの臭い消し(デオドラント)、はさみと毛抜きのセット、ローラー式の埃とり、ヘアブラシ、歯ブラシ、練り歯磨き、爪楊枝、ティッシュペーパーひと箱、そして完璧な真四角に小さく折り畳まれた洗面用タオルが詰めこまれていた。下のポケットにも同じようなものが入っている。日焼け止め、虫よけスプレー、使い捨てかみそり、ペンシル状の止血薬、シェービング・ジェルの小さな缶、そしてうがい薬や消毒薬やシャンプー、リンスの小瓶を収めたジップロックの袋。ふたつの透明なポケットの下で口を開けているナイロンのポーチには、ビタミン剤の詰め合わせとアスピリンと処方薬入れがのぞいていた。処方薬のなかにはアフリカへの旅にそなえて一週間前から飲みはじめた抗マラリア剤のガラス瓶と、息苦しくなったときにふだん使っている噴霧器もあった。

ゴーディアンは無言のまましばらくアシュリーを見つめ、彼女の片方の手に別のガラスの小瓶が握られているのに気がついた。瓶の上には彼女のラベル作成器で作られたものとわかるお手製のステッカーが貼られていた。赤い大文字で印刷された言葉が一部、彼女の指で隠れていた。もう片方の手には、彼女がドレッサーの上の残りの品々のそばにあるシートから切り取った、丸い一〇セント硬貨大のアルミホイル片があった。

「その手に持ってるのはなんだい?」と、彼はたずねた。

「話をそらさないで」

「そんなつもりじゃない」彼は本心からそういった。「興味をそそられただけだ」

アシュリーは肩をすくめた。

「保湿性化粧水の試供品よ」彼女はいった。「中身は全部使ったけど、瓶はとっておいたの」

ゴーディアンはうなずいた。

「役に立つ瓶を捨てるのは無分別なことだものな」と、彼はいった。

「そのとおりよ」彼女はいった。「まったくの浪費だわ」

「いまそこに詰めたのはなんだい?」

アシュリーは瓶を掲げて見せた。「自分で確かめて」

ゴーディアンはラベルを一瞥した。

「収斂化粧水(アストリンゼン)」と、彼は声に出して読み上げた。

アシュリーはうなずいた。

「入れておくわね」彼女はいった。「暑い国に行ったときはこれがあると助かるのよ」

ゴーディアンは一瞬沈黙した。一点の曇りもなく身ぎれいに、か。

「じゃあ、そのホイルは?」と、彼はたずねた。

「最初にあった封のかわりよ」と、アシュリーはいった。そして注意深くホイルを瓶の首の上に合わせて、ぎゅっと端を押しつけた。「ふたがゆるんで中身が漏れたら、スーツケースのなかのものがだいなしになるかもしれないでしょ」

ゴーディアンは称賛の気持ちが九割、面白がる気持ちが一割の表情を彼女に向けた。

「きみは本当によく気がまわる」と、彼はいった。

彼女は笑みを浮かべずにうなずいた。そして瓶のふたを回し、ふたつめの透明なポケットからジップロックをとりだしてアストリンゼンを加え、それからトラベルキットに戻した。

「もう出かけなくては、アッシュ」しばらくしてゴーディアンがいった。その口調に、もう面白がっている感じはこもっていなかった。アシュリーの深刻な表情を見て彼は小さな罪悪感をおぼえた。「セドコと契約をまとめるだけでも、ガボンへの旅は避けられなかっただろう。しかしもう、それだけじゃなくなった」

「口だけじゃないことを見せてこなければいけないのね」

ゴーディアンはうなずいた。

「現実参加を」と、彼はいった。「うちの先遣隊が受けた監視……貨物輸送車隊が受けた襲撃……このふたつにつながりがあってもなくても、計画どおり事を進めずにはいられなくなった。だれが相手だろうと、ひるんだ様子を見せるわけにはいかない」

アシュリーは夫の顔を見た。「アフリカでアップリンクのひとたちに降りかかった出来事を、セドコは知っているの？」

「ダン・パーカーにかいつまんで話をしたし、彼からヒュー・ベネットとあそこの役員には伝わっている」

「このまま計画を進めようというあなたの意見に、あそこも賛成なのね」

「全面的にね。特にベネットは。セドコの取締役会はあの男が最終的な決定権を握っている」

アシュリーはその点にしばらく考えをめぐらせた。「あなたのほうの理由はわかるけど」彼女はいった。「ベネットのほうはどうかしら？　あなたとちがって彼には国家建設者たちを支えることに特別な興味はないみたいだけど」

ゴーディアンはしばらく考えた。

「キング・ヒューイーはきびしい環境で事業を行なうのに慣れている。あの地域では危険から腰を引いては望ましい結果が得られないし、築いてきた成果を土台に事を進めることもできない。あの男はそれを知っている」彼はいった。「それに、うちとの合弁事業は別にして、ガボンで敵愾心の主たる標的になるのはアップリンクだし、急激に事態が悪化した場合に矢面に立つのもうちだとあの男は踏んでいるんだろう」ゴーディアンは肩をすくめた。「あるいは、企業のテントショーを仕切る座長の役目を断念する気になれないだけのことかもしれない。たぶん前者も後者もすこしずつあるんだろう。うちがみんなのために特別保安部隊を提供し、勘定も全部もつというのなら、まかせて損はないだろうし。しかし結局は同じことだ。ぼくは自分のやる気を駆り立てるものに取り組むしかない」

アシュリーは依然として部屋の反対側から彼を見つめていた。

「わかってるわ」彼女はいった。「そしてわたしも、中止を進言しようとするほどばかではないわ。だけどわたしがいいたいのは、いまのことじゃないの。いま話しているのはわたしたちの未来についてなの」

「自分のできないことを周囲の人間にしろと求めたことは一度もない」

「状況は変わったわ、ゴード。わたし、ときどき考えるの。状況の変化に気がついても自覚してもいないのはあなただけなんじゃないかって」アシュリーはいった。「自分の肉体の限界を認めてそれに取り組む道もあれば、そんなものは存在しないみたいなふりを決めこむ道もあるわ」

ゴーディアンはベッドのわきに立って、彼女の緑色の瞳にじっと目をそそいだ。

「ぼくは元気だ」彼はいった。「医者たちからも完全な同意をもらってる」

アシュリーは首を横に振った。

「わたしはあなた以上にあなたの検査結果を知っているかもしれない。全体的に見てその結果には満足しているわ。でも、だからといってあなたの体が受けたダメージを忘れてしまうわけにはいかないの」彼女はためいきをついて、声の抑揚を抑えた。「二年前、思い出したくもないけれど、わたしはもうすこしであなたを失うところだったわ。あの記憶をどうしても追い払えないの。どこかにしこりがあるの。アルブテロールの噴霧器を詰めこむのにもちゃんと理由があるのよ。あなたの肺には瘢痕組織があるわ。線維症が。ときどき息が切れるし――」

「公平な目で見てくれ。無理をしないかぎり、まずだいじょうぶだ。注意を払うよう精一杯努力しているし……」

「あとはわたしにいわせて」と、彼女はいった。「自分の健康に無頓着だとあなたを責めているわけじゃないの。だけど、あなたは決意を固めているわ。ひとを守ろうとするわ。蛇たちが鎌首をもたげてあなたの大事なものに襲いかかってきたとき、あなたには無理を押して頑張ってしまう傾向があるわ。この何週間かのうちにどれだけワクチンを打った？　黄熱病、腸チフス、ジフテリア、A型肝炎……いまわたしの頭から抜け落ちているものもきっとあるわ。ふつうのひとだってどれかから副作用を受けかねないのに、あなたはだれも受けたことのないダメージを免疫システムに受けているのよ」

「アッシュ、きみ自身もいってたじゃないか。ぼくが病気にかかってからもう二年になる」

「あなたはただ病気にかかっただけじゃないわ」彼女はいった。「あなたは生物兵器に殺されかけたのよ、それまでだれも見たことのなかったウイルスに人為的に感染させられて。政府の科学者たちがいまだに信じられないくらい高度な処理過程を経て実験室で培養された菌によって。近ごろこの話はあまりしないけど、それは、この話をするとわたしがどんなに心配するかあなたが知っているからだと思うわ。でも、本当はすべきなの。そのほうが楽だからって知らんぷりできるような些細な問題じゃないんだもの」

ゴーディアンは彼女の視線を感じながらそこに立っていた。

「きみとの結婚は、これまでぼくが達成したことのなかでいちばん誇らしい、なにより大切なものだ」彼はいった。「しかし、守れない約束をきみにしたことは一度もないし、いまもするつもりはない」

アシュリーは胸の前で腕組みをし、小さく肩をすくめて見せた。

「だったら、できる約束をしてみたらどうかしら」と、彼女はいった。

ゴーディアンはしばらく無言で彼女を見つめた。それから部屋を大股で横切り、彼女のそばに来て、彼女の肩に両手を置いた。

「きみの求めていることを考える」彼はいった。「アフリカから帰ってくるまで時間をくれたら返答する。その答えできみの心配が減るかどうかはわからない。でも、きみの心をいまより軽くしたいと思っている」

アシュリーは夫の顔を見て、それからぱっと目を輝かせてうなずいた。

「それが第一歩よ、ロジャー」彼女はいった。「それが第一歩よ」

サンディエゴの東側にある〈ネイツ〉という酒場のジュークボックスから、心地よい音楽が流れていた。くたびれ果ててはいるが、近隣の再開発の波をものともせずに粘り強く残っている店だ。周囲のぼろい長屋も同様だ。だれからも耳を傾けてもらえなくなってきた主義主張によって結ばれた盟友のように、ぼろ家たちは通りに肩を寄せあっていた。

トム・リッチとデレク・グレンは店の奥のほうにある芥子(からし)色のボックス席にいた。リッチは氷がたっぷり入ったコーラをちびちび飲んでおり、グレンは輸入物のスタウトビールを瓶から飲んで、室内空気清浄法をものともせずにすぱすぱマルボロを吸っていた。この店の白髪まじりの主(あるじ)はこの法律を憲法違反と見なし、違憲ではないとしても憲法の精神にふさわしくないとして断固拒否していた。カウンターに並んでぼんやりしている五人の客のうちの四人は、減少しはじめている常連の代表だった。この店に来る客のほとんどは、とうに定年を過ぎた労働者階級の黒人男性だ。

「前回いっしょに来たときほどにぎわっていないな」と、リッチがいった。

「あのときだって、たいしたことはなかったですよ」グレンがいった。「土地開発業者どもがまたひとつ勝利を収めましてね」

「頭にきてるみたいだな」リッチはいった。

グレンはビール瓶の首をリッチのほうに傾けた。

「声に出ちまったかな？」彼は冷笑を浮かべた。「鋭いおかたという評判はだてじゃない」

リッチは彼がスタウトビールをごくごく飲むところを見守った。グレンは長身で大柄な三十代の黒人だ。アップリンクのサンディエゴ支社は、サクラメントの施設からあふれ出たデータ関連のストックを保管するのをおもな目的に、エンバーカデロ臨海地にひとつだけあった倉庫を修繕して開設されていた。グレンはそこで小さな保安部隊を率いている。

「いまいる場所にとどまる必要がないのなら」リッチはいった。「きみをサンノゼに配置換えしたい。指揮官の仕事だ。大幅な昇給に値する。緊急対応部隊をまとめなおすことのできる人間が必要なんだ」

グレンの顔に驚きの表情が浮かんだ。

「あれはあなたのかわいい部隊じゃないですか」と、彼はいった。

「本社を離れるときには置いていかなくちゃならなかった」

「そうらしいですね。でも、戻ってきたんだし、また引き受ければいいじゃないですか」

リッチは首を横に振った。

「一匹狼でいるほうがいい働きができると判断したんだ」と、彼はいった。

「ふうん」グレンは彼の顔を見た。「よけいなお世話でしょうけど、社に戻ってなにをしてきたんですか？」

リッチは肩をすくめた。

「情報の遅れを取り戻していた」と、彼はいった。

「ふうん」

「保安状況の説明を受けた」

「ふうん」

リッチはためらった。自分のグラスに手を伸ばして、なかの氷をからからいわせたが、口はつけなかった。

「そして待っていた」彼はいった。「おおかたは待っていた」

「なにを持っていたのか訊いてもいいですか？」

「かまわん」リッチはいった。「ただし、ちゃんと答えられるかどうか自信がない」

グレンはなにかをいいかけたが、思いなおしたらしく、ジュークボックスの音楽に耳を傾けた。かすれ気味のテナーサックスが奏でるミドル・テンポのジャズのインストゥルメンタルだ。

「アフリカのことはいろいろ耳に入ってます」彼はようやくいった。「例の車両隊が受けた襲撃や、ほかにもいろいろ。いったいなにが起きてるんです？」

リッチはまた氷をからからいわせた。

「きみに教えてもらったほうがいいかもな」彼はいった。「いっぱい情報を耳にしているようだし」

グレンはまたかすかに笑った。そして待ち受けた。

「じつのところ、よくわからない」リッチはいった。「まだあらゆる事実をつかんだわけでもない。あそこでは奇妙なことがたくさん起きている。いろんな疑問がそこかしこをただよっている。しかし襲撃から二日しか経っていないし、まだつながりは見つかっていない。あの襲撃がなにを目的としたものだったかさえ、はっきりとはわからない」

グレンが息を吐くと、鼻と口から煙が流れ出した。

「ああいうことがあった以上、石油プラットフォームの上でやる予定だった派手なお祭りは中止になるんでしょう」と、彼はいった。

リッチは首を横に振った。

「ゴーディアンにはセドコとの契約をすませる必要がある」と、彼はいった。

「なにが起こるか見当もつかない状況でどうやって保安計画を練るんです？　どんな警護策をとるか、どうやって決めるんです？　なんらかの見当がつくまで、あの予定を進めるのは無謀な気がしますがね」

「そうはいかない」リッチはいった。「タイミングがタイミングだけにうちは注目を浴びている。わかるだろう。うちが相手にしている世界には、うちが脅威から逃げ出すところを見たくてたまらない蛆虫どもがたくさんいる。そんなことをしたら、そいつらの思うつぼだ」

「脅しをかければ怖じ気づくやつらだとなめられてしまう」

リッチはうなずいた。

「ガボンだけの問題ではすまなくなる」彼はいった。「おれがゴーディアンの立場にいたとしても同じことをするだろうな。毅然とした態度をくずしてはならない」

「特別兵力を動員して彼を守ったほうがいい」

「〈剣〉の分遣隊が新たにひとつ飛び立つ」リッチがいった。「ゴードの警護は万全だ」

「あそこに合流するおつもりですか?」

リッチはまた首を横に振った。

「なにがあってもピート・ナイメクがいれば切り抜けられる」彼はいった。「おれはちょっかいを出さずに、自分の足元の用心をしていたほうがいい。そうすることであらゆる前線をカバーできる」

グレンはタバコをくわえて、両手をズボンのポケットに入れ、二五セント硬貨を二枚とりだした。

「よくわかります」彼はいった。「近ごろはどこにも安心できる場所がない。おれたちはみんな〝ノドの地〟で立ち往生してるんじゃないかって、ときどき思いますよ」

リッチの顔にはなんのことかわからないと書かれていた。

「ほら」グレンがいった。「聖書の話です。『創世記』。〝そしてカインはヤーヴェの前を去り、エデンの東、ノドの地に住んだ〟」

リッチは小さく肩をすくめた。「これまで、おれの悪しき習慣のなかに宗教はなかったものでな」

グレンは彼の顔を見た。

「やっぱりね」と、彼はいった。

ふたりのあいだに短い沈黙が降りた。

「おれの提案だが」リッチがいった。「興味は？」

グレンは首を横に振って、ないと意思表示をした。

リッチはまっすぐ相手の目をのぞきこんだ。

「やけに早い決断だな」と、彼はいった。

「たしかに」グレンはいった。「だからといっていいかげんとはかぎりません」

リッチはテーブルの反対側からしばらくグレンを見て、それからかすかにうなずいた。

「とはかぎらない」彼はいった。「たしかに」

グレンはスタウトビールの瓶を飲み干し、ちょっと失礼と席を立った。そしてジュークボックスの前で足を止め、二五セント硬貨を入れて何曲か選んでからボックス席に戻ってきた。

「近ごろは値打ちものに出会うことも少なくなりましてね」リッチの向かいにふたたびすべ

りこんで、グレンがいった。「五〇セントで三回転するジュークボックスなんて、いまどきめずらしいですよ」

リッチはなんの反応も見せず、ふたりのあいだにふたたび沈黙が降りた。

グレンはビールを飲み、背後に流れる音楽に合わせて小さく体を揺すった。ピアノの伴奏に合わせて女性ボーカルが歌い、思わせぶりな歌詞と歌詞の合間を軽やかな伴奏がつないでいく。

「『ホェン・オクトーバー・ゴーズ』って歌です」しばらくしてグレンがいった。「歌っているのはメアリー・ウェルズ。作詞ジョニー・マーサー、作曲バリー・マニロウ。いい歌だ」彼はいちど言葉を切って、ビールをぐびりと飲んだ。「ハイスクール時代からのマニロウ・ファンでしてね」

リッチは彼の顔を見た。

「断わったわけを聞かせてくれないか?」

グレンはひじのそばの箱からまた一本タバコを振り出して、ビックの使い捨てライターで火をつけ、煙をくゆらせた。深く吸いこむとマルボロの先端が赤々と燃えた。

「ちょっとした話をしましょうか」彼はいった。「おれはこの近所で育ったんです。ここから南に二ブロックほどの、十四丁目にある長屋で。兄貴たちはみんなクリップス（ロサンジェルスのカラーギャング団）の青色を着てました。話せば長くなりますが、おれはそれとはまったく別の色のベレー帽をかぶることになりましてね」

リッチはうなずいた。

「着色記章は黒、灰色の太い斜めの縞、黄色い縁取り」彼はいった。「統合特殊作戦司令部指揮下のデルタ・フォースだ。きみの個人資料を読んでいなかったら、おれのかわりにきみをとは思いつかなかっただろう」

「なるほど」

タバコの煙でもやった向こうにいる相手をリッチはじっと見つめた。

「心機一転は別にして、あそこに入ったのには特別な理由でも？」

「いまもいいましたが、話すと長くなる」グレンはいった。「いつか話す機会があるかもしれませんがね。とりあえず、おれがどこで生きることに決めたか当ててみませんか？」

「十四丁目だな。ここから南へ二ブロックの」

「おおっと、やっぱり鋭いおひとだ」と、グレンはいった。

彼はビールを飲んでタバコを吸い、自分がかけてきた音楽に耳を傾けた。

「こっちに戻ってきたのは、家族と関係があるのか？」リッチがたずねた。

「家族はもういません、あれやこれやで」

「だったら、どうしてここにこだわる？」

グレンの広い肩が上がって下がった。

「ボランティアの仕事かもしれない」彼はいった。「十代の子たちといろいろやってまして」

「どうして〝かもしれない〟なんだ？」

グレンは二本めのビールを飲みおえて、瓶をわきへ押しやった。

「理由のひとつはおれが頑固者だからでしょう」彼はいった。「土地開発業者や手の早い不動産業者は長屋の景色を毛嫌いする。そこから住民をごみくずみたいに一斉に掃除してブルドーザーでならすことができたら、連中は万々歳だ。そこに高層ホテルや、がらくたを吊すにもまっすぐ線を引けない金持ち用のアートギャラリーや、洒落者たちの住む気どったロフトつきのマンションを建てられる。そういうところに移ろうと思ったら、不動産屋にひと月ぶんの家賃の五十倍とか百倍の収入があることを証明しなくちゃならない」

リッチは彼の顔を見た。

「なにやら聖戦でも戦っているみたいだな」と、彼はいった。

「かもしれません」グレンはいった。「しかし、国境の向こうからこの街に麻薬をこっそり運びこんでくるメキシコのギャングどもにも〝プラタ・オ・プロモ〟ってスペイン語の表現があるじゃないですか。銀か鉛か。賄賂を受け取る友人か弾を浴びせる敵しかいないってわけです」彼はまた肩をすくめた。「土地を動かす連中のやり口を不当な圧力をかける実業界や政界の戦術にたとえた教授たちの論文を読んだことがありますよ。大金持ちの地主や不動産業者や公共事業団みたいな連中は、銃のかわりに合法的ないやがらせを使うだけの話です。たがいを動かしあうためにやることもある。しかしおおかたは住民に圧力をかけるためだ。同じ原理です。手段がちがうだけで」

リッチはなんの見解も示さなかった。店の主人はカウンターの奥の椅子に腰をおろし、頭上のテレビで野球の試合を見ていた。音量を落として動きを追っている。シアトル・マリナーズ対オークランド・アスレティックス戦で、四万三千人のファンが喚声をあげていた。まだ午後九時にもならないというのに数少ない客は姿を消して、店にいるのは奥のボックス席にいる〈剣(ソード)〉のふたりと、カウンターにいるやせっぽちの酔っ払いだけになっていた。酔っ払いはショットグラスの上にだらんと前かがみになって、左のジャブとフックを虚空に放ちながらひとりでなにごとかぶつぶついっていた。リッチは男をしばらくながめ、パンチにスナップが利いているのに気がついた。たぶんまともにボクシングをやったことがあるのだろう。一線級だったのかもしれない。

リッチはグレンに注意を戻した。

「さっきの提案に対する答えは最終回答か?」と、彼はたずねた。

グレンはうなずいた。

「悪く思わないでくださいよ。北のほうで手が必要になったら駆けつけますから、それはあてにしてもらってかまいません」彼はいった。「ただし、この街から本拠地を移すつもりはない」

リッチは低くうめいた。彼はまだ指先で持ったグラスを回していた。

グレンはテーブルの上に身をのりだして炭酸飲料を指差した。

「それに口をつける気があるかどうか教えてもらえませんか。そしたら、もう一本ビールを頼むか、今夜は切り上げるかの判断がつく」と、彼はいった。

リッチは無言のまま考えこむように相手を凝視した。

「理由はわからんが、きみがすらすら聖書を引用したり、大学のインテリの論文を読んでいたりしても、あまり驚くにはあたらないような気がする」彼はいった。「友人連中に蹴り飛ばされずにどうやってバリー・マニロウを聞きながら育ったのかを話してくれるなら、もうすこしここにいてもいい」

グレンはにやりとし、手を振って店主の注意を引いた。

「ゆったりくつろいでいってください」と、彼はいった。

リッチはかすかなうなずきを送り、炭酸飲料を注意深くテーブルの上から持ち上げて中身を飲んだ。

深夜の暗闇のなか、ジークフリート・カールは電池式の高輝度ランタンを手に持って、小屋の近くに駐まっている白いステーションワゴンとユーティリティ・ヴァンのまわりをゆっくり大股でまわっていた。目がとらえたものに満足していた。側面の〈PG&E〉のロゴ、ヴァンの屋根の片側にとりつけたはしご、黄色い回転灯。外から見た特徴にはすべて満足がいった。徹底的に調べても本物と見分けはつかなかった。

カールはヴァンのドアを一度にひとつずつ開け、ランタンを手に何度も体を折って車内を前から後ろまで調べた。ここでも彼は大いに満足した。電力会社の修理専用車については写真でしっかり調べていたが、クッションの材料やカーペットまでそっくりだ。

すこし離れたところで評価を待っているサイラスとアントンのほうへ、カールは向き直った。秘密の特注車請負人が改造をしていたモンテレー郊外の店から、彼らはこの二台を運んできた。

「けっこうだ」と、カールはいった。それから二台の後ろへ行ってそこに立ち、後部のナンバープレートを身ぶりで示した。「これも確認ずみだな？」

サイラスがさっと小さくうなずいた。

「感動ものでした」アントンがいった。「ここまで徹底してやれるなんて、魔法のようですよ」

カールはスパイク・ヘアのクロアチア人を頼もしげに見つめた。アントンの言葉から強いスラブ訛りは消えていた。その特徴は硬い声門閉鎖音と間延びした母音にある。二年前に就学ビザで合衆国に送りこんだときにはそれが目立っていた。この男には偵察員と情報収集に適したさまざまな能力があった。理想的な諜報員だ。お国訛りを消す能力はそのほんの一部にすぎない。アントンはどこの文化圏に入りこんでも、そこ独特の様式を身につけられるらしい。動物避難所で打った芝居はゴーディアンの娘から有益な情報を汲み出すためのものだったが、その演技はカールの期待を上回る結果を生み、作戦の予定表の決定に重要な役割を果たしていた。

カールはナンバープレートに注意を戻し、その表面にランタンの光を直接当てた。反射性の被覆材が光を受けて明るく輝き、州別アルファベット・コードと続き番号を照らしだした。

カールは後ろに下がって、バンパーの片側へ移動し、もういちどプレートの前にランタンを戻した。

縦に並んだ隠し標識記号がきれいに見えるようになった。標識の中央を通って黒く浮かび上がっている。この隠し標識記号は警察が偽造ナンバープレートを識別するためのもので、小さなガラスのビーズが被覆用剤に埋めこまれている。特殊なポリマーでコーティングされているために、斜め三〇度から見ると光を反射しない。これは製造過程で複雑に重ね合わされたかたちで埋めこまれているせいで、プレートの特徴のなかでもいちばん偽造がむずかしい。しかし、ハーラン・ディヴェインの技術的、人的資源はその作業をやってのける力があることを証明した。

カールはうなずいて満足の意を示すと、ふたりの男を見やった。「車を木陰に隠せ」と、彼はいった。「それがすんだら、おれと小屋の仲間のところに合流しろ」

カールは大股で小屋に戻っていった。楽しい夜だ。空気は涼しくさわやかで、周囲には虫の鳴き声が聞こえていた。遠くのどこかでフクロウがホーホーと鳴いている。彼が近づいてくるのをリドが見守っているのが、正面の窓から見えた。犬の頭の輪郭が部屋の明かりのなかにくっきり浮かんでいた。いい夜だ、うん。この雰囲気にはどこか、ヨーロッパにおける長い活動停止期間中の最良の瞬間を思わせるものがあった。とめどなく吹き荒れる台風のさなかに一種の平穏を見つけたときのようだ。ひょっとしたら、最終準備に必要なことがすべて完了したうえに、仕事とは関係のない個人的な関心に好奇心を働かすことができたからかもしれない。

この日の夜明け前、カールはエクスプローラーに乗りこんで西へ向かった。ヴェンタナ自然保護区を横切り、ミッション・サンアントニオ・デ・パドゥアに向かった。偽造した複数の身分証明書を財布に入れていった。横の助手席にはカメラと地図とひとかたまりの旅行者用パンフレットがあった。貨物区画には水分補給器(ハイドレーション)つきのバックパック、長いロープ、ハイキングブーツ、電池式ランタン、そして小さな斧や折り畳み式ショベルや日本式の手引きのこぎりといった基本的な道具類が、すぐ目につくところに置かれていた。警備兵に疑いをいだかせないためだ。

カールはシャンブレーの開襟シャツを着ており、銀のネックレスには聖クリストファーの大きなメダルがついていて、バックミラーのステムにはロザリオが巻きついていた。車の後部にはアントンがカーメルの街で手に入れた二枚のバンパーステッカーが貼られていた。一枚には小さな地図が描かれていた。王の道(カミノ・レアル)の地図だ。その道はUS一〇一号線にからみつくように続いている。道ぞいに点在するスペイン人使節団の伝道所(ミッション)は丸で囲み十字架をつけて目立たせてあった。地図には〈フランシスコ会伝道所ツアー〉という文字が透けて見え、その下にさらに小さな字で現地の旅行会社の名前と電話番号が記されていた。もう一枚のバンパーステッカーには、〈伝道所(ミッション)を見る使命(ミッション)をおびて旅行中〉とあった。そしてスポーツ汎用車(SUV)の後部扉には、キリスト教の魚のシンボルにギリシャ語で〝IXΘΥΕ〟という文字謎(アクロスティック)を彫り刻んだ飾り板がとりつけられていた。

牛や馬の放牧場を過ぎ、何マイルも続く起伏のなだらかな低木地を縫ってサンタルシア山脈を着実に登っていくと、森におおわれた低い山の斜面が日光に洗われているのが見え、やがてむきだしになった砂岩の頂上がオレンジ色に染まりはじめた。夜が明けきるころにはサンミゲル川とサンアントニオ川の合流点を見晴らす峡谷の端にたどり着き、道路標識にしたがいながら陸軍特別保留地と伝道所に向かってゆっくり盆地へ下っていった。そして最後に、犬の訓練士のアナンカゾーから教わった検問所の前で、カールは車を停止させた。

検問所のボックスにいたMPがていねいに免許証と車両登録証の提示を求めてきた。下ろした窓から手渡すと、別の警備兵がエクスプローラーのまわりを歩いて、まず車体に控えめな視線を投げ、そのあと後部の窓からなかを一瞥した。

怪しいものはなにひとつ見つからず、彼らは訪問者に書類を返し、手を振って先へ進むよう合図した。

伝道所に向かう途中で、車は門のついた宿営に入っていく分岐道をいくつか通り過ぎた。〈軍防護警戒態勢（FPCON）アルファ〉という標識が出ているバリケードで囲まれた別の検問所がいくつかあるのにカールは気がついた。すこし前にニューヨーク市を襲ったテロ事件以来、基本的に合衆国のすべての軍事施設で対テロ活動が履行されていた。アルファというのはふつうより一段高いレベルの警戒態勢を示している。FPCON通常(ノーマル)の一段上で、ブラヴォー、チャーリー、デルタの警戒態勢よりは下だ。高レベルの警戒が実施されていたら、あえて旅に出ることはなかっただろう。だが、そうではないと手下たちが断定したし、あの伝道所の地区には大きな魅力があった。簡単に通れそうなだけに、なおさらそそられた。一種の予備訓練にもなる。隠れ家に逃げこまなければならない瞬間が近づいていた。傭兵になってから身を隠したことは何度もあったが、今回はいつも以上にしっかり隠れる必要がある。長期にわたって大規模な人狩りを受けるのはまちがいない。困難を生き延び敵の目をごまかす能力が潜伏期間中に錆びついていたら払い落としておきたい――通常より一段階上だが最大級ではない警戒態勢を相手に。

伝道所には、設立から二百年以上経ったいまでもフランシスコ会の小さな一団がいる。瞑想に適した人里離れた土地で暮らすことを選んだ者もいれば、ギフトショップで働く者もいるし、決まった日程で伝道所ツアーのガイドをしている者もいる。カールは団体旅行者とほとんどかち合わずに、オリーブの庭や礼拝堂や回廊のついたタイル屋根のアーチ道や数世紀の歴史をもつ水路と粉挽き所をひとりで見ることができた。そぞろ歩きの最後のほうで、単純な形の記譜法が壁に描かれている小さな部屋に出た。彼は展示されている楽器をつぶさにながめた。アメリカ原住民の鼓（つづみ）、バイオリンとチェロ、バロック音楽に使われるリュートやリラがあった。壁の一面は上に掲げた巨大な手の図解（ダイアグラム）におおわれており、それぞれの指の前に数字とスペイン語の能筆（カリグラフィー）が記されていた。この図はとげのついた鉤（かぎ）のようにカールの注意をとらえて離さず、彼は何度かカメラのシャッターを切った。縮尺模型を作るときのいい参考になりそうだ。あの趣味を再開することがあればだが。

カールがレンズをのぞいているとき、頭を剃り上げた修道士のひとりが外の廊下で彼に気づいて入口で立ち止まった。「ごらんの図解には、改宗したインディアンにわたしたちの前任者たちが西洋の尺度を教えたときに使った手ぶりが描かれています」と、修道士はいった。「信仰を新たにした彼らは、お祈りで主に請い願うことだけでなく、音楽で主を喜ばせることも教えられました」

カールは入口のほうに向き直り、下げたカメラの上から冷ややかに男を見つめた。

「彼らが気晴らしを与えてもらったのはいいことだ」彼はいった。「神の虜になった人間にはそれが必要になる」

カールは修道士の反応にはなんの注意も払わなかった。彼はわずかに会釈をして、首にかけた聖クリストファーのお守りに手を触れ、修道士のわきを通って廊下に出た。

数分後には伝道所の敷地を出て西へ車を走らせていた。まだ午後の一時にもなっていなかった。仕事の時間はたっぷりあった。

ビッグサーに向かって三〇マイルほど戻ったところに、オークとマツの森林が広がる起伏のなだらかな高地があった。そこでカールはエクスプローラーを四駆モードに切り換えて速度をゆるめ、道端から茂みにおおわれた場所にもぐりこんでエンジンを切った。後部にまわりこみ、ハイキングブーツとバックパックと道具類をとりだした。ローファーをブーツにはき替え、道具類をバックパックに詰めて肩から背負い、エクスプローラーの後部扉を閉めて低木の茂みに足を踏み出した。

ここの地形はミッション・サンアントニオ・デ・パドゥアへの途上でしっかり偵察をすま

せていた。彼は突起した岩の地層に目を凝らし、この突き出た露出部には自分が必要とする地質学的特徴が見つかるにちがいないと思った。しばらく周囲を調べていったあと、その空洞は現われた。オークの木の根が表面をまばらにおおっている、風雨に洗われた砂岩の丘があった。その斜面に張り出した岩棚の下にすり減っている箇所があり、彼の目的にかないそうな適度に深い洞窟ができていた。これなら万一のときの格好の避難所になる。

カールはなかを調べるために低く体をかがめて入口のごつごつした穴をくぐり、電池式のランタンの光を奥の暗闇に向けた。すぐに第一印象が正しかったのがわかった。入口にふたが必要になるが、材料はまわりにたっぷりあるし、バックパックには必要な道具がすべて入っていた。

なんの変哲もない木ぎれからミニチュア模型を彫り刻むのに長い時間を費やしてきたおかげで、作業に必要な忍耐力が以前より強化されていた。作業に対する喜びめいたものまで生まれていた。以前ならそんな感覚が存在することは知らなかっただろう。高木と低木から枝を切り取り、オークの枝から葉と小枝を払って基礎になる柱を作り、マツの大枝はほとんど原形のまま残した。雨よけの藁葺き材にするために針葉はぼさぼさのままにした。作業のあいだは時間の経過する感覚が消えていた。作業が終わると、柱と藁葺き材を別々の束に仕分け、それをロープで縛りつけて洞穴に運んだ。役に立つときが来るまでこのまま隠しておこう。

エクスプローラーに戻ると、雑木林に入ってから初めて腕時計で時間を確かめた。午後六時をすこしまわっていた。時間はまさしく飛ぶように過ぎていた。

道路に戻り、残り少なくなった太陽の光が空から尽きる前に貸別荘へ向かった。

そして真夜中の十二時が過ぎたいま、サイラスとアントンが偽の電力会社の車のエンジンをかけて闇のなかへ遠ざかっていく音が聞こえていた。小屋の入口でリドがカールを迎え、彼の手を舐めてくんくんにおいを嗅いだ。カールは足を止めて犬の鼻面の下を掻いてやり、それから玄関の広間を大股で進んだ。リドは大きな体にしては静かな足どりで、すぐ後ろをついてきた。

防衛犬(シュッツフント)とカールのあいだにはすぐにきずなが結ばれ、いまでは強力瞬間接着剤でくっつけたような揺るぎのないきずなになっていた。

カールはリドを後ろにしたがえてリビングに入っていった。四人の男が無言で待っていた。じゅうたん敷きの床の上にシェパードがあと二匹いて、注意深いきらりと光る黒い目で彼を見上げた。

カールは手下たちを見まわした。

「だれかひとり、コーヒーを入れてこい」彼はいった。「寝る前にあしたの計画のこまかな見直しをしたい」

ロブ・ハウエルは自分のたてるアデノイド特有の長いいびきの音ではっと目をさました。枕からあごを持ち上げ、テレビで見ていた野球の試合が情報広告(インフォマーシャル)に変わっているのに気がついた。

明滅するテレビの光のなかでちらっとめざまし時計を見た。午前二時にならんとしている。やれやれと心のなかでつぶやいた。シアトル・マリナーズとオークランド・アスレティックスの試合はアメリカン・リーグ西地区の激しい優勝争いを決する一戦だったが、ロブは七回裏、〇対〇のところで夢の世界にすべり落ちてしまった。働きすぎで疲労困憊に見舞われている証拠にほかならない。

朦朧としたまま、リモコンを見つけようとナイトスタンドの上を手探りしたが、見つからない。ベッドの上を探ると、キルトの下に丸まっているシンシアと自分のあいだに落ちていた。「クラッポマティックやらベジ・マスターやらは願い下げだ」彼はテレビにそうつぶやいて、親指で電源を切ろうとした。そこで考えなおした。ESPNが試合のハイライトをやるはずだ。

リモコンを持ち上げてチャンネルを換えると、全米改造自動車競技連盟(ナスカー)のトーナメントの録画から『スポーツ・イラストレーテッド』誌のスポットCMに切り替わったところだった。まったく、これだ、なんでこう間が悪いんだ? 彼は鼻を鳴らしたが、レースの場面が戻ってきても、画面の下を流れるテロップで結果がわかるかもしれないと思った。

ところが、そうするうちに膀胱から緊急速報が入ってきた。

ロブは毛布の下からすべり出て、レイチェルとモニカが背中合わせで寝ているばかでかい犬用のクッションをつま先立ちでそっとまわりこみ、廊下に出た。ロスとジョーイはベッドのシンシアのそばがお気に入りで、フィービーはベビーベッドの頭側に近い場所に陣取っていた。

やけに冷えこむ夜だ——いや、朝か。トイレへの緊急訪問を終えたロブは子ども部屋をのぞきこんで、娘のローリーに掛け布団がかかっているかを確かめた。きちんとかかっている……彼女は母親の小型版といった風情で体を丸めていた。ロブが半開きのドアから娘にキスを投げると、フィービーがじゅうたんの上のお気に入りの場所から彼のほうへひょいと頭を上げ、ついでにフィービー流のキスを投げてくれた。そのあと自分の寝室に戻りはじめたところで、ロブはもうひとつあることを確かめていくことにした。夜が明ける前に〈フェアウィンズ〉の代理勤務に出かけなければならない。小さな椅子の上に帳簿とファイルの入ったブリーフケースがあるかどうかを確かめたかった。ブリーフケースを置くその目的のためだけにシンシアが玄関のそばに椅子を持ってきてくれたのだ。うっかり忘れたまま車で仕事に出かける愚を繰り返してはならない。

ちゃんとある。外の車に向かうときにつかんでいけるよう、ブリーフケースは目につきやすいところに待機していた。

ロブはあくびをしながら寝室に戻っていった。しばらく前に彼は帳簿の一冊を調べていた。そこで野球の試合が始まりかけて、あわててテレビを見にいった。帳簿がキッチンの電話台の上に置いたままになっていることをロブは忘れていた。部屋に戻ると、彼は妻といっしょの毛布にもぐりこんだ。試合の結果を知りたくてならなかった。妻の暖かい体の横であと二、三時間眠りたかった。

ロブとシンシアのハウエル夫妻がいっしょに過ごすのは、この数時間が最後になった。

9

カリフォルニア州

けだるい。物憂い。それもそのはず。まだ五時だ……

ジュリア・ゴーディアンはめざまし時計のスヌーズボタン（止めても数分後にふたたび鳴る機能）を押し、あと四時間くらい眠れたらいいのにと思いながら日曜日の仕事に向けてもぞもぞ動きだした。眠ったのも実質四時間くらいだった。文句をいう権利があると思っているわけではない。ひとが真夜中を過ぎても起きているのには、もっともな理由や、あまりもっともでない理由や、どうしようもない理由がある。そのなかで紛れもなく最高の理由を最後に楽しんだのはずいぶん前のことだ。離婚してからもそのチャンスはたくさんあったし、痛いほどそそられたこともあったが、デートの回転木馬にふたたび飛び乗ろうという意志はまだ奮い起こしていなかった。昨夜は遅くまでテレビで野球を見ていた。だから疲れているのはあたりまえだ。

ジュリアは毛布の下で体をずらし、頭をどけてふくらんだ枕をヘッドボードに立てかけ、そこに背をあずけて、うとうとしながら徐々に一日の活動を開始しようとした。思いはふわふわとただよい、気まぐれなそよ風に乗ったヘリウムガスの気球のようにあちこちに触れた。お父さんの飛行機はもうガボンに着いたかしら。もう着いているころね。少なくともそろそろ着くはずだわ。きのうの三時か四時にサンノゼを発ったはずだから。アフリカねえ、なんとまあ。仕事の宣伝のために長い長い道のりを飛ばなくちゃならないなんて。金曜の夜に電話をしたときは、あまりわくわくしている感じじゃなかったわ。しかたなく出席する豪華ショーだとかいってた。すぐに話題は変わったわ。延期になっている昼食の約束はまだいつになるかわからないと、ふたりで嘆きあった。よんどころない事情があったんだからしかたないわ。お父さんは急いで旅行の準備をしなければならなかった。わたしには救済センターの仕事があった。どっちが悪いわけじゃなく、ハードスケジュールの問題にすぎないんだけど……だったら、どうしてふたりともあんなに後ろめたそうな声だったのかしら？　お父さんは自分が戻ってきたらかならず会おうと約束して、お母さんに受話器を渡した。

そしてお母さんと三十分くらい話をしてから、電子レンジでできるポップコーンやらなにやら野球観戦用のスナックを買いこみに食料雑貨店へ行ったのよ。

まぶたが重くなってきて、ジュリアは目をつむり、熱狂の最終回を思い出した。おかしな話だと彼女は思った。クレイグが現われるまでプロ・スポーツに興味はなかった。とりわけ野球には。おおぜいの男がヒマワリの種や嚙みタバコや風船ガムでほっぺたをふくらませて突っ立っている競技じゃないのと思っていた。ところが、九八年のシーズンにクレイグといっしょに何試合か見てから興味がわいた。翌年には虜になっていた。おかしな話だ。ほんとにおかしな話だ。ダイヤモンドのまわりで起こっている出来事を楽しく思う気持ちのほうが結婚生活より長続きするなんて。だが野球で我を忘れるのは前向きなことだ。プラスはプラスであって、どこでつかんだものであってもつかむ価値がある。彼女はそう信じていた。

昨夜のは、ジュリアのなかに単純な興奮を満たし、ちょっぴり哲学的な気分にさせてくれる試合の好例だった……とりわけ、彼女の好きなチームが薄氷の勝利を収めただけに。八回まで両軍とも得点がなく、シアトルの投手はノーヒットノーランを続けていた。ところが九回の先頭打者に当たりそこないのヒットを打たれ、そのあと痛烈なライナーで長打を許して一点を奪われた。これで万事休すかと思われたが、九回の裏、マリナーズは二死からソロ・ホームランで同点に追いついた。延長に突入してからの三回は両軍とも得点なく、迎えた十三回、ついにシアトルは一死満塁ツー・ストライクからのスクイズで決勝点をもぎ取った。

ジュリアは眠い頭でひとり微笑んだ。かわいそうなロブ。彼はいまごろ黄色と緑の野球帽（アスレティックスの帽子）のひさしを顔の上に引き下げて、落胆の思いを隠しながら〈フェアウィンズ〉へ車を走らせているのだろう……

冷たい濡れた鼻が手をつっつき、彼女はうっすら目を開けた。ジャックとジルがベッドのわきに立って彼女をじっと見つめていた。ジャックが鼻孔から空気を漏らしながら、くーんと哀れっぽい声を出した。めざましがもう一度鳴るまで深いまどろみに落ちるチャンスを彼女に与えまいとしているかのように。

「うーん」彼女はぼんやりした声でいった。「出てってよ」

ジャックは鼻声を出すのはやめたが、二匹とも引き続きじっと彼女を見つめていた。

「たまにはわたしに食べるものを持ってきたらどう？」

ジャックは耳をくるくる回し、とまどいをよそおって頭を傾けた。いっぽうジルは、前足でそわそわとタップダンスのステップを踏んでベッドの端に鼻をのせた。そして、二匹いっしょに哀れっぽい声で調子っぱずれのうるさいデュエットを開始した。

「まったくしょうのない子たちね」と、ジュリアはためいきまじりにいい、それぞれの犬の鼻に愛情のこもった指の一撃を加えた。「例のすさまじい声をご近所に聞かれたら、動物虐待で訴えられちゃうわ。そうならないうちに餌をあげるのが身のためね」

彼女はベッドを出て重い足どりでキッチンに向かい、犬たちが朝ごはんをがつがつ食べているあいだにコーヒーを入れ、そのあと小さな運動部屋に行った。きょうはジョギングは休みの日だ。こういう日だけは走りたくない。家のなかの寒さと窓から見える鉛色の空から判断して、きょうもくすんだ灰色の朝だろう。カリフォルニア北部の雨の季節に特有の天気だ。

ジュリアは高校時代からある据え置きのバレエ用バーで十五分間ストレッチをし、さらに十五分、軽くバーベルを挙げた。それからシャワーを浴び、コーヒーとバナナの朝食をとって、犬の散歩に出た。そして七時にはホンダの四輪駆動車に乗りこんでペスカデロに向かっていた。

救済センターまで車で一時間弱。けっこうかかる。しかし朝のこの時間は交通量が少ない。田舎に向かう西方向は特にそうだ。アスファルト道路の反対側にある電力会社のステーションが近づいてきたとき、彼女は仕切り線のまわりに円錐の標識が並んでいるのに気がついた。そのあと、緑色をした金属製の小屋の外に〈PG&E〉の車が二台あるのが目に入った。前方にいるハッチバックは回転灯をひらめかせていた。コンクリートの駐車場にいる大きなヴァンは小屋の裏から半分姿をのぞかせていた。ヘルメットをかぶってつなぎの服とオレンジ色の安全チョッキを着た作業員が何人か近くにいた。道端の電柱の上でバランスをとっているのがひとり。アスファルト道路の円錐標識のそばにいるのがふたり。

このステーションにひとがいるのを見たのは初めてだ。ここは倉庫か中継所のたぐいだと思っていたのに。

軽くブレーキを踏むと、〈減速〉というボードを持った作業員が手を振って前に進むよう指示をした。彼女が通り過ぎるとき、作業員は車の窓をちらっとのぞいて笑顔をひらめかせた。彼女も笑顔を返し、そのあとふいに先週センターに立ち寄った男のことを思い出した。名前はバリー・ヒュームだったか……いえ、ヒューズだったかも。うん、そうよ。バリー・ヒューズだわ。〈PG&E〉のなんでも屋で、この辺を通るときにいつもセンターの看板を見てるっていってたわ。ジュリアは額をこすった。ロブに電話で予約を入れたかしら？　確認はしていない、だけど、あのひとは本当にヴィヴを気に入ったみたいだった。

ここにいるかしらとすこし好奇心をそそられて、ジュリアはバックミラーをのぞきこんだ。しかし外にはいなかった。小屋かヴァンのなかにいるのかもしれない……別に大事なことだとは思えなかったが。

救済センターの木の看板のあるところまで来たとき、近所の送電線になにがあったか知るのは大事なことかもしれないとジュリアは思いついた。自宅を出たあと雲行きはますます怪しくなってきていたし、東のほうでは雨がぱらついているところにも何カ所か出くわした。朝のうちに土砂降りになるのはまちがいなさそうだし、土砂降りになったら電線の作業は中断しなければならなくなる。なんの工事か訊いておいたらよかったかもしれない。

ジュリアは車を道端に寄せようかと考え、それから思いなおした。すでに右折の信号が出て例の私道に入りかけていたし、いま作業員のじゃまをしてもしかたがない。スイッチを入れてみて売店の照明がつかなかったら、知る必要のあることはすべてわかるのだし。

ジークフリート・カールは〈PG&E〉の車を装ったヴァンの助手席で待っていた。私道にはみだしている枝と枝のあいだにホンダ・パスポートが入ってきた。彼は腕時計をちらっと見た。

八時四分前。

心のなかで秒読みを始めた。静寂のなかでフロントグラスに雨粒がぱらぱらと音をたてていた。

八時ちょうどになったところで、彼はサイラスに顔を向けた。運転席のサイラスはヴァンの後部にいる三匹の防衛犬（シュッツフント）と同じく、まったく音をたてていなかった。

「電線の作業がすんだか確かめろ」カールはそう命じて反対側の道端にある電柱をあごで指し示した。そこの電線は木々の上を彼らの標的に向かってまっすぐ走っていた。

サイラスはダッシュボードの受話器に手を伸ばして、無線で連絡をした。しばらくして、彼はカールにうなずきを送った。

カールは満足の表情を浮かべた。

そして、「とりかかれ」と命じた。


ダッシュボードの時計をちらっと見たロブ・ハウエルは、げんなりした表情でうめいた。八時十五分だ、ちきしょう！

またやってしまった。前回よりも情けない。

カマロの速度計の針は時速八〇マイルを超えて震えていた。州道八四号線ぞいのサングレゴリオ・ビーチから大急ぎで自宅へとって返し、霧と小糠雨のなかを南南西に向かい、州警察官につかまらずにハイウェイを何マイルか突っ切ろうとしているところだった。ジェットコースターさながらに道路がうねりはじめるラ・ホンダのあたりでアクセルをゆるめなくてはならなくなるし、そのあとそれ以上に曲がりくねった田舎道に入ったときには、文字どおりのろのろ運転を余儀なくされる……まもなく天気の問題が出てきそうな予感もあった。雨雲におおわれた空は水分をたっぷり含んだ内側からその中身をいまにも吐き出しそうだ。そうなったら視界が悪くなって危険だし、アスファルト道路は濡れてすべりやすくなる。

ロブは眉をひそめた。オークランド・アスレティックスの帽子のひさしをぐっと下げていた。その下の顔はむっつりとしていた。一日の始まりから気分はよどんでいた。ESPNで昨夜の試合の理不尽な結果を見て、眠りに戻るチャンスをあきらめたためだ。しかし、週給の帳簿を忘れてきた理由はさっぱりわからなかった。どうしてこんな不注意をしてしまったのかもわからない。さらにまずいことには、帳簿がどこにあるのかもよくわからなかった。

きのうの午後、自宅のコンピュータで帳簿の準備を終えてCD-Rに記入事項をコピーし、紙でバックアップをとったのちに、その両方をアコーディオン・フォルダーにすべりこませ、それをこんどは玄関のそばに置かれた椅子の上のブリーフケースに入れた。四時か四時半くらいのことだ。そのあと試合が始まるすこし前、つまり六時くらいに、プリントアウトにざっと目を通しておこうとフォルダーをひっぱり出し、それをいちばん新しい従業員リストと照合して手抜かりがないか確かめた……そこからだ、記憶に重大なとぎれが生じているのは。けさ七時半に〈フェアウィンズ〉に到着して、ホテルのコンピュータに記入事項を移そうと机の前にすわり、それがブリーフケースからなくなっているのに気がついて愕然として以来、ロブは頭のなかで自分の足どりをたどりなおす努力を続けてきた。リビングのカウチであれにざっと目を通していたのは思い出すことができる。あそこに腰を落ち着けて、アスレティックス対マリナーズの地区優勝をかけた戦いを見守るつもりだった。ところが、シンシアが早めに寝みにきたので——彼女は一週間くらい前から頭痛をともなう風邪と闘っていた——ふたりの寝室のテレビでいっしょに観戦することにした。そのあいだのどこかで赤ん坊にミルクをあげる必要が出てきて、ロブは蛇口からお湯を出して乳児用ミルクを温めにいった。フォルダーを持っていって、キッチンの流しに向かう途中でブリーフケースに戻すつもりだったのは、はっきりと思い出せる……それをうっかりキッチンまで持っていってしまったのだろうか？

そうかもしれないと思った。あるいは、立ち上がる前にコーヒーテーブルに置いてきたのか。しかし、ローリーの哺乳瓶を持って子ども部屋に入っていったときにあれを持っていなかったのはおぼえている——おぼえているような気がする。だから、少なくともひとつの部屋は有力候補から消すことができた。

ロブは長いためいきをついた。小糠雨が強まってきて、小雨とはいえもう間断なく降っていた。フロントグラスのワイパーが窓を拭く合間に道路の前方がぼやけるようになった。ワイパーを〝間欠〟から〝低速〟に切り換え、アクセルをゆるめてから、もういちど妻にかけてみようとヴァイザーのクリップから携帯電話をはずした。最近、歩きながらガムを噛めなくなってきた。そんな男が車の運転をしながら推理を働かせようというのは図々しい話だろうか？ しかし給与支払名簿のデータをホテルのコンピュータに入力するにはCD-Rかプリントアウトしたものが必要だし、この作業は今夜じゅうにすまさなければならない。スタッフの給与支払小切手は外部の給与支払サービスで切られるため、月曜日の朝一番に処理装置（プロセッサー）が処理できるようにロブがその情報を転送しておかないと、ホテルの人間は受け取りが遅れてしまう……そして、それはロブの責任だ。

ああ、自宅でインターネットに接続する夢が……彼は心のなかでつぶやいた。ささやかな願いのような気はする。しかし、赤ん坊が生まれてからずっと現金に事欠いているいまのハウエル家には、必要最低限のもの以外はどうにもならない。たぶんしばらくそういう状態が続くだろう。

フォルダーの在りかがわかれば気分もがらりと変わるだろうにとロブは思ったが、うろたえて大あわてでホテルから引き返したせいで、そのときはまずシンシアに電話を入れてみることすら思いつかなかった。そのあと八時くらいからずっと携帯で彼女に連絡をとろうとしていたが、まだ彼女はつかまらない。

ロブは片手でハンドルを握り、電話を耳に当ててリダイヤルした。まだ出ない。シンシアはいったいどこにいるんだ？　こんな荒れ模様の天気に赤ん坊を連れて出かけるわけはない。体調がよくないだけになおさらだ。犬舎に行ってグレイハウンドの点検をしているのかもしれない。しかし、そのときはコードレス電話を持って出るはずだ。

自分の忘れっぽさが伝染したのでなければいいがと思いつつ、ロブはまた眉をひそめた。しばらく考えてから売店のほうにかけてみることにした。ジュリアがもう来ているだろうし、彼女に妻を探してもらってもいい。ジュリアはぎっしり詰まった予定表をかかえてひとりで救済センターを切り盛りしているだけに、個人的な用事を押しつけたくはなかったが、いまは例外といっていいケースだった。

ロブはダイヤルして耳を澄ませた。呼び出し音が鳴った。さらに何度か鳴った。まちがって別の番号にかけてしまったのかもしれないと思って番号を打ち直した。やはり呼び出し音が鳴ったまま応答がない。どっちにもだれもいないなんてありえないのに。彼はすぐ心配になるタイプの人間ではなかったが、さすがにすこし不安になってきた。ジュリアと妻はどちらも外で犬たちといるとしか考えられない。理由はわからなかった。ふたりの注意を必要とするような緊急事態が持ち上がったのでないのを願うしかなかった。

ロブは〝切断〟を押して電話を切り、横の助手席に置いた。ふたたび両手でハンドルを握り、雨が強まってきているにもかかわらずアクセルを踏みこんだ。置き忘れた帳簿はとつぜん優先順位のはしごをころげ落ちていた。それどころか完全に頭から抜け落ちてしまった。家でなにが起こっているのか心配で、それどころではなかった。

キッチンで赤ん坊のシリアルを準備していたシンシア・ハウエルの目が、電話台の上のアコーディオン・フォルダーを偶然とらえた。〈ガーバー〉の〝リンゴとバナナの小麦〟の箱を片方の手で、温めた乳児用ミルクの小さな鍋をもう片方の手で持ったまま、彼女は愕然とした。まじまじとフォルダーを見た。たしかロブは野球の試合の前に給与台帳の仕事をしていなかった？　そのはずだ。このフォルダーに彼女の恐れているものが入っていたら……

「ぐわむぃー！」幼児用の食事椅子からローリーがいきなり声をあげ、小さな手のひらで食事用のトレーをたたいた。

シンシアは子どものほうを向いて鼻をすった。顔が鬱血している感じだ。ここ何日か彼女は風邪の菌を持ちこんできていた。それがローリーに感染(うつ)らずにすむことを彼女はひたすら願っていた。

「なにを忘れてきたか気がついたら、パパもおんなじことをいうと思うわ」と、シンシアはいった。

「ぶぃー!」

「もちろんよ」彼女はいった。「そうもいうにちがいないわ」

彼女は壁の掛け時計で時間を確かめて眉をひそめた。八時をすこし過ぎている。日曜日はホテルに着いたら、いの一番に給与支払の仕事を片づけて小切手に遅れが出ないようにしなければといっていたから、この時間になっても取り乱した声で電話がかかってきていないことに彼女は驚いた。でも、ほかに優先事項ができたのかもしれない。それともわたしが結論を急ぎすぎているのかしら。あれはきのうの夜ロブが調べていたのとは別のフォルダーなのかもしれない。あるいは、なにか理由があって、けさ出かけるときにディスクとプリントアウトをあそこから別のに移していったのかもしれない。

シンシアはシリアルをお椀にそそぎ入れ、乳児用ミルクをすこし加えてかきまぜた。

「ぶるー!」と、ローリーがいった。

「わかったわ、おちびちゃん。朝ごはんにするわ。だからちょっとだけ我慢してね」シンシアは畳んだタオルの上にスプーンを置いた。シリアルはまだちょっと熱かった。すこし冷ます必要があった。「パパがどんなにうろたえているか」
彼女は電話台に行ってフォルダーを持ち上げ、急いで中身を調べた。一縷の望みは一瞬にして消えた。CDとプリントアウトはなかにあった。やっぱりロブはここに給与台帳を置き忘れていったのだ。

シンシアはポケットを探してティッシュをとりだし、鼻をかんだ。この発見はすぐロブに連絡したほうがいいと判断した。早く知れば知るほど、それだけ早くフォルダーを取りに戻ってくるか、もっとわずらわしくない別の方法を考え出すことができる。しかし彼女の知るかぎり、あれがないとロブは仕事をすませられないはずだった。

シンシアは電話台の上の掲示板で〈フェアウィンズ〉の電話番号を見つけて、受話器を上げた……発信音がしない。彼女は軽い驚きに打たれた。眉をひそめ、切断ボタンを押してまた離したが、やはり受話器はうんともすんともいわない。

なんにも聞こえない。シンシアは胸のなかでつぶやいた。雑音ひとつしないわ。

さらに何度かボタンを押してみたが、努力は報われず、そのあとキーパッドのランプが消えていることに気がついた。ローリーが電話台の下を這って電話線をひっぱったりジャックのプラグをゆるめたりしていないか調べてみた。どこにも問題はないようだ。

「すぽー・ふりっ?」シンシアの後ろでローリーがきゃっきゃと声をあげていた。その声には本当に、なにが問題かわかっていてどうしたら解決できるか考えているみたいな響きがあった……しかし、親ばかなのか、ときどき子どもの天与の才を大げさに考える癖があるのはシンシア自身も認めるところだった。

「どうしよう？」と彼女は鼻声でいって、しばらく考えこんだ。すこし前にジュリアの車がセンターへ坂を上がってくる音がしていた。ローリーに食事をさせたら、あそこに行って、電話がおかしいのは家のなかだけかどうか確かめようか。敷地全体がおかしくなっているのならビジネスフォンも使えない。そのときはジュリアの携帯で異常を通報できるだろう。

シンシアは部屋着のポケットに手を伸ばして、またティッシュをとりだし、ふたたび鼻をかんだ。いまのはいい計画のような気がした。

彼女は窓の前に行った。暗くて陰気な朝だ。外に出る前にたんすからローリーの雨具を出したほうがいいかもしれないという考えが浮かんだ。犬たちも外の囲いからなかに入れてやらないと。もう雨が降りはじめているかどうか確かめなくちゃ。

シンシアがカーテンを押し開ける前から、雨粒がガラスをぱらぱらとたたく音が聞こえてきた。だがそのとき、上り坂の下のほうに見えた別のあるものが彼女の関心を引いた。〈PG&E〉の車が二台、私道に入ってこようとしていた。前にいるのはユーティリティ・ヴァンだ。その後ろをステーション・ワゴンが続いている。二台はゆっくり近づいてきた。ヴァンは救済センターのほうにまっすぐ向かい、ワゴンは彼女の家のほうに曲がってきた。

シンシアはローリーの乳児用ミルクを準備していた電子レンジのほうをちらっと見た。ホットバーナーの表示ランプはまだともっていた。つまり、電気はちゃんと来ているわけだ。電話の機能がなぜ停止しているのかという疑問にはこれから答えてもらえそうな予感がした。

ステーション・ワゴンが止まって制服を着た作業員が出てくるのが見えるまで、彼女は窓の前にいた。それから玄関に向かって足を踏み出し、途中でローリーを椅子から抱き上げた。シンシアは赤ん坊を胸に抱いて落ち着かせ、作業員が玄関にたどり着くと同時にドアを開けた。朝から驚き続きの一日に、またひとつ驚きが待っていた。

「おはようしゃん、ぼくちゃん、嬢ちゃん」ジュリアはおどけて漫画の小妖精(レプラコーン)の訛りをまねた。「みんな、朝の洗面すませたらな、ちょいとひと運動ひてくれんかい？」

抜け目のない好奇心たっぷりの三十組の目が、ゲートをそなえた左右の小屋から彼女を見た。犬たちは雨が降りはじめると動かなくなるのをジュリアは知っていたから、売店に腰を据える前に裏口から犬舎に行って、彼らを運動用の庭へ入れてやることにした。グレイハウンドは自分の生活空間をきれいに保つことに異常なくらい神経質だが、それと同じくらい体を濡らしたがらない。悪天候がおとずれて一日じゅう居ついた場合に、彼らの欲求不満をつのらせたくなかった。

すでにそばの小屋から出てきていたヴィヴを、ジュリアは見下ろした。

「そのお手々でここのゲートを開けるのを手伝ってくれない？」彼女はアイルランド訛りを捨てて、熱っぽくたずねた。

ヴィヴは尻尾を振り、前軀を下げて遊びの姿勢に入った。そのあと仰向けになって、長い前脚を上に伸ばしたり、口を引いてグレイハウンド特有の笑顔をつくったりしながら、左右にころげまわった。

ジュリアは一瞬あきれ顔で犬を見、それから体をかがめてお腹をさすってやった。

「ここじゃわたしがなにをいっているのかだれもさっぱりわかっていないような気分になるけど、どうしてかしら？」と、彼女はいった。


ロブ・ハウエルのカーラジオで〈KGO八一〇〉局の交通情報員が使ったのは〝池〟という言葉だった。「ドライバーのかたはサンタクルーズ山脈方面、特に八四号線のハイウェイ三五号線に入る出口ランプ付近では、ここ一時間くらい続いている激しい降雨のせいで局地的に〝池〟ができているものとお考えください」という言いまわしだった。

実際には〝洪水〟のほうが真実に近かっただろう。三五号線はロブがいつも使っている南方向の近道だが、そこの出口にたどり着いたとき、雨はバケツをひっくり返したような土砂降りになっていて、出口の向こうのランプがすっかり水浸しになっていた。白髪まじりの髭を生やした革のサンダルばきの男が、さまざまな家畜のつがいをしたがえて道端で木の方舟を作っているのではないかと思うほどだった。

バックミラーを見ると後ろに車はいなかったので、ロブはABSのブレーキをぐっと踏みこんで砂利の路肩へ寄った。カマロの車輪は何インチかたまった水を跳ね上げながら進み、出口に入る直前で急停止すると泥よけが小さな航跡を波立たせた。

ロブは険しい表情で眉間にしわを寄せ、車の外をたえまなくたたく雨音に運転席から耳を傾けた。この状況から見て、ランプは排水溝からあふれ出た水にどっぷり浸かっているだろう。思いきって出てみる価値はあるかもしれないが、水の逆流がハイウェイまで及んでいたら身動きがとれなくなる。八四号線をこのまま進んでペスカデロ・クリークの合流点まで行ったほうがずっと安全だ。時間はかかるし、ばかばかしいくらいの遠回りではあるが、〈KGO〉局はあそこに渋滞があるとはいっていなかった。

なら、後者だ。

ロブはふーっとひとつ長い息をついて、助手席の携帯に手を伸ばした。道路に戻る前にもういちどシンシアに電話を試してみたかった。最後にかけてからしばらくたつし、そろそろ電話の音が聞こえる範囲にいるはずだと思った。

しかし、自宅も救済センターも呼び出し音に答えず、ロブの表情は和らがなかった。まったく不思議だ……シンシアとジュリアはどこかにはいるはずだ。悪天候で電話線に故障でも発生したのだろうか？　そこまでひどい状況とは思えない。少なくとも、電線が切れたり木の枝が折れたりするような強風は吹いてない。しかし断言はできない。不安定な前線や気団が山の頂や尾根を越えてきたときは、どこでスコールが発生してもおかしくない。いま自分のいる周囲もこのありさまだけに、この先がもっとひどいことになっている可能性もないではない。

ロブはふたたび携帯を助手席に投げ出し、そのあと何分かするうちに、ちょっと心配しすぎだぞと自分にいい聞かせた。シンシアが電話に出ない理由は、自分の身にいま降りかかっているような事態を含めていくらでも考えられる。電話が不通になっているとしたら、彼女がまったく問題に気がついていないことだってありうるのだ。

キッチンの電話から三フィートくらいのところでローリーをなだめながら朝ごはんを食べさせているシンシアの姿が頭に浮かんだ。彼女はその仕事に手一杯で、健忘症の夫がいま家に向かっていて電話連絡がとれずにヒステリーを起こしかけているなんて夢にも思っていないのかもしれない。


「あら……あなた……？」

「バリー・ヒューズです」アントンはハウエル家の妻にやすやすと笑顔をつくって見せ、偽造した胸の電力会社の名札をかるくたたいた。「先週、休みの日にここに立ち寄って——」

「グレイハウンドの引き取りのことで。ええ、おぼえてるわ」シンシアはいった。「営業中かどうかわたしに訊いて、ジュリアに情報をもらいにいったかたね……たしか電線の作業員をなさってるとか」

アントンはうなずいた。彼は戸口の上がり段からシンシアと向き合い、ぶあつい作業用の手袋をつなぎの尻ポケットにつっこんでいた。雨が激しく降りはじめて、彼のまわりの地面にザーザー音をたて、ヘルメットのなめらかな黄色い表面をすべり落ちていた。

「予約をとる時間ができたので、といいたいところですけど、このところずっと仕事が忙しくて」彼はそこでいちど言葉を切った。「ここに来たのは電線の保全作業をしているので、お知らせに――」

「ぶふう！」ローリーがにっこり笑って彼のほうに小さな手を伸ばした。

アントンはくすりと笑い、それを軽く自分の手にとった。

「そのとおりだよ、お人形ちゃん」と彼はいい、それから赤ん坊の母親に目を戻した。「とにかく、しばらく電気が使えなくなるかもしれないのでお知らせしておこうと思いまして。五分か、長くても十分くらいです。この一帯に電圧の低下が起きていましてね……大きなものじゃなく、ところどころ上下しているだけなんですが……それで原因を突き止めようとしているんです」

「そうですか」といったあと、シンシアは物問いたげな表情を見せた。「ヴァンがうちの犬舎に向かっていくのが見えましたけど……」

彼はうなずいた。「線はだいじょうぶそうに見えますが、連結装置のほうがかなり古くなってまして。電柱と、おうちと犬舎の外にあるやつです。万一のために取り替えていこうと思うんですが……本当にぶふうな状況にならないうちに」

シンシアは苦笑した。

「間に合わなかったかも」彼女はいった。「電気の問題と関係あるかどうかわかりませんけど、うちの電話は使えなくなったみたい」

アントンは控えめに意外そうな顔をした。

「え？」と、彼は小さく眉をひそめた。「本当に？」

シンシアはうなずいた。

「電話をかけようとしたんですけど」彼女はいった。「発信音がしないんです」

アントンは玄関のそばに立ったまま考えこむような表情をした。雨粒が相変わらずヘルメットからしたたり落ちていた。

「なんかのはずみで、うちが接触をゆるめてしまったのかもしれない」彼はいった。「うちのスタッフですぐになんとかなるかもしれないな……もう、おうちのなかの接続は確かめていただきました?」

シンシアはうなずいた。

「あなたがブザーを鳴らす直前に」と、彼女はいった。

アントンはまた笑顔を浮かべた。

「赤ちゃんのいるおうちはまず最初にそれを確かめますもんね。子どもは四六時中いろんなものをいじったりはずしたりしてしまうから」彼はいった。「でも、もしよかったら、ちょっと調べさせてください。ケーブルに傷がついていたら電話会社の技師に相談する必要があるし、連絡しないといけないので」

シンシアはローリーを抱きなおして位置をわずかにずらした。「必要なことをしてください」と彼女はいい、わきにどいて彼をなかへ入らせた。「少々雨宿りにもなるわ」

アントンは玄関を通ってブーツをマットでぬぐい、シンシアの案内でキッチンに入って受話器に耳を当てた。そのあいだ、シンシアは後ろに下がって様子を見守っていた。

「なにも聞こえない」と彼はいい、ひととおりジャックを確認して見せた。「たしかに切れてる」

彼女は肩をすくめた。

「この子に食事をさせたら、センターに行って、夫の助手に頼んで――」

「ジュリアだ……」

「ええ。忘れてた。あなたは先日、彼女に会っていたんですよね」と、シンシアはいった。

「とにかく、彼女は携帯を持ってるし、わたしは大事な電話をしなくちゃならないので……」

アントンがとつぜん受話器を戻して彼女のほうを振り向いた。

「残念だが、それはできない」と、彼はいった。

きっぱりとした声で。

いま、彼の顔にはなんの表情も浮かんでいなかった。

シンシアはとまどって、なにもいえずにいた。その顔には聞きちがいをしたにちがいないと書かれていた。

「あの、いまなんて――?」

「それはできないといったんだ」アントンが途中で割りこんだ。彼はベルトの万能ポーチにさっと右手を入れ、この仕事のために選んできた武器を抜き出した。SIGのP232三八口径ACP。白いステンレススチールのフレームに青色の銃身。威力抜群で精度が高く、隠すことも簡単だ。

シンシアは目を大きく見開き、混乱と恐怖で口を大きくまん丸に開けて、男が拳銃を持ち上げるところを凝視した。銃口に開いている恐ろしい黒い穴を、わけがわからないという表情でまじまじと見た。彼女は本能的にローリーを抱き寄せ、腕に包みこんであとずさったが、すぐに固いものにぶつかった。テーブルか、椅子か、カウンターか――それがなんだったのか、恐怖と混乱におちいったシンシアにはわからなかった。

あの銃。あの大きな黒い穴がわたしに向けられている。キッチンの向こうからわたしを狙っている。

「やめて」彼女はいった。そして赤ん坊をぎゅっと胸に抱き寄せた。母親の恐怖を感じとったローリーが泣きだした。「だれか知らないけど……やめて」

アントンが拳銃の撃鉄を起こし、その音がシンシアの全身に衝撃を走らせた。

彼女は娘をぎゅっと抱き寄せた。

「やめて」こみ上げてくる絶望的な恐怖に肺から息が吸いとられ、切れ切れのうめき声で彼女は繰り返した。「お願い……欲しいものは持ってっていいわ……お願い、お願いだから……この子には手を出さないで……お願いだから、わたしの赤ちゃんに手を出さないで――」

火がついたように泣いている乳児がそれを守ろうとする母親の腕に包みこまれている箇所――そこに狙いをつけて、アントンは銃を構えた。小さな体が母親の胸に抱かれ、ふたつの心臓が重なりあっていっしょに脈を打っていた。

「痛くはない」といって、アントンは引き金を引いた。

犬たちの吠えはじめた声にカールが気づいたあと、家のほうにいるアントンから無線が入った。

「電話線は切れてます」アントンが追認した。「こっちはすべてきれいに片づきました」ひとつ間があいた。「コマドリは携帯を持ってます」

救済センターの前にヴァンを止めていたカールは車の無線でアントンの声に耳を傾けてから、私道の坂下で公益事業の作業員を装っているふたりの男に連絡をとるようサイラスに命じた。彼らはだれも入ってこられないように坂下のふもとに鎖を張っていた。間に合わせに立てた柱に二枚の案内板をかけていた。一枚は東方向の車線、もう一枚は西方向の車線を向いていた。送電線の緊急修理のため本日は休業と案内板は伝えていた。この警告を無視して私道に入ろうとする人間がいたら、ふたりの男が口頭で引き返すよう命じ、必要ならばもっと手荒な手段に訴える。

カールは救済センターを三十秒ほど注視した。フロントグラスに雨の水玉がつき、屋根をたたく音もこれまで以上に激しくなっていた。未舗装の駐車場にあるのはジュリア・ゴーディアンの銀色のホンダ・パスポートだけだった。センターの正面入口に看板が二枚あり、そのうちの一枚がとりわけカールの関心を引いた。

窓ガラスの上のほうのグレイハウンドの形に切り出された一枚にはこうあった。

〈インザマネー・ストア〉へようこそ

その下には、取り替え可能な小さな伝言板がかかっていた。

〝十五分後に戻ります〟

カールの目を引きつけたのは後者のほうだった。

彼がそれを無言で見つめているあいだ、坂を下った途中の囲いにいる犬たちが耳ざわりな声で吠えつづけていた。作戦は時間のかからない単純なものだった。カールの率いる一団は公益事業の作業員のふりをしてやってきて、彼女の警戒を解くはずだった。ところが、彼女は入口に伝言を残して売店からいなくなっていた。しかし、まだこの構内にはいるはずだ。売店の奥の部屋でなければ、きっと外にちがいない。彼女の車はある。歩いて出かけたところは見ていない。知られざる出口があるとも思えない……どこに出るというのだ？　どの方向もしばらく森が続いている。

カールは動揺したグレイハウンドのかすれた鳴き声に耳を傾けた。ゴーディアンの娘にもあれが聞こえているにちがいないし、彼女が危機感を募らせるのを待ってはいられない。よかろう。カールは心のなかでつぶやいた。よかろう。

彼はサイラスと後方の二人組の両方が見えるように座席で体の位置をずらした。
「準備しろ」と、彼は命じた。「女を捕獲する」

ジュリアが裏で犬たちに運動をさせているところに雨の最初の数滴が落ちてきて、神経質な犬たちは庭から集団で避難した……ただし献身的な相棒の役割を演じているヴィヴだけは、犬舎を支えるシンダーブロック構造の前にほかのグレイハウンドが群がっているあいだも、膠（にかわ）のようにぴったりジュリアにくっついていた。

雨粒を見て、ジュリアは犬たちをなかに入れ、それぞれの小屋に戻してやった。

彼女がヴィヴを後ろにしたがえて犬舎から外へ出たとたん、ハウエルの家から犬たちの吠えたてる声が聞こえてきた。興奮した騒がしい大きな声に彼女は思わず足を止めた。

番犬をお探しならグレイハウンドはそれ向きではありません。グレイハウンドがいったん吠えはじめると嚙みつかれるより始末が悪いですが、彼らが嚙みついたり吠えたりすることはめったにありません。

これは、先週末にジュリアがワーマン一家に使った表現だ。引き取りを思いとどまらせるために口にした言葉ではあったが、疑う余地のない事実でもあった。裏庭の囲いからいきなり犬たちが吠えはじめたのは尋常なことではない。ジュリアはこんな声を聞いたことは一度もなかった——自分の家の犬たちからも、ロブとシンシアの犬たちからも、センターで引き取られるのを待っている犬たちからも。グレイハウンドはやたらと吠える種類ではない。騒いでも喉の奥からウーとうなり声を出すのがせいぜいだし、一度に一匹でもめったにないことだ。ジュリアはそれを知っていた。これまでの経験から、一匹が吠えてもそれにつられて仲間が吠えはじめたりはしないのも知っていた……なのにハウエル家の五匹の犬の全部ではないにしても数匹がこの大騒ぎに加わっているのは、ジュリアが立っている犬舎のドアの外からでも明らかだった。それだけにますます奇妙な気がした。

納得がいかない。そして、おびえた様子からヴィヴが同じことを感じているのも明らかだった。ヴィヴは安心を求めてジュリアの脚ににじり寄り、緊張で全身をぶるぶる震わせていた。

ジュリアは犬舎と売店の裏口のあいだでヴィヴに片手を置いて励ました。

「だいじょうぶよ、落ち着いて」吠え声が続くなかでジュリアはヴィヴの首をさすってやった。そのあとジュリアは、先週、一頭の雌鹿とその子ども二頭が近くの森から迷いこんでシンシアのハーブガーデンの草を食べていたとき、犬たちが不平の声を漏らしていたことを思い出した。鹿の親子が追い払われて森に戻っていくと声はやんだが、あのときの訪問者が前回より大胆になって戻ってきたのかもしれない。この騒ぎを深刻な事態だと考える理由はどこにもない。

それでもまだ無視する気にはなれなかった。ヴィヴはまだジュリアの太腿に体をすり寄せて震えている。家の裏の犬たちの声はすこしも静まる気配がなかった。シンシアが外に出て静かにさせていないのも妙だ。

「さあ、ヴィヴ、なにがあったかいっしょに確かめにいきましょう」と、ジュリアはいった。彼女はすぐに足を踏み出したが、裏口には向かわず、売店をまわりこみはじめた。下り坂の先まで私道をまっすぐ障害物なしに見たかったからだ。

耳をぴったり頭につけていたヴィヴは、ためらって一瞬立ち遅れたが、そのあとぱっとジュリアの後ろにしたがった。

このコース変更は効を奏さなかった。ほんの十歩くらいしか行かないうちにジュリアはとつぜん強い驚愕と警戒心に襲われて、ふたたび足を止めた。

彼女はヴィヴに手を伸ばした。こんどは犬の胸にしっかり手を当ててその場にヴィヴを止まらせた。降りしきる雨のなか、二〇ヤードほど先にある売店の側面の窓のそばに、電力会社の制服を着たふたりの男がいた。ひとりは体をかがめてガラスに顔を押しつけるようにし、カップ状に丸めた手を目のまわりに当ててなかをのぞきこんでいた。もうひとりは仲間に背を向けて敷地の向こうの森の並びへ視線をそそぎ、頭を左右に動かしていた。

これを見てジュリアは鳥肌が立った。大げさといえば大げさな反応かもしれない。ハウエル家の犬たちのふつうでない吠えかたを聞いて神経過敏になっているのだろう。それを認めるにやぶさかではなかった。わたしはアスファルト道路わきの中継所だか貯蔵所だかにいた作業員たちのそばを通ってきたし、彼らがなんらかの理由でわたしに連絡をとろうとして売店を訪ねてきたのかもしれない。しかしドアが閉まっていたので、奥の部屋にいるかどうか確かめようと思ったのかもしれない。

その可能性がなくはない。ただし、心底そうは思えなかった。気のせいでは片づけられないこそこそしたところが彼らにはあった。いつから公益事業の作業員は返事がないと窓からなかをのぞき見るようになったの？　わたしは十五分後に戻ってくると伝言板に書いてきた――どう見てもそんなに長い時間じゃない。彼らの用が緊急のものだったとしてもだ。それに、相棒が窓ガラスに体をかがめているあいだ、売店には見向きもせずにすこしずつ左右に首を回している男……あの男は見張りをしているとしか思えない。

次にどうするべきか、ジュリアはじっくり考えた。携帯電話の入ったハンドバッグを売店に置いてきていなかったら、家にいるシンシアに電話で問い合わせるところだ。それができないいまは、引き返して売店の裏にまわり、そこから……なんなら敷地を取り巻く森のなかから、坂の下でなにが起こっているかを確かめてもいい。たしかに考えすぎのような気はする。被害妄想かもしれない。だとしてもよ。用心したからといってずぶ濡れになる以外になにか失うものがあるかしら？　最悪でも、あとでばかなことをしたと思って、タオルで体を乾かしながら考えすぎの自分をあざ笑う程度ですむわ。では、最良の結果は？――見当がつかない。なにしろ、あの男たちがここでなにをしているのかも見当がつかないんだから。

彼らがハウエルの家で犬たちをあんなに動揺させるどんなことをしたのかも……いっこうに小さくならない吠え声を聞きながら、ジュリアは心のなかでそうつぶやいた。

男たちから見えない売店の裏へまわりこもうと考え、彼女はヴィヴの胸に手を当てたまま、そっとついていっしょに逆戻りしようとした。

ヴィヴは動かなかった。毛皮が雨で濡れていたが、それには無頓着な様子で、というか雨のことは忘れているみたいに、ぴんと立てた耳を前に向けてふたりの男をじっと見つめていた。体はまだこわばっているが、震えは止まっていた。

勇気づける兆候ではなかった。ヴィヴは多くのグレイハウンドにくらべて不平をいわずに水浴びをするようになってはいたが、やはり水を怖がるし、この種の例に漏れず気温の変化にきわめて敏感なことをジュリアは知っていた。ふだんなら身もだえしながら土砂降りの冷たい雨をしのげる場所に駆けこむところだ。なのにヴィヴは警戒の姿勢をとったまま動こうとせず、頭をまっすぐ男たちに向けて凝視している。

ジュリアはヴィヴをもういちど軽く押した。

「行くわよ、ヴィヴ」と、彼女はいい聞かせるような低い声でいった。「さあ」

グレイハウンドは最後にまたすこし抵抗したが、そのあと命令にしたがった。

しばらくして、ジュリアは鋼鉄でできた裏口のドアの前を急いで通り過ぎようとしていた。ヴィヴはいちど立ち止まって後ろを見たが、ジュリアに軽く頭をたたかれてまた前に進んだ。裏口を通り過ぎた直後、電力会社の制服を着た別の二人組がさきほどとは反対側の角をまわりこんできた。

ふたりは同時にジュリアを見つけ、彼女に目を釘づけにし、降りしきる雨のなかで彼女をまっすぐ見つめていた。

次の瞬間、彼らは足早に彼女のほうへ向かってきた。

ジュリアは身の危険を感じて凍りついた。彼らが何者かも、彼らの目的がなんなのかもわからない。なにが起ころうとしているのかわからない。しかし、この男たちが危険な存在であることにもう疑いの余地はなかった。

その直後、ジュリアは事の深刻さを知った。

男たちは近づいてくるあいだに制服のつなぎに手を伸ばして、さっと武器を抜き出した。彼女にも拳銃でないとわかるたぐいの銃だった。ウージーかそのたぐいかもしれない。

どきんとして、肩越しにさっと後ろを見ると、西側の窓の前にいた男たちが角を曲がって近づいてきていた。彼らの手にも同じ小型のアサルト・ライフルが見えた。

彼らは距離を詰めてきた。

武器を持った男が四人。

両方向から迫ってくる。

ジュリアはさらにしばらくその場を動かず、頭のなかに恐怖が渦を巻いていたが、それでも頭を働かせようとした。前進はできない。後退もできない。森に駆けこんでも望みはなさそうだ。ではどうする？　どうしたらいい？

彼女の目はさっと裏口のドアに向かった。なかに入って電話にたどり着けたら、助けを呼べるかもしれない。警察にでも、父親の保安部隊にでも……

それしかない。

「ヴィヴ！」彼女は叫んだ。「おいで！」

ジュリアは猛然と戸口に向かい、引きはがすようにドアを開けてなかへ駆けこみ、そのあとからヴィヴが全速力でなかに入ると同時に勢いよくドアを閉めて鍵をかけた。貯蔵室とオリエンテーション用の部屋を通り抜けてカウンターの奥に入り、レジのそばの電話に飛びついて、受話器をぱっとつかみ上げた……次の瞬間、彼女は全身の血がすーっと引いていく感覚に見舞われた。

発信音がしない。受話器に音がしない。あるのは胸の押しつぶされそうな静けさだけだ。あの作業員たちをわたしは見ていた。ジュリアはとつぜん思い出した。いや、作業員を装っていた男たちだ。しばらく前にアスファルト道路からセンターの私道へ入ってきたとき、電柱に登っている男たちがいた。

電話線。

何者かは知らないが、彼らが電話線を切断したのだ。

売店の正面にあるカウンターの奥の狭苦しい場所で、しばらく彼女は激しく息をあえがせた。ヴィヴがジュリアの脚に体を押しつけていた。そのとき、貯蔵室の外側にドシンと大きな音がした。またひとつした。追跡者たちがドアを破ってなかに入りこもうとしているのだ。残されたチャンスはひとつ。時間はあまりない。彼女は受話器を放り出してカウンターからハンドバッグをつかみ上げ、金具をぱちんと開いてなかに手を入れた。

売店の裏で自動火器のパチパチいう音がして、そのあと裏のドアが勢いよく開いた音がした。鋼鉄製でもなんでもおかまいなく、銃弾で取っ手の単純なシリンダー錠を破壊したのだろう。

ジュリアはハンドバッグのなかの携帯電話を手探りしてとりだし、ぱっと開いた。もう後ろに足音が聞こえてきた。急いで貯蔵室を通り抜けてくる。数秒しかない。心臓が早鐘を打つなかで電源ボタンを押し、電源が入って始動したときのうつろな電子音に耳を澄まし、気が狂いそうな無力感のなかで小さなスマイリー・フェースの最初の画像が液晶画面に飛び出してくるのを待ち――

長身で肩幅の広い男が正面入口の外にいるのに気づくだけの時間が彼女にはあった。窓ガラスから公益事業作業員の制服が見え、そのあと激しい衝突音がしてドアが内側に開いた。ドアの上の小さな鈴の束が騒々しい音をたて、木のドアフレームが裂けて木っ端が飛ぶと同時に、男の前からなにかが猛然と店に飛びこんできた。動物だ。巨大な黒い犬だ。それが男の叫んだ命令に応じて突進してきた。毛皮と歯の塊と化し、ジュリアめがけてまっすぐ突き進んでくる。

ヴィヴがカウンターの奥からぱっと飛び出したのはそのときだった。

カールは亜音速弾(サブソニック)を放つ太く短いMP5を前に突き出したまま、救済センターのドアをなかへ蹴りこんで、アナンカゾーが実演してくれた命令のドイツ語版でボス犬のリドに前進を命じた。

グレイハウンドがカウンターの端をまわりこんで猛然と駆けだしてきた光景に、カールは小さな驚きをおぼえた。その勇気につかのまの称賛すらおぼえたかもしれない。しかし、かならず不測の事態にそなえておくのが彼の信条だった……防衛犬(シュッツフント)を手に入れたのはそのためにほかならない。

グレイハウンドはボス犬にすさまじいスピードで跳びかかって、空中で激突し、その勢いで相手を床に倒し、グルルとうなり声をあげてがぶりと噛みついた。ボス犬の毛むくじゃらの黒い皮膚に深々と歯が食いこんで、胸と首が血に濡れた。

カールは戸口からグレイハウンドにカービン銃を振り向けて、すばやく三発連射した。グレイハウンドは横腹から真っ赤な血をほとばしらせて、人間の悲鳴にも似たかん高い叫びをあげ、手足をばたつかせてカールのボス犬からころげ落ち、どさりと床に倒れた。

状況を修復したカールは恐怖におののいている標的に注意を移した。ジュリアはカウンターの奥から、グレイハウンドの動かない血まみれの体を声もなく恐怖のまなざしで見つめていた。その右手には携帯電話が握られていた。

カールは躊躇しなかった。MP5をまっすぐ突き出し、ジュリアのほうへ向かいながらソージとアレクを駐車区画から呼び寄せた。だらんと手足を投げ出したグレイハウンドのそばに四本足で立ち上がったシェパードのボスは、深々と歯を突き立てられたにもかかわらず、なにごともなかったような様子だった。

カールはボス犬にふたたび前進を命じた。

「前へ(フォラン)、飛べ(ホップ)！」

リドは後ろ足を蹴って飛び上がり、高さ四フィートのカウンターを飛び越えてゴーディアンの娘に襲いかかった。跳躍の力をまともに浴びせられた彼女は、後ろの壁に激突して床に倒れ、巨大な体の下敷きになった。ボス犬は彼女の右手に目を凝らし、それが握っている電話を武器かもしれないと判断した。武器を取り上げるため、間髪を入れずに彼女の手首に牙を突き立てた。

ジュリアは苦痛にかん高い悲鳴をあげた。彼女の血とボス犬の唾液がまじり、犬の歯と歯茎に赤いあぶくが糸を引いた。

大きな犬にくわえられて自由を奪われたジュリアの手から、開いた携帯電話が床に落ちてかしゃんと音をたてた。カールはカウンターをまわりこみ、ブーツの先でジュリアの手の届かない範囲に電話を蹴りのけ、下に手を伸ばしてそれをつかんだ。

アップリンク社のか。カールは冷ややかに心のなかでつぶやいた。

バックライトの照らすメイン画面を調べ、どこにもつながっていないと判断した。そのあとマウスキーを押して選択メニューを調べ、通話履歴を発見した。ゴーディアンの娘が最近ダイヤルした電話番号が通話順に現われた。いちばん最後のが九一一番でなかったことに満足すると、カールは受信者がだれだったかを確かめるために、その番号にスクロールバーを合わせて〝送信〟を押した。

二度呼び出し音が鳴ったあと留守番電話が出た。ゴーディアンの娘の声でメッセージが流れた――自宅の電話だ。カールは接続を切った。たぶん外から伝言を確かめる電話だったのだろうが、ここでなにがあったかを伝える警告のメッセージが残っていないか確認しておきたかった。

だれかが知るときは、おれが知らせることにしたときだ。

カールは売店のカウンターの奥にいる捕虜を見下ろすように立って、右側の小さな奥の部屋に手下たちが集まっているのを目の端で確認しながら、ジュリアにMP5を向けた。カールの後ろにはサージとアレクが控えていた。

「外からメッセージを再生するときの暗証番号をいえ」と、彼はジュリアに命じた。

ジュリアは痛みをものともせずに無言で目に挑戦の光をたたえ、サブマシンガンの銃身の上から相手の男をにらみつけた。剛毛のボス犬のあごに締めつけられた腕からは血がしたたっていた。

娘にも父親の気質大いにありか、とカールは思った。

彼はジュリアの顔にさらに銃を近づけ、すでにすませたことを使って脅しをかけることにした。

「暗証番号だ」彼はいった。「いわないと、坂の下の家にいる女と赤ん坊を殺すよう命令する」

ジュリアはなおもカールを見上げたまま、相手の目に穴が開きそうなくらいにらみつけた。

「ただの脅しじゃない」と、カールはいった。

ジュリアの顔にわずかにためらいの表情が浮かんだ。まばたきひとつ。そのあと彼女は沈黙を破った。

「六四八二」と、彼女はいった。

カールは彼女の自宅の番号にかけなおし、録音されたメッセージが流れているあいだに暗証番号を打ちこんだ。留守番電話にメッセージは残っていなかった。

よし、と彼は思った。思ったとおりだ。この女には急いで警告を発するだけの時間はなかった。

念には念を入れて、カールはふたたび切断ボタンを押し、一覧になった電話番号の最後からふたつめにスクロールバーを合わせてダイヤルした。スポーツ用品店の営業時間を告げる録音された音声が聞こえてきた。これまた無害な電話だ。

けっこう。ますますけっこう。

「下のおうちにいるひとたちには――」ゴーディアンの娘がかすれ声でいった。腕はまだボス犬の口にくわえられていた。「わたしからなにが欲しいのか知らないけど……あのひとたちには危害を加えないと約束して」

カールはなにもいわなかった。そして手下たちに身ぶりで合図をした。

男たちがライフルを構えたままジュリアに近づいた。

「待って、お願い」彼女の目の端から涙がひと粒、ぽろりと落ちて頬を伝った。「わたしの犬を……せめて犬の傷を調べさせて……このままにしておくわけには……」

言葉の途中でカールが首を横に振った。

「頼みはきけない。おまえはただの籠の鳥だ」彼の表情にはみじんの妥協もなかった。「約束も交渉もいっさい受けつけない」

10

さまざまな場所

木々に隠れて見えづらい私道入口の標識がようやくロブの目に入ってきたときには、もう九時になっていた。カマロが水を跳ね上げながら私道のふもとに向かうあいだに、ロブはアスファルト道路の反対側にある〈PG&E〉の中継所のそばの電柱をちらっと見た。落ちたりたわんだりしている電線はどこにもない。だが、それだけで結論を下すわけにはいかない。電線網のどこに故障が生じていてもおかしくないし、こまかく調べないとわからない接続の不具合が原因になることだってある。

ただし、この一帯がしばらく集中豪雨に見舞われたのは一目瞭然だった。電気会社の作業員がときおり車を駐めている中継所のまわりのコンクリート部分は、アスファルト道路からすこし離れたところにあって、わずかに傾斜がついている。そこの表面に雨水がたまっているのをロブは見たことがなかった。なのにいま、その駐車帯は一面水浸しになっていた。水がゴボゴボと音をたてながら下へ流れこみ、アスファルト道路の縁にある排水溝をあふれさせていた。

中継所を見ただけで不愉快な思いがこみ上げてきた。あれは八四号線との合流点からペスカデロ・クリークに入ってすぐのことだった。ここから五マイルくらい後方で、ロブは反対方向から猛スピードで走ってくる電力会社の二台の車とすれちがった。ヴァンとワゴンだった。二台が水浸しの道路を疾走してくるのを見て、彼はスピードを落とした。向こうの運転手たちも礼儀とはいわないまでも常識として同じことをするものと思っていた。ところがあの二台は減速するどころかそのまま驀進(ばくしん)を続けてカマロのフロントグラスに水のカーテンを浴びせた。前が見えなくなって、一瞬、カマロの進路がぶれた。この乱暴な運転にロブは肝を冷やした。運転経験の豊富な彼でも、あとすこし反応が遅れていたら溝にはまっていたにちがいない。

しかし、ロブの頭には考えなければならない別の問題があった。彼が私道に入ると、まっすぐ前方の救済センターの外にジュリアのホンダ・パスポートがちらっと見え、そのあと左手にある自宅のわきに古びたフォードのピックアップトラックが見えた。つまり、ジュリアも妻もこのあたりにいるのはまちがいない。となると、大きな疑問は〝どこに?〟だ。

自宅に向かって三〇フィートばかり車を進ませ、左に折れて、私道から自宅へ分かれていく土と砂利の道に入ると、とつぜん裏の囲いにいる犬たちが狂ったように吠えたてているのが聞こえてきた。

不吉な予感に身の毛がよだった。なにがあったとしても、この土砂降りのなかでシンシアが犬たちを囲いのなかに放置しておくわけはない。犬たちは外でどうしているのだろう？彼らにあんなすさまじい声をあげさせる状況とは、いったい？

体をかがめてカマロを降り、鍵を握って玄関に向かうあいだに、ロブは自分の車が入ってきた音がしてもだれも窓辺に姿を見せなかったことに気がついた。

ロブは玄関を入ったところで立ち止まり、マットで靴底をぬぐった。習慣になったいつもの行動だったが、これを境に正常なことはなにひとつなくなっていく。車を降りてから警察の到着後までの出来事を、彼はなにひとつ思い出せなくなる……理性を取り戻そうとしながら自分の携帯電話で警察に通報したことさえも。ショックと恐怖が記憶にあけたこの穴は、この日の彼に与えられた唯一の恵みだった。この先おとずれる苦悩の日々に彼が正気を保っていられたのは、この空白のおかげだったかもしれない。

その裂け目は、ロブ・ハウエルがはっと足を止めたあの瞬間に始まった。

きわめて不条理でありながら、きわめて自然なことでもあった。

ロブは玄関を入ってマットで靴の裏を拭いた。

「シンス？」と、彼は玄関の内側から妻に愛称で呼びかけた。

返事がない。

「シンス、いないのか？」

まだ返事はなかった。

ロブがさらになかへ進むと、キッチンの明かりがついているのが見えた。彼の注意はふと濡れた水たまりに引きつけられた。彼は廊下のまんなかにいて、水たまりは入口の向こうの床の小さな一画に見えた。そこになにかがこぼれ落ちていた。赤いものが。床のタイルの一面に跳ねかかり、タイルとタイルのあいだの細い目地まで長い筋が伸びていた。シンシアの大事な新しいキッチン・タイルに赤い水たまりがきらめいていた。ふたりの五回めの結婚記念日の贈り物として彼自身の手で苦労して張りつけたもので、このキッチンに登場してからまだ三カ月も経っていない。

胸がどきんとした。

「シンス?」

外でグレイハウンドが吠えたてる声のほかには、なんの音もしなかった。鉤爪を持つ猛禽類のように不安が両肩をわしづかみにした。ロブはキッチンに駆けこみ、テーブルの足のそばを見下ろした。そして、しんと静まり返った家のなかで狂ったように叫びはじめた。足元が溶けていくような心地がした。わき出た涙で外の世界がぼやけたまま、叫んで叫んで叫んだ。肺の奥から恐怖と悲しみの絶叫が突き上がり、やがて切れぎれのしわがれたヒステリックな嗚咽に変わっていった。

彼が見たのはあまりにおぞましい光景だった。

「おお、ロジャー、よく来てくれた!」ヒュー・ベネットが低い声でそういって応接室の入口からやってきた。「このときをずっと待ちわびていたんだ……ようやく空港からこっちに向かったと聞いてから！　ここにいる全員で首を長くしていたんだよ！」

ガボンに着いてほんの数時間しかたっていないロジャー・ゴーディアンだったが、トーマス・シェフィールドの大きなコロニアル風の屋敷でキング・ヒューイーが自分を待っていたと知ってもさほど驚きはしなかった。シェフィールドはガボンに駐在しているセドコの重役で、ゴーディアンはこのあとここに二泊することになっていた。

それより意表をつかれたのは、彼らの後ろの応接室にセドコの重役陣が八人から十人、スーツ姿ですわっていたことだった。

「ヒュー、お会いできてうれしい」ゴーディアンはベネットの頰の広い大きな顔をのぞきこんだ。白いもじゃもじゃ眉毛が額の下でつながっている。「こちらのみなさんは夕食に？」

ベネットは握手をしたままゴーディアンの背中をぽんとたたいた。

「非公式の会議でもある。ガボン式にね！」キング・ヒューイーはいった。「この国のひとたちは夜に仕事をするのが好きなんだよ！　けっこうじゃないか！　あしたの祭典行事のこまかな問題を解決するのに、いま以上の機会はないね！」

ゴーディアンは相手の顔を見た。この男は自分の口から出るすべての台詞に感嘆する価値があると本気で思っているのだろうか？

「できればシャワーと着替えでさっぱりさせていただけませんか」と、彼はいった。「なにしろ長旅のあとですので」

ゴーディアンのそばに立っていたシェフィールドをヒューイーが見やると、彼は無念の思いをあらわにしていた。

「かまわんとも！」ベネットはいった。「トムは大きなワイン・セラーを持っていてね……わたしが試飲しているあいだに、彼のコックがすっばらしいオードブルを用意してくれたんだ！」

警察からふたりの刑事が朝一番にやってきて、もどかしさを抑えきれない様子だった。

メガンの見せた反応は辛抱強く冷静だった。

彼らがオフィスに入ってきた瞬間から、メガンは彼らを観察し、いざとなったら脅しをかけてくるなと思った。彼らが男で、わたしが女だからかもしれない。法の執行者としての権威の重さを振りかざすことに慣れているからかもしれないし、両方かもしれないし、ほかに理由があるのかもしれない。だが彼女にはどうでもいいことだった。彼らは要求を口にした。それに応じるのは彼らがやってきた理由をもっとくわしく聞かせてもらってからだとメガンは決めていた。刑事たちは彼女と同じくらい一歩も引かない姿勢を明確にしていたが、立場の優劣がもっとはっきりすれば交渉を有利に進められるかもしれないと彼女は思った。

彼らの前で不安を見せては元も子もなくなる。それを見せるわけにはいかない。

「ブリーンさん、ロジャー・ゴーディアンの娘さんのことで彼に話があるんです」と、年かさのほうがいった。これでこの台詞は三度めだ。この男の名はエリクソンといった。おそらく四十代の後半だろう。大きな四角い顔。紫がかった青い瞳。カナリヤのような明るいブロンドの縮れ毛が外の雨に打たれて濡れていた。椅子に腰かけて右脚を左のひざにのせており、前の開いたレインコートの下には既製品の茶色い平服が見えていた。「彼は旅行中とおっしゃる?」

「商用で外国におります」メガンはいった。「アフリカに。別に秘密でもなんでもありません」

エリクソンは机の向かいからメガンの顔をしげしげと見た。「だとしても連絡はとれるはずだ。あるいは彼の奥さんにでも」彼はいちど言葉を切って、それから「彼らの住まいをあたってみたが、だれもいないようなんです」といい添えた。

メガンは顔の筋肉のこわばりを固い決意の表情に変えた。エリクソンは頑固そうだがまっこうから対決する気はないようだ。取引が得意なタイプなのかもしれない。

「ミセス・ゴーディアンは親戚のところにいらっしゃるのでしょう」彼女はいった。「しかし、わたしに無断で勝手なことをなさっては困ります。ゴーディアンの留守をあずかるアップリンク社のナンバーツーとして、わたしには社の問題を管理する責任があります。そこにはミセス・ゴーディアンのプライバシーを守ることや、ゴーディアンの注意をいたずらにそらすことがないようにすることも含まれています。これがどういう問題かを——」

「その仕事の責任のなかに、われわれに協力することを盛りこんではどうだ?」もうひとりの男が途中で割りこんだ。

この男は自己紹介のときにブルワー刑事と名乗り、やけにその肩書を強調していた。やせ形で、目が細く、相棒より十歳くらい若い。ソノマという小さな町の刑事で、テレビの犯罪ドラマの見すぎなのか、〝無神経で押しの強い〟のが〝都会的でたくましい〟ことだと勘違いしている手合いだ。ネイヴィーブルーのスーツの上にコートは着ておらず、メガンの受付の外にある傘立てに傘を置いてきていた。

メガンは返答をエリクソンに向けた。

「ゴーディアン氏に連絡をとるとしたら、あなたがたがここにいらした理由の概略をお聞かせいただかなければなりません」と、彼女はいった。

年上のほうの刑事はじっとすわっていた。その目にちらっと妥協の表情が浮かんだが、そのあとまたきっぱりとした抵抗の色が戻っていた。

「彼の娘さんのことで情報が必要なんです」と、彼はいった。

メガンは落胆の思いを隠した。自制がぐらつきかけたのは、たずねる必要のある質問を発する構えに入ったときだけだった。

「ジュリアになにかあったのですか?」

エリクソンは息を吸って吐いた。彼の足がひざの上で上下するのがメガンには見えた。

「ロジャー・ゴーディアンに連絡をとる必要があるんです」エリクソンは無駄口をきかない流儀を守ってそう繰り返した。

メガンは答える前にしばらく時間をおいた。オフィスは静かだった。窓を打ちつける風と雨の音を二重の窓ガラスが完全に遮断しているせいか、エリクソンのコートにまだらについた黒いしみがなおさら目についた。

「ここまでは壁をあいだに置いて話してきたような気がします」彼女はいった。「それでは合意に達するのはむずかしいですわ。壁をまわりこむ一歩を踏み出して、うまくいくかどうか試してみてはどうでしょう？」

ブルワーが怒りをあらわに頭を振って、椅子から腰を浮かしかけた。「こっちには、なにをする必要も、どこに足を踏み出す必要もない。われわれは警察の捜査を行なっているのであって、あんたはそれを妨害しようと――」

エリクソンが相棒のひざを軽くたたいて注意を引き、手を上げて制した。顔にきまりの悪そうな表情が浮かんでいた。

「こっちは足を踏み出したとお考えください」と、彼はいった。

ブルワーが椅子に落ち着くあいだ、メガンは彼の顔から目をそらしていた。この刑事にこれ以上男を下げさせてもしかたがない。

「ここへいらしたのには容易ならない理由があるにちがいありません」彼女はエリクソンにいった。「ゴーディアン氏でも、連絡をとる必要のあるほかのだれでも、連絡の手助けは喜んでさせていただきますから、その点はご安心ください。しかし悪い知らせを伝えなければならないとしたら、わたしから伝えるつもりです。当社のナンバーツーとして、ゴーディアン家の親しい友人として。ただしもちろん、どういうお話か教えていただけないことにはそうするわけにはまいりません」

エリクソンは椅子にすわったまま、またしばらくメガンの顔を見て、それからひょいと肩をすくめ、組んだ足をほどいた。

それから前に身をのりだして、彼女に語った。


「アフリカからはまだなんの連絡も?」と、ティボドーがたずねた。

「まだよ」メガンがいった。「いまピートがゴードに伝えに向かっているところなの」

「しばらくかかりそうだな」と、リッチがいった。

「連絡がとれたとき、ピートは車両隊襲撃事件の手がかりを追って市外にいたものだから。いまガボンは夜だし、車でジャングルを通れる道がないんでしょう。うちのヘリでポールジャンティに引き返しているところなの」

「あんたから直接ゴーディアンに連絡をとると、なにかまずいのか?」

メガンは会議室の小さなテーブル越しにリッチを見た。「ゴードはホテルの壁に埋めこまれた監視装置を避けるために、現地に住んでいるセドコの重役の家に招かれてそこに泊まることになっているのよ。そしていまは、セドコのひとたちと、石油プラットフォームで行なわれる例の行事について秘密の会議を開いているところなの。ヒューイー・ベネットとセドコの役員全員が出席しているし、ボスにはそういう状況でこの知らせを聞かせたくなかったのよ」彼女はいちど言葉を切った。「ピートから直接伝えてもらったほうがいいと思ったの。そろそろ到着するはずよ」

リッチは言葉を返さなかった。このひとのガラスのような静かな目からは、なにを考え、なにを感じているのかさっぱりつかめない。リッチの目に映った自分の姿を見て、メガンは神経がささくれ立つのを抑えられなかった。わたしらしくないことだ。リッチに憤りをおぼえるのはそのせいだ――鏡の表面にこれ以上自分をさらしたくない。

彼女はそばのグラスに入った水をすこし口にして、喉の渇きをいやした。

「どうしちゃったのかしら、ロリー」彼女はいった。「いろんなことに考えが散って、考えをまとめなくちゃならないのはわかっているんだけど、集中できないの」

ティボドーは重々しい表情でうなずいた。

「スープは天下のまわりもの」と、彼はいった。「ガキのころさんざん聞かされたクレオール語の格言でな。今夜鍋に入れるものがなくても、あしたは見つかるもんだ」

メガンはかすかな微笑みを彼に向けた。「おぼえておくよう努力するわ」

「ああ（ウィ）」

メガンはしばらく黙りこんだ。刑事たちがオフィスにいるあいだに彼女はジュリアに関する知らせをナイメクに託し、そのあとロサンジェルスにあるアシュリー・ゴーディアンの姉の家に電話をした。留守番電話が出たため、アシュリーに連絡をとりたいと切迫した声でメッセージを残した。それからアップリンク・サンノゼ本社地下の安全会議室と呼ばれる盗聴される危険のない部屋にリッチとティボドーを招集した。会議用テーブルと窓のないコンクリートの壁四面だけの質素な長方形の空間だ。この壁は二フィートの厚みがあり、なかにはスパイ装置探知システムが組みこまれている。

彼女の知った情報を伝えるのに長い時間はかからなかった。その情報のなかに勇気づけるものはなかった。ジュリア・ゴーディアンが週に何日かボランティアで仕事をしているグレイハウンド犬の救済センターから姿を消した。センターを運営している男の妻が自宅で幼い娘とともに射殺されていた。エリクソンによれば、犯罪現場は恐ろしいという言葉ではいいつくせない凄惨なものだったという。

「そのロブ・ハウエルだが」こんどはリッチがいった。話しながら、その目はメガンに向かった。「その男はシロだと警察はみているんだな？」

「犯罪に関わった疑いはまったくかかってないわ」メガンがいった。「彼が日曜日の朝、職場のホテルに着いて、そのあと大あわてで自宅に戻っていったのを同僚たちが見ているの。帳簿のたぐいを忘れてきたのね。彼の携帯電話のＬＵＤに車のなかから自宅とグレイハウンドの救済センターへ電話をかけた記録が残っているわ。橋の料金所で急行車線を使っているし、州道一号線からサングレゴリオに出る料金所にも、彼の車が両方向へ通った料金引き落とし記録が残っているわ。自宅に戻る途中、クレジットカードでガソリンを入れてもいるの。どっちの場合も料金が支払われた時刻が記録されていて、彼の話は裏づけられているわ」

「その男が自宅を出る前になにをしてたかは省いていい」ティボドーがいった。「戻ってきてからあとのことも」

リッチはティボドーの顔を見て、それからうなずいた。

「走行距離と路上の平均速度とハウエルが警察に通報した時刻を考え合わせれば、可能性は限られる」と、彼はいった。「この仕事はロブ・ハウエルがいないときを狙って計画されたものだな。どこから見てもプロの手口だ。電話線が切断されているし、複数の種類の武器が使用されている。センターと電柱のそばにある電力会社のステーションに数台の車の新しいタイヤの跡があった」彼の目はメガンに戻った。「ハウエルは話を聞ける状態か？　彼から情報が必要になった場合？」

「わからないわ」メガンはまた水を飲んだ。相変わらず舌と喉に紙やすりを貼りつけられたような感触をおぼえていた。「確かめておくべきだったのに、頭に浮かば……」

「きみはよくやったさ」ティボドーがいった。「あの刑事たちから考えなくちゃならないことをたっぷりもらったことだしな。どっちにしても、その情報をほいほい教えてくれたとは思えん」

リッチは無表情のまま、なおもメガンを見ていた。

「救済センターには血痕があったんだったな」

「ええ、そうよ」

「ジュリアのかもしれないと」

「ええ」

「彼女は殺人の三人めの犠牲者になっていないと警察が考える根拠はなんだ？」

メガンは肩をわずかに持ち上げて、突き刺すような視線をリッチに投げた。

「もうすこし言葉を選ぶよう努力して」

「おれは質問しただけだ」

「ボスの娘さんのことよ。わたしの友人でもあるわ」

「知るべきことを知っておく必要がある」リッチはいった。「おれの言葉遣いが気に入らないというなら謝る」

だが、その口ぶりはすまなそうには聞こえなかった。メガンは背すじをぴんと立て、極度の緊張に青ざめた顔のなかで目に緑色の炎を燃やしていた。

「救済センターに血痕はあったわ」彼女はいった。「そしてたしかに……それはジュリアのものとみられているわ。でも、そこで起こったことはハウエルの家で起こった暴力とは性質が異なるような気がする、とエリクソンはほのめかしていたわ」

「確かな理由があってのことか？」

「彼には証拠一覧をよこす気はなさそうだし、図に乗って要求するのは控えたの。うとましく思われずにいい関係を保っておけば、恩恵が受けられるかもしれないし」

リッチはしばらく彼女をしげしげとながめた。

「あの刑事たちがどの線で動いているかはわかったのか？　そこも立入禁止か？」と、彼はたずねた。

メガンは関節が白くなって爪が手のひらに食いこむくらい怒りにこぶしを固めかけたが、平静を保って机の上で両手を組み合わせた。

「ジュリアのスポーツ汎用車（SUV）にはだれも押し入っていなかったわ。救済センターや母親と赤ちゃんが殺されていた家からはなにも盗まれていなかった。強盗が目的と示すものはなにひとつなかったの」彼女はリッチにいった。「犯罪現場の調査分析をして、証拠を見て、起こったことを憶測抜きで再構築する作業については、エリクソンからいろいろ聞かせてもらったわ。だけど、あなたも刑事だったんでしょ。ジュリア・ゴーディアンは誘拐されたのだと思うという彼らの話を率直に受け止めていいと思う？　いま問題になるのはジュリアがどういう状況にあるのかよ。いまははっきりしてないわ。居所もわからない。彼女が行方不明になったと公に発表していい時期に達しているのかどうかすら、わたしにはよくわからないの」

「おれたちのとる行動に影響はない。FBIの一歩先を行けるかもしれない点を除けば」リッチはいった。「いったんこれに誘拐事件のレッテルが貼られたら、捜査権はあそこに引き継がれてしまう」

「そうなるとなにがまずいの？」メガンがいった。「うちとFBIは対立しているわけじゃないわ。彼らには人的資源や情報収集力があるし。その分野の経験も豊富で——」

「あそこの本部がどんなに情報を分け与えるのが好きか、おれたちは知っている」と、リッチはいった。

彼は黙りこみ、じっと動かなかった。その静けさは考えを凝らしたときにできる眉間のしわのようだった。

「ここにすわって話していても始まらない」彼はようやくいった。「時間がたたないうちに現場に行ってくる。現場にあまり手が加わらないうちに」

メガンはティボドーに目を移したかったが、リッチがわずかな目の動きも見逃さないのはわかっていた。彼女がじっとしていると、ロリーは彼女の意をくんで口を開いた。

「ひとりで行ってもしかたあるまい」ティボドーはリッチにいった。「おれとあんたでいっしょに状況を見てきたほうがいい」

「ひとりで充分だ」

「そういう問題じゃない。現地の警察はおれたちの訪問を喜びやしない。それを考えておかんとな。連中もひとりよりふたりのほうが追い払うのは大変だろうってこった」

メガンがすかさず割りこんだ。

「ロリーのいうとおりだわ」彼女はいった。「彼にも行ってもらうべきよ。わたしは何本か電話をかけて、この部屋から利用できるだけのコネをかき集めるわ」

リッチは彼女を凝視した。「それは提案か、命令か？」

「そうしてほしいということよ」と、彼女はいった。

リッチはさらにしばらく彼女を見据え、それからティボドーに目を転じた。

「彼女から救済センターへの行きかたを教えてもらえ」彼はそういって立ち上がった。「下の玄関で待っている」

ガレージ階に行くエレベーターを呼ぶために生物測定法走査機（バイオメトリック・スキャナー）に手のひらを当てているリ

ッチに、ティボドーが追いついた。メガンがまだ安全会議室にいるのを確かめてから、彼はリッチの腕に手を置いた。

「おれになめた口をたたいている問題は、時がたてばいずれふたりのあいだで解決する」彼は低い声でいった。「しかし、ボスの娘が殺されているうんぬんを……あんなことをメガンの前でいってどうなる。なんの意味がある」

「その可能性を排除しろというのか？」

「どんな可能性があるかわかるくらいの経験はみんなにあるし、あんたがこの先出会うどんな人間よりもメグにははっきり状況が見えている。しかし、あんたが彼女の痛みを大きくしなくちゃならない理由はどこにもない」

リッチはひょいと肩をすくめた。

「わかった」彼はいった。「次にその話題で集まるときは、ボスの娘が虚空に消えていなくなった可能性は持ち出さないようにしよう」

ティボドーはリッチの顔をにらみつけた。

「いつか鏡を見ろ」彼はいった。「血も涙もない畜生が映ってる」

リッチはしばらく無言でそこに立っていた。そのあとエレベーターが到着するチンという音がした。

「ちがいない」とリッチはいい、くるりと背を向けてエレベーターに乗りこんだ。ティボドーは開いた扉のあいだからその背中を目で追っていた。

降りしきる雨のなか、リッチのフォルクスワーゲン・ジェッタが私道に近づいていくと、坂下のふもとの向こうにソノマ警察の車が二台駐まっていた。白と黒で塗り分けたパトカーが向き合い、その両側に木挽き台が置かれていた。

この封鎖地点から西に三〇フィートくらいのところで、ティボドーがアスファルト道路の右の路肩をあごでしゃくった。

「ここに止めて、あそこまで歩いたほうがいいな」と彼はいい、救済センターまでずっと続いていた沈黙に終止符を打った。「そのほうが連中を刺激せずにすみそうだ」

リッチは返事をしなかったが、水たまりになった路肩に急いで降りた。

ふたりは外に出ると、雨粒が激しく傘をたたくなかを私道へ向かった。

黒っぽい防水ポンチョを着た警官たちがパトカーを出てきて、見知らぬ人間が近づいてきたときの例に漏れず、両側から用心深くまわりこんできた。姿を隠す努力も、銃を抜く準備を目立たせない努力もせず、相手に刺激を与えずに微妙な心理的圧力をかけられるくらいホルスターの近くに手を置いていた。

リッチは値踏みをするように彼らの警戒姿勢に注意を向けた。ボストン警察にいた十年ほどのあいだに、彼は同じように何百回も見知らぬ相手を出迎えていた。

最初の警官が注意深く前に進み出た。

「そこのおふたり」軽くうなずく。小さいおだやかな声だ。「なんのご用です？」

リッチはふたりの名を告げ、〈剣〉の記章がついた提示用のケースをひらめかせた。

「アップリンクの私設部隊だ」彼はいった。「われわれのことは耳に入っていると思うが」

制服警官は身分証を確認した。そしてうなずいた。

「もちろんです」彼はいった。「音に聞こえた部隊ですからね。おたくのホームページで採用のチャンスがあるか確かめたことがあるくらいですよ。きびしい必要条件があって、面接にこぎ着けるだけでも大変だとか」

リッチはその点にはなにもいわなかった。

「うちのボスの娘さんが行方不明になって」彼はいった。「おたくが捜査をしている」

警官はまたうなずいた。にこやかな表情は消えていた。

「ジュリア・ゴーディアンですね」彼はいった。「とんでもない事件だ」

「犯罪現場をひととおり見せてもらいたい」

警官は一瞬ためらった。彼はポンチョのフードの下に帽子をかぶっており、首を横に振るとひさしから水滴がしたたり落ちた。

「それはできません」彼はいった。「あそこは立入禁止になっています」

リッチは男を凝視した。

「はるばるサンノゼから車を飛ばして来たんだ」彼はいった。「特例を設けろ」

リッチの乱暴な口ぶりをティボドーが中和しにかかった。

「保護しなくちゃならない物的証拠があるだろうし、よけいな心配をしたくないのはわかるよ」ティボドーはいった。「われわれが捜査のじゃまをしないように、おたくのしかるべきひとが同行してくれたら心配をかけずにすむんだがね」

警官はちらっとティボドーに好奇のまなざしを向けた。「ルイジアナの出身ですか?」と彼はいった。

「それを誇りにしている」ティボドーはいった。「だれも訛りに気づかないなんて思っちゃいないさ」

警官はにっこりした。

「いちどマルディ・グラに行ったことがありますよ。あんな香辛料のきつい料理を食べててよく平気だなとびっくりしたもんです」

「秘訣は安ウイスキーではらわたを洗うことにあり」

警官の笑みがすこし広がった。

「いや、本当は力になりたいところなんですが、許可を受けていないひとの立ち入りを制限する規則がありましてね」

ティボドーは説得にのりだした。「それだけ音に聞こえた部隊でも特例は考慮してもらえんのかな?」

「わたしの一存ではなんとも。特別許可をとる手続きをしていただかないことには」

リッチはしばらく視線を警官の肩の先に向けていた。現場検証に来たヴァンをはじめ、警察の車が何台か坂の上にいた。専門技術者と捜査員の小さな群れがあちこちにいる。私道の上で彼らのあいだを動いているレインコートの私服刑事がいることに彼は気がついた。帽子をかぶらず、傘も持たず、コートのポケットに両手をつっこんでいる。

リッチは制服警官に注意を戻した。

「現場の指揮官はだれだ?」

「エリクソン刑事になりますが——」

リッチは途中で割りこんだ。「だったら時間を無駄にしてないで、その男を呼べ」

警官は面食らった表情をどうにか押しとどめた。しかし、彼の同僚たちがパトカーの外からゆっくり近づいてきはじめた。

「差し迫った理由でもないかぎり、わたしの受けている命令は捜査にじゃまが入らないようにしろというものですので」と、十秒ほどしてから警官はいった。帽子の前から雨が跳ね返っている。「先に進む最善の道は、わたしから上の者に手渡せるように、あなたがたの連絡先を預けていただくことだと思います」

リッチはほかの三人の制服警官を無視して、冷徹な目で相手を凝視した。

「責任者の刑事だ」彼はいった。「その男を呼べ」

もはや警官の顔から友好的な表情は消えていた。彼はこのあけすけな要求を退けるためにあたりを見まわした。

そのとき新たな声が飛んだ。「リッチとティボドーというのはおふたりですか?」

リッチがそっちを向くと、私道と交差する形に駐まっている車の後ろからレインコートを着た男が足早にやってくるのが見えた。ブロンドの髪が濡れていた。

「エリクソン刑事か」と、リッチがいった。

刑事は頭を上下させ、それから制服警官たちにちらっと視線を投げた。彼らは後ろに下がり、パトカーへ戻っていった。

「メガン・ブリーンからいま携帯に電話をもらったところです」彼はいった。「あなたたちが来るから、現場を見せてもらいたいというお話でした」

リッチはうなずいた。

「彼女にはいろいろ協力してもらいましたので」エリクソンはいった。「ご案内できる場所に一定の制限はありますが、それにしたがってもらえればお返しをさせていただくよう努力します」

ティボドーは一瞬もためらわなかった。

「ありがたい」と、彼はいった。

エリクソンはうなずいた。

「ついてきてください」と彼はいい、くるりと向き直って私道を戻りはじめた。

ふたりはそのあとに続いた。

八カ月間の南極任務でメガン・ブリーンの忍耐力はぐんと上がっていた。彼女はアフリカからの連絡とアシュリーの電話を待ちながら、余計なことを考えずにすむようできるかぎりのことをしてきた。こういう状況でなければ、彼女には切り盛りすべき会社があった。極地の冬に人間と自然の両方がもたらしたさまざまな危機のさなかで氷の基地を運営しなければならなかったように。きょう、小さな町のふたりの刑事がまったく予期せぬ衝撃的な話をたずさえてとつぜん姿を現わした瞬間から、メガンの悪夢は始まった。そのあと、頭が麻痺したままリッチとティボドーを緊急招集し、緊迫の会議を行なった。しかし、その悪夢のなかでいちばんシュールなのは、それでも会社にはその日の業務があることをたえず思い出さなくてはならない点だった。さまざまな分野に管理しなければならない事柄があった。下さなければならない日常的な判断があり、取り組まなければならない一群の問題があり、承諾したり却下したり保留しなければならない決裁事項があった。その多くはふだんなら頭痛の種に思える職務だっただろうが、よけいなことを考えたくないいまは天の恵みのような気がした。目の前の仕事に注意を傾けていられるとも、ジュリアのことをすべて忘れられるとも思ってはいなかった。それでも、いくらかなりと注意がそれて、すこしでも正常な感覚を維持できるとしたら、どうしようもない身を切られるような絶望感に屈するよりはましだ。そう思わずにいられなかった。

その電子メールが届いたとき、彼女はオフィスのコンピュータに向かっていた。シアトル郊外にある光学と光通信学の研究開発施設を拡張する工事に入札が行なわれていた。請負業者の出してきた入札額に神経を集中しようと、彼女は懸命に努力をしていた。ふだんの朝ならしばらく新着メールには気がつかなかっただろう。メールの到着を音声で知らせるオプションをわざわざ無効にしたことはなかったが——彼女のコンピュータはほとんどが初期設定のままになっていた——膨大な数のメールを受け取るだけに、到着を知らせる音はうるさく不快な存在だったし、デスクトップのスピーカーのスイッチはたいてい切っていた。ふだんは仕事の合間合間に、つまり朝のコーヒーを飲みながら、昼休みの前後に、そして帰宅する一時間ほど前にメールのチェックをしている。

しかし、きょうはふつうの日ではない。よくある一日ではない。通常とか平凡という概念には決して当てはまらない日だ。きょうはあらゆる通信回線を開いておく必要がある。そう考えてスピーカーのスイッチを入れていた。メールの到着を知らせる音が聞こえたのは、そのおかげだった。一時間たらずのうちにメールを開くのはこれで十度めだ。最初の八つは仕事がらみのものだった。九つめはメールソフトによる削除をうまく逃れた腹立たしいジャンクメールで、注意が散漫になっていた彼女がそれを開くとうさんくさい件名が現われた。ふだんならただちに削除すべきものとされていただろう。九件とも無視してかまわないものだった。

この十件めまでは。

それはメガンが探し求めると同時に恐れていたメールだった。その件名を見た瞬間、彼女の背すじを冷たいものが流れ落ちた。それを止めることができず、彼女はとつぜんぶるぶる震えはじめた。震えながら急いでマウスをクリックして、メールを開いた。

覚悟は決めていたが、努力は無に帰した。

「ご自分の目でお確かめください」

「ここでなにがあったかは説明するまでもないと思います」エリクソンがいった。「ご自分の目でお確かめください」

リッチとティボドーはエリクソンといっしょに救済センターの裏口の外に立って、破壊された錠のプレートとフレームをつぶさに調べていた。

「何者かが銃を撃ちまくった」リッチがいった。「急いでこのドアを通り抜けたかったんだ。その音でだれが驚こうとおかまいなしに」

「そのとおり」エリクソンはいった。「雨に感謝しないとね。靴跡を撮影して型にとれるだけの水気を含んだ地面にしてくれたことを。状況から見て襲撃者は四人。売店の両側面からふたりずつ裏にまわりこんできている。おたくのボスの娘さんは、われわれの後ろにあるあの犬舎から出てきて、彼らが迫ってくるのに気づき、急いでこの入口からなかに入って追っ手を逃れようとしたにちがいない」

リッチは傘を閉じ、しゃがみこんでドアフレームを調べた。

「ここからたくさん鉛玉を回収したはずだ」と彼はいい、あばたのような弾痕がついてぼろぼろに裂けている木の上にラテックスの手袋をはめた指を走らせた。「口径は?」

「九ミリ・パラベラム弾です」エリクソンはいった。「弾はぐしゃぐしゃになっていましたが、回収した使用ずみの薬莢からすぐわかりました」

リッチは肩越しにちらっとエリクソンを振り返った。

「至近距離で発射されたにせよ、九ミリにしては大きく深くえぐられている」彼はいった。「薬莢の商標(ブランド)は?」

エリクソンはうなずいた。「フェデラル・ハイドラショックでした」

「高級ブランドだ」

「そのとおり」

「高価なものだ」

「ええ」

「発射パターンから銃についてわかったことは?」

「はっきりとは」

反射的に言葉を濁した刑事に、リッチはあからさまにいらだちの表情を見せた。

エリクソンは一瞬ためらい、息をついた。

「オフレコですが」彼はいった。「このドアの外で使用された武器はサブマシンガンにちがいないとにらんでいます」

それを聞いてリッチは考えこんだ。

「ドアの外で」と、彼はおうむ返しにいった。

エリクソンはうなずいた。

「なかでは発射されていないのか?」リッチがたずねた。

「売店はまた話が別のようですが」ひとつ間が置かれた。「わたしの道具箱の長靴をはいてください、お見せしましょう」

エリクソンは〈剣〉の隊員ふたりの先に立って入口と奥の部屋を通り抜け、レジのあるカウンターの奥の一画へやってきた。

「足元に注意してください」テープで囲った空間があり、そこのリノリウムの上に跳ね散っている暗褐色のしみを、エリクソンは身ぶりで示した。「そのしみは、わたしがきのうの朝ここに到着したときには半乾きの状態でした。ひと目見ただけで血痕なのは明らかでしたが、確認のために綿棒を使ってヘミデント・テストをほどこしました」

ティボドーはこのしみをしばらくつぶさに調べて、それからエリクソンに目を上げた。

「だれの血かわかっているのか？」

刑事は相手の深刻な表情を値踏みした。黒い髭の上の頰は青ざめていた。

「カウンターの上にジュリア・ゴーディアンのハンドバッグが残っていました」エリクソンはいった。「なかに赤十字のドナー・カードがあり、そこに記載されていた血液型と一致しました」

冷たく湿った部屋の空気のなかでティボドーの額に汗が光った。

「アン・ジレーテ」彼は声をひそめてつぶやいた。

極悪非道を意味するケイジャンの言葉だ。

エリクソンはなおもティボドーの顔を見つめていた。いまの言葉の文字どおりの意味はわからなくても、その下にひそむ感情はたやすく読みとることができた。

「断言はできませんが、彼女が撃たれたとは思えません」刑事はひざを突いて赤錆色のしみを指差した。「出血はさほどの量でないし――」

「銃弾の傷から予想されるような飛び散りかたもしていない」と、リッチがいった。

エリクソンはちらっと彼を見上げた。

「そのとおり」彼はいった。「床への落ちかたと、飛んだ角度から見て……壁に向かって続いているこの不均一な線をごらんください……彼女はもみあって倒れ、壁にぶつかって、切ったかなにかしたのでしょう」

リッチはエリクソンの話を聞きながら、売店の床をおおっているもっと大きなしみに目を移した。

「あそこの血はもっとひどい傷から出たものにちがいない」と、彼はカウンターの向こうを身ぶりで示した。「あれにも説明はついているのか？」

エリクソンは体をまっすぐ起こしてリッチのほうを向いた。

「うちの血液型検査でジュリア・ゴーディアンの血液ではないと断定されたことですね、あなたがたが知る必要のある大事な点は」

リッチは興味深げに刑事を注視した。

「売店の正面に銃弾や薬莢は見つかっていないんだな？」

「ええ」

「そこに血がある理由に見当は？」

「いまはまだ可能性を絞りこんでいるところです」

リッチはエリクソンの顔から目をそらさずに正面入口のほうへあごを動かした。

「ここからでも、ドアがなかに蹴りこまれたのはわかる」と、彼はいった。

エリクソンはうなずいた。

「力の強い男なら、むずかしいことじゃない」リッチはいった。「ドアは軽そうだしな」

エリクソンはまたうなずいた。

「つまり、おそらく犯人はもうひとりいた」リッチはいった。「少なくとももうひとり」

「そのとおり」

「だからその血のしみはドアを突き破ってきたやつのかもしれない」

「さっきもいいましたが、いろんな可能性を考えています」

「ほかになにか情報は？」

エリクソンはすこし時間をおいてから答えた。

「捜査の進展を待ってからですね」彼はいった。「ところで、あなたがたの雇い主に恨みを持っていそうな人間の名前や、家族のことでご存じのこと……関係のありそうなことを教えていただけると助かるんですが」

リッチの目はなおも刑事の上にそそがれていた。

「交換は等分にだ」彼はいった。「帰る前に外の敷地をざっと見てまわりたい。なにか問題は？」

またエリクソンは黙った。

「そうすることでいまわかっている以上の証拠が見つかるとは思えませんが、困る理由もありません……但し書きはつきますが」彼はいった。「坂下の住まいはまだ調査中ですし、犯罪現場を森まで広げるかどうかも検討中です。ですからそこは立入禁止になります」

「ハウエルも立入禁止か?」と、リッチが打診した。

「彼がいまここにいるなら、お話しになるのを止めることはできませんが、彼はいま親族のところにいます」

リッチはうめいた。

「わかった。ほかには?」

「わたしが同行させていただきます」エリクソンはいった。「よろしいですか?」

リッチはうなずいた。

「では参りましょう」エリクソンがいった。「まず裏から始めて、おふたりの車まで。最後のお見送りまできちんとお世話させていただきますよ」

〈剣(ソード)〉のふたりの表情はまったくゆるまなかった。

それからすぐ三人は雨のなかへ足を踏み出した。

「電子メールよ、ピート。もう受け取った?」ナイメクの無線のヘッドセットからメガンの声がたずねた。

ランバレネから西へ飛んでいるヘリコプターのなかでも、彼女の声が震えているのがはっきり聞きとれた。

「待ってくれ」彼はいった。「このいまいましい小道具……いま副操縦士にディスプレイ・モードを戻してもらったとこで。よし、受信した……読むのにすこしかかる」

ナイメクはヘリコプターの制御卓(コンソール)の多機能読み出しパネルを凝視した。全世界移動衛星通信システム（GMSS）のコムリンク・ディスプレイに現われたメッセージを見て、メガンがなぜひどく動揺しているのかという疑問は吹き飛び、ナイメク自身の自制も限界に達しようとしていた。そして、吐き気をもよおすほどの激しい怒りに駆られた。

メガンのコンピュータに匿名の代理サーバー(プロクシ)から送られ、いま衛星経由で一万二〇〇〇マイル離れたナイメクのもとに飛びこんできた電子メールには、こんな件名がついていた。

「アリア・デントラータ――ジュリア・ゴーディアンの命のために」

ナイメクはただちにメールを開いて中身を読んだ。

彼女は肩に自由をまとっている。表意文字を組み合わせた控えめな刺青が左腕の上のほうに彫られている。朝、二日に一度、犬たちとジョギングに出かけるときノースリーブの腕に見えるこのボディアートは、彼女の目と同じくらい青く、彼女の白い肌に映えている。

自＝Ji＝自分(ワンセルフ)。

由＝Yuu＝理由(リーズン)、意味(ミーニング)。

自由＝Jiyuu＝自由(フリーダム)。

彼女の肩に父親の夢。

われわれは奪ったものを返すこともできる。そのためには、父親にあすセドコの石油プラットフォームでひとつの発表をしてもらわなければならない。内容は指定時間の前に父親に明らかにする。約束が履行されなかった場合、娘の命はない。

〝shi〟は日本語で死(デス)を表わす。

その表意文字は死だ。

刺青の針が彼女の死に顔にその字を二度入れる。命の火の消えたふたつの青い目の下に黒い漢字(カンジ)で。彼女の死体がごみのなかに投げこまれる前に、父親の夢を運んでいる腕は切り捨てられる。

要求を拒んだらどうなるか、覚悟をしておくことだ。


ナイメクはこれを読みおえて、ひとつ大きく息を吸った。

「タイトルの最初の二語だ、メグ。どういう意味かわかるか？」

「アリア・デントラータ。イタリア語で、直訳すると入場の詠唱(アリア)。オペラで歌い手が入場するときに歌われる声楽の一節を表わす用語だと思うわ」

ナイメクはまたしても、熱く焼けた杭をはらわたに打ちこまれたような感覚に見舞われた。おれたちは侮辱を受けているんだ。

「その刺青だが……」

「ジュリアからそれを入れる話は聞いてたわ」メガンがいった。「たしか彼女が最後に会社に立ち寄ったときよ。一カ月前。もうすこし前だったかもしれないけど。ゴードがもうそれを知っているかどうかも、わたしにはよくわからないわ。内緒よって約束させられたの。お父さんとふたりきりのときに、いきなり見せて驚かせるんだって。彼女がゴードをびっくりさせるのが好きなのは、あなたも知ってるでしょう、ピート……」

「メグ――」

「はい」

「よく聞いてくれ」彼はいった。「この記述はこのメールがだれかのいたずらじゃないことを強調するためのものだ。情報が漏れてたまたま事件を知った人間のいたずらなんかじゃない」

「たくさんの情報が盛りこまれているわ」メガンがいった。「ジュリアの目の色に触れている。ジョギングに関するくだりもある。彼女の飼っているグレイハウンド犬のことも。彼女のスケジュールにまで触れているわ」

「監視されていたんだ」

「ええ」メガンは耳に聞こえるくらい大きく息を吸いこんだ。「ピート、背後にいる人間の目的はなにかしら？　要求が目的で彼女を誘拐したとして、どんな発表を求めてくるの？」

「こっちが訊きたいくらいだ。ひとつだけわかることがある。犯人は思わせぶりが好きなやつだ。ここには悪意が感じられる」

「ええ」

ナイメクは考えを声にした。「ボスには心当たりがあるかもしれない。ボスにこのメールを見てもらわないと。すぐにこれを見せる必要がある」

「いくらゴードだって、すべてに対処できっこないわ。こんなにたくさんのことを一度には」

ナイメクは黙りこんだ。そして、彼らのあいだを隔てているはるかな距離を感じた。

「リッチは？」しばらくして彼はたずねた。

「いま救済センターにいるわ。ロリーといっしょに。このメッセージのことはまだ連絡してないの」

「急いで連絡したほうがいい」と、ナイメクはいった。そしてまたすこし考えた。「あの男に頼るしかない、メグ」

「わたしは……」

「それ以外に方法はない。手がかりがあるとしたら、それを見つけられるのはリッチしかいない。あの男しかいないんだ、メグ」

沈黙が降りた。

「わかったわ」彼女はいった。

「わかったからってあまり慰めにはならないけど」

ヘリコプターの天蓋(キャノピー)の外を大急ぎで流れていく夜の闇に、ナイメクはじっと目を凝らした。

「ときには手持ちの駒で進めるしかないこともある」と、彼はいった。

エリクソンがリッチにいったことは本当だった。証拠のことで外の敷地に役立つものはあまりなかった。

敷地そのものには。

リッチとティボドーは刑事に付き添われて、またグレイハウンドの運動用の囲いと犬舎へ戻っていった。犬たちはしばらく米国動物愛護協会（ASPCA）の世話になることになったため、どちらもいまは空っぽだった。三人は売店の左右の側面と裏側を調べなおし、それから敷地の境界ぞいを歩いた。そして最後に正面の駐車区画に行って、ジュリアのホンダ・パスポートと泥まみれのタイヤの跡を調べた。タイヤの跡はすでに前の日に警察が型を採っていた。

雨のなか、三人でホンダのそばに立っていたとき、リッチは駐車場の一、二ヤード向こうに駐まっている一群の警察車のなかの一台に目をとめた。フォードのカトラスだ。この地方の警察署に需要が多く、私服刑事に標準貸与されている警察のマークのない車だ。その窓がすこし開いており、ネイヴィーブルーのスーツを着た男が助手席でラップトップ・コンピュータを操作していた。

リッチがさらに目を凝らすと、男の横の肘掛けの上にあるものが見えた。そこから考えがひらめいた。

彼はエリクソンとティボドーのそばをぱっと離れてその車のところへ急行した。

「ちょっといいか？」とリッチは声をかけ、傘を差したままかがみこんだ。そしてホンダ・パスポートのほうへくいと頭を動かした。「エリクソンの同意を得ている」

作業の手をいきなり遮られてびっくりしたネイヴィーブルーの男は、さっと窓の外を一瞥し、リッチに見えないようにコンピュータの画面を押し下げた。

「アップリンクのひとか？」彼はいった。

リッチはうなずいて窓に顔を近づけ、方眼紙とにらんだ肘掛けの上のものをすばやく一瞥した。しかし、いちばん上のページの見取り図がほんの一瞬見えただけで、ネイヴィーブルーの男が手を伸ばしてそれを逆向きに伏せてしまった。

「ここは犯罪現場だ」彼はいった。「おれには大事な仕事がある」

「いまもいったが」リッチはいった。「ちょっとでいい」

ネイヴィーブルーの男はカトラスのなかからリッチを凝視した。その表情からは、よそよそしさと同時に油断のない好奇心がうかがえた。

男はうめき声を出した。「〝アップリンクのひと〟以外になんて呼んだらいいんだ？」

「名前はトム・リッチだ」

ネイヴィーブルーの男はしばらくするとボタンを押して窓を半分まで下げた。

リッチはそれで充分と判断した。

「おれはブルワー刑事だ」と、男はいった。まだ疑わしげな声だった。「用は早くすませてくれ」

リッチはそのとおりにしたが、その行動はブルワーの予想にはないものだった。ブルワーが反応を起こす前に、リッチは自由なほうの手を窓からつっこんでラップトップを自分のほうに向け、画面を見られるようにふたを開けた。

ブルワーが座席でたじろいだ。

「おい、なにするんだ？」彼はコンピュータを取り返してぱたんとふたを締めた。

リッチは平然としていた。

「驚かせるつもりじゃなかった」彼はいった。「よけいなお世話かもしれないが、その犯罪現場図示ソフトを使っているのが見えたような気がしたんでな。確かめようと思ったんだ。ちょっとした助言ができるかもしれないから」

ブルワーは相手をにらみつけた。「助言をしたいなら、その手はしまっておくことだ――」

「悪気はなかった」リッチは声を低くおだやかに保った。「昔、この仕事をしていたことがあってな。ボストンで。そこでこのコンピュータの略図は証言台ではなんの値打ちもないというきびしい現実を知った。陪審にいい印象を与えたかったら、そのメモ帳に手で描いた略図をなくさないことだ。正確さがポイントだ。ところどころに自分のいだいた印象をメモしておけばもっといい」

怒りととまどいのまじったなかでブルワーは相手を凝視した。コンピュータをつかみとった言い訳を信じてもらえないのはリッチにもわかっていた。それはかまわない。彼の語った証言台の話はたまたま事実だったが、それもどうでもいいことだ。彼は画面の図を見ることができた。長い時間ではなかった。しかしそれで充分だった。

「どうした？」

エリクソンの声だった。リッチが半分振り向くと、刑事は後ろに立っていた。ティボドーといっしょにホンダのところからやってきていた。

リッチはブルワーに説明をまかせた。この刑事がラップトップのことを口にして自分が不意をつかれたことを認め、ばつの悪い思いをするとは思えなかった。

「なんでもない」と、ブルワーはいった。きまり悪そうな様子を見せまいとしていた。「ちょっと仕事の話をしてただけだ」

エリクソンはレインコートのポケットに両手をつっこみ、髪の毛から雨のしずくをしたたらせながら、しげしげと相棒を見た。

「仕事の話」と、彼はおうむ返しにいった。

ブルワーが車のなかでうなずいた。

「リッチは以前、刑事をしてたそうだ」彼はいった。「仕事の手順のことで情報を交換してたんだ。どう変わったかとか、そういうことを」

エリクソンの目はさらにしばらく相棒を見つめてから、さっとリッチに向いた。

「わたしとはあまり情報交換をしてくれなかったのにな」と、彼はいった。

リッチは傘の下で肩をすくめた。

「ほかに話すべきことがいろいろあったからな」と、彼はいった。

「わかった」と、ようやくエリクソンはいい、〈剣(ソード)〉のふたりに身ぶりで道路のほうを示した。「そろそろ車までお送りしましょうか」

ティボドーはリッチから目を離さずにいた。

「そうだな」と彼はいった。そして雨のなか、砂利と泥の私道を重い足どりで歩きはじめた。

「もうひとりの刑事となにがあったか教えてくれるんだろうな?」ティボドーがいった。

「もちろんだ」リッチはいった。「楽しませてやるよ」

ティボドーは待った。

ふたりはアスファルト道路の路肩に駐めたリッチのジェッタに戻った。屋根とフロントグラスを雨が激しくたたいていた。

「エリクソンは情報を隠していた」リッチはいった。「それをよこす気はないのがわかったから、ぴんときて、相棒のほうに仕掛けてみた」

ティボドーは隣の座席からリッチの顔を見た。

「当たりだったのか?」

「ああ」車のなかにいるブルワーのそばに方眼紙とラップトップがあったのを見て、それを確かめにいき、コンピュータの犯罪現場見取り図を見るのに成功した顚末(てんまつ)をリッチは語った。「ちゃんとあの画面にあった。床のしみ。その位置と大きさ。そして、犬の輪郭が。その上にはグレイハウンドという文字があった」

ティボドーは額にしわを寄せて頭を振った。

「犬」彼はいった。「よくわからんな。エリクソンはたしか――」

「おれはエリクソンの話をしっかり聞いていた。おれたちにわからないように、うまくごまかしていた。ただし、ごまかしが成功するのはそれが首尾一貫しているときに限られる。やつの話には矛盾があった。血痕はジュリアのではなく、あいつはほかの可能性を考えている。彼女を襲った犯人のひとりかもしれない、ちがうかもしれないという。しかし、ちがうとしたらだれだ？　事件が起こったとき売店にいたジュリア以外のだれかといったら、彼女を追ってきた連中しか考えられない」

ティボドーは話をのみこみながら濃いあご髭をひっぱっていた。

「ちきしょう」彼はいった。「まったく気がつかなかった」

リッチは外の雨をじっと見つめていた。

「最初は全部嘘だと思ってた。警察はだれかを拘留していて、それを秘密にしておこうとしているんだと」彼はいった。「やつが口にした〝可能性〟に人間以外のものが含まれているとは思いつかなくてな」

ティボドーはなおも髭をひっぱりながら、しばらく黙っていた。

「エリクソンには気をつけたほうがいい。あんたがなにをしたか……どうやってそれをしたかを相棒から聞き出したら……あいつはおれたちを完全に締め出そうとする」

リッチは肩をすくめた。

「それならそれでいい」彼はいった。「腹の探りあいが必要な人間がひとり減る」

ティボドーはまたすこし頭を振った。「ぼやくつもりはないんだが、ただ、あらかじめ注意しておいてくれてもよかったんじゃないか。ふたりの考えを合わせて相談していたら、やつの信頼を損ねずに情報をつかみ出す方法がひらめいていたかもしれないし——」

リッチは隣の座席からティボドーをちらっと見た。

「だれの信用もいらん」と、彼はいった。「おれは知りたいだけだ。警察があの犬の死体を隠そうとしている理由を。それと、その場所を」

ティボドーはなにごとかいいかけたが、すぐに思いなおした。

「その情報をどうやってつかむか、なにか考えはあるのか?」彼はあきらめ口調でそうたずねた。

リッチはイグニションにキーを差しこみ、フォルクスワーゲンに命を吹きこんだ。

「ああ」彼はいった。「あるとも」

11

さまざまな場所

「これがその通りか？」

「シェフィールドの家はすぐそこです」ディマーコは右手にある屋根窓つきの屋敷を身ぶりで示しながらランドローヴァーで角を曲がった。「空港からお送りしたとき、ボスはにこやかな感じでした。へとへとだったでしょうに、後ろでウェイドやアッカーマンと冗談をいいあってました。この車はわたしがいつもベッドにありつく〈モーテル6〉より高級なんじゃないか、なんて」彼は頭を振った。「今夜のうちにまたここへ来ることになるなんて思いもしませんでしたよ。しかも、こんな知らせを持って」

ナイメクは隣の座席から彼をちらっと見た。

「厄介な問題ほど対応の時間がないものだ」彼はいった。「問題は起こったときに切り抜けるしかない。都合のいいときに起こってくれる保証はないからな」

ディマーコはミラーを確認して道路のわきに車を止めた。そろそろ夜の十時になる。数時間前にゴーディアンが到着したのと同じ空港でナイメクのヘリを出迎えてから、二十分が過ぎていた。

　ふたりは暗い車内で黙りこんだ。

「どうやってボスに伝えるか、考えはあるんですか？」ディマーコがたずねた。

　ナイメクが浮かべた笑みは地下墓地（カタコンベ）のように寒々としたものだった。

「考えがあったとしても」ナイメクはいった。「うまくやれる自信はない」

　彼はローヴァーを出て屋敷の前庭へ大股で入っていき、上がり段から玄関に行った。呼び鈴にこたえて出てきた執事を見て、彼は〈リオ・デ・ガボン〉の歓迎会にいたペンギンのようなウェイターたちを思い出した。黒のスーツとひだつきの白いシャツはいつ脱ぐのだろう？

　ナイメクは急いで身分を告げた。ロジャー・ゴーディアンに会う必要があるというと、ムッシュー・ゴーディアンは家の主人とその同僚のお客様たちと会議中ですと答えが返ってきた。火急の用だと説明すると、応接室に隣接した部屋に通され、おかけになってお待ちくださいと椅子をすすめられた。

　ナイメクは豪華なソファを背にして、そのまま立っていた。

　数分後、応接室のクルミ材の引き戸からゴーディアンが現われたとき、その顔には笑顔が浮かんでいた。

「やあ、ピート」彼はいった。「あすまで会えないものと思って——」

ナイメクの暗い不安の浮かんだ表情に気がついて、ゴーディアンは部屋のまんなかで足を止めた。笑顔が徐々に薄れていった。

「どうした?」と、彼はたずねた。

ナイメクはさっとゴーディアンのわきをすり抜けて、戸口に行き、ドアを閉めてからゴーディアンと向き合った。

「ボス」と、彼はいった。そしてゴーディアンの腕に手を置いた。「ジュリアが――」


「あそこのテニスコートに犬たちといるのがロブよ」メレディス・ワグナーがジェッタの後部座席からいった。彼女は頭を動かして、左手にある小さな公園を示した。「雨でひと休みしているあいだに、あの子たちを走りにいかせようと思いついたのね」

公園の入口に車を止めたリッチとティボドーは、テニスコートを囲んでいる高い金網フェンスの反対側にひとりでいるロブ・ハウエルの姿を見やった。プラスチック加工の網目に背中を押しつけてバーンコートのポケットに深々と手をつっこみ、犬たちが濡れた人工芝の上に何度も円を描いて元気に走りまわっているところを見つめている。

ティボドーは座席でくるりと位置を変えて女と向き合った。

そして、「必要以上の面倒はかけません。約束します」といった。

彼女は自分の側の窓から振り返らずにうなずいた。メレディス・ワグナーはジーンズをはいて、髪とよく似た薄茶色のコーデュロイのジャケットを着ていた。年は三十五歳くらいで、飾り気がなく、やせていて、優しい声をしており、見るからに疲れきっていた。ふたりはソノマ郊外の閑静な開発地域にある牧場風の家に彼女を見つけていた。そこで彼女は夫のニックと三歳になる娘のケイティー、そしてきのうからは兄のロブと五匹のグレイハウンドと暮らしていた。

「あの子たちの世話をするのが習慣になっているから……あの子たちがいなかったらどうにかなっちゃうでしょうね」彼女はいった。「ああしていないと自分がばらばらになってしまうのよ」

ティボドーはなにもいわなかった。彼女が自分に話しかけているのか、頭のなかの考えを声に出しているだけなのか判断がつかなかったからだ。いずれにしても、彼女がすでに知っていること以外にかける言葉はなかった――こんなことになっておらず、こんな事件でおじゃませずにすんだらどんなによかったかと。

彼はしばらく無言で考えた。情報を釣りに出かけるとき、どの情報を釣るには遠くへ釣り糸を投げなければならないかも、どの情報が手元に飛びこんでくるかも、大漁に導いてくれるのがどの情報かも予測はつかない。ロブ・ハウエルが親戚のところに身を寄せているのをエリクソンに吐かせるのがどんなに大変だったかをリッチに指摘されたティボドーは、どの親族かを割り出してそこにたどり着くにはちょっと時間がかかるかもしれないと思っていた。ところがその問題は、『マウンテン・ジャーナル』という地元紙の月曜の朝刊を買いにガソリンスタンドに立ち寄ったとき、簡単に解決された。ふたりがその新聞を買いにいったのは、警察と救急車の周波数を四六時中追っている人種が、報道規制の前に飛び交う無線交信からこの事件についてなにかつかんでいないかを確かめるためだったが、成果は彼らの期待をはるかに上回った。『マウンテン・ジャーナル』紙のフリーの警察番記者が州立公園の近くで起きた殺人事件を嗅ぎつけ、地元テレビ局よりひと足先に独自の情報網でハウエルの行き先をつかむことに成功した。そして、その記者が書いた記事には妹の名前と住んでいる町の情報が含まれていた。そこまでわかれば、妹の電話番号と番地を知るには番号案内に問い合わせるだけで事足りた。

おかげで彼らは、救済センターを出てから二時間とたたないうちにここにたどり着くことができた。報道陣のヴァンの群れより先にワグナー家にたどり着いたのは幸運のおかげもあるとティボドーは思った――こんな状況で幸運という言葉を使うのは不謹慎かもしれないが。救済センターの事件はテレビとラジオの局員がいちばん手薄な日曜日の朝に起こっていた。州のなかでも人里離れた人口のまばらな地域だけに、なおさら手薄だ。だから『マウンテン・ジャーナル』は競争に勝つことができ、警察には規制に入る余裕が生まれた。捜査報道のなかにまだロジャー・ゴーディアンの娘の名前は出てきていない……当座のところは。しかし、週末が終わりをむかえると状況は一変するだろう。『マウンテン・ジャーナル』は第一報を伝えた新聞社の面目をほどこすために、躍起になってこの記事への関心を拡大させようとする。調査室の記者たちが追跡を始める。シヴォレーに警察周波数無線をそなえ、田舎記者たちより幅広い情報源のある大手マスコミの報道員たちが、文字どおり血のにおいを嗅ぎつけて、夕刊が出回るころにはあちこちを報道が飛び交っているだろう。

おれたちはその群れの先にはいるが、あとの者たちが追いつくのにさほどの時間はかかるまいとティボドーは思っていた。リッチはFBIが事件に乗り出してくることを考えるととげとげしい気分になったが、ティボドーのほうは、マスコミの手で彼ら自身がこの混乱のなかに投げこまれることを懸念していた。理由の足並みはそろっていなかったが、ふたりの思いは同じだった。ほかのだれにもロブ・ハウエルの居所を知られないうちに、彼から話を聞いておきたい。

だから、バックミラーに映っている乗客の青白い疲れきった顔をちらっと見たリッチのもどかしさは、ティボドーにも痛いほどわかった。

「さあ」リッチが独特の抑揚のない口調でいった。「おれたちがここに来たわけを、お兄さんに伝えてきてくれないか？」

メレディス・ワグナーはうなずいて、ドアの取っ手に手を伸ばした。

「兄の準備がととのったらお知らせします」

彼女はハウエルのところに行って二分ほど話をしていた。ハウエルはぱっとふたりの車のほうを振り向き、妹に向き直ってまたすこし話をした。そのあとメレディスは手を振ってきた。彼女はふたりが近づいてくるのを待って、テニスコートの白いラインからすっと離れた。彼らにプライバシーの空間を与えると同時に、ハウエルの動揺が激しくなったら話を止めに入ることができる距離だ、とティボドーは思った。

「ハウエルさん――」といって、ティボドーが切り出した。

「ロブでいい」と、ハウエルはふたりと握手をした。「ジュリアのお父さんの会社のかただそうで。私設保安部隊、でしたか？」

犬たちがコートに円を描いて全力疾走しているのを目の端で意識しながら、ティボドーはうなずいてふたりの名前を告げ、悔やみをいって、質問に手間はとらせない旨を説明した。

「警察になにもかもお話しになったでしょうし、またひととおり話すというのは気が進まないとは思いますが」と、彼はいった。

ハウエルは落ちくぼんだ目をつかのま地面に投げた。それからその目をティボドーの顔に上げ、ひょいと肩をすくめた。「だいじょうぶです。ジュリアを見つける役に立つのなら、わたしはかまいません」

リッチがハウエルの顔を見た。「ジュリアを」彼はいった。「そして、あなたにあんな仕打ちをした犯人を」

ハウエルは顔をそむけた。

「娘はまだわずか六カ月だった」

リッチはハウエルの目を見て、とろんと生気がないのに気がついた。精神安定剤（トランキライザー）か。中枢神経系（CNS）抑制剤だな。たぶんロラゼパムだろう。

「お察しします」と、彼はいった。

「けさ、彼から電話がありました。担当の刑事さんから。なにがあったかはだれにも話さないでもらいたい、特にあなたがたふたりには、といってました。もしあなたがたがメリーの家にやってきても、と」

「理由はいってましたか?」

「ありふれた話です」ハウエルはいった。「部外者に捜査をじゃまされたくないということでしょう」

「あなたはだれに話をしてもかまわない。法律上、彼らにあなたを止める権利はどこにもない」

「だと思いました」ハウエルはいった。「それに、あの男が正しくてわれわれがまちがっているとしても、そんなことをいわれた記憶はないといい抜けられます」

リッチは小さくうなずいた。

「薬のせいだ」と、彼はいった。

「ええ」

「それに」リッチがいった。「おれたちはメリーの家にいるわけでもない」

ハウエルの口元をわびしい微笑が一瞬よぎり、口の端に唾が乾いた小さな白いまだらの跡がのぞいた。彼は肩越しにちらっと犬たちの様子を確かめてポケットに手を戻し、人工芝のほうに向かってまた頭を静かに垂れ、はるか彼方のぼんやりした虚空に思いをすべりこませた。

「センターに行きましてね」リッチがいった。「警察はひととおり現場を見せてくれました。

たぶんあの刑事があなたに電話することにしたのは、答えたくない質問をおれに訊かれて神経に障(さわ)ったからだ」

ハウエルは精神安定剤(トランキライザー)の重い抵抗に逆らって、ゆっくりと頭を持ち上げた。

「どういう質問を？」

「売店の床に血があった」リッチはいった。「入口の近くに。あの刑事はそれがジュリアのでなかったことは話すにやぶさかでなかったが、その血が銃で撃たれた犬のものだとは教えようとしなかった」

ハウエルがうなずいた。

「ヴィヴィアンです」と、彼はいった。

「救済センターの犬ですか？」ティボドーがたずねた。

またうなずきが返ってきた。

「ジュリアがかわいがっている犬です。彼女がうちに仕事に来た初日に、過剰な愛着をもたないのがうちの方針だと釘を刺したおぼえがあります」ハウエルは肩をわずかに回して、後ろで駆けまわっている犬たちを示した。「きずなが深まった結果、わたしは五匹飼うはめになりましたので」

リッチは彼を見た。「おれたちにあれだけの情報を与えておきながら、なぜ警察は犬のことを――ヴィヴィアンのことを黙っていたのか、不思議に思わざるをえない」

ハウエルの口が動いた。

「証拠です」しばらくして彼はいった。「ヴィヴが彼らにとって大事な証拠だからです。警察がわたしをヴィヴに近寄らせようとしないのは、だからです。向こうは保護措置と呼んでいますがね」

リッチはハウエルの上に目をおいた。「おれたちが知る必要のある重要なポイントは、犬の死体になにがあったかだ」

ハウエルが怪訝（けげん）な表情を浮かべた。

「どういう意味ですか？」と、彼はいった。

リッチはひとつ間をおいた。

「捜査中にペットの遺体を調べる必要が出てきた場合、警察は科学捜査研究所に運んで検査する」彼はいった。「事件にもよるが、調べがすんだら遺体は飼い主のもとに返すのがふつうだし――」

ハウエルが首を横に振っていた。

「あなたはわかっていない」と、彼はいった。

リッチは相手の顔を見た。

「なにを？」

「ヴィヴは生きているんだ」と、ハウエルはいった。

ゴーディアンが自分の目で確かめたいというのはわかっていたから、ピート・ナイメクはヘリのなかで電子メールをプリントアウトし、その紙を折り畳んで札入れに入れていた。いま、引き戸を閉じたシェフィールドの家の客間でゴーディアンとカウチに腰かけたナイメクの耳には、ボスの手が震えて紙がかさかさいう音が聞こえる。

「ほかにはなにも？」ゴーディアンがたずねた。顔から血の気が引いている。「このメッセージだけか？」

「いまのところは」ナイメクはいった。「これだけです」

ゴーディアンは頭を振った。「アシュリーは……」

「まだ知りません。連絡をとるためにメグが留守番電話に伝言を残しました」

「わたしからも連絡しよう」

ナイメクはボスの顔を見てうなずいた。まだかさかさ音をたてている。

「本当なのはまちがいないんだな……刺青の話だが？」ゴーディアンがいった。「なぜって、そんなものを入れたのなら、ジュリアはわたしが真っ赤になって怒る顔を見たいために話しているはずだ。あの子のことは知ってるだろう、ピート。どういう子か。わたしが怒るのが面白いんだ。だから、きっと――」

「メガンはその話を聞いたそうです。内緒にしておいてほしいといわれたとか。こんどあなたに会ったときに見せるつもりだったんでしょう」

「なんてことだ」ゴーディアンは荒々しく息を吐き出した。「その気の毒な女性が……その赤ちゃんが……殺されていなかったら……撃ち殺されていなかったら……わたしはなにかのいたずらだと思っただろう。ジュリアが町の外に出かけたのを知っているだれかが、悪趣味な刺激を味わおうとして、たちの悪いメールを送ってきたのかもしれないと……」

理屈と事実で状況を縛りつけようとしてもどうにもならないのがわかって、ゴーディアンは途中で言葉をとぎらせた。静かな部屋に動揺で切れぎれになった呼吸音と、手のなかで紙の震える音が聞こえていた。

「調べにあたってくれているのは、だれだ？」ゴーディアンがいった。

「リッチとティボドーです。手がかりがあって、彼らがたどるべき道筋があるなら、すべての人員、すべての資源、われわれの持てるすべてをすぐ投入できる状況です。ご承知とは思いますが」

ゴーディアンはうなずいた。

「準備をして、すぐに帰国しないと――」

「ボス」ナイメクが割りこんだ。「アフリカを離れるわけにはいきません」

ゴーディアンはナイメクの顔を見た。そして「いや、帰国する」といった。

「ゴード――」

「きみの考えていることはわかる。問題はそれじゃない。だれかがアシュリーのそばにいてやらないと」

「メグがそばにいて、できるかぎりのお世話をしますし……」

「いや、ピート。それはだめだ。その判断はわたしがする。メールにあった要求は……わたしにしろという発表は……犯人の真の狙いとは関係ないのかもしれない。陽動作戦なのかもしれない。わたしたちを引き離しておくための」

「そうじゃない可能性もあります」と、ナイメクはいった。「いまここで一か八かに賭けていいと本気でお考えなんですか？」

ふたりの上にふたたび沈黙が降りた。しかし、ゴーディアンはこんどはじっと動かずに向かいの壁を凝視していた。紙が震える音はもう聞こえなかった。部屋のぶあついドアと壁に守られて、このフランス風の大邸宅のどこからも音は入ってこなかった。

しばらくしてゴーディアンはナイメクに向き直った。

「きみがたどるべき道は、ここから始まっている」と彼はいって、自分の胸に手を置いた。「ジュリアの身に……あのなんの罪もない親子の身に……なぜこんなことが降りかかったのかはわからない。しかし彼らはわたしと犯人をつなぐ道の途中で被害にあったのだ」

ナイメクはしばらくなにもいわず、そのあと憂いの表情でうなずいた。

「道の終点にいるのが何者かを突き止めてくれ」と、ゴーディアンはいった。

アップリンク・サンノゼ本社。昼下がり。防音をほどこされた安全会議室の壁が、電子的に強化された静寂の繭(まゆ)のなかにふたたび彼らを包んでいた。壁のひとつにデジタルビューワーとつながった平らなプラズマディスプレイがあり、数時間前にメガンが受け取った電子メールが大きく映し出されていた。それは〝獣の刻印〟のように目に飛びこんできて、この科学の時代にもその汚れを受けずにすむ方法はどこにもないことを暗示していた。

「あのグレイハウンドから警察がどんな証拠を手に入れようとしているのかを知る必要がある」リッチがいった。「事は一刻を争う」

メガンが彼の顔を見た。「本当にそんなに重要な証拠なの？」

「警察がそう考えているのはまちがいない」と、リッチはいった。「動物病院の前を何度も車で流してみた。制服警官の一団が外のパトカーのなかに待機していた。あそこを動きそうな気配はなかった」

「ハウエルをなかの犬に会わせようとしないのが、なによりの証拠だ」ティボドーがいった。「ハウエルの話では、獣医は彼が懇意にしている友人だそうだ。何年も前からのつきあいで、あそこの犬はみんな世話になっている。ハウエルがレース場から連れてきたとき、大半の犬は半死半生の状態だ。なかには外科手術が必要なのもいる。ハウエルによれば、レース犬にはほかの種類とはちがった治療が必要らしい。ある種の薬や麻酔剤に耐えられず、投薬量を減らしたりする必要があるそうでな」

「警察があそこに犬を連れていった理由のひとつは、犬が生きていると知ったときハウエルがそうするように強くいったからだ」リッチがいった。「動物病院は救済センターから数マイルしか離れていない辺鄙な場所にある。あの犬の命を救おうとしているハウエルには幸運だった。警官連中にはあまり都合のいい話じゃなかったが」

メガンは彼の顔を見ていた。「どうして？」

リッチの表情は、答えは明白といわんばかりだった。「犬の見張りを命じられるのなら、できれば終夜営業の簡易食堂（ダイナー）が近くにある動物病院に運びこみたい。無料のコーヒーとマフィンをいつでも腹に詰めこめるからな。途中で出血死してくれればなおありがたい。犬は肉になる。警察の研究所の鍵をかけた冷蔵庫の引き出しから骸（むくろ）が消える心配をしなくてすむ。しかし、田舎の小さな動物病院で生きているとなると安心はできない」彼はひとつ間をおいた。「だがハウエルの主張には強力な根拠があった。そこの獣医は決して田舎医者じゃない。サンフランシスコ動物園に勤めていたこともあるくらいだ。獣法医病理学の免状も持っている。いずれ警察は、同じような人間に検査を頼まなければならないわけだからな……たぶん今回の仕事にはその獣医以上の人間が見つからなかったんだろう」

メガンは考えこむような表情を浮かべていた。「それでもまだハウエルは、警察がなぜ犬にそれほどご執心なのかわからないのね？」

「そのとおり」

「その獣医と長いつきあいにもかかわらず、見当がつかない」

「そのとおり」

彼女は頭を振った。「そこがわからないわ」

リッチの静けさにパチッといらだちのひびが入った。

「犯罪捜査で事実を発見した獣医は口を閉ざさなくてはならない」しばらくして彼はいった。

「すこしでも内容を漏らしたら職業倫理に背くことになる」

「だとしてもハウエルには大まかな説明を受ける権利があると思うわ」メガンがいった。「こういうのは心苦しいけど、ジュリアのことばかり考えてロブ・ハウエルの受けた苦しみを見落としてはいけないわ。彼は家族をすべて失ったんだから」

リッチが彼女のほうを向いた。

「警察は保護拘置中の目撃者には厳重な警戒をほどこすからな」彼はいった。「犬は犯人をはっきり見てるし、元気になって容疑者の面通しができるまでどんな状態か秘密にしておきたいんじゃないのか」

メガンは言葉が出なかった。いまの皮肉に意表を突かれていた。

「そんな皮肉をいってなんになる」ティボドーがリッチの正面からいった。「いまは冗談をいってるときじゃ――」

「口をつっこむな」リッチはメガンに目をそそいだままティボドーのほうへ手を払った。「冗談じゃないのはそっちだ。あんたにおれの代弁をする権利はない。おれの話の焦点もわかってない。警察が状況にいっそう重いふたをしておれたちを締め出そうとしていることがわかってない。それとも、わかってないふりをしてるのか。壁の電子メールがすべてを物語っているのに、あんたはここにすわってテーブルに言葉を吐き散らかしているだけだ。一刻の猶予もないというときに」

メガンは黙って彼の目を見つめ返した。「なにから始めればいいの?」

「あの犬からつかんだ証拠をエリクソンから手に入れるんだ。あいつの好むと好まざるにかかわらず」

「わかったわ」彼女はいった。「でも、できたら彼との関係はこじらせたくないわ。彼には法律上の捜査権があるし、あなたもにおわせたように、わたしたちから隠したければどんなことでも隠せるんだもの。いっぽう、わたしたちにはちょっかいを出す権利はどこにもないわ。うまく事を運ぼうと思ったら、彼に自発的に許可させなくちゃ。〝協力〟のほうが言葉としてはふさわしいかもしれないけど。そしてそれを勝ち取る最上の方法は、裏のルートを使ってエリクソンに圧力をかけることじゃないかしら」

「あてはあるのか？」

メガンはうなずいた。そしてひとつ息を吸いこんだ。

「活動にゆとりをもたせるために、電子メールのことは外に隠してきたけど、その方針をあした変更します」彼女はいった。「エリクソンのところの警察の動きを見て、ＦＢＩは出番を待っているにちがいないわ。だから、いまクワンティコ（ヴァージニア州の町。ＦＢＩアカデミーがある）にいる昔なじみのボブ・ラングに連絡して頼んでみてはどうかしら。非公式にこっちの支局に……サンフランシスコ支局になると思うけど、そこに出動要請を出してほしいって。いずれにしても事件がＦＢＩの管轄下におかれるのは遠いことではないわ。警察が張り合おうと思えば、うちの協力が必要になる」

ティボドーが彼女の言葉を考えながらうなずいていた。

「悪くないような気がする」彼はいった。「担当支局とエリクソンの争いを利用するわけだ」

ぎつづけた。リッチはティボドーを無視して、部屋にはふたりしかいないみたいにメガンに視線をそそ

「ラングはあんたの昔なじみであって、おれのじゃない」彼はいった。「あの男とおとぎの国を訪ねたいなら、勝手にそうすればいい」

またしてもふたりのあいだに張りつめた沈黙が降りた。メガンの目がすっと細まった。

「なにがいいたいの?」

リッチはしばらくそのまま動かず、それからゆっくり肩をすくめて椅子から立ち上がった。

「なにも」彼はいった。「決定権はあんたにある。大事な決断はあんたが下せばいい。おれは仕事に戻らせてもらう」

オフィスの電話が鳴ったとき、デレク・グレンは窓辺に立って臨海地区の新しいクレーン群に見惚れていた。海軍造船所に高々とそびえ立つ高さ一二〇フィートのクレーン群だ。あそこにこの風景が現われたのは一カ月ほど前だった。これが永遠の風景になることをグレンは願っていた。最近はこのクレーン群に警戒と称賛のいりまじった目をそそぎながら一日の大半を過ごしている。外を見たとき、クレーンがもっと港のあちこちに見えるようになったら——あるいはこっちのほうがまずいが、すっかり姿を消してしまったら——あの商業港に別の関心をもって風景を見つけなければならなくなる。クレーンが現われるまで、そういうものはなかなか見つからなかった。それとも、窓辺から外をながめる以外の楽しみを見つけ

ようか。

外のながめを中断されたあと、グレンは電話のところへ行って受話器を上げた。

「はい、もしもし」

「グレンか。トム・リッチだ」

グレンは驚いた。この男からは一年以上なんの音沙汰もなかった。そのあと電話があって、訪ねてきて、一週間のうちにまた電話だ。

「これはこれは」彼はいった。「先日の夜はおれが勘定をもったけど、あれは一回こっきりだって説明しとくべきだったかな――」

「助けが必要だ」

グレンの顔がすっとまじめになった。

「どんな？」

「引き受けるのは気が進まない仕事かもしれない」リッチはいった。「知りたくさえないかもしれない。話を聞いただけで事前に知っていたことになるからな」

「おれの仕事の状況になにもいいことのないたぐいの仕事ってわけですか？」

「かもしれない」リッチはいった。「最悪の状況にはならないと思うがな。いますぐさよならをいってもかまわない。一回パスすることにしても、おれは気にしない」

「考える時間はどれだけもらえるんです？」

「おれが電話を切るまでだ」リッチはいった。「力を貸してくれる場合は、今夜のうちにこっちへ来てもらう」

グレンは受話器を肩の上に置き、窓に縁どられた頼もしいのっぽのクレーン群の風景に視線をさまよわせながら、しばらく考えた。

「話を続けてください」彼はいった。「聞かせてもらいます」

ポートラ州立公園に近い田舎道。夜の十一時半。地を這うような霧がオークとニシキギの根の上に広がっていた。空は低い雲におおわれて、月の姿も星の姿もない。

正方形の平らな煉瓦造りの平屋にかかっている小さな看板には、〈パークヴィル動物診療所。院長ケネス・W・ムーア獣医学博士〉とあったが、診療所の北側の窓からは——そして正面に駐まっているパトカーのダッシュボードの上からは——一、二ヤードまで近づかないと看板が見えないくらいのわずかな光しか漏れていなかった。医師の名前と資格を読みとるのは、ふつうならまず不可能だ。

リッチは診療所の駐車場を囲んでいるこんもり茂った森のなかにいたが、暗視双眼鏡を使わなくても看板になにが書かれているかは知っていた。十二時間ほど前にロリー・ティボドーと診療所の前を車で通り過ぎながら、彼はこまかな事実をたくさん書きとめていた。獣医の名前もそのひとつだ。とはいえ、赤外線の助けを借りた双眼鏡で見る解像度にはすばらしいものがあった。目の前にあるみたいなくっきりとした立体像だ。暗視装置に複数のぼやけた緑色の幽霊(ゴースト)が映し出され、距離感が非常にわかりにくかったのは、それほど昔のことではない。漆黒の闇のなかで五〇ヤード向こうの看板の文字を読み、その距離を判断できる装置は、SEALにいたころや、その後ビーンタウン（ボストンの異名）の警察にいた当時なら垂涎の的だっただろう。その性能を軽く見ているわけではない。

しかしリッチの視線は、その看板にはほんの一瞬とまっただけで別のところに移った。パトカーが一台だけだからといって、なかにふたりしか見張りがいないとはかぎらない。ほかにパトロールに出ているのがいるかもしれない。しかし、どっちに賭けるかといわれれば、リッチはそうでないほうに賭けただろう。

リッチのそばから暗視双眼鏡で動物診療所の周囲の広大な深い闇を見渡していたグレンの考えは逆だった。黒いナイロンのバラクラヴァ帽の下になって見えないが、彼は額にしわを寄せて眉をひそめていた。

「どうも腑に落ちない」と、彼は小声でいった。双眼鏡を下ろすと目の前に暗闇がどっと押し寄せてきた。「警察は殺人事件をかかえている。有名な実業家の娘が誘拐されている。戦争英雄の娘が。そしてあなたは、あの動物病院に重要な証拠があるかもしれないという。なのにそこを見張っているパトカーは一台だけ。援軍の姿も見えない」

リッチはグレンを見やった。

「いまはまだ正式には誘拐事件じゃない」彼はささやき声でいった。「あしたになったら、そこいらじゅうにFBIの連中がいるだろうがな」

「それでも……」

「アップリンクのレベルで考えるな。陸軍のレベルでもだ」リッチはいった。「小さな町の警察を考えろ。人的資源は限られている。犬が生きていてこの人里離れた場所に保護されているのをロブ・ハウエル以外のだれかが知ってるなんて、連中は夢にも思っていない」

グレンはうめき声を出した。そしてふたたび双眼鏡を持ち上げた。警官はふたりともヘッドレストに体をあずけてくつろいでおり、無線から出てくるおしゃべりの声がわずかながら森まで届いていた。彼らは窓を開けていた。運転手側の窓は三分の一くらい下りていて、相棒は反対側の窓をほとんど開けていた。

向き合っているのが反対側の窓ならいいのだが、とグレンは思った。完璧な射撃をする必要がある。彼の選んだ初代VVRSの消音銃から放たれる五〇口径のプラスチック・サボー弾は、何インチか狙いをはずしたら運転手側の窓か架台の上のライトに当たってしまう。警官たちは驚いて警戒態勢に入り、大騒ぎになるだろう。狙った弾道からすこし右にそれたら、どちらかに当たるかもしれない。彼らの頭は無防備だ。上半身も。可変速弾をいちばん遅い初速で撃ち出したとしても、命中すれば深刻な打撃を与える可能性はある。軍が〝非致死性〟という用語を避けて〝低致死性〟とか〝減致死性〟という呼びかたを好むのはそのためだ。武器は武器であって武器でしかない。特殊な状況下ならおもちゃの銃でもひとを殺せるし、このVVRSは決しておもちゃなどではない。

グレンは車の窓から診療所の左側の窓へ注意を移した。窓は裏に向かって三、四枚並んでいたが、最初の一枚以外はどれもブラインドが上がっていた。最後の窓の向こうに机が見えた。その机に向かって、白衣の宿直員が書類になにかを書き入れていた。双眼鏡からわかるかぎりでは、病院の看護婦や医師が患者のベッドにぶらさげておくグラフに相当するものだろう。部屋のどこかから青みがかった光が明滅していた……おそらくテレビだろう。宿直員は音量を上げているかもしれない。

「よし」リッチがいった。「準備はいいか？」

グレンはうなずいた。

「きっかり二分だ」リッチが〈リストリンク〉の表面を軽くたたいた。「忘れるな……まずいことになったら車に直行して走り去る」

グレンはためらった。ここでもふたりの意見は割れていたが、リッチはどじを踏んだら無理をせずに引き上げると主張して譲らなかった。

リッチは暗闇のなかでグレンを凝視して二度めのうなずきを待った。グレンは渋々ながらゆっくりうなずいた。

「〝初志貫徹〟が大事だと思ったんですが」

「ほざいてろ」と、リッチはいった。そして左のほうへすっと離れ、重たげにかさばっている広葉樹の大枝の下で低く身をかがめた。

警官たちがもうしばらく座席にもたれていてくれることを願いながら、グレンは腕時計のトリチウムの文字盤を見やり――リッチのほど多彩な機能はないが正確な時計だ――ライフルを手にひざを突いて射撃姿勢に入った。

九十秒後、彼は夜間照準器（ナイトスコープ）で狙いをつけ、心のなかで最後の三十秒を数え、そっと祈りを唱えて引き金を引いた。

消音された亜音速弾がたてたのは、回転式拳銃（リヴォルヴァー）の撃鉄がたてるくらいの音だった。弾はまっすぐ飛んでパトカーの開いた窓を通り、警官たちとフロントグラスのあいだをすべるように進んで、助手席側のドアフレームの内装に激突した。

警官ふたりが座席でぎくりとしたときには、装弾筒（サボー）が衝撃でぱっと開き、なかに詰まった超高濃度のジメチルサルホキシド（ＤＭＳＯ）とゾルピデムが解き放たれていた。皮膚や粘膜に触れた瞬間に血管に吸収されるよう調合された催眠性の煙霧剤（エアゾール）だ。微量でもプロ・バスケットボールのセンター並みの体格をした人間を瞬時に昏倒させることができ、実際この警官たちの体格はシャキール・オニールくらいだった。

彼らは意識を失い、前の座席に重なるようにして倒れた。たぶん、なにがどうなっているのか疑問に思う時間すらなかっただろう。この活動不能化剤を浴びると、意識が戻ったときには頭がずきずき、胃がむかむかして意識の混濁に見舞われる。しかし命に別状はないしいずれ元気になる。

リッチは森から出てきて、急いで駐車場を横切り、パトカーに向かった。

パトカーの半開きの窓のすきまから手袋をはめた手を伸ばし、助手席側のドアのロックを解除して、人事不省におちいった助手席の警官の体をひきずり起こし、背もたれからくずれ落ちないようにした。そのあとリッチは、なかへかがみこみすぎないように気をつけながら座席と座席のあいだに手を伸ばした。そこには前かがみになった運転席の男の帽子が落ちていた。人体に吸収されなかった微量のＤＭＳＯ／ゾルピデムが残っていたとしても、解き放たれて数秒のうちに不活性化し、空気中に拡散しているはずだったが、無用の危険は冒したくなかった。

リッチは診療所の正面に向かって足を踏み出した。警官の帽子をかぶって入口をノックし、のぞき穴の手前あたりまで頭を下げて待ち受けた。すこしすると、ドアの向こうに足音が聞こえてきた。

「またもよおしたのかい？」夜間当直員だ。ドアの向こうに立っている。「おたくらの体をコーヒーが通り抜ける速さったら。そろそろもっと薄いブレンドにしたほうがいいよ」

「それとも量を減らすかな」と、リッチは影のなかからいった。小声で話していた。のぞき穴から帽子のまびさししか見えないように、頭は下げたままだった。

錠をはずすかちっという音がすると、リッチはまっすぐ体を起こした。ドアが内側に開きはじめ、診療所の玄関の照明が開いた空間を照らした。

その空間が広くなって夜間当直員がまた口を開きはじめた。「さあ、漏れないうちに――」

リッチはさっとドアを押してなかに入り、当直員にがっちり腕をまわした。全体重をかけたタックルで仰向けに倒すと、床に激突した男の口からぐはっと空気が吐き出され、痛みと驚きのまじったうめき声が漏れた。その上に馬乗りになったリッチは男の腕をつかみ、ぎゅっとねじって横を向かせ、さらにねじってうつ伏せにさせ、肩甲骨の下の背骨にひざを強く押しつけた。夜間当直員からまた苦痛のうめき声が漏れた。男は自由なほうの手で床を押して体を持ち上げようとした。リッチはさらに深くひざをめりこませて相手の動きを制し、ベルトのホルスターからDMSO／ゾルピデムのスプレー缶をつかみとると、相手の顔に向けて親指で吹き出し口を押した。

男の体がだらんとなった。痛みともおさらばだ。あっけなく。

リッチは立ち上がって玄関と待合室を急いで駆け抜け、スイングドアを通って建物の奥に向かった。短い廊下があった。左手に診察室がふたつと、手術室がひとつ、その奥に狭苦しい事務室がひとつ、それから廊下の端の右側にもうひとつ部屋があった。どの部屋にもドアはなかった。

最後の部屋に入ると、当直員が図表に取り組んでいた散らかった机が目に飛びこんできた。窓からちらちら光を投げていたテレビがそばのテーブルの上にあり、深夜のトーク番組をやっていて、司会者が視聴者にわざとらしい表情をつくっていた。それを除けば部屋はがらんとしていた。中央の床にスチール製の台車つき担架（ガーニー）がひとつ。壁のひとつの前に書類棚がいくつかあった。別の壁の前に板張りの犬小屋が一ダースかそこら並んでいた。いちばん大きな四つが床の上、残りは幅の広い金属製の棚の上にあった。

戸口を入ってすぐのところからリッチは犬小屋を見渡した。なかはほとんど空っぽだ。動物が入っているいくつかには、それぞれ箱番号と飼い主の名字らしきものが記された札がついていた。目と同じくらいの高さにある棚から、一匹の家猫がリッチに好奇のまなざしを投げていた。同じ棚のすこし離れたところでは、毛皮におおわれた子犬が体を丸めて眠っていた。

床の上の大きな小屋にグレイハウンドが一匹いた。リッチのほうにわき腹を向けて寝そべっている。ゆっくり大きく呼吸するたびに、包帯を巻いたわき腹が上下していた。金網のドアの上にとりつけられた点滴の袋から犬までチューブが延びている。犬は目を開けてじっと見つめていた。無表情のままだ。犬が自分の存在に気がついているのかどうか、リッチには確信がもてなかった。

ドアの下の札には〝03-756A-HOWELL CENTER〟とあった。

リッチはしばらく犬に目をそそいでから書類棚に行った。ちがう。ここじゃない。ケースが新しすぎる。これでは目立ちすぎる。

机のあるほうを向くと、プラスチックのクリップボードがいくつか入ったラックが目にとまった。きれいにラベルを貼った表面が外を向いている。次の瞬間、グレイハウンドの小屋の札と同じ数字と名前が記されたボードが目に飛びこんできた。

それをラックからひっぱり出して、貼りつけられた紙のメモを調べた。

リッチは目を大きく見開き、激しく息を吸いこんだ。

〈リストリンク〉を使って一分たらずで手書きのページをすべてデジタル撮影した。その作業が終わると、クリップボードを戻し、机の引き出しをくまなく調べた。獣医のメモにあった密封されたガラス瓶と透明な証拠袋のトレーが見つかり、それも写真に撮って、元の引き出しに戻した。

リッチは入口のほうへ足を踏み出しかけてそこで止め、向き直って犬小屋の並びに目を戻し、その前に行って、傷ついたグレイハウンドの前にしゃがみこんだ。指が金網のすきまを通って、犬の鼻にそっと触れた。

「いい子だ」と、リッチはささやいた。

それから彼はふたたび立ち上がり、診療所から夜の闇に向かって大急ぎで駆け出した。

12

さまざまな場所

〈キメラ〉号の主寝室。アフリカの夜が深まるなか、ハーラン・ディヴェインはアンドラ・プラデシュ（インド南部の州）の手織り織人たちが黄昏の薄墨色に染めたシルクのローブに身を包んで、コンピュータと向き合っていた。敵に送る二通めの電子メールを推敲しているところだった。書いた言葉を入念に読みなおし、おかかえの技術者たちが画像ファイルを埋めこんだアニメーションを見て、言葉と画像がおたがいを豊かにしているか、作品の隅々までが彼の基準にかなっているかを確認する必要があった。

神経を張りつめたディヴェインのきっと結んだ唇からは、顔のほかの部分と同様に血の気が失せていた。蠟人形と見まがうほどの白さだ。メッセージの表現や形式に満足している気配はまったくおもてに表われていない。

それでも彼は満足していた。

これは物事を巧みに操作する力がみごとに発揮された好例だ。ここにはひとの心に訴える力がある。それにしても、相手の目をあざむく謀りごとをよく思いつくものだ。相手はまんまとだまされ、自分がもてあそばれていたことに気がついて地団駄を踏む。謀りごとは彼が不可能と思ってあきらめかけていた状況をがらりと一変させてきた。

痛みはさまざまな道を切り開く。遠ざけられ疎まれている子どもも父親に転落をもたらすが、愛されている子どもも同じように父親に破滅をもたらすのだ。

ディヴェインはそう心のなかでつぶやき、この思いつきが気に入って、そこにひそむ豊かな皮肉に陶然としながら電子の空間に最後通告を発した。

パロアルト。朝。山の上にぶあつい雲が低く垂れこめており、また冷たい雨と霧の一日になりそうだった。

ゴーディアンの家にやってきたメガン・ブリーンは、カフェインと精神力を糧（かて）に何時間も突っ走ってきたが、カフェインの再充塡が必要になる間隔が徐々に短くなってきた。アシュリーを励まし支えることに夜の大半を費やし、その合間を縫って、リビングを臨時作戦基地に改造した〈剣（ソード）〉の隊員たちと打ち合わせをした。家のなかでは利用可能なあらゆる空間を〈剣（ソード）〉の監視機器がふさいでいた。外の車回しにも〈剣（ソード）〉の車両がひしめいていた。アシュリー・ゴーディアンが地球上のだれより安全であるように、三〇エーカーの広い敷地を武装パトロール隊が固めていた……しかし、アシュリーの心までは守ることができない。メガンはそれを知っていた。そこが心配でならなかった。

電子メールは八時きっかりに到着した。アシュリーはまどろんでいた。どんなに疲労困憊していても眠りはあまり長続きしないようだ。メガンはキッチンにいて、ずぶ濡れになったコーヒーのフィルターを片方の手でごみ箱に捨て、もう片方の手で挽きたての豆をコーヒーメーカーの容器にすくい入れようとしていた。

ルヘインという〈剣(ソード)〉の隊員が入口から頭を突き入れた。

「ブリーンさん」彼はいった。「メールが飛びこんできました。ひょっとすると――」

メガンはあとの言葉は聞かずに、ルヘインのわきを走り抜けてリビングに飛びこんだ。メールの件名にはこうあった。

「アリア・ディ・ブラヴーラ：愛と犠牲の歌」

椅子に勢いよくすわりこんでコンピュータのマウスに手を伸ばしかけたところで、メガンはコーヒーをたっぷりすくったプラスチックのスプーンを持ったままなのに気がついた。「だれかこれを持っていってくれない？」彼女はディスプレイから目を離さずに、男たちのひとりにそれをさしだした。「ありがとう」

隊員は手を伸ばしたところで軽い驚きに打たれて、ちらりと下を見た。

メガンは隊員の手が届く前にスプーンを離し、小さな山盛りの黒い粉が隊員の靴の上にこぼれ落ちていた。

ロジャー・ゴーディアンはトーマス・シェフィールドの屋敷の来客用の続き部屋で、ノート・パソコンの画面上に開いた電子メールを見つめていた。

画面の大半を占めているのは大きな炎の手を持ち上げた画像で、めらめら燃えるオレンジ色の指が大きく開いていた。その開いた手のひらのなかに黒い文字で徐々に姿を現わしてきたのは以下のメッセージだった。

ジュリア解放の条件は簡単だ。身代金も父親の財産も要らない。世界のすべての耳に約束するだけでいい――すべての耳に声を届かせるのが父親の生涯の目標ではなかったか？

今夜九時、ロジャー・ゴーディアンはセドコの石油プラットフォームの上で、情報を通じて自由を実現するという夢を放棄し、アップリンク・インターナショナル社とその関連子会社をひとつ残らず永久に解体する旨を宣言し、保険業者からの払い戻しを含めてどんな賠償も求めることなく法的合意によって持ち株を放棄するよう投資家たちに要求すること。

そこで企業としてのアップリンク社の活動はすべて停止する。全世界の施設からすべての職員を引き上げなければならない。すべての計画を放棄し、その通信網を解体しなければならない。

この発表から四十八時間以内の期限でこれらの条件が完全に履行されなかった場合、ジユリア・ゴーディアンは処刑される。

黒い文字は三十秒間そのままでいて、そのあと回転する球に合体し、炎の手のひらを背景にまたなめらかに形を変え、色を変えて、こんどはアップリンク社のロゴになった。衛星通信の帯域幅を表わす線が交差しながら地球を取り巻いていた。

さらに三十秒が経過した。手がこぶしに固められ、赤とオレンジ色のまじった火の玉となって明るく輝いた。それからとつぜん流れ星のように画面の下へ飛びこみ、白い虚空をあとに残していった。

ゴーディアンは画面から目を離し、隣の椅子にすわっているピート・ナイメクを見やった。

「どういうつもりだろう?」と、ゴーディアンはいった。その顔は死人のように蒼白だった。「事業から手を引くという発表をわたしが受け入れたとしても、投資家たちに株を放棄してくれなんて説得できるわけがない。どうしたらそんなことができるのか想像もつかない。ものすごい大金だ。老後の蓄えをうちの株式に託している従業員だけでも何千人といる。いや何万人だ。それが消えてなくなってしまう。彼らの株をどうしろというのかさえよくわからない」彼はそこでいちど言葉を切って、薄い白髪まじりの髪に手を走らせた。「だが、この要求にまともな論法を当てはめられるとは思えない。要求はどれひとつ現実に根ざしていない。要求を満たす方法などどこにもない……たとえ何カ月かの猶予が与えられたとしても」

ナイメクはひとつ息を吸った。

「あなたが要求に応じるなんて思っちゃいないんです」彼はいった。「一から十まで常軌を逸している。犯人はあなたを試そうとしているんだ」

ゴーディアンはそこで黙りこんだ。ナイメクは待った。「しかし、だとしても――」

「だとしても、ピート……なにもかもわたしをあざけるためで……わたしの心を痛めつけるためだとしても……娘はどうなる？」ふたりはちらっと視線を交わした。

ゴーディアンはナイメクを凝視した。「ジュリアを連れ去った者たちは、あの子になにをするつもりなんだ？」

ナイメクはためらい、頭に浮かんだむなしい励ましの言葉を口にするのは思いとどまった。ゴードはそんな言葉をかけていい小さな人間ではない。

「わかりません」彼はいった。「なんともいえません」

男の名はフレッド・ギルバートといった。そして朝の七時に電話をかけてきた人間に怒りの声をあらわにしていた。ギルバートは延々と非難を続けるあいだにすでに三度か四度グレンに告げていた――仕事がらみの電話ならなおさら腹立たしいと。

「とんでもない不当な要求だ」彼はいった。「それとも、ひとには自分でスケジュールを選ぶ権利はないというつもりかね？」

「とんでもありません」受話器の向こうからグレンがいった。「ご予定をおじゃましたことはお詫びいたしますが――」

「睡眠をだ」

「はい。あなたの睡眠を——」

「わたしにはたっぷり八時間の睡眠が必要なんだ」ギルバートはいった。「きみはクラブのホームページからわたしの連絡先を知った。そうだな？」

「はい」と、グレンはいった。彼の話のなかで少なくともその部分は事実だった。「ギルバートさん、わたしが説明しようとしてきたのは——」

「わたしに連絡できる時間帯がホームページに載っていなかったのなら、多少の言い訳にはなるかもしれない。しかし、あそこにはだれが読んでもわかるようにはっきり書かれている！」

「わかっています、ギルバートさん。しかし、重ねて申しますが、わたしは——」

「わかってる。もう聞いた。きみはカリフォルニアには一泊だけの商用で来ていて、十時の飛行機でボルティモアにおもむくから、一時間後には空港へ出かけなければならないわけだ」ギルバートはいった。「それでも非礼を正当化することはできんぞ。ルールは不都合だからというだけの理由で無視していいものじゃない。きみがこっちに一日いようが一カ月いようが十年いようが、敬意は払わねばならんし、規律は守らねばならんのだ」彼はひとつ間をおいた。「人間と同じで犬も模範から学ぶ。防衛犬（シュッツフント）を飼うつもりなら、いまいったような資質をきみ自身が育んではどうかね」

リビングのテーブルの前にリッチと向き合うかたちですわっていたグレンの顔には、もううんざりといういらだちの表情が浮かんでいた。

昨夜から、まばたきをしたり目のしょぼつきを払うときを除いては一度も目を閉じずに過ごしてきたグレンに、ギルバートに同情しろというのは酷な話だった。リッチのアパートに到着してからの長い時間を、ふたりは〈パークヴィル動物診療所〉から撮ってきた法医学的証拠とメモのデジタル写真をデスクトップ・パソコンに移し、つかんだことを整理分類し、それを使ってどう前に進むかを判断するという地道な作業に振り向けてきた。ふたりの焦点は、診療所で最初にリッチの目をとらえたものにそそがれていた。黒い毛皮の一部が入っている数字とラベルのついたガラス瓶と、獣医のノートに手書きで記されていた他所参照つきの記入事項だ。ノートには次のようにあった。

九月三日。

午後七時。

グレイハウンドの歯肉下の上顎と下顎から採取された犬の毛皮と皮膚。大半は左右の上顎犬歯と側切歯のあいだにひっかかっており、頰の内側と小臼歯表面からも少量が採取されている（添付の歯科カルテ参照）。予備診断：グレイハウンドは別の犬に嚙み傷を負わせている。めったにないことなので現場にあった血液のDNA精密検査を待つ。光学機器による微量分析では毛皮のサンプルはシェパードの特徴と一致。予備診断：黒い長毛犬と思われる。稀少（攻撃犬か？）。比較検査を待つ。参考標本が必要（ＦＢＩの体毛・繊維ファイル？）。

リッチはこのメモをグレンに見せて、〝攻撃犬〟という箇所を指差していた。そして妙に遠くを見るような表情を浮かべ、首を横に振っていた。

「惜しいがはずれだな」彼はいった。「これは防衛犬(シュッツフント)だ。やつが思いどおりに動かすことのできる動物だ」

「やつ？」

リッチはグレンをちらっと見て、その質問に驚いたような顔を見せた。

「ジュリアを連れ去ったやつだ」彼はそう答え、そこまでにとどめた。それ以上の説明は不要とばかりに。「この地域でその犬を売っているところを見つけなければ」

そして午前六時をむかえるころには、インターネットのすばやい検索のおかげで、分類一般についての多くの資料と、〈ノースベイ防衛犬(シュッツフント)クラブ〉に関する明確な情報をつかむことができた。ギルバートはそのクラブの創立者で、会長で、育種長でもあった。

いまグレンは口元から受話器を離して頬をふくらませ、息を吐き出して体のこわばりをすこしほぐした。

「ご忠告にはきっとしたがいます」しばらくして彼はいった。「自分のまちがいは重々承知しておりますので……」

「そう願いたいな」

「しかし、もう睡眠をじゃましてしまったわけですし、あなたはすでにベッドから出ておられるわけですから、できればそのまちがいを……許しがたいのは承知のうえで……有意義な方向に転換していただけたらと——」

「アナンカゾーだ」ギルバートが唐突にいった。

「なんですって？」

「だれかが黒いジャーマンシェパードを散歩させているのを車の窓から見たと、きみはいっただろう」

グレンはその場の思いつきで彼にした説明を思い出した。「ええ、そのとおりです、タクシーから……」

「毛が長かったといったな」

「はい」

「仕事で家を空けるときに家と家族を守れるよう、そういう犬を手に入れたいといってたな。それは立派な心がけだ」

「はあ……ええと、どうも……」

「どんな種にも長所を認めるよう努力しているのでな」とギルバートはいったが、いやみではなさそうだった。「どっちにしろ、コンピュータでもうすこし時間をかけて調べていたら、〈全米防衛犬協会〉登録所のオンライン遺伝学データベースが見つかっていたはずだ。そこには、血統書つきのすべての犬の血統図や、体の形態や、五代以上前までさかのぼる股関節病その他の疾病へのかかりやすさについて、DNAにもとづいて下された評価が並んでいる。それを見たら、純粋な黒い長毛はきわめてまれなこともわかったはずだ。この国でその犬を売っている生産者(ブリーダー)はひと握りしかいない。ほとんどすべてがヨーロッパから輸入されるか、輸入された父親で子どもをつくるかして――」

グレンはギルバートが説教の最初のほうで口にしたことに話を戻したかった。

「話の腰を折るつもりはないんですが、ちょっと前にお使いになった言葉で……」

「言葉？」

「〝ア〟で始まる言葉で、たしか……アナなんとかと……」

「アナンカゾーか」

「はい、そのとおりで……」

「ひとの名前だ」ギルバートはつっけんどんにいった。「ジョン・アナンカゾー。山のほうにいる礼儀をわきまえたいい男だ。うちのホームページにあの男のウェブサイトに飛べるリンクがある。そのシェパードが本当にちゃんとした防衛犬(シュッツフント)で、カリフォルニア州で購入されたものだとしたら、あの男の育成場にいたものにまちがいない」

サンノゼから西に八〇マイルほどのところにある〈アナンカゾー牧場〉は、起伏のなだらかな草におおわれた広大な野原の上にあった。訓練用のトラックや、ハードルや、敏捷性を鍛(きた)える障害物コース用のさまざまな器具があり、一世紀前からありそうな修復を重ねた木造の母屋の裏には犬用の広々とした囲いがあった。

リッチとグレンが九時に車でやってくると、犬の生産者(ブリーダー)は玄関で待っていた。車を降りたリッチが携帯電話の電源を入れると、新しいボイスメッセージが六件入っていた。通信記録を見ると、うち四件にティボドーのオフィスの電話番号があった。いちばん新しいふたつのボイスメッセージは発信番号非通知になった携帯からのものだった。ゴーディアンの家にいるブリーンからにちがいない。リッチはどれにも返事をする気はなかった。〈パークヴィル動物診療所〉は十時まで開かないが、警官たちと夜間宿直員はもう目をさましているだろう。意識が戻っていなかったとしても、定時の無線連絡に応答がないわけを確かめにきた警察の人間に発見されているだろう。動物診療所に侵入された形跡があるのがわかり、巧妙な仕事とわかれば、エリクソンにはすぐにぴんとくるはずだ。誘拐事件と関係があると。だが、リッチは場違いなものをなにひとつ残してこなかったから、エリクソンの頭には疑問符が挟みこまれるだろう。あの男の考えつくことは想像を超えるものにはなりえない。それに、容疑者リストのいちばん上に来るのはたぶん、ジュリアをさらっていった犯人だ。アップリンクもそこに入るか？　組織としては入るまい。しかし、おれ個人は対象になるかもしれない。調べてからでないと対象からはずせないくらいの順位には置かれているかもしれない……あのもうひとりのブルワーという刑事が、困ったことになるのを恐れて犯罪現場の見取り図をのぞかれたことを白状しなかったとしてもだ。エリクソンにアップリンクの周辺を嗅ぎまわられると厄介なことになるかもしれないが、いまそのことを心配している暇はない。

リッチは電源を切ってベルトのクリップに戻し、すぐに玄関のグレンのところに合流した。

「やあ、ジョン・アナンカゾーです」犬の生産者(ブリーダー)はふさふさのあご髭のなかから微笑んで手をさしだし、ふたりと握手をした。「車が道路をやってくるのが見えましたんで……リッチさんとグレンさんですね。アップリンク・インターナショナルの？」

グレンはうなずいて〈剣(ソード)〉の身分証を見せた。

「会社の私設保安部隊の者です、アナンカゾーさん」と、彼は告げた。

「ああ、それだ。電話でそうおっしゃった。すごいうわさをいろいろ聞いてますよ」アナンカゾーは好奇心たっぷりの表情を浮かべていた。「どうぞなかへ……それと、ジョンと呼んでください。名字のほうに悪戦苦闘していただく必要はありません」

リッチの視線は彼を通り越し、戸口の向こうにいる骨格のがっちりした巨大なジャーマンシェパードの頭にそそがれていた。

「お友だちがかまわなければ」と、彼は身ぶりで犬を示した。

アナンカゾーはにっこりした。

「バックならだいじょうぶ」彼はいった。「わたしに面倒をかける人間を別にすれば、だれにも迷惑をかけたりはしません」

ふたりは彼のあとから南西部色の濃いリビングに入っていった。じゅうたんと室内装飾用品にアーストーンの幾何学模様があり、手作りの頑丈な木造家具が置かれていた。シェパードは彼らのあとをついてきて、アナンカゾーが椅子に腰をおろすのを待ち、そのそばに寝そべって、床にあった革製の噛む玩具に鼻をすりつけた。

「サンノゼから車でいらっしゃるのは大変だったでしょう」アナンカゾーがいった。「コーヒーを入れなおして……」

「ありがとう、でもけっこう」リッチがいった。「できればすぐに、こちらにうかがった用件に入らせてもらいたい」

アナンカゾーはひょいと肩をすくめた。そして話を待った。

「黒い長毛のシェパードに関する情報を入手しようとしていて」と、リッチはいった。「聞いたところでは、この地方でそれを生産しているのはここだけだとか。防衛犬に訓練をほどこせるのも」

アナンカゾーはうなずいた。

「特別訓練を含めたあらゆるレベルの訓練をほどこせます」彼はいった。「しばらく前から始めたんですが、いま仕事の六割くらいは全国の警察と消防署からの依頼です……それをとても誇りに思っています」

その誇りは本物のようだった。友好的で親切そうな物腰と同様に。リッチは彼の顔としぐさに変化がないかつぶさに観察したが、警戒しているようなそぶりはどこにも見えなかった。

「それで、どういうご質問でしょう?」アナンカゾーがいった。「お断わりしておきますと、長毛の黒はお待ちいただかないと手に入りません」

「そんなに人気があるんですか?」グレンがいった。

アナンカゾーは肩をすくめた。

「いや、人気の問題じゃないんです」彼は椅子の肘掛けに手を伸ばして犬の首を掻いてやった。「このバックみたいな黒と赤のはこの国でもしっかり定着している系統で、父親と母親もたくさんいます。しかし真っ黒のは二、三年前にわたしが紹介したばかりで……いまは四世代がいますが……うちの系統を殖(ふ)やしすぎる危険は冒したくありません。それをやると、先天的な病気や、気質の問題や、できればなくしたい多くの欠点が伝わってしまいますので」彼はひとつ間をおいた。「犬は少なくとも生まれて一年半たたないと、基本的な防衛犬(シュッツフント)のランクづけを受けられません。黒の子どもは一月に生まれる予定のがひと腹と、あとは十六カ月のが二頭いますが、引き取りの準備はほぼととのっていて、内金も全額支払われています。ですから、残念ですが——」

リッチが途中で割りこんだ。「最近売ったのは？」

「これからお話ししようとしてたところです」と、アナンカゾーはいった。彼はまだシェパードの首を掻いていた。「黒に関心がおありなら、時期が悪かったというしかないですね。ニューヨークのサウス・ハンプトンに土地を持つ大物の映画監督から、何日か前に二頭の前金が振りこまれたところです。それと、ほかに三頭いい子たちがいたんですが、二週間前にすぐそこの半島にいる写真家に売れてしまいました……いや、じつは、そのひとの山小屋まで車で運んでいったんです。ビッグサーの田舎の踏みならされた道から、かなり奥へ入ったところまで。そのひとに雇われているひとたちが、先月、前払いをしていきましてね。写真家はそのあいだにあそこに落ち着く準備をしていたんでしょう」

リッチは相手の顔を見た。

「写真家の名前は？」

「エステスでした」アナンカゾーはいった。「秘密厳守とはいわれてません。この国に来たばかりじゃないかな……ヨーロッパから」

リッチはなおも相手の顔に目をそそいでいた。

「ヨーロッパのどこから？」

「それはいってなかったですね。少なくともいっていたおぼえはありません。しかし、いろんな土地で暮らしてきたたぐいのひとという印象を受けました。ほら、いっぱい使えるお金があって。言葉にどこのものかよくわからない訛りがありました……世界のいろんなところのがまじった感じで。俳優のユル・ブリナーを思い出しましたよ。ブリナーがファラオやシャムの王様やメキシコの山賊の役を演じて、いつもそれらしく見せられたのは、そのおかげですからね」

リッチは背中の内側に名状しがたいものを感じた。それが牙をむくのを感じた。

「その写真家だが」と、彼はいった。目はブリーダーの顔にじっとそそがれていた。「どういう人相だったか教えてほしい」

アナンカゾーは椅子のなかですこし体をまっすぐ起こした。最初に玄関で見せた好奇心にある種の不安がまじりはじめていた。

「えらが張っていた。背は高かった。強そうに見えたな……筋骨隆々のたくましいタイプだ」彼はシェパードの首から肘掛けに手を上げた。「あの男、なにかまずいことをしたんですか？」

リッチのあごの筋肉がひきつった。返す言葉の周囲に――返事を音にする能力にまで――脳が鍵をかけてしまったかのように。

グレンはリッチのほうを一瞥し、彼の凍りついた表情を見て、アナンカゾーのほうに顔を向けた。

「ジョン」彼はいった。「その男がどこにいるか教えてくれ」

ティボドーはこの日の朝を自分の机で電話の応対に費やしてきたが、待っている電話は来そうにないという確信が一時間ごとに強まっていた。

いちばん最後の電話に飛びついたときその確信はまちがいとわかったが、そのあとすぐに、喜ぶべきか悲しむべきかわからなくなった。

「リッチ。いまどこだ――？」

「それはどうでもいい」リッチはいった。「あんたが心配しなくちゃならないのは、これからおれがいうことだけだ」

「ボイスメールに伝言を残して何時間も連絡を待ってたんだ」ティボドーはいらだちの声をあげた。「メガンも同じことを……」

「いいから黙って聞け」

ティボドーの顔が紅潮した。「エリクソンが探りを入れてきてるんだ。面倒に面倒が重なってきた。なのにあんたは連絡なんか仕事のじゃまといわんばかりに――」

「ジュリア・ゴーディアンと、あんたが〝山猫〟と呼ぶのが好きな人間のくずの人殺しを見つけたかったら、黙って話を聞け」

ティボドーは黙りこんで荒い息をついた。エリクソンからの電話で動物診療所の侵入事件について質問を受け、その件にリッチがどっぷり浸かっているのはわかっていた……あいつの首をロープで吊ってやる前になんらかの説明が欲しいと思った。しかし刑事の注意をかきたてないように注意はした。腹は立ったが、リッチはなにかつかんだのではないかとも思っていた。

ジュリア、と彼は心のなかでつぶやいた。山猫……　山猫（シャ・ソヴァージュ）。

このふたつの名前を同じ一文のなかで聞くことになるとは夢にも思わなかった。

「続けろ」と彼はいった。息切れを起こしかけていた。「時間が惜しい」

「おれはビッグサーに向かう。そこにたどり着くのに一時間ばかりかかるし、支援が必要だ。以前おれの部隊にいたエド・シーボールドを探せ。できたらニューエルとペリーもだ。それ以外に六人必要だが、それ以上はいらん……人選はシーボールドにまかせろ」

ティボドーは唾をのみこんだ。「ビッグサーといっても広い。もっと絞り……」

「いいから、いまいった男たちをかならず集めろ。また連絡する」と、リッチが途中で遮（さえぎ）った。

次の瞬間、電話は切れていた。

ジークフリート・カールは物思いにふけっていた。テラスのドアから外の雨を見やり、風に吹かれた雨が渦やさざ波を描いて断崖の切り立った壁をこぼれ落ちていくのを見つめながら、彼の心は部屋の反対側に置かれた椅子に縛りつけられている誘拐されたコマドリへ戻っていき、リドがグレイハウンドに攻撃を受けたあの瞬間に戻っていた。

あの犬の嚙みつきは防衛犬(シュッツフント)にさほどの被害を与えたわけではなかったし、ぶあつい毛皮におおわれているおかげで相手の犬の歯は肉までは達しなかった。それにカールがただちに銃で片づけた。それでも、あの二匹の犬が激突した瞬間に、この計画には文字どおりの傷がついたのではないか？ あれ以来、彼はずっとそう考えていた。

おれの撃ち殺した犬の死骸――あそこに手がかりはひそんでいないか？ 最後におれの存在を突き止めることになるような手がかりは？ このシェパードの身元を割り出せる血や毛皮のような追跡可能な物的証拠が見つかるかもしれない。その考えをカールは捨てることができなかった。なにしろあれはめったにいない犬だ。そして、その証拠からすぐに生産者(ブリーダー)のアナンカゾーが割り出され、あの男がゴーディアンの娘を探している者たちに話をしたら……

あの男がカールの手下たちに始末される前に話をしたら、何分とはいわないまでも何時間かのうちに隠れ家に向かわなければならないかもしれない。こういう悪天候だけに隠れ家への旅は大変だろうが、フォード・エクスプローラーに水やプロテイン・バーや救急箱といった基本的な備品を詰めこむようアントンとサイラスに命じてあった。できるだけ早くこの山小屋を引き払えるように。

あれだけの準備をととのえてきたのに、グレイハウンドの反応を単純に読みちがえたせいで仕事の成功が危うくなっている。そう思うと心中おだやかではなかった。

カールはテラスから捕獲したコマドリのほうに目を向けた。そして、結び目をつくって口にかませた布の猿ぐつわの上の彼女の目をのぞきこんだ。この特別な拘束具を使う必要があるわけではない。単なる用心だ。この場所で助けを求めて叫んでもしかたがないのをわかっているから、あの女は静かにしている。見上げたものだとカールは思った。この女はなにひとつ弱さを見せていない。救済センターの女と乳児と自分を守ろうとした犬の命乞いをしたほかは、なにひとつ懇願していない。

この女の冷静沈着な目はいまだに揺らぐ気配がない。

カールは彼女から視線をはずし、長い夜を何度か過ごしてきたコンピュータの机の前に行って、いちばん上の引き出しのなかを見た。そこには冷たい特殊鋼の戦闘用ナイフがあった。いよいよこの女を始末するときが来たら、これを使おう。

なんの警告もなしに後ろから頭をぐいと引き戻し、喉を深々と切り裂く……

冷静沈着な態度の褒美として、カールは自分の熟練の手に可能なかぎり、痛みのないとつぜんの死をジュリア・ゴーディアンに与えてやるつもりだった。

この女には、せめてそのくらいの値打ちはある。

雲は午前中かけて厚みを増し、巨大な灰色の帯を作って、ハーフムーン・ベイから南のケープ・コンセプションにいたる海岸線に広がっていた。帯のなかでもいちばん太いのは、東のサンタ・ルシア山脈からヴェンタナ自然保護区とロスパドレス国有林にかけてのところだった。正午をむかえるころにはまた激しい雨になり、稲妻がチャコールグレイの空を猫の爪のようにひっかき、低空から中空にかけての高度に大きな石臼を挽くようなごろごろいう低い音がとどろいていた。

ふたりの男が山小屋から出てきて白いフォード・エクスプローラーに大股で向かうところを、リッチとグレンは見守っていた。彼らは車から直線距離にしてほんの数ヤードのところにある木々のおおいの下にしゃがみこんでいた。二人組のひとりは荷物を詰めたリュックを運んでおり、相棒のほうはナイロンのファスナーのついたダッフルバッグをふたつ持っていた。

リッチの目がさっとグレンに向かった。

「あれはサバイバル用具にちがいない」と、彼はささやいた。

グレンがうなずいた。

「そのようです」と、彼はいった。

葉っぱでできた穴だらけの屋根から水がしたたり落ちるなか、彼らは二人組の男を静かに観察していた。昨夜の動物病院での仕事の再現を思わせる状況だった。彼らは半マイルほど後方に車を駐め、残りの道のりは山腹を歩いて登ってきた。ぶあついフロックコートのような斜面の森林地は、貴重な隠れ蓑の役目を果たすと同時にきびしい道のりでもあった。切り立った斜面や通り抜けられない藪や容赦ない雨で増水した小川や足場の悪い水浸しの地面に行く手を阻まれ、何度か遠回りを余儀なくされた。しかし彼らは敢然と押し進んだ。舗装道路が見えないところまで離れることはほとんどなく、できるかぎり道路にぴったりそって進んでいった。一時間ほど歩いたところで、アナンカゾーの説明にあった巨大な石灰岩の門柱のひとつがようやく左手に見えてきた。そして断崖のてっぺんまで続く未舗装の道が見つかった。それにそって、いまいる場所まで忍び足でたどり着いた。

そしていま彼らは、小屋から出てきた二人組がスポーツ汎用車（SUV）の後ろにまわりこんでキーでハッチを開け、それを持ち上げてバッグをなかに積みこみ、貨物用のシェードをその上に引き下ろすところを見守っていた。

リッチは消音をほどこされたFN57をベルトのホルスターから抜き出した。

「準備はいいか？」と、彼はたずねた。

グレンはひとつ息を吸って、またうなずいた。彼はDMSOのスプレーより直接的な武器を選び、短い革の棍棒を握っていた。

彼らはすり足で数フィート進んでエクスプローラーの後ろに近づき、すこし時間をおいた。リッチは左の男を指差し、自分自身を指差して、最後にグレンから同意を得た。それから指を三本立てて秒読みの手ぶりを開始した。

三本めの指が折られると同時に、彼らはぱっと飛び出した。

グレンは大柄な筋骨隆々の男だが、水のしたたる雑木林を出た次の瞬間には右の男に襲いかかっていた。そして男の後頭部に棍棒をたたきつけた。その一撃は頭蓋骨のいちばん下をとらえ、男はどさりとくずれ落ちた。

リッチは左の男の背後から飛び出すと同時に男の喉に腕を巻きつけ、こめかみに銃口を当てた。喉を絞められ九ミリ拳銃の圧力をかけられたにもかかわらず、男はぱっと振り向いて、あごの下に頭突きを入れようとした——いい根性だ、反射神経もいい。リッチはその動きをすっとかわすと、男の肩をつかんでくるりと回し、みぞおちにひざを突き上げた。

男はうっと息を詰まらせ、エクスプローラーを背にへなへなとくずおれた。

リッチはこんどは九ミリ拳銃を男の顔に突きつけて、銃身を鼻の横の涙腺の中心に押しつけた。そして男の体を軽くたたきながらすばやく武器の有無を確かめた。肩の隠しホルスターにSIG380、スラックスの尻ポケットに名刺入れのついた財布があった。

リッチはSIGを自分のベルトの下に押しこんだ。そして財布の身分証入れを開いた。

「バリー・ヒューズ」運転免許証を一瞥して彼はいった。「これがおまえの名前か?」

銃の上向きの圧力に逆らって男がうなずきはじめると、リッチは財布を水たまりに投げ捨て、男の頰にこぶしをめりこませた。あごの関節のあたりがへこんだ。

「本当の名前をいえ」リッチはいった。

男は黙ったままで下唇から血があふれていた。

「名前だ」リッチは目の端に当てたFN57の銃口をさらに深く押しこみ、男の顔を凝視した。銃口の下に眼窩の下のしわが見えた。「教えないと、殺す」

男はさらに三秒ほど答えずに、リッチの顔を見ていた。

「アントンだ、ちきしょう」前歯を朱に染めて、ようやく男はそういったが、あごの骨を砕かれたせいで音がゆがんでいた。「アンタンあ、ちいしょう」みたいに聞こえた。

リッチはうなずいた。グレンがハッチから引き抜いたキーでエクスプローラーの助手席側のドアを開け、窓を下ろしてもうひとりの男の手首を手錠でフレームにつなぐところが視野の端に見えた。

リッチは自分のほうの男のシャツの襟をつかみ、車の側面からぐいと引き離した。

「アントン、口が痛いだろうが、休ませてやる前にいくつかしゃべってもらうぞ」と、彼はいった。

山小屋の横にキッチンに入るドアがあり、キッチンのすぐ向こうがリビングになっていた。

リッチはアントンを先に立たせて、銃で脅しながらそのドアに向かわせた。片手でアントンの肩をぐっとつかみ、もういっぽうの手はゆがんで腫れ上がったあご骨の後ろの耳の横に

FN57を押しつけていた。彼らの後ろでは、グレンがVVRSの銃床を上腕で支えていつでも撃てる構えをとっていた。

「ドアを開けろ」リッチがいった。そしてアントンを銃でつついた。

アントンはノブを回して引いた。雨の絶え間ないささやきでドアを開ける音は包み隠された。しかし、注意深く耳を澄ませていたリッチには、右のほうの木立にかさかさいうかすかな音が聞こえていた。

よし。リッチは心のなかでつぶやいた。

彼は山小屋のなかから見られないように、戸口から斜めの位置をとって外壁の後ろに隠れたまま、アントンのわきから小さなだれもいないキッチンの向こうへ一瞥を投げた。リビングに入るアーチの奥のテーブルで三人の男がトランプに興じていた。右のいちばん端にソファがあり、そこにすわっている四人めの男は居眠りをしているらしく、頭の後ろに手を組んで、投げ出した脚を足首のところで交差させていた。彼らのあいだのじゅうたんの上に漆黒の犬たちが寝そべっていた。なかの一匹がすこし体を起こして、アントンの見なれた姿を二部屋向こうに見分け、毛むくじゃらの頭を床に下ろした。

リッチはわずかに体の向きを変えて、あごをくいと動かし、一歩わきにどいた。

がっしりした手がアントンの血まみれの口を後ろからふさぎ、ふたたび彼を雨のなかへ引き戻した。リッチの左から噴霧剤（エアゾール）の放たれる音がし、草の動く音がして、アントンの姿は視界から消えた。

気を失った男から解放されたティボドーが濡れた草むらから姿を現わし、ＤＭＳＯのスプレー缶をベルトのホルスターにすべりこませた。突入班の残りは戸口の両側でしかるべき位置についていた。

リッチはティボドーの髭面にほんの一瞬だけ目をやって、開いたドアのほうに向き直った。アントンはエクスプローラーの外でいろいろ白状してくれた。あのおびえかたからみて〝人殺し〟が二階にいるという話も嘘ではなさそうだ。つまり、ここで犬たちを恐れる必要はない。犬たちはあの男から直接命令を受けないかぎり、好戦的なまねは決してしないからだ。

「突入する」とリッチはささやき、後ろを振り向きもせずに山小屋のなかに駆けこんだ。

銃で脅されたアントンの話がどのていど信用できるかについてリッチが下した判断は正しかった。あの男の話では、アーチを過ぎたリビングのすぐ左手に短いらせん階段があるとのことだったが、たしかにそれはあった。そのとおりの場所に。

リッチはＦＮ57を手に猛然とキッチンを横切った。前方で〝人殺し〟の手下たちがぱっと立ち上がったが、リッチは階段のほうに向きを変えて、はずむようにそこを駆け上がった。たちまち階段の後方で騒ぎと動きが起こった。リッチは階段を一度に何段か駆け上がった。寝室にたどり着くのに費やせる時間は、せいぜい数秒だ。叫び声があがり、銃火の応酬があり、また叫び声がしたが、すべては狭いらせん階段のような意識の外で反響しているこだまでしかなかった。後ろの、下の、外の、別世界の出来事だった。二階に上がることと口のなかの味、つまり欲望の味以外はなにひとつ意識していなかった。

階段を登りきり、そこから短い廊下に足を踏み入れた。そして一瞬、立ち止まった。山小屋に入ってからどのくらい経つ？ 五秒か？ 十秒か？ まだ五秒あるかもしれない。せいぜい五秒か。四、三……

廊下の右側には幅の広いドアがふたつ隣り合っていた。左側には幅の狭いのがひとつ――クロゼットか。右側のふたつめのドアが主寝室だとアントンはいった。そこに〝人殺し〟と彼女がいると。そこで〝人殺し〟は……

リッチは選択をして前に飛び出し、心臓がひとつ打つか打たないかのあいだ立ち止まって、ひとつめのドアの掛け金の部分を足で蹴りつけた。ドアは勢いよく開いて壁にぶつかり、彼は警察式にFN57を両手で握って部屋へさっと駆けこんだ。

部屋の奥の簡素な木の椅子のかたわらに〝人殺し〟がいた。テラスの開いたドアを背にして立っていた。海の方向へ落ちていく断崖を見晴らすことのできるテラスの前に。

椅子には彼女がいた。猿ぐつわを嚙まされている。ロープで手を後ろ手に縛られ、椅子に縛りつけられていた。

猿ぐつわの上の顔には恐怖の表情が張りついていたが、敵に屈しない気概もそこには見えた。

リッチは頭のなかに彼女の名前を探し求め、充満している怒りがたてる獣のようななり声のなかからその名前をひっぱり出した。

ジュリア。

彼女……は……ジュリアだ。

そして〝人殺し〟は、彼女の喉に戦闘用のナイフを押しつけていた。

「彼女を放せ」とリッチは告げた。そして〝人殺し〟の目を見据えた。体の前にFN57を突き出しながら。「いますぐ放せ」

〝人殺し〟は動かなかった。

手に握ったナイフの研ぎ上げられた刃をジュリアの喉に押しつけたまま、男は動かなかった。

リッチは片手の指を銃からはがして後ろに手を伸ばし、手探りしてドアを閉めた。ドアの反対側の後ろのほうから聞こえていた叫び声と銃撃音が、徐々に小さくなってきた。階段を急いで駆け上がってくる足音があった。

〝人殺し〟は静かにリッチを見据えていた。ジュリアの喉元からナイフは動いていない。

足音がドアにたどり着いた。ドアの後ろから緊迫した声が叫んだ。

「リッチ！」グレンの声だ。「リッチ、なかですか？」

リッチは答えなかった。

「リ、リ、リッチ――」

「来るな」リッチがいった。「みんなに離れているようにいえ」

ドアの向こうからグレンがいった。「どうなってるんです？　ジュリアは――？」

「彼女は無事だ」リッチはいった。「ティボドーとほかの連中がすぐここに来る。いいから、だれも入らせるな。質問はなしだ」

リッチは〝人殺し〟の顔を見た。

「彼女を放せ」と、彼はいった。これで三度めだ。「往生際が悪いぞ」

〝人殺し〟のナイフは動かなかった。

「おまえにとって彼女は単なる請負仕事だ。ほかに意味はない。仕事のひとつにすぎない」と、リッチはいった。銃は〝人殺し〟の心臓に狙いをつけてまっすぐ構えたままだ。「彼女を殺しても、おれに殺されるだけだ。そんなことをしても意味はない。だがな、この部屋にはまだおまえの欲しいものがある。カザフスタン以来、オンタリオ以来、おまえがずっと欲しがっていたものがある。だから、それを手にするチャンスをおまえにやろう。そのチャンスをおまえに約束する」

〝人殺し〟はリッチの顔を凝視した。

しばらくつぶさにながめていた。

そのあと彼はジュリアの喉のやわらかな白い肌からナイフを下ろし、椅子の後ろにまわって、手首を縛っていたロープをひと切りではずすと、しゃがみこんで足首のいましめを切断し、それからまっすぐ体を起こした。切られていないのは猿ぐつわだけになった。

リッチはゆっくりうなずいた。

「彼女の脚にはしばらく血がめぐっていなかった」彼はいった。「椅子から離れろ……右に二歩出ろ……そしたら、おれが手を貸して彼女を立たせる」

〝人殺し〟は後ろに下がった。

リッチは相手に銃を突きつけたまま椅子に向かって足を踏み出し、ジュリアに腕をまわしてゆっくり立ち上がらせ、よろめかないようにしっかり支えてまっすぐ立たせた。彼女の脚に徐々に力が戻ってくるのが感じられた。猿ぐつわの上の顔は平静を保っていた。

「もう自分の足で歩ける」と、リッチは彼女にいった。それから後ろのドアに向かって頭を傾け、声を張り上げた。「グレン!……聞こえるか?」

ドアの向こうから声が返ってきた。「はい。よく聞こえます。音から判断して下は制圧されたようです」

「よし」リッチはいった。「いまからジュリアを外に送り出す。そのまま離れていろ。ドアに近づくな。ほかのだれも近づけるな。なにがあってもだ。わかったな?」

「リッチ——」

「わかったな?」

一瞬、沈黙が降りた。

それから、「はい」とグレンはいった。「わかりましたよ、ちきしょう。了解です」

リッチは〝人殺し〟に銃を向けたまま、片手をジュリアに置いて彼女がぐらつかないように支え、ドアに向かってあとずさった。ふたたび手を後ろに伸ばして、彼女が通り抜けられる幅だけドアを開け、彼女にあごをしゃくって外に出るよう指示した。

ジュリアはためらって、リッチの顔を見た。

「行け」彼はいった。「だいじょうぶだ」

ジュリアはさらにしばらく彼の顔を見ていた。それからうなずいて、すきまを通り抜けた。

リッチはただちにドアを閉めた。

「もうすこしで準備はととのう」と、彼はいった。銃口は〝人殺し〟に向かっていた。「その椅子をこっちへすべらせろ」

椅子が前に押しやられた。リッチはそれをすばやく背後にまわし、ドアに押しつけて取っ手の下に椅子の背中を押しこんだ。それから、視界の左端に見えていた小さなテーブルの上に銃を置いた。

ドアの外に下の階から叫んでいるティボドーの声が聞こえ、そのあとグレンが答えていた。リッチがジュリアを助け出した、もうだいじょうぶだと告げていた。ふたりのあいだにさらにいくつか言葉が交わされ、そのあと重い靴音が階段を上がってきた。

〝人殺し〟がナイフを床に捨てて足でわきに押しのけたとき、その顔には微笑めいたものが浮かんでいた。

「さてと」〝人殺し〟がいった。「これで存分にやりあえる」

リッチはうなずいた。

そして「行くぞ」といった。

カールとリッチはたがいに前進して部屋の中央に向かい、すこしずつ相手との距離を詰めた。

リッチはこぶしを固めた頑丈な腕を顔の前に持ち上げ、かるく体をはずませてひざをほぐした。相手は彼より優に三インチは背が高く、そのぶんリーチも長い。大きな骨格にまとった筋肉は彼より二〇～三〇ポンド重そうだ。しっかり踏みこみ、スピードでハンデを補わなければならない。

カールが足を踏み出してフェイントをかけた。リッチは乗らなかった。腕で防御を固めて上体を左右に振りながら相手の周囲をまわり、相手の大きな腕の下にすきを見つけて低い姿勢で飛びこんだ。そしてあごを狙って右のアッパーカットを放った。

カールは見かけ以上に動きが速かった。リッチの一撃を横手で払い、外に押し出された手首をつかんで引きずり倒そうとした。しかしリッチはつかまれる寸前にさっと手をひっこめ、相手の距離から急いで後ろへ逃れた。彼はふたたび相手の周囲をめぐって間合いを測り、こんどはボディめがけてパンチを繰り出した。

カールは相手の出かたを読んでいた。リッチのこぶしが届く寸前、鋭く蹴り出した左の足がリッチの両脚のあいだに伸びて、右すねの内側をとらえ、バランスをくずした。リッチが体勢を立て直す前に右のフックが頬を強打した。

顔の横に激痛が走ってリッチはよろめいた。口のなかに血があふれ、一瞬、視界がぼやけた。カールはすかさず踏みこんで強烈なジャブを続けざまに突き出し、リッチの顔と首に情け容赦なくこぶしをたたきこんだ。

リッチは腰ががくんと落ちかけたが、脚と首に力をこめてどうにか持ちこたえ、ぼやけた視界の外から目に飛びこんできた右を、頭をかがめて寸前でかわした。息をひとつ吸って肺を空気で満たした。もう一度吸った。さらにもう一度。それから小刻みに足を動かして、息をととのえ、現実には存在しない渦巻く黒いしみを視界から振り払おうとした。

その機会を与えてはならない。カールは前に踏み出すと、伸ばした指をリッチの目に向かって突き出し、眼球をえぐり出そうとした。リッチは足を引いてその手の下に頭を沈めた。また空気を飲みくだし、顔の前からまたすこし黒いしみを払った。次の瞬間、彼は〝人殺し〟のふところに飛びこんで、すばやく足に力をため、ありったけの力をかき集めて鉤形に曲げた右のひじを喉元へ打ちこんだ。ひじが喉ぼとけの真下をとらえた。

カールがうめいて、すこしよろめいた。喉から小さな湿った音が漏れた。最後のチャンスかもしれない、最大限に活用しなくては。リッチは攻め立てた。あごを引いて広いスタンスをとり、カールにこぶしを突き刺した。機関車のピストンのように休みなくボディを連打した。左、右、ジャブ。攻めた。攻めた。次から次へとこぶしをたたきこんだ。

〝人殺し〟の体から力が抜けたのか、足がすべったのか、リッチにはよくわからなかったが、どちらでもかまわない。とにかく敵の体が絶好の位置に来た。リッチが相手の脚と脚のあいだにひざ頭(がしら)を突き上げると、それは股間にめりこんだ。

カールは床にがくんと沈みこんで、ひざを突き、うつ伏せに倒れかけたが、広げた手のひらで体を支えて頭から落ちるのを防ごうとした。しかし、リッチは一気呵成に攻め立てた。カールの顔と腕と腹部を蹴りつけた。血が噴き出した。体のあちこちに傷口が開き、ずたずたに裂けた皮膚から赤いものがほとばしった。

できるかぎりみじめに這いつくばらせてやりたかった。

そのとき、とつぜん〝人殺し〟の握った手のなかに明るい鋼のきらめきが見えた。戦闘用ナイフだ。

カールが床からナイフを拾い上げていた。すばやく上げたナイフをぐっと引いて、リッチのほうに突き出した。その先端が右脚の裏にずぶりと突き刺さった。

リッチは太腿の筋肉の奥深くに熱く冷たいものの侵入を感じたが、もういっぽうの足で〝人殺し〟の手に最後の蹴りを放ち、手首とひじのあいだをとらえることに成功した。

カールの指が開いてナイフの柄から手が放れた。体ががくんと前に傾き、頭が下がった。口から血と唾液を流しながら、ひざで体を支えて立ち上がろうとしたが、うまくいかず、また前にくずれ落ちかけた。

その途中でリッチがシャツの胸ぐらをつかんだ。

「そら、人殺し」太腿にナイフを突き立てたままリッチはいった。「ちょっと力を貸してやる」

リッチは脚に力が入らないカールを力ずくで立たせて、テラスのほうに向かわせた。力まかせに後ろへ押しやり、ガラス戸の前に立たせ、体重をかけて力の抜けた相手の体をガラス戸に押しつけ、肩の上から手を伸ばし、取っ手をつかんで片方の戸をすこし引き開け、また相手を押しこんだ。開けたすきまから風と雨のなかへカールを出し、後ろへ、後ろへ、後ろへと、手すりまでテラスを後退させた。

雨が渦を巻きながら激しくふたりを打った。ふたりの血がテラスの床に流れて混ざりあい、小さな滝と化してテラスの縁から断崖の急斜面へこぼれ落ちていき、流れながらこまかなすじに分かれていった。リッチは〝人殺し〟を立たせたまま顔をのぞきこみ、濡れたシャツの布地をしっかりつかんで激しく揺すぶった。そして、嵐の吹き荒れるめまいのしそうな深い峡谷の上に張り出している鉄の手すりに相手を押しつけ、最後に一度、しばらくじっとその目を見据えた。

「くそ野郎」彼はいった。「くそ野郎、これでおあいこだ」

そしてリッチは相手を奈落の底へ突き落とした。

山小屋の二階の部屋から激突音が聞こえていた。一体全体なにが起こっているんだ、とティボドーは思った。

いまその二階に上がった彼は、廊下を進んでデレク・グレンのわきを押し通ろうとしていた。そのとき部屋が急にしんとなり、ティボドーの全身に緊張がみなぎった。

ドアを押してなかに入ろうとしたが、なにかで封鎖されているのがわかり、後ろの隊員たちに破城槌（はじょうつい）の使用を命じた。

ばらばらにたたき壊されたドアフレームからなかに入ったティボドーは、ふたつのことに気がついて大きく目を見開いた。

ひとつはリッチが床にすわりこんでいて、開いたテラスのガラス戸から雨が吹きこんでいることだった。リッチは壁を背にしていた。右の太腿の下におびただしい血だまりがあり、そのそばに赤くぬらついたナイフがあった。

ふたつめはリッチひとりしかいないことだった。

ティボドーはとりあえず質問をわきに置き、リッチのところへ駆けこんでその上にかがみこんだ。

「突き殺された野豚みたいに血が流れてる。なにかで出血を止めないと」と、彼はいった。

するとリッチがベルトの戦術ポーチをとりだして開け、なかから懸命になにかを探そうとした。「なにを探してるんだ？　おれが見つけてやるから……」

リッチはティボドーの顔を見て、一瞬ためらった。

「傷ふさぎジェルだ」と彼はあごをしゃくって、なかを探すよううながした。

13

カリフォルニア州サンノゼ／アフリカのガボン共和国

アシュリー・ゴーディアンはダイニングに入って、〈剣(ソード)〉の隊員の頭上にある柱時計をちらっと見上げ、午前から午後に変わっているのを知って驚いた。ジュリアが消えて以来、睡眠をとったのはふっと気がゆるんだときだけだった。どのときも長い時間は目を閉じていられなかった。ここで十分。あそこで十五分。それ以上は自分に許さなかった。アシュリーは心ならずも疲労に屈して眠りに落ちることもあったが、それは休息時間というより、体がぎりぎりのところで自分を守ろうとしているといったほうが適切かもしれない。そのあいだに彼女からは、時間が規則的に進んでいく感覚がすっかり抜け落ちていた。いまはもう午後なのだ。最後にダイニングに入ったときから時計の針は進んでいた……この隊員は動いていなくても。

時計の下の隊員はワークステーションのかわりに使ってきた脚の低いマホガニー製の化粧台の前にすわって、シャツの袖をまくり上げ、ラップトップの上に体をかがめて画面に目を凝らしていた。家のなかと外の敷地に夫の会社の保安隊員がたくさんいて、自発的にあらゆることをしてくれていた。彼らの疲労がどれほどのものか、彼女には測りがたかったが、彼らはその疲労をものともせずに、予定の交替時間をかなり過ぎてもそのまま仕事を続けていた。アシュリーが知っている男女もいたし、一日かそこら前まで会ったことのなかった者たちもいたが、どの顔にも同じような揺るぎない決意が浮かんでいた。称賛と感謝の気持ちは言葉にならないほどだった。彼女はできるだけの手伝いをして、できるだけ彼らを楽にし、活動が続けられるように食べ物と飲み物を運んだ。小さなことでも、いくらかなりと役に立っているような気分になれた。その反面、利己的な考えのような気もした。しかし彼女にはなにかをする必要があった。なにかに参加する必要があった。たとえ彼らの努力にくらべればちっぽけなことのような気がしてもだ。そうしていないと、胸が押しつぶされそうな不毛感と無力感にいつなんどき襲われてしまうかわからなかった。

いまアシュリーは隊員のそばに近づいて、わきの紙皿にあるピザ生地の残りに気がつき、彼の肩に手を置いて注意を引いた。

「このピザは何時間か前にわたしが持ってきたものね」彼女はそういって皿を手にとった。「あれからここを動いていないのね」

隊員は疲れた表情で画面から彼女にちらっと目を上げた。

「そんなに経ってません」と彼はいった。それから、はたと考えた。「経ったのかな？」

彼の顔に浮かんだとまどいの表情を見て、アシュリーは思わず微笑んだ。

「ひと休みしたら?」彼女はいった。「よかったら――」

彼女は途中で急にいいやめた。隣のリビングでなにか騒ぎが起こっていた。ふたりともその入口に顔を向けた。臨時指揮所にいる全員がとつぜん動きだし、急いで質問と答えを交換し、ポケットから携帯電話をとりだしていた。

アシュリーは手のひらに汗がにじんでくるのを感じ、脚に震えを感じた。臨時指揮所にさざ波のように広がっている知らせは、いいものであれ悪いものであれ、重大な知らせにちがいない。隊員もそれに気がついていた。そのことを隠すことができなかった。

「ミセス・ゴーディアン」彼はアシュリーのそばからぱっと立ち上がり、空いた椅子を身ぶりですすめた。「しばらくここで待っていただけますか、わたしが……」

「いいえ」彼女は首を横に振った。「わたしはだいじょうぶ。本当に。とにかく、あそこへ行きましょう」

彼女はリビングに向かって猛然と駆けだし、入口の反対側から飛び出してきたメガン・ブリーンと鉢合わせになりかけた。

メガンは手に携帯電話を握っており、目から涙が流れ落ちていた。彼女が泣いているのを見るのは初めてだ――そう気がついてアシュリーは心臓が止まりそうになった。

そのあと彼女は、メガンの涙の下の濡れた笑顔に気がついた。そして、これまで経験がなかったくらい深々と息を吸いこんだ。

「アシュリー――」

「ジュリアが電話に」とメガンはいい、電話をさしだした。「彼女が電話に出ているの、彼らが見つけてくれたんです……お母さんと話したいといってます！」
「メグ――」

ガボン共和国沖合、セドコの石油プラットフォーム

高いところにとりつけられたクリーグ・ライトが投げるまぶしい光のなか、ロジャー・ゴーディアンは演壇の後ろに立っていた。本来なら笑顔が浮かんでいるべき聴衆から険しい視線が投げかけられていた。本来なら祝祭の音楽が演奏されているはずの周囲は静まり返っていた。

ズボンの尻ポケットのそれぞれに、折り畳まれた紙片があった。それぞれの紙に異なる内容が記されていた。左手に近いほうには狂気に敗北を認める脚本が、もういっぽうには、それに屈しないという不屈の思いでしたためられた内容があった。

ゴーディアンは腕時計を見て、前に並んでいる険しい顔の数々に目を戻した。

もう時間がない。舌の奥に苦みを感じた。

話す必要のある言葉を伝えよう。娘の命を救うため、娘の命を救えるわずかな可能性にかけてそうしよう。必要なあらゆることをしよう。ジュリアを彼から奪っていったのが何者か、その行為にどんな醜い意図が隠れているかはわからない。しかし誘拐犯は根本的な事実を知っていた。

あの〝夢〟はゴーディアンの心のなかで生まれたものだ。過去と現在はきびしい現実のもたらした状況だが、未来だけはひとの夢のなかに生きている……そしてジュリアは未来を肩に背負っている子どもだ。それはまちがいない。そこには一点の疑いもない。

ゴーディアンは前に進み出て演壇につき、左のポケットにゆっくり手を伸ばしはじめた。

そのとき、とつぜん聴衆の顔の向こうに動きが起こった。まぶしい光の向こうから、だれかが猛然とゴーディアンのほうへ走ってきた。

興奮気味の声が叫んだ。「ボス……ゴード！……」

何列にも並んだ男女を押し分けてナイメクが近づいてくるあいだ、ロジャー・ゴーディアンは動かずにじっと立っていた。胸のなかで心臓が激しく打った。話さなければならない言葉のことは、もはや頭から吹き飛んでいた。ただひたすら聞きたい言葉だけを待っていた。

「やりました！」ナイメクが叫んだ。「彼女は無事です、元気です、彼女の身柄は確保しました！」

ゴーディアンは息をついた。

ひょっとすると生涯でいちばん長くて深い息を。

そのあと彼は、右側のポケットに手を伸ばして演壇での役割を再開した。

ギニア湾、海底一〇〇〇フィート。〈キメラ〉号の船倉から発進した有人潜水艇は、カメルーン沖合の避難用プラットフォームに向かってウナギのようにくねくね進んでいた。

ハーラン・ディヴェインは後方の小さな部屋から、カシミールと副操縦士を通り越して前方のドームの外にある暗い水中を見つめていた。彼が放棄してきた海域では、セドコのプラットフォームで幸運への乾杯が行なわれていた。その標識灯が夜の暗闇に光を放射していた。ロジャー・ゴーディアンの成功を告げる言葉が世界に向けて放送された。ディヴェインの敗北宣言にはそれで充分だった。ひそかにカールに送った彼自身の声明に応答がないのは、確認のうえに確認を重ねるものにすぎない。

コマドリは自由になった。父と娘は再会を果たすだろう。

父と娘。

ディヴェインは血の気のない顔になんの表情も浮かべずに空虚な液体を見つめ、なにかの毒素のように頭に充満している考えを嫌悪した。エティエンヌ・ベゲラの身になにが起こるかを思い出せば、少々気が晴れるだろうか？　ディヴェインの与えた輪切り(ロンデル)ほど精妙でないあの男の頭蓋骨……夜が明けきらないうちにあの頭蓋骨には銃弾が撃ちこまれ、その穴から脳みそが流れ出るはずだった。それより、もっと大きな慰めを過去に見つけようか？

遠い昔に父親の高層ビルを再訪したときのことを、ディヴェインは心に描いた。彼と未亡人のメリッサ・フィリップスとの交わりを撮った秘密のビデオと、彼女が婚外で産んだ子ども、つまりふたりがあの夜に熱烈に抱きあった結果生まれた私生児の父親は自分であることを証明するDNA鑑定のおかげで、二度めの訪問のときにはあそこのドアに鍵はかかっていなかった。

彼は小さな歯をにっとむきだした。浮かんだ笑みは、よみがえった満足感が生み出したものだったかもしれない。長いガラスのテーブルで初めてまみえたあと、ディヴェインは父親の人生をこまかく調べ上げた。嫡出の息子がふたり、娘がひとりいた……

その娘が生まれたときの姓はヴァンダーミーアだった。日用品を商う一大帝国を相続した億万長者のアーサー・フィリップスと結婚したあと、彼女は夫の姓を名乗り、夫が早すぎる死をむかえたあともその姓を名乗っていた。

ディヴェインは未亡人のメリッサ・フィリップスについて可能なかぎりのことを突き止めた……ニューヨーク市にあるこの異母姉のブラウンストーン張りの屋敷に彼が足を踏み入れて、彼を誘惑してみようかしらという気を彼女に起こさせるかなり前に、可能なかぎりのことを突き止めていた。

誘惑に成功したのは、じつは彼のほうだったのだ。

おお、なんという滑稽な話だろう——苦労して私生児の存在を家族から隠してきた父親の努力が、二重の私生児になった孫で報われるとは。この恥ずべき秘密を世間にばらまかずにおく見返りにディヴェインが父親と娘の両方からせしめた金は、彼自身の事業に着手する運転資金となって余りあった。そして、ディヴェインが父親として生み出したその息子は……

深海を急いで遠ざかっていく潜水艇のなかで、ディヴェインは体に合わせてかたどられた座席に頭をもたせて目を閉じた。

その幼い私生児は捨てられて、どこかの養子先で細々と生き長らえている。

エピローグ

十月下旬、アップリンク・サンノゼ本社。水晶のように澄んだ空気のなかで、遠くのハミルトン山に朝日がふりそそいでいた。

オメガ3脂肪酸がたっぷりで心臓にいいとアシュリーにいわれて毎日飲んでいる亜麻仁油のカプセルを、ロジャー・ゴーディアンが口に放りこみかけたとき、直通電話が鳴った。

彼は水の入ったグラスを置き、アシュリーが日曜日の夜に詰めてくれる一週間ぶんの薬が入った箱にカプセルを戻して、受話器を上げた。

「ゴード」かけてきたのはダン・パーカーだった。「ついにわかったぞ!」

ゴーディアンは眉をひそめた。

「なにがわかったって?」と、彼はたずねた。

「言葉だ」

「なんの言葉だい?」

「おいおい、まぬけのふりはやめてくれ。ステーキハウスで会った日だ……自分の達成してきたあらゆることに満足しているが、現状にとどまりたいわけでもないと、きみは話してた。

歩みを止めたいが止めたくないって話をしていただろう。自分の感じているものを表現するぴったりの言葉を探しているといってたじゃないか。忘れたのか？　自分の求めているのがなにか探しているっていってただろう」

じつをいうと、ゴーディアンはいまのいままでパーカーにその話をしたのを忘れていた。この一カ月にいろんなことがありすぎたせいだ。しかし、その問題自体はずっと気にかかっていた。

「だったら」彼はいった。「それを教えてくれ」

パーカーは受話器の向こうでひとつ間をおいた。

「引退だ」彼はいった。「この言葉でどうだい？」

いつものジョギングのために服を着替えたジュリア・ゴーディアンは、裏口のドアを開けて、グレイハウンドたちをつかまえにいった。目のさめるようなすばらしい朝だ。九月の豪雨は過ぎ去って久しく、犬たちは一時間前に外に出してやってから日射しのなかでのんびり過ごしていた。しかし、そろそろ運動をさせる時間だ……あのなまけ者にも。

「ジャック、ジル、行くわよ！」と彼女は呼びかけた。それから、二匹の後ろに射している光のなかに長々と寝そべっているもう一匹に目をやった。「あなたもよ、ヴィヴ！　古傷くらいじゃうちは勘弁してあげませんからね！」

訳者あとがき

トム・クランシーの〈POWER　PLAYS〉シリーズ第六弾『謀殺プログラム』（原題Cutting Edge）をお届けします。

シリーズの主人公ロジャー・ゴーディアンは米国の巨大企業アップリンク・インターナショナルの創設者であり最高経営者。地球全土に安価な高性能通信網を張り巡らすことで情報の自由化を打ち立て、暴政や人権の弾圧を消滅させようという理想に燃えています。世界各地で衛星の打ち上げと地上ステーションの建設を進めるにあたって、彼らを襲う危険に対応しようと、彼は私設保安部隊〈剣〉を創設しました。政治がらみの危機やテロの危険を事前に察知して無力化するのが彼らの使命です。

第一話『千年紀の墓標』ではロシアの政変に端を発してニューヨークで無差別テロが発生しました。第二話『南シナ海緊急出撃』では東南アジアに巣食う闇の勢力の陰謀が太平洋をへだてて米国と〈剣〉に襲いかかります。第三話『謀略のパルス』では国際宇宙ステーションを標的にして恐るべき陰謀が企まれました。第四話『細菌テロを討て！』では、悪の手で人工的にスーパー病原菌が生み出されます。第五話『死の極寒戦線』では南極にまで闇の勢力の手が伸びてきました。

そして第六話の本書の舞台はアフリカ。それも、大陸の西岸に位置する赤道アフリカの小国、ガボン共和国から物語は始まります。

この国を取り巻く状況を簡単に説明しますと、地理的にはコンゴをはじめとする内戦や紛争の絶えない国々に囲まれながらも、大統領の強力な指導力のもと、沖合の油田をはじめとする産業に世界の先進国から投資を集め、南アフリカ共和国に次ぐ国民平均所得を実現しています。物語のなかでは、アフリカ全土に張り巡らされようとしている光ファイバー網の中核として期待を寄せられています。

このガボンで通信基盤を築いてきたフランスの企業が経営に破綻をきたし、それを受け継ぐ形でアップリンク・インターナショナル社は高速通信網の完成にのりだしました。その彼らを待ち受けていたのが、第三話、第四話で彼らを窮地に追い詰めた〝悪霊（エル・ティオ）〟と呼ばれる男の陰謀です。彼は麻薬取引の世界で闇の帝王として恐れられ、最先端の技術を駆使した世界的な謀略によってさらなる富を築かんとしている謎の人物で、ジークフリート・カールという凄腕の傭兵を右腕に、ゴーディアンと〈剣（ソード）〉を何度も脅かしてきました。その男が南アフリカの光ファイバー網にも魔の手を伸ばしていたのです。

目ざわりなアップリンクを排除せんとする〝悪霊（エル・ティオ）〟の仕掛けた二重、三重の罠。またしても窮地に追いこまれた〈剣（ソード）〉とゴーディアンの運命は……といったところが、本書の大まかな構造です。

アフリカを舞台にした壮大な陰謀とそれをめぐって繰り広げられる激烈な戦闘には、周辺世界のいまがリアルに織りこまれ、現在と近未来の微妙なはざまが迫真の筆致で描き出されています。

また、アクション小説としてのスケールの大きさに加え、今回は、ひょっとしたらそれ以上に強烈な印象を残すかもしれないエピソードが組み込まれています。それは誘拐にまつわる話です。この誘拐の目的は金銭ではありません。標的の心を破壊することを狙った一種の心理テロとでも申しましょうか。

あとがきからお読みになるかたもおられるでしょうし、物語全体にも大きな影響を与える箇所なので、くわしくは本編をお読みになっていただきたいと思いますが、このエピソードに関しては、読後の気分はきわめて暗澹としたものになるかもしれません。人の心に照準を定めたテロがありうるという認識は、現実世界のさまざまな図式に照らしたときに憂鬱なたぐいの想像をかきたてるからです。最後までお読みになったかたには Cutting Edge という原題に秘められた〝心を切り裂く刃（やいば）〟のイメージが生々しく浮かんでくるのではないでしょうか。

しかしもちろん、そういった暗いほのめかしは別にして、娯楽小説ならではの楽しみを存分に味わっていただきたいと思います。

秀逸なのはなんといっても彩り豊かなサイドストーリーでしょう。光ファイバーケーブルの潜水修繕員が深海で出会う思いがけない光景や、グレイハウンド犬と防衛犬(シュッツフント)が物語に果たす役割をはじめとして、あちこちにちりばめられた興味深いエピソードの数々は読むひとの知的好奇心を強くかきたてるにちがいありません。

アフガニスタンでテロリスト掃討のために使用されて記憶に新しい燃料気化爆弾や、最新のスパイ装置探知機など、クランシーの作品らしい最先端のハイテク情報や戦闘兵器の描写もふんだんに盛りこまれていて、アクション・ファンにとっても読みどころがたっぷりです。人間ドラマはいつにも増して精細に描かれているような気がします。登場人物たちの心に生じてきた微妙な変化にも注目していただきたいと思います。とりわけ〈剣(ソード)〉のナンバー・ツーともいうべきトム・リッチの変化は周囲をとまどわせるほどで、今後の展開に大きな影響を及ぼしそうな雰囲気をただよわせています。

さて、このあと本シリーズは第八話完結をめざし、佳境に入ってきます。本書では主人公ゴーディアンの現役引退の可能性もほのめかされているだけに、次作の展開が気になるところです。どういうお話になるのか、現時点ではまだ情報が入っておりませんが、原書の完成を待って可及的速やかに読者のみなさんの元へお届けできるよう翻訳作業にとりかかる所存です。

二〇〇三年四月

ザ・ミステリ・コレクション

謀殺プログラム

[著　者]　トム・クランシー／マーティン・グリーンバーグ

[訳　者]　棚橋 志行

[発行所]　株式会社 二見書房
東京都文京区音羽 1−21−11
電話　03(3942)2311 [営業]
　　　03(3942)2315 [編集]
振替　00170−4−2639

[印　刷]　株式会社 堀内印刷所
[製　本]　株式会社 明泉堂

落丁・乱丁本はお取り替えいたします。
定価は、カバーに表示してあります。

ISBN4−576−03064−7
http://www.futami.co.jp

電　撃
ティモシー・リッツィ
戸田裕之［訳］

リビアが支援するテロ部隊の手に渡った核兵器とスペースシャトル乗員を奪還すべく、コブラ特殊部隊が離陸！　襲いくるリビア軍機との熾烈な空中戦。

本体867円

炎の鷲（イーグル）（上・下）
ティモシー・リッツィ
戸田裕之［訳］

イランから核兵器入手を画策する北朝鮮参謀総長に反発する陸将ハンは、合衆国と韓国に協力を求める。軍事作戦〈イーグル・ファイア〉の幕は上がった！

本体790円

台湾侵攻（上・下）
デイル・ブラウン
伏見威蕃［訳］

台湾が独立を宣言した！　激昂する中国は、核兵器の使用も辞さない作戦に出る。猛攻に曝される台湾を救うべく、米軍はステルス爆撃機で反撃するが…

本体733円

韓国軍北侵（上・下）
デイル・ブラウン
伏見威蕃［訳］

韓国領空を侵犯し撃墜された北朝鮮軍機は、核爆弾を積載していた。あらためて北の脅威を目のあたりにした韓国大統領は、遂に侵攻計画を実行に移す。

本体733円

総力戦
サイモン・ピアソン
結城山和夫［訳］

2006年、世界は核戦争の恐怖に怯えていた。緊迫する中東紛争は大きなうねりとなって、ヨーロッパ、ロシア、アメリカを巻きこんだ全面戦争に突入する。

本体952円

最新鋭原潜シーウルフ奪還（上・下）
パトリック・ロビンソン
上野元美［訳］

中国海軍がミサイル搭載の潜水艦を新たに配備した！　アメリカ政府は巨費を投じたステルス潜水艦〈シーウルフ〉を危険海域に派遣するが、敵の手に落ち…。

本体733円

幻の巨大戦艦
ジョン・ワトソン
結城山和夫［訳］

大戦末期、秘かに建造された戦艦〈スターリン〉。就役することなく終戦を迎えたが、数年後ロシア海軍大佐に〈スターリン〉を機動させる奇妙な依頼が。

本体933円

チャイナ・ウォー13
ボブ・メイヤー
鎌田三平［訳］

米陸軍特殊部隊に密命が下った。中国の石油パイプラインを破壊せよ！　山中に決死の潜入を図る12名だが、策謀に利用されているとは知るよしもなく…

本体829円

抹殺
ボブ・メイヤー
鎌田三平［訳］

犯罪組織のボスを裏切り、彼の有罪を決定づける証言をしたコップ。報復を恐れ、妻とともに政府に保護されるが、コップは謎の武装集団に惨殺され…。

本体676円

報復の最終兵器
ボブ・メイヤー
酒井裕美［訳］

厳重に警備されていたはずのオメガミサイル発射センターが何者かに乗っ取られた！　決して起きてはならない現実に、米国は史上最大の危機に瀕する。

本体733円

日本封鎖
マイケル・ディマーキュリオ
田中昌太郎［訳］

21世紀初頭、日本は強大な軍事力を持ち、近隣の小国を威嚇した。アメリカは制裁として日本の周囲を封鎖する決定を下し、海軍を日本近海に派遣するが。

本体895円

交戦空域
ジョン・ニコル
村上和久［訳］

フォークランド諸島の基地に派遣された英空軍パイロットと航法士。行方を断った英軍原潜を捜索するが、それはアルゼンチン軍攻撃の前触れにすぎず…

本体790円

雪の狼（上・下）
グレン・ミード
戸田裕之［訳］

40数年の歳月を経て今なお機密扱いされる合衆国の極秘作戦〈スノウ・ウルフ〉とは？　世界の命運を賭けて、孤高の暗殺者と薄幸の美女が不可能に挑む！

本体790円

ブランデンブルクの誓約（上・下）
グレン・ミード
戸田裕之［訳］

南米とヨーロッパを結ぶ非情な死の連鎖。遠い過去が招く恐るべき密謀とは？　英国の俊英が史実をもとに入魂の筆で織り上げた壮大な冒険サスペンス！

本体790円

熱砂の絆（上・下）
グレン・ミード
戸田裕之［訳］

大戦が引き裂いた青年たちの友情、愛…。非情な運命に翻弄され、決死の逃亡と追跡を繰り広げる三人を待つものは？　興奮と感動の冒険アクション巨編！

本体790円

草原の蒼き狼（上・下）
ロス・ラマンナ
山本光伸［訳］

現代に甦るチンギス・カーンの末裔、バトゥ・カーン。周辺諸国を次々併合し、一大強国と化した新モンゴル帝国に、世界は新たな戦争の予感に怯える！

本体733円

死のダンス
リチャード・スタインバーグ
酒井裕美［訳］

コルシカ人組織幹部から弟の捜索を依頼された男は、かつてスパイの中のスパイと怖れられたクセノス。彼を待ち受けていたのは陰謀渦巻くおぞましい世界…

本体952円

墜落事故調査官
ビル・マーフィ
伊達　奎［訳］

ロサンゼルス発メキシコ行ACL248便墜落！　機体の整備ミスか、機長の判断ミスか、管制の指示ミスか？　調査チームが指揮命令を受けた背後には…

本体829円

掟（おきて）
ダニー・M・マーティン
鎌田三平［訳］

まっとうな人生を歩むことだけを考え出獄した男が、訣別したはずの血と暴力の世界に再び足を踏み入れ、凄絶な闘いに…全米熱狂のハードボイルド・ロマン！

本体638円

死者の指
ジョン・トレンヘイル
飛田野裕子［訳］

またひとり、女が指を切断されて殺される…惨劇の陰に潜む恐るべき秘密を追う女性心理学者セルマの行手には？ 謎と恐怖に彩られた出色のサイコ・スリラー。

本体867円

策謀
ロバート・カレン
玉木 亨［訳］

ロシアの核が中東に流出か？ 和平交渉が暗礁に乗り上げ、モスクワに驚くべき情報が戦慄となって流れる。元『ニューズウィーク』モスクワ支局長が放つ巨編！

本体733円

遠い女
ブライアン・フォーブス
安原和見［訳］

自殺したはずの旧友が、いまだ想い消えぬ昔の恋人と結婚していた!? 失ったはずの愛は、やがて男を死地に追いつめる…鬼才が描く傑作サスペンス・ロマン！

本体867円

殺しの幻想
ヒラリー・ボナー
安藤由紀子［訳］

英国TVドラマの主人公演じる人気俳優を新聞で酷評した女性ジャーナリストが惨殺された！ 華やかな芸能界を震撼させる連続殺人。新鋭女流作家の話題作！

本体790円

冷酷
ポール・カースン
真野明裕［訳］

多国籍企業のオーナーに息子が誕生。だが、産院の看護婦は惨殺死体で発見、大富豪の息子も誘拐される。緊迫の11日間を分刻みで描いた異色サスペンス大作！

本体952円